Scarlet
스칼렛

www.bbulmedia.com

그대 안에

inside of you

그대 안에

inside of you

1판 1쇄 찍음 2016년 4월 6일
1판 1쇄 펴냄 2016년 4월 12일

지은이 | 유수경
펴낸이 | 정 필
펴낸곳 | (주)뿔미디어

기획·편집 | 이영은, 김수정

출판등록 | 2002년 9월 11일 (제1081-1-132호)
주소 | 경기도 부천시 원미구 소향로 17, 303(두성프라자)
전화 | 032)651-6513 / 팩스 032)651-6094
E-mail | scarlets2012@hanmail.net
블로그 | http://blog.naver.com/dahyangs
홈페이지 | http://bbulmedia.com

값 9,000원

ISBN 979-11-315-7068-5 03810

그대 안에
inside of you

유수경

장편 소설

SCARLET
ROMANCE
STORY

contents

프롤로그

"도와주세요!"

어떻게, 어쩌지?

"아무나 좀 도와주세요!"

힘이 빠지고 숨이 차서 더 빨리 달릴 수가 없다. 뒤에 바짝 따라붙은 건달들은 승리를 예감했는지 오히려 처음보다 느긋하게 따라오고 있었다. 뒤를 흘끔 봤을 때 마주한 남자의 얼굴이 웃고 있었다.

으악!

분명 복잡한 거리로 향하기 위해 아래로 내달렸는데 이상하게 계속 같은 분위기의 골목길만 나타났다. 잘못 들어선 걸까? 따라오는 건달들의 여유로운 모습을 보면 자신이 점점 독 안으로 달아나고 있는 것 같았다.

큰일이다. 아, 어쩜 이렇게 재수가 없을까? 그냥 죽지도 못하게 이런 일이 생기다니. 얌전히 죽고 싶었는데. 이렇게 비참하게 죽으려고 했던 게 아닌데.

"앗!"

죽으려고 왔다가 살려 달라고 소리치는 상황이 벌어져 어이가 없다. 그러나 그런 어이없음마저도 오래 느낄 수 없었다. 도와 달라고 피나게 소리친 후 골목을 빠져나왔나 싶었는데 골목이 꺾어지자마자 한 남자의 품에 푹 잠겨 버렸다. 찌든 담배 냄새와 술 냄새가 확 끼쳐 왔다. 얼굴을 보지 않아도 어떤 종류의 남자인지 알게 해 주었다.

한 패거리인가 보다. 팔을 붙드는 남자의 손아귀 힘 때문에 아프다. 씨. 피하려고 달아났는데 독으로 몸을 던지는 꼴이었다니. 어떻게 이럴 수가 있지? 이렇게 재수가 없는 삶이 또 있을까?

"야, 더 달려 보지 그랬어?"

뒤에서 따라오던 건달이 승리의 소리를 지르는 것 같았다. 이젠 죽는 거구나. 아니, 죽는 것보다 더 싫은 일이 일어나는 거구나. 분노와 절망을 두려움이 눌렀다. 눈을 꼭 감아 봤지만 떨리는 몸은 어떻게 할 수 없었다.

"누구? 여긴 우리, 제길. 재수 없어. 여기까지 뛰어왔는데, 젠장. 가자!"

다가오던 사람의 기척이 멈추더니 잠시 후 후다닥 달아나는 소리가 들렸다. 큰일 났다. 뭐 피하려다 제일 끔찍한 놈한테 걸린 것이 분명했다. 재수 없는 인생의 끝판이었다.

이래서 죽으려고 했던 건데. 이런 인생 던져 버리려고 했던 건데.

"언제까지 품에 안겨 있을 거냐? 재수 없게 어디서 뭣 같은 게 갑자기 튀어나와서 남의 걸음을 막아?"

"아, 죄, 죄송합니다."

어두운 골목의 흐린 불빛으로는 남자의 얼굴을 알 수 없었다. 길게 내린 앞머리와 지저분하게 자란 수염. 산발이 된 머리가 얼굴의 반을 덮고 있어서 환한 대낮에도 남자의 얼굴을 제대로 살필 수는 없었을 것이다. 게다가 지금은 더더욱 남자의 얼굴을 요모조모 따져 볼 처지가 못 되었다. 자신을 어찌하겠다고 따라오던 건달들에게서 겨우 피했지만 앞의 더 무서울 것 같은 남자와 바짝 마주하고 있었기 때문이다.

남자가 팔을 놓지 않고 여전히 꽉 쥐고 있었다. 품에 안겨 있지 말라면서 왜 팔은 놔주지 않는 걸까? 팔을 잡힌 탓에 그에게서 반 발자국 이상 떨어질 수가 없었다.

"죄송하면 다야? 더럽게 땀 냄새 풀풀 풍기면서, 못생긴 게 함부로 남의 가슴은 탐을 내고 지랄이야."

"못 봤어요. 거기 계신지 안 보였단 말이에요."

무서워. 고개를 숙인 눈에 보이는 건 남자의 찌든 냄새와 어울리는 때에 전 셔츠와 여기저기 구멍 난 더러운 청바지였다. 더럽게 냄새를 풍기는 사람은 자신이 아니라 그였지만 감히 그렇다고 말할 수는 없었다.

이제 어쩌지? 아까 그냥 뛰어내렸어야 했는데. 왜 머뭇거려서는 이런 꼴을 만들어? 더럽게 재수 없는 인생 끝판을 만들었다고 누구한테 하소연할 수도 없어.

"눈은 장식품이지? 하긴, 뇌도 없겠다. 뇌가 있는데 이 밤에 이런 골목에서 혼자 헤매고 다닐 수는 없으니까."

"……."

남자의 말을 들을 수밖에 없었다. 지금 바로 이 순간까지의 일 모두 자초한 것이기 때문이다. 정말 뇌가 없나 보다. 죽겠다는 생각도 진심이 아니었다. 준비도 없이 잠깐의 감정에 쏠려 길을 나섰으니 이런 결과가 생긴 것이다.

재수 없다고? 없는 게 아니라 있는 걸 차 버린 거지. 이 꼴을 보면 분명히 스스로 차 버린 것이 분명하다.

"돈 있어?"

"네?"

"귀도 먹었나?"

"돈은, 많이 없어요."

"배고파. 몸으로 때울래 아니면 돈으로 때울래?"

"모, 몸으로 때워요?"

"넌 확실히 병신이야. 따라와."

"으아! 아, 아파요. 이거 놓고……."

"지랄. 입 다물어."

아프게 팔을 잡혀 어딘가로 질질 끌려갔다.

"어?"

달아날 수 없다는 절망감에 눈물 한 방울이 떨어져 내리는 순간 사람들 목소리가 들렸다. 자동차 소리와 각종 도시의 소음들이 마치 잡혔다 풀려난 것처럼 귀에 한꺼번에 몰아닥쳤다. 이게 어떻게 된 일이지? 아직도 남자는 자신의 팔을 잡고 어딘가로 가고 있었다. 그러나 확실한 것은 점점 으슥한 곳으로 가는 것이 아니라 점점 사람들이 많이 다니는 넓고 복잡한 길로 가고 있다는 것이다.

어디로 가는지 궁금한 자신을 위해서는 아니지만 목적지에 도착했다. 더 이상 끌려가는 상태가 아닌데도 여전히 팔은 강한 그의 손에 잡혀 있었다.

"몸으로 때우려면 위로 올라가야 하고 돈으로 때우려면 아래층에 있는 가게로 들어가면 돼. 골라. 뭐로 할 거야?"

그가 선 곳은 백반집 앞이었다. 허름한 이 층 건물. 이제야 남자의 말을 알아듣고서 주머니에 손을 넣어 돈을 꺼내 보았다.

"오천삼백 원 있어요. 이걸로 돼요?"

탈탈 털어 냈다는 걸 그도 눈으로 확인할 수 있을 것이다. 물론 길게 늘어진 지저분한 머리카락 사이로 사물이 보인다면 말이다.

"못생긴 게, 돈도 없어."

돌아서며 하는 그의 한마디. 화를 내거나 반박할 여유가 없었다. 다시 그의 손에 끌려 백반집 안으로 끌려 들어갔다. 마음이 놓인다. 소박한 가게엔 사람들이 제법 많았다.

"인한이 왔어? 오늘은 여자 친구도 함께야? 앉아."

빨간 입술만 보이는 아줌마의 털털한 인사에 긴장이 조금 더 풀렸다. 아줌마의 인사에 아무런 반응도 하지 않는 인한이라는 남자. 아줌마는 그런 인한의 태도에 조금도 다른 얼굴을 하지 않고

11

다가왔다. 아줌마가 앉으라는 곳에 앉은 인한은 구석에 자신을 앉히고 옆에 따라 앉았다.

"인한인 백반 먹을 거고 아가씨는 뭐 먹을래?"

"네?"

놀라서 마주 앉은 남자를 봤다.

"백반 두 개."

"알았어. 육천 원."

"네?"

육천 원이면 돈이 안 되는데. 놀라서 있는 돈이라도 꺼내려고 주머니에 손을 넣을 때였다. 인한이 먼저 자기 바지 주머니에 손을 넣더니 구겨진 만 원짜리를 내밀었다. 뭐야, 돈이 있었던 거야? 아주머니는 거스름돈을 거슬러 주고 물러갔다.

"이거……."

백반이 삼천 원씩인가 보다. 처음 그가 말했던 대로 돈을 꺼내서 내밀었다. 조금 모자란 건 그가 멋대로 이 인분의 식사를 시켜서 그런 거니까 넘어가겠지.

"지랄하고 있네. 못생긴 게 자존심까지 세워?"

깜짝 놀라 돈을 다시 집어넣었다.

"자, 맛있게 먹어. 아가씬 밥 더 먹어. 마른 여자는 인한이가 싫어해."

이게 다 무슨 소린지. 아줌마는 된장찌개와 함께 반찬과 밥을 놓고 떠났다.

"다 안 먹으면 내 손에 죽어."

아줌마가 원망스러웠다. 자신의 밥공기에는 밥이 수북했다. 인한의 밥이 더 작다니 말이 안 되는 일이었다. 딱 봐도 인한의 체격이 자신의 두 배는 되는데 어떻게 여자인 자신에게 밥을 더 줄수가 있단 말인가.

바뀐 건 아닐까? 맞아. 바뀐 거야. 바뀌지 않았더라도 다 먹으려면 바꿔야 해.

죽는다는 그의 말에 놀라서 밥을 살피다가 그의 밥과 바꿨다. 눈치를 잔뜩 보면서. 긴 머리카락에 가려진 눈이 어딜 보고 있는지 알 수 없었다. 그러나 인한은 뭐라고 하지 않았다. 들킬까 봐 얼른 숟가락을 들어 밥에다 꽂았다.

아.

숟가락에 힘을 줄 수가 없었다. 많이 놀라고 힘들었던 데다가 지금도 밥을 다 먹어야 한다는 압박에 시달리고 있었으니까. 파르르 떨리는 손이 민망해서 무릎 위로 숨겼다.

"언제 밥 먹었어?"

"네? 아, 잘, 생각이 잘 안 나요."

"잠은 어디서 잤어?"

"네? 아, 그게, 터미널 구석에서……."

"먹어."

"네."

아직도 손이 떨렸지만 먹지 않을 수 없었다. 남은 힘을 다 쏟아 숟가락을 움직였다. 입 안이 바짝 메말라 있다는 걸 한입 먹자마자 알게 되었다. 물을 허겁지겁 마신 후에 다시 밥을 떠 넣었다.

13

"반찬까지 다 먹어."

천천히 밥을 먹던 그가 다시 경고했다. 고개를 끄덕이며 할 수 없이 반찬도 집어 먹었다. 두어 숟가락 떠 넣으니 조금 기운이 나서 계속 밥을 먹는 데 어려움이 없었다. 밥을 먹은 지 오래되었다는 것도 먹다가 기억했다.

화장실에서 수도를 틀어 물배를 채우다가 김밥 한 줄 먹은 것이 어제. 그 후 어디서 자야 하는지 몰라 서럽게 울다가 터미널 구석에 앉아 꾸벅꾸벅 졸며 버티었다. 아침에 사람들의 분주함에 깨서 더 살아갈 힘이 없다고 느꼈다. 몸부림을 쳐도 진창으로 계속 끌려 내려가는 인생에 두려움을 느끼고 스스로 삶을 포기하려 했던 것이 몇 시간 전이었다.

이렇게 밥을 꾸역꾸역 다 먹어 치우는 일이 일어날 것이라고 생각지 못했다. 하긴 건달들에게 쫓기는 일도 상상도 못한 일이었으니까.

"몇 살이야? 속일 생각하지 마. 머리 나쁜 것들이 괜히 초장에 머리 쓰면서 거짓말하다가 죽는 거 많이 봤으니까."

밥을 다 먹고 물을 마시자마자 인한이 질문했다. 나이?

"스물하나."

"내가 거짓말하지 말라고 했지? 너 아무리 많이 봐도 고등학생이야!"

"진짜예요. 여기 주민등록증."

주머니에서 낡고 구겨진 주민등록증을 꺼내 보였다. 정말 거짓말을 했다고 생각했는지 빼앗듯 가져가 그 긴 머리카락 앞으로 바짝 대고 살폈다.

"스물한 살이나 처먹은 어른이 왜 그 모양이야?"

인한의 말에 어깨를 움츠렸다. 그 부분은 자신도 부끄러워하고 있었으니까. 스물한 살이나 처먹은 인생이 바닥으로 나뒹구는 건 자신의 책임이 큰지도 모르겠다. 미성년자 때부터 이어진 막막한 인생이었다지만 그래도 성인이 되고도 한참인데 왜 탈출하지 못했을까? 인한의 말처럼 뇌가 없는 거다.

조금만 살피면 알 수 있는 일을 살피지 않았고 느껴지는 위험에 반응하지 않았다. 그러다 얻은 불행에 밀려 죽으려고까지 했으니 부끄럽고 수치스러운 스물한 살인 것이다. 밥을 먹고 나니 정신이 든 것일까? 지나간 잘못이 선명하게 떠올랐다. 죽을 결심을 하는 게 아니라 어떻게든 벗어날 결심을 먼저 했어야 했는데.

"드럽게 질질 짜지 마."

"그냥 나오는 거예요."

"오늘은 어디서 잘 거야? 묻는 내가 멍청이다. 잘 곳 없지? 또 멍청하게 골목으로 들어가서 쫓겨 다닐 거냐?"

"아니요. 찾아봐야죠."

"역시 멍청해. 오천 원으로 어디서 잘 건데?"

"몰라요. 찾아본다잖아요? 쉼터라도 가면 되겠죠. 잘 알면서 묻긴 왜 물어요?"

"이게 기운이 나니까 기어올라?"

"죄송해요."

"청소하고 빨래해 주면 하루는 재워 줄 수 있어."

"네?"

"이거 가지고 올라가."

열쇠. 가만히 쥐고 올려다보는데 그가 불쑥 자리에서 일어섰다. 놀라서 따라 일어서니 말도 없이 가게를 나섰다. 올라가라는데 대체 어디로?

"올라가라잖아?"

"어디로……."

"멍청아. 가게 위에 집 달랑 하나야. 올라가서 싹 치워. 문 잘 잠그고 자."

"저, 잠깐……."

무슨 소리냐고 자세히 물으려 했지만 인한은 거리로 순식간에 사라졌다. 열쇠를 쥐고 자리에 가만히 한참 서 있었다. 그러다가 돌아서 위층을 올려다봤다. 낡은 집. 가게 문 옆으로 난 아주 작은 입구. 이 층으로 오르는 어둡고 좁은 입구 앞에서 또 한참 머뭇거렸다. 몇 번이나 열쇠를 내려다보았다가 겨우 이 층으로 움직였다.

밥을 먹어서 그런 건지 피로가 몰려왔다. 극심한 공포에 시달렸다가 겨우 탈출한 몸과 마음은 엉망이었다. 후들거리는 두 다리로 이 층에 오른 후 열쇠로 낡고 녹슨 철문을 열고 안으로 들어갔다.

1

재회

"수진 씨, 싱가포르에서 내일까지 진행 상황을 알려 달라고 하니까 잊지 말고 챙겨."

"네."

수진은 사무실 구석 자리에서 바쁜 일과를 보내고 있었다.

"정은 씨, 수진 씨 너무 부려먹는 거 아니야?"

"그럼 대리님이 수진 씨 대신 일해 주세요."

쌀쌀맞은 정은의 대답에 말을 꺼낸 상우는 입을 다물었다. 입사한 지 일 년이 채 안 된 수진은 나이에 비해 늦게 말단으로 들어왔다. 대학을 늦게 들어가서 모든 것이 늦어졌다고 하는데 수진의 외모는 그런 시간의 차이를 오히려 역행했다.

수진은 스물여섯의 나이에도 아직 고등학생이라고 해도 믿을 만큼 어리고 순진한 얼굴을 하고 있었다. 수진과 나이가 같지만 삼 년이나 선배인 정은이 그녀에게 은근히 경쟁심을 가지고 차갑게 대한다는 걸 상우는 알고 있었다. 입사가 정은보다 늦었지만 먼저 대리를 단 그는 수진의 자리를 한 번 보고 일로 돌아갔다.

"오늘 과장님이 한잔하자는데 수진 씨는 이번에도 빠져?"

"네."

"뭐야? 사회생활 이런 식으로 할 거야?"

"죄송합니다."

수진이 야간 강의를 듣는다는 걸 알면서도 여지없이 걸고 넘어가는 정은. 실은 상우가 수진을 감싸는 것에 화가 나 안 할 말을 하는 것이다.

"오늘은 수진 씨가 직접 과장님한테 말해. 난 몰라."

"네."

수진은 정은의 텃세를 묵묵히 넘겼다. 정은의 텃세를 넉넉히 넘길 만큼 세찬 시간을 보냈기 때문이다. 그녀는 남들보다 많이 늦어진 공부를 따라가려고 여전히 바쁜 시간을 보내고 있었다.

회사에 취직하기 전에는 아르바이트에 공부를 병행하느라 많이 힘들었다. 지금 학교도 졸업하고 더 이상 힘들고 고된 아르바이트를 하지 않아도 되는 안정된 삶에서 누군가의 텃세 정도는 여유 있게 넘길 수 있었다.

정은의 말처럼 민 과장에게 함께할 수 없다고 따로 말할 필요는 없었다. 공부하러 가는 날이면 민 과장이 종종 먼저 챙겨 주었기 때문이다. 수진은 정은의 차가움을 가볍게 넘기고 하던 일을 마저 했다.

"그나저나 정은 씨, 이번에 대리 승진 있을 거라면서?"

"어머, 잘 몰라요. 될 때가 되면 되겠죠."

상우의 말에 기분이 금방 풀린 정은은 화사한 미소까지 지으며 기쁨을 감추지 않았다.

"수진 씨, 밤낮으로 열심히 하는 거 본사로 가려고 그러는 거 아니야?"

갑자기 수진에게 다시 초점을 맞춘 정은. 상우는 정은의 말에 수진을 봤다. 정말 그래서 준비하는 걸까? 아니라고 하기엔 너무 열심히 하니까. 모두들 본사 발령을 기대하고 있었다. 경쟁률이 높아서 감히 드러내지 않을 뿐이었다.

"뒤늦게 대학 겨우 나온 제가 가긴 어딜 가겠어요? 모자란 거 채우느라 공부하는 거죠."

"대학은 왜 늦게 간 거야? 집안 사정이 어려웠어?"

정은은 수진이 입사했을 때부터 묻고 싶었다. 말끔하고 고생이 보이지 않는 수진의 얼굴에서 달리 상상할 수 있는 상황이 없었기 때문이다.

"네. 부모님이 일찍 돌아가셔서 고등학교도 겨우 나왔거든요."

"어머, 그럼 대학도 스스로 벌어서 나온 거야?"

"……."

정은의 말에 대답하지 않았다. 더 많은 이야기를 할 필요가 없으니까.

"고아였구나."

들으라는 듯 말하지 않아도 되는 결론을 정은이 굳이 말했지만 수진은 무시했다. 정은은 수진에게 경쟁심을 느끼고 있다지만 수진은 그렇지 않았기 때문이다. 게다가 그녀가 고아에 가난한 고학생이었다는 사실이 그녀의 삶에 특별한 해가 된다고 생각하지 않았다.

"아무도 없이 혼자 지내? 친척도 없이 그냥 혼자?"

정은의 이어지는 불편한 질문에 수진은 이번에도 대답하지 않았다. 묵묵히 일하는 수진의 태도에 화가 났는지 정은이 인상을 썼다.

"부모 없이 혼자 자라서 대인 관계가 어려운가 보네."

투덜거리듯 쏘아 준 정은은 시원한 얼굴로 자기 일을 다시 시작했다. 사무실 안은 그 어느 때보다 조용하고 차가웠다.

늦은 강의를 마친 수진은 밤공기를 맡으며 집으로 돌아왔다. 이 년 전에 이사 온 작은 원룸으로.

"피곤해."

대충 씻고 자리에 누운 수진이 침대 옆에 둔 작은 상자를 열었다.

찰랑.

팔찌. 은으로 만들어졌기 때문에 규칙적으로 잘 닦아 주지 않으면 까맣게 녹이 슬었다. 나뭇잎과 열매 모양의 장식이 찰랑거렸다. 인한을 마지막으로 봤을 때 그가 남기고 간 유일한 물건이었다.

그날, 처음 그를 만난 날 밤, 수진은 그의 집에서 잠들었다. 그의 말대로 청소하고 빨래한 후 기절하듯 잠들었다. 다음 날 늦은 아침에 잠이 깼고 인한은 없었다. 함부로 찢은 종이에 적힌 말대로 그가 준 돈으로 백반집에서 밥을 먹었다.

이틀째. 인한은 여전히 나타나지 않았고 돈만 남기고 갔다. 자지 않고 그를 기다리다 잠든 다음 날엔 백반집에 미리 돈을 치러 놓았다. 수진은 그를 다시 만나길 포기하고 기운을 차린 몸으로 살아갈 결심을 했다. 곧 아르바이트를 찾았고 얼마 지나지 않아 인한이 돈을 주지 않아도 먹고 살 수 있게 되었다.

'공부해. 못생긴 게 공부도 안 하면 뭘 해 먹고 살 거냐?'

몇 달 만에 불쑥 나타난 그의 퉁명스러운 말을 따라 힘들지만 공부를 시작했고 대학에 합격했다. 학교 다닐 때 공부를 잘했던 걸 그가 알고 권한 것일까? 아닐 거다. 정말 못생겨서 공부라도 하라고 한 거겠지.

대학교 2학년. 자주 볼 수 없었던 그가 소식을 알렸다. 그를 볼 수 있는 걸까 하고 기대했지만 떠난다는 모진 말만 들었다. 인한이 마지막이라는 아픈 단서와 함께 이 원룸을 선물해 주었다. 그녀는 그의 집에서 나와야 했고 이곳으로 이사했다. 마지막. 이젠 기대하지 말라는 말이다. 못생겨서 더 이상 보기 싫었을까?

찰랑.

팔찌를 몇 번 흔들고 상자에 담았다. 보고 싶다. 그의 얼굴도 모르고 이름조차도 제대로 다 알지 못하지만 보고 싶었다. 그러나 그가 다시 나타나지 않아, 막다른 곳까지 밀려갔던 자신의 삶을 온전하게 세워 준 그에게 고맙다는 인사조차 할 수 없었다.

아니야. 고맙다는 인사는 싫어. 고마워서 만나고 싶은 게 아니니까. 보고 싶어.

무섭게 다그치는 그의 말 안쪽으로 다정하고 속 깊은 마음이 있다는 걸 수진은 시간이 지날수록 확실하게 느낄 수 있었다. 그러나 그가 자신을 의도적으로 피했다는 것도, 시간이 지날수록 확실하게 깨닫게 되는 아픈 진실이었다.

"잘 사는 거 좀 보러 오지."

잠들기 전 한숨과 함께 수진이 중얼거렸다.

♣

상우는 정은의 하얗게 질린 얼굴이 안쓰러웠다. 수진에게 경쟁심을 느끼고 있다는 건 알았지만 저런 반응을 할 정도로 심할 줄은 몰랐다.

"과장님, 어째서 이런 일이 있는 겁니까?"

"인사과에서 발령을 내린 걸 내가 뒤집어? 수진이, 아니지. 이젠 대리인가? 우 대리가 성적이 좋았어. 일도 많이 했고. 정은이, 아니, 김정은 대리도 딱 맞게 발령이 났는데 왜 이래?"

"아니, 과장님, 수진 씨는 저보다 이 년이나 늦잖아요."

"김 대리가 우 대리한테 일을 많이 시켰더군. 그래서 점수를 많이 받았어. 그리고 다들 몰랐겠지만 우 대리는 입사하기 전부터 우리 회사에서 일을 하고 있었어. 일한 시간이 너무 모자란 것 아니냐는 부분은 그걸로 다 채워지니까 문제없어. 아, 그리고 우 대리는 본사 발령받아서 옮겨 가니까 알아 둬."

"네?"

본사 발령 부분에선 상우도 정은과 동시에 놀라서 물었다.

"김정은 대리, 일 많아지겠어? 이제까지 우수진 대리가 김 대리 일까지 해 줬던 것 같으니 말이야."

"그, 그건."

"회사를 우습게 보면 안 돼. 누가 무슨 일을 어떻게 하는지 모를까 봐 그래?"

민 과장은 정은을 한 번 노려보고는 몸을 돌렸다. 우수진. 본사에서 뽑아 갈 정도로 탁월한 능력이 있는 건 아니었다. 그러나 본사에서 우수진을 알고 데려간 건 확실했다. 그가 생각하기에 회사 방침에 걸리지 않게 피했지만 억지로 끼워 넣은 부분이 있었다. 눈치를 미리 챈 덕에 회사 생활에서 편의를 좀 봐주기는 했는데 수진의 확실한 연줄을 아는 건 아니었다.

"제가 본사 발령이 났다고요?"

믿어지지 않는 건 수진도 마찬가지였다. 인사이동이 발표되는 오늘 출근하자마자 사무실에 있던 그녀를 불러올린 부장님이 직접 그녀에게 발령 사실을 알렸다. 수진은 인사 발령에 관심이 없었다. 그녀 차례가 아니었기 때문이다. 그렇게 생각하고 있던 그녀에게 대리 승진과 함께 본사 발령이라는 생각도 못 한 일이 일어나니 당황할 수밖에 없었다.

"우 대리 경우는 좀 특이해서 내일 바로 옮겨야 해. 구멍이 생긴 거겠지. 빨리 가서 메꿔 줘야 하는 모양이니까 오늘 정리 확실히 하고 내일 바로 본사로 출근해요."

"아, 네."

어리둥절하고 당황했지만 별다르게 뭘 묻기도 어려웠고 거절할수는 더더욱 없었다. 본사는 그녀가 사는 곳에서 그리 멀지 않았다. 복잡하고 실감 나지 않는 상태로 사무실로 되돌아왔다.

"본사로 갈 생각 없다더니 너무 앙큼했던 거 아니야?"

"……."

드러내고 발톱을 세우는 정은에게 대답하고 싶지 않았다.

"어머, 이제야 본색을 드러내는 거야? 이젠 우리 같은 떨거지들하고는 대화도 하고 싶지 않다는 거야 뭐야?"

"사회생활 잘하셔야 해요."

"뭐?"

"저한테 이유 없이 차갑게 대하고 심술부리는 거 나중에 어떤식으로든 되돌아갈 수 있다는 소리예요. 제가 뭘 그렇게 잘못했는지 모르겠는데 부모 없이 혼자 열심히 살다 보니 좋은 일도 생기는 거라고 전 생각하고 있어요. 부모님 사랑받고 잘 지내신 정은 선배가 넉넉한 마음으로 축하해 줘야 한다고 생각해요. 아닌가요?"

"어쩜, 어머……."

수진은 평소의 담담한 표정으로 정리하기 시작했다. 정은에게 돌아갈 일이 생각보다 많았다. 묵묵히 수고한 보람인 걸까? 처음엔 어리둥절했는데 아무런 노력도 없이 일어난 일이라고 믿고 싶지 않았다. 분명 누구보다 열심히 일했고 성실했다. 노력까지 누군가의 질투로 날려 버리게 두고 싶지 않았다.

억울해하는 정은을 이해할 수 없었다. 서로의 월급을 깎아 먹는 것도 아닌데 왜 분하고 억울해하는 건지 모르겠다. 그날, 죽기로 작정했다가 인한을 만났던 날 이후로 이유 없이 그냥 당하거나 부당함을 참지 않겠다고 결심했다. 좋은 의도로 참아 주는 것과 억울하게 억눌리는 것은 달랐다. 오늘이 아니더라도 정은에게 한마디 해 주려던 참이었다.

"일의 진행 상황에 따라 분류했습니다. 차후에 다시 저를 찾을 일은 없을 겁니다. 파일에 다 정리되어 있는 데다가 제가 독단적으로 했던 일이 하나도 없었기 때문입니다."

"벌써 정리가 됐어?"

상우는 자리에 앉아 몇 시간도 되지 않아서 자료를 넘겨 주는 수진 때문에 놀랐다.

"네. 평소에 계속 정리를 해 두는 편이라 한꺼번에 할 일은 없어요."

수진이 오늘 늦게까지 고생할 것을 기대했던 정은은 또다시 속이 뒤집어졌다.

"구 대리님께도 동일한 파일을 드릴 테니 확인해 주세요."

"알았어. 뭐, 정리가 착착 되어 있네."

컴퓨터 화면에 뜬 파일은 보기 쉽게 정리가 되어 있었다. 이렇게 꼼꼼했구나 하는 감탄과 함께 본사 발령이 그리 황당한 것은 아니라는 생각도 들었다. 상우는 정은과 몇 년을 함께 일했지만 매번 찾으려는 서류를 뒤지느라 시간을 허비한 일이 많았던 것을 기억했다. 수진과 함께 일하면서 그런 번잡함이나 실수가 거의 없었다. 앞으로 수진이 본사로 가고 정은하고만 일하면 다시 번잡과 실수의 날들을 보낼 수도 있었다.

"이렇게 빨리 끝내는 거 대충한 거 아니야? 뭐 하나라도 없어지면 다 우리 책임인데 떠난다고 너무 가볍게 훑어보고 가는 거 아닌지 몰라."

"전 확실히 했고 나머진 두 분이서 책임질 일입니다. 과장님께서 다시 확인하신다고 하니까 걱정하실 필요 없습니다."

수진은 마지막까지 자신을 할퀴려는 정은의 도발을 받아 주지 않았다. 인수인계는 평소의 성실함 때문에 빠르고 완벽하게 끝이 났다. 일이 많아진 정은의 입이 계속 튀어나왔지만 그것 말고 불편한 건 없었다. 마지막 환송식을 하자고 했지만 수진이 수업이 있다면서 거절했다. 다들 수진의 거절에 안도하는 눈치였다. 수진은 자주 하지 않는 거짓말을 하고 회사를 나왔다.

"후우."

집으로 돌아와 겨우 한숨을 쉬며 힘들었던 몸을 쉬게 했다. 새로운 곳으로 옮겨 가는 일이 그녀를 긴장하게 했다. 당장 내일이라니. 출퇴근이 어려운 사람들은 갑자기 옮기라는 말에 난감했을 일이었다. 정은과 같은 사람을 또 만나게 될 것 같아 불안했다. 어느 그룹에서도 힘들게 하는 사람은 있으니 불평하는 건 아니지만 거부감이 드는 건 어쩔 수 없었다.

찰랑.

수진은 팔찌를 꺼내서 손목에 찼다. 침대에 누워 손을 들어 올리니 불빛에 반짝거렸다.

찰랑, 찰랑.

"본사에는 사람들도 훨씬 많을 텐데."

인한이 있었다면 못생긴 게 겁도 많다고 했을 것이다. 수진이 그를 생각하며 웃었다. 그래. 못생겼는데 겁까지 많으면 안 되겠지. 못생겼으니까 더 뻔뻔하게 가야지.

찰랑.

팔찌를 벗어 다시 작은 상자에 넣었다. 그를 생각하며 용기를 얻고 나니 얼른 자고 내일을 맞이하고 싶었다. 힘없이 늘어졌던 몸이 생기를 얻었다.

♣

한수는 서류를 살피며 늦게까지 사무실에 있었다.

"인사 발령에 불만을 품을 수도 있었어."

기척을 내고 들어왔는데도 한수는 몰랐다. 익숙한 목소리에 고개를 들어 보니 큰형인 한찬이 들어와 있었다.

"크게 티가 나지도 않은 일입니다. 형님은 아니까 거슬리는 거겠죠."

"누구야?"

차가운 막내 동생. 그와 무려 열다섯 살이나 차이 나는 동생이었다. 한찬은 한수를 회사로 데려오려고, 아니 집으로 데려오려고 많이 애를 썼다. 꼼짝도 하지 않던 한수가 제 발로 돌아온 날을 잊을 수가 없었다.

　오랜 방황을 끝내고 돌아온 그에게 한찬은 회사에서 일할 것을 권했다. 한수가 받아들이며 내건 조건이 독특했다. 사람 하나를 쓰는 일이었다. 흔쾌히 허락했고 한수는 열심히 일했다. 드디어 한수가 몇 년간이나 신경 쓰던 우수진이란 여자를 본사로 발령을 냈다. 내일이면 그녀를 직접 만나 볼 수 있게 되었다.

　"서류를 보면 아시지 않습니까?"

　"내가 그걸 묻는 건 아니잖아?"

　대학 졸업 전에는 시간제 근무로 회사에 들어왔던 우수진이란 여자. 주의 깊게 살펴봤지만 한수와 만나는 것도 아니고 알고 지내는 것도 아닌 것 같았다. 갑자기 그녀를 불러올려 달라고 한수가 부탁한 후로 한찬은 뭐가 어찌된 일인지 궁금해서 잠이 안 올 지경이었다.

　"저도 잘 모릅니다."

　"뭐?"

　"아직 누군지 저도 잘 몰라서 알아보려고 합니다."

　"알아보려는 정도에 모든 걸 걸었다는 거야?"

　"모든 건 아닙니다. 회사 일을 맡는 것이 저한테 큰 손해도 아니니까요."

　"그래도 넌 절대 들어오지 않으려고 했잖아? 협상을 수월하게 하려고 버틴 건 아니겠지?"

　"그렇게 생각하셔도 좋습니다. 어쨌든 전 원하는 걸 얻었고 일도 하고 있으니까요."

"네 곁에 둘 줄 알았는데 어째서 부서가 달라?"

"형님!"

"알았다. 더 이상 묻지 않으마. 미칠 것 같지만 참아 봐야지."

"그렇게 불쌍한 척하셔도 말씀드릴 게 없습니다."

"알았다니까. 일해. 아니, 이젠 그만해. 너무 늦었어. 내일 첫 만남에 초라해 보이면 어쩌려고 그래?"

한수의 손에서 서류가 멀어졌다. 잠깐 인상을 쓰더니 한찬의 말대로 일을 그만두려고 자리에서 일어섰다. 생각지도 않은 한수의 즉각적인 반응에 한찬은 당황했다. 그냥 해 본 소리였는데. 놀림이란 게 통하지 않는 얼음조각 같은 녀석에게 포기하듯 던진 말이었는데 바로 들어 버리다니.

"내일 뵙겠습니다."

"아, 그, 그래."

얼떨결에 사무실에서 쫓겨난 한찬은 한수의 새로운 모습에 몇 번이나 가던 걸음을 멈추었다. 놀라워. 정말 놀라워.

한수는 집으로 들어가려다 멈칫했다. 형의 말에 일을 그만두었는데 잘한 것 같지 않았다. 내일까지 지금부터 기다려야 하는데 그게 힘들 것 같았다. 기다림을 잊어 보려고 일을 열심히 한 거였는데 그걸 잊었다.

"할 수 없지."

겨우 집 안으로 들어온 그는 최대한 천천히 움직였다. 씻고 정리하고 내일 일을 확인하고. 그래도 아직 잘 시간이 남았다. 잠이 올 것 같지도 않으니 그것도 문제였다.

"우수진."

몇 번이나 혼자 불러 본 이름이었다. 내일부턴 직접 보고 부를 수 있게 되었다. 그러나 잘한 짓인지 확신이 서지 않아 아직도 갈등했다. 발령을 취소할까? 아니야. 그건 안 되지. 회사를 그만둘지도 모르니까. 알아보지도 못하는데 걱정할 건 없어.

몇 번이나 근처에 가 봤지만 매번 덤덤한 얼굴로 그를 지나치는 수진이었다. 대부분의 사람들이 그를 알아보지 못했으니 수진만 특별한 건 아니었다. 그러나 가끔, 섭섭했다. 그래도 재워 주고 먹여 줬는데 좀 알아봐 주지.

'누구야?'

형의 질문이 생각났다. 누굴까? 수진은 그에게 어떤 사람일까? 가슴 안으로 뛰어 들어왔을 때부터 뭔가 다르다는 걸 느꼈지만 한수는 그게 뭔지 알 수가 없었다. 계속 그녀의 주변을 맴돌며 공부하고 학교 다니는 걸 지켜봤지만 알 수 없기는 마찬가지였다. 오히려 더 복잡해져서 답답함만 더해졌다. 결국 그녀가 모르게 회사로 이끌었고 그의 곁에 두기까지 했다.

앞으로 어떻게 될지 그로서도 말할 것이 없었다. 이 마음은 도대체 뭘까? 동정? 연민? 그것도 아니면 대체 뭐기에 이렇게 질기도록 오랫동안 그를 옭아매는 걸까?

내일부터 알아봐야지. 그러려고 불렀으니까.

한수는 오지 않는 잠을 청했다. 내일 수진을 봐야 하니까. 내일부터 수진에 대한 그의 마음을 확인하기로 했다.

♣

불안하고 불편한 마음을 겨우 누른 수진은 평소의 담담한 얼굴을 되찾아 본사로 출근했다. 그녀가 일할 사무실을 안내받고 그 안에서 일하고 있는 여섯 명과 인사를 했다. 신입 사원이 둘, 그녀를 포함한 대리가 셋, 그리고 과장. 부장은 없이 팀장 겸 이사님이 계시다고 했다.

"이사님은 오후에 돌아오시니까 그때 가서 인사를 드리면 됩니다."

"알겠습니다."

갑자기 본사 발령이 났기에 자리에 구멍이 나서 얼른 메꿔 줘야 할 상황일 수 있다고 했는데 그런 상황은 전혀 아니었다. 자신이 없어도 아무 지장이 없을 것 같았다. 수진은 왜 급하게 발령이 났는지 궁금했지만 이미 확정되고 출근까지 했으니 더 이상은 신경 쓰지 않기로 했다.

본사 출근 첫날은 평범하고 조용했다. 정은이 처음부터 혹독하게 준비시켜 준 덕분에 대리가 그냥 된 것이 아니라는 걸 일로써 보여 줄 수 있었다. 점심시간 이후로 더 많은 안정감을 찾은 수진은 정은과의 회사 생활이 고마웠다는 생각까지 할 수 있게 되었다.

"우 대리, 이사님 오셨으니까 올라가서 인사드려요."

"네."

정 과장의 말에 함께 가려고 가만히 섰는데 그는 다시 자기 일로 눈을 돌렸다.

"저, 저 혼자 올라가서 인사드려요?"

"아, 그래요. 간단히 인사하고 오는 거니까."

"알겠습니다."

처음 보는 윗사람을 혼자서 마주한다는 게 좀 부담스러웠다. 수진은 한 층 위에 있는 이사의 사무실로 향했다.

수진이 사무실을 나가는 걸 보는 정 과장은 속으로 의아해하는 중이었다. 아무렇지 않은 척 말했지만 이사님이 우 대리를 혼자 올려 보내라는 말을 했을 때 이상했다. 평소에 그런 일이 없었기 때문이다.

본사 발령에 이사님의 입김이 있었던 걸까? 몇 가지 가능성을 떠올려 봤지만 마음이 쏠리는 생각이 없었다. 당황스러워하는 수진의 표정이 그의 의아함을 확신시켰다. 수진이 이사님을 알고 있었다면, 서로 뭔가 줄로 이어져 있었다면 당황할 수 없을 테니까. 정 과장은 답 없는 생각을 마무리하고 일에 다시 집중했다.

"어서 오세요. 기다리고 계십니다."

수진의 이름을 듣자마자 비서는 화사한 웃음으로 맞이했다. 사무실 문을 가볍게 두드린 후 그녀가 들어갈 수 있도록 문을 열어 주었다.

"안녕하세요, 오늘부터 일하게 된 우수진입니다."

"아, 우수진 씨. 우수진 대리라고 해야겠군요. 반가워요. 거기 좀 앉아요."

"네."

추한명 이사. 수진이 명패를 마주하고 그의 책상 앞에 놓인 의자에 앉았다. 마치 면접을 보는 것 같은 느낌이 들었다.

"적응은 잘할 것 같습니까?"

"아, 네."

"다행이군요. 혹시라도 어렵거나 모르는 것이 있으면 나한테 말해도 됩니다. 되도록 나한테 말해 주길 바랍니다."

수진은 추 이사의 말을 잘 이해할 수 없었다. 그는 자상한 배려를 위장한 명령을 내리는 것 같았기 때문이다. 긴장해서 그렇게 들리는 걸까? 마치 무슨 일이든 자기한테 와서 말해야 한다고 다짐을 받는 것 같았다.

"네."

"부서를 옮기고 싶으면 옮겨도 됩니다."

"네?"

"사람이 일하다 보면 잘 안 맞을 수도 있으니까. 그래서 부서가 옮겨질 수도 있어요. 그 점 미리 알고 있어요. 갑자기 옮겨진다고 당황하지 않도록 말입니다."

"네."

대답은 했지만 지금 무슨 말을 하는지 모르겠다. 부서가 옮겨질 수도 있다고? 그것도 갑자기? 본사는 이런 건가? 일을 잘 못

하면 바로 조치를 취하겠다는 말일 수도 있겠지. 수진은 말을 하면 할수록 이해하기 어려워지는 걸 느꼈다.

"한 가지, 혹시, 남자 친구 있습니까?"

"네?"

"뭐, 그냥 물어보는 건데, 결혼할 생각이 있는가 해서 묻는 겁니다. 연애를 하면 안 된다는 게 아니라 결혼에 대해 부담을 갖지 말라고 하는 말이니까 오해하지 말고 들어요."

"아, 네."

"남자 친구 있습니까?"

"지금은 없습니다."

"아, 그렇군요."

왜 다행이라는 표정이 보이는 것일까? 오늘 처음 만난 이사님이 자신에게 남자 친구가 없다는 사실에 안도할 아무런 이유가 없는데 어째서 그런 생각이 드는지 모르겠다.

수진은 스스로 어이가 없었다. 말도 안 되는 느낌을 계속 받는 것에 당황했다.

"어떤 남자를 좋아합니까?"

"네?"

"아, 오해하지 말고. 내가 주변에 젊은 총각들을 많이 알고 있어서 기회가 되면 소개해 주려고 하는 겁니다. 어떤 남자가 좋습니까?"

"저기, 별로 생각해 보지 않아서요."

"뭐라도 생각나는 걸 말해 봐요."

난감하다. 억지로 쥐어짜서라도 들을 기세다. 이런 느낌도 어이가 없었다. 왜 이사님이 억지로 자신의 이상형을 쥐어 짜내야 한단 말이야? 말도 안 돼. 긴장해서 미쳤나 봐.

"그냥, 성실하고, 속이 깊고, 그 정도."

"외모는? 키가 커야 한다든가 마르면 안 된다든가, 그런 거 있죠? 머리숱은 많아야 하고 근육도 좀 있고, 카리스마, 그런 것도 따지지 않나?"

"저는, 상관없을 것 같습니다."

자신이 말하는 항목마다 눈을 반짝이더니 급기야 이사님이 손수 이상형을 마련해 주려고 했다. 수진은 괴상한 이사님의 성격에 반쯤 적응해서 대충 맞추어 주었다.

"경제력은? 남자가 번듯한 직장은 있어야겠지요?"

"상관없습니다."

"오, 상관없다고? 그렇군. 뭐, 그런 건 어차피 걱정할 필요가 없으니까."

"네?"

"아닙니다. 남자 친구 확실히 없죠?"

"네."

기분이 슬슬 나빠지려고 한다. 아무리 이사님이라지만 직원의 사생활에 너무 깊이 들어오려고 하시는 것 같다.

"미안해요. 내가 이런 걸 좋아해서. 궁금해서 미치지 않으려면 뭐라도 물어봐야 해서. 하하하. 됐으니 이제 가 봐요."

"네. 가 보겠습니다."

수진은 이상하고 어이없다는 느낌만 잔뜩 가지고 이사와의 인사를 끝내고 나왔다. 그녀는 사무실로 돌아가는 동안 어제부터 이어진 딱 들어맞지 않는 상황에 대해서 깊이 생각하게 되었다.

다 이유가 분명하지 않고 이상해. 그렇게 생각하지 않으려고 노력했는데 번번이 실패야. 이사님 때문에 잘 눌렀던 생각들이 터져 나와 버렸어. 갑자기 주변이 왜 이렇게 이상해진 걸까?

쿵.

"엄마야!"

생각에 잠겨 걷느라 누가 오는 줄도 몰랐다. 사실 낯선 건물에서 길을 잃고 있었는데 수진은 그것조차도 깨닫지 못하고 있었다. 부딪힌 사람을 보기도 전에 미안함에 당황했다.

"죄송합니다."

"눈을 어디다 두고 다니는 겁니까?"

앗! 인한? 차갑고 거친 소리에 갑자기 인한이 떠올랐다. 수진은 고개를 들고 마주한 남자를 올려다보았다.

아, 그래. 알아볼 수 없지? 그의 얼굴을 모르니 살핀다고 알 수는 없어. 게다가 이 남자는 너무, 말끔해. 먼지 하나 떨어지지 않을 것처럼 정확하게 정리된 사람이야. 인한과 너무 달라. 하긴, 이런 곳에서 우연히 만날 사람은 아니잖아?

"죄송합니다. 제가……. 길을 잃었나 봅니다. 처음 출근해서 어디가 어딘지 잘 몰라서요."

한수는 그를 올려다보던 수진의 표정을 자세히 보았다. 처음엔 놀라서 올려다보더니 이내 실망하고 슬픈 얼굴이 되었다. 두리번거리며 당황하는 수진을 하나도 놓치지 않고 살폈다. 위험할 만큼 말랐던 몸은 대학을 다니는 동안 많이 좋아졌다. 물론 그의 마음에 들 만큼은 아니지만 그때에 비하면 보기 좋게 살이 붙어 있었다.

피곤한 건지 수진의 눈 밑이 거뭇했다. 이번에도 그의 품으로 들어와 안긴 수진. 다음에, 다음에 또 안기면 그때는 놓아주지 못할 것 같았다. 아니, 놓아주지 않을 참이었다. 한수는 처음처럼 그녀의 팔을 잡는 짓은 하지 않았다. 손을 바지 주머니에 넣고 있었기 때문이다.

"칠칠치 못하기는."

아니야. 수진은 중얼거린 남자의 목소리가 귀에 익어 다시 인한을 떠올렸다. 그러나 곧 고개를 저었다. 목소리가 비슷해서 돌아본 남자가 이제까지 너무 많았기 때문이다. 인한과 대화를 오래해 보지 않아서 그녀의 기억에 남은 목소리는 분명하지 못했다.

왜 자꾸 그를 떠올리는지 모르겠네.

"후우."

수진은 자기도 모르게 긴 한숨을 쉬었다.

"어디 아픕니까?"

한수는 수진의 한숨에 가슴이 철렁했다. 인상을 약간 쓰고 있는 수진이 걱정되었다.

"네?"

"피곤한 것 같은데 잠은 제대로 자고 다니는 겁니까?"

"잘 자고 잘 먹고 다닙니다. 죄송합니다. 이만 가 봐야겠습니다."

"어딘 줄 알고 간다는 겁니까?"

"네? 아, 다시 되돌아가서……."

"따라와요."

수진은 몸을 돌린 남자를 따라갔다. 왠지 그가 따라오라니까 저절로 몸이 움직였다.

"정신 똑바로 차리고 다녀요."

"네. 감사합니다."

그를 따라 아래층으로 내려오니 바로 일하는 사무실이 보였다. 어쩌면 길을 잃은 것이 아니었는지도 모르겠다. 그래도 수진은 남자에게 감사의 인사를 했다. 숙였던 몸을 펴자 이미 그는 몇 발자국 멀어지고 있었다.

"아이구, 추 과장님, 오늘 회식 있는데 우리 부서하고 함께하시죠. 회사에서 특별히 회식비도 넉넉히 지급받았습니다."

그때 마주 오던 정 과장이 남자에게 반갑게 인사했다. 수진은 자신을 데려다준 남자가 추 과장이라는 걸 알게 되었다. 들어가려고 몸을 돌리려는데 공교롭게도 추 과장이란 그가 뒤를 돌아보는 바람에 눈이 마주쳤다. 놀라서 얼른 눈을 돌리고 급하게 사무실로 들어왔다.

추 과장이 왜 뒤를 돌아 자신을 봤는지 모르겠지만 마주친 그의 눈에 가슴이 덜컹했다. 그에게 죄를 지은 것도 아닌데 왜 가슴이 덜컹거리는 건지 모르겠다. 수진이 두근거리는 가슴을 다독이며 자리에 앉으려는데 이 대리가 명랑하게 다가와 말을 걸었다.

"우수진 대리, 오늘 환영회 겸 회식 있어요. 약속 없지? 있어도 취소. 첫날 회식은 당연한 거니까 무조건 참석. 알죠?"

회식? 아까 정 과장님이 말했던 그 회식일까? 그렇겠지. 그럼 아까 그 추 과장이란 남자도 올지 모르겠네. 어쩌지?

"무조건 참석해야 하나요?"

"당연하지. 새로 와서 인사해야지. 참석?"

"네. 그런데 다른 부서하고 같이하기도 하나요?"

"보통은 우리끼리 하는데, 이런 회식은 공동으로 해요. 이사님이 팀장으로 계시는 부서가 모두 모이는 거니까."

"이사님이 부서를 여러 개 관리하세요?"

"우리 부서하고 경영기획 팀 모두 이사님이 팀장으로 관리해요. 중요하니까."

그래서 참석하자고 했던 거구나. 그럼 어김없이 다시 만나겠네? 겨우 다독여 두었던 심장이 다시 두근거렸다. 첫날만 아니었어도 거절할 핑계를 댈 수도 있었는데. 빠져나갈 구멍은 없었다. 그 사람은 경영기획 팀에 있는 거구나.

두근거리는 심장을 무시하고 어렵게 시간을 보냈다. 일을 하면 웬만한 잡생각은 모두 물리칠 수 있는데 이번엔 그녀의 마음대로 되지 않았다. 한 가지 일을 마치면 바로 시간이 보였고 그 시간이 다가올 회식에 대한 알지 못할 복잡한 감정을 떠올리게 만들었다.

기다리는 건지 아니면 피하고 싶은 건지 초조하고 소란스러운 마음에 수진은 일을 제대로 해내기가 어려웠다. 머릿속의 소란스러움에도 드디어 회식 시간이 바짝 다가왔다. 다들 웅성거리며 자리를 정리하기 시작했다.

"어머, 이사님도 참석하신대? 웬일? 거의 참석하시지 않잖아?"

"오늘은 분위기 어렵겠죠?"

"그러네. 그래도 추한수 과장님 볼 수 있으니까."

"오늘은 참석하신대요?"

"당연하지. 부서 통합 회식엔 빠진 적 거의 없었어. 이사님도 오시는데 더더욱 참석해야지."

"그렇구나."

조잘거리는 사람들의 수다에 수진의 심장이 더 크게 뛰었다. 이상한 이사님과 또 만나야 하는구나. 뭐가 어떻게 되는 건지 모르겠다.

한명은 한수와 수진을 살피느라 여념이 없었다. 형의 부탁이 없었어도 그가 나서서 살폈을 일이었다. 한수와 눈이 마주칠 때마다 죽일 듯 노려봐서 그게 힘들었지 나머진 재미있었다.

열두 살 어린 동생 한수. 초등학교 육 학년의 한수가 집에 처음 들어왔을 때 그의 나이는 스물다섯 살이었다. 군대를 제대하고 돌아와 보니 어린 남동생이 생겼다. 막내로 알다가 갑자기 코흘리개 동생이 생겨서 처음엔 당황스러웠다. 게다가 코흘리개 동생은 접근하기 매우 어려운 아이였다. 가시를 잔뜩 세운 고슴도치 같았다.

사춘기를 맞이 빈빈하게 가출하고 속을 썩이는 동생을 보며 다 저런 거라며 그리 걱정하지 않았다. 한찬 형이나 자신이나 이미 다 경험했던 치열했던 사춘기 시절이었으니까. 그러나 그들이 생각했던 것처럼 한수에겐 그렇게 낭만적인 시절이 아니었던가 보다.

대학에 들어가서도 집에 있지 않으려 했고 처음 코흘리개로 들어왔을 그때와 그리 달라질 것 없는 관계가 이어졌다. 그러다 한수가 군대를 다녀왔고 그리고 영영 집을 나가 버렸다. 한수 엄마의 죽음이 한수와 그들의 끈을 완전히 끊어 놓은 셈이었다.

아버지는 그런 한수에게 끈질기게 손을 내밀었다. 어린것을 엄마와 떨어져 지내게 한 죄책감이 있어서일까? 한수는 아버지의 손을 한 번도 잡지 않았다. 한수가 회사로 들어와 일을 한다는 건 그래서 획기적이고 놀라운 변화였다. 그 놀랍고 획기적인 변화의 주인공이 바로 우수진이었다. 그렇게 믿었고 확신했다. 한수의 모든 변화는 우수진이란 여자와 딱 붙어 있었으니까.

"새로운 출발을 하는 우수진 대리, 내가 주는 술, 한 잔 받지?"

일부러 그렇게 앉히기도 힘든데 어떻게 한수와 마주하고 수진이 앉았다. 운명인 걸까? 수진은 한수를 어려워하는 것 같았고 한수는 애써 수진을 무시하려고 하는 것 같았다. 뭔가 변화를 주어야 할 것 같아서 한명은 아까 술을 거절했던 수진에게 이사라는 자리를 빙자해 술을 마실 것을 권했다.

"죄송합니다. 제가 술을 못 마셔서……."

"어허, 이거 회식 문화가 너무 많이 변했어? 딱 한 잔도 안 돼? 혹시 발작이라도 일으켜서 목숨에 지장이라도 있는 건가?"

"아니, 그건 아닌데, 제가 감당을 못 해서……."

모두들 수진에게 집중했다. 이사가 특별히 참석해서 절대로 없었던 일을 특별히 하고 있다는 걸 알고 있는 그들은 수진이 어떻게 반응할지 궁금했다. 어렵게 처음은 거절했는데 거듭되는 이사의 권유에 밀려가는 것 같았다. 그렇겠지. 저런 강압에서 꿋꿋이 견뎌 낼 수 있는 직장인이 어디 있을까? 술을 가득 따라 수진에게 내민 이사의 팔이 조금도 움직이지 않고 있었다. 내릴 의향이 전혀 없다는 뜻이었다.

"오늘 새로 온 사람입니다. 여기서 술 먹고 주정하면 뭐가 되겠습니까? 제가 대신 마시겠습니다."

벌컥.

느닷없이 존재감을 내세운 한수가 한명이 내밀고 있던 술잔을 집어 말릴 사이도 없이 자기 입으로 털어 넣었다. 여직원들의 가슴이 콩콩 뛰는 장면이었다. 멋있어. 저런 기사도 정신. 저게 바로 남자의 멋이지.

"한, 아니, 추 과장, 술 못 마시잖아?"

못 마시는 게 아니라 안 마신다고 했다. 금주. 그가 회사로 들어오면서 선언한 약속 중의 하나였다. 금주, 금연. 모두 성공했고 한 번도 되돌아간 적이 없었다. 한명은 그래서 더 놀랐다.

"억지로 권하면 이렇게 되니까 이제 그만하십시오."

"나야 딱 한 잔만 권하기로 했으니 당연히 그만둬야지. 괜찮겠어? 쓰러지면 어쩌려고?"

한수는 한명이 하는 말을 이해할 수 없었다. 금주를 선언했지만 그건 새로운 마음가짐을 가지려고 선언한 일이었다. 술을 못 마시는 체질도 아니고 술주정이 있는 것도 아니었다. 그런데 그런 모든 걸 아는 형이 그를 엄청나게 걱정하는 얼굴로 쓰러진다느니 어쩌느니 말하고 있었다. 한수는 왜 형이 그런 말을 했는지 생각하면서 수진을 보았다.

"죄송합니다."

수진의 걱정 가득한 얼굴. 이걸 노린 걸까? 한수는 다시 한명을 쏘아보았다. 그러나 이미 수진은 한수가 쓰러지는 걸 감수하면서 그녀의 술을 대신 마셔 준 것에 놀라고 걱정하고 있었다. 계속해서 그를 살피는 수진의 눈길을 피하기가 어려웠다.

"나는 이만 자리를 떠야겠어. 오랜만의 회식인데 내가 분위기를 망친 것 같아서 미안해. 이제 여러분끼리 재미있게 즐기도록."

부하 직원들의 입에 발린 소리를 웃음으로 받아 준 한명은 천천히 회식 자리를 나왔다. 한수가 너무 쏘아봐서 얼굴에 구멍이 뚫릴 지경이었다. 그래도 한수가 수진에 대해 예민하다는 걸 확인해서 기분이 좋았다. 사실 더 많은 계획이 있었지만 한수에게 너무 잔인한 것 같아 술 한 잔으로 끝내기로 했다. 그가 뭘 더 하지 않아도 수진을 바라보는 젊은 직원들의 눈이 한수를 잘 찔러 줄 테니까.

"우 대리, 형제 있어요?"

"아, 없어요. 저 혼자예요."

"좋겠다. 나는 위아래로 언니와 동생이 있어요. 외동딸이 소원이었다니까요."

이런 저런 잡담으로 회식 분위기가 무르익었다. 맛있는 걸 먹고 마시며 점점 뭐가 뭔지 모를 이야기로 빠져드는데 한수의 눈은 수진을 살피는 일에서 조금도 벗어나지 않았다. 가끔 그가 어떤지 살피려던 수진의 눈과 마주했는데 수진은 그럴 때마다 얼른 눈을 내렸다.

옆자리와 건너편에 앉은 남자 직원이 살갑게 수진에게 말을 걸었다. 수진은 동안인 데다가 착하고 순진해 보이기까지 했다. 눈을 동그랗게 하며 고개를 갸웃거리는 모습은 남자 직원들의 눈을 잡아끌었다.

"어려 보여서 가끔 오해를 받기도 할 것 같습니다."

"그런 일은 거의 없었습니다."

"술을 안 좋아하면 뭘 하면서 사람들하고 즐깁니까?"

"그게, 이제까지 너무 바빠서……."

"남자 친구 없어요?"

"어머, 최 대리님, 처음부터 너무 티 내시는 거 아니에요? 지난번엔 저한테 그러시더니 이젠 우 대리님한테 그러시기예요?"

남자 직원의 질문에 추 이사를 생각하며 잠시 머뭇거린 수진을 대신해 은미가 얼른 끼어들었다. 수진은 은미의 말에 남자 직원들의 질문에 너무 솔직하게 대답한 것을 후회했다. 은미를 보느라 그 옆에 앉은 추 과장을 보았는데 공교롭게 인상을 잔뜩 쓴 그와 딱 마주쳤다. 반사 작용처럼 얼른 시선을 피해 젓가락을 집었다.

"어머, 과장님, 어지러우세요?"

은미의 말에 수진은 집어 들었던 감자를 내려놓고 그를 살폈다. 인상을 쓴 건 아까 술 때문에 컨디션이 안 좋아서일 수 있었다. 정말 쓰러지는 걸까? 한 손으로 얼굴을 감싼 한수의 모습은 어지러움을 참아 내는 것처럼 보였다.

"아닙니다. 별거 아닙니다. 신경 쓰지 마세요."

한수는 물을 한 잔 마시며 사람들의 시선을 물리쳤다. 수진에게 향한 남자 직원들의 관심 때문에 신경이 바짝 날을 세웠다. 겨우 참아 내고 있는데 마주친 수진이 놀라며 시선을 외면해서 인내심이 푹 꺼져 버렸다. 이러지도 저러지도 못하는 상태가 속상해서 손으로 얼굴을 문지른 건데 괜한 오해로 시선만 끌게 되었다.

한명의 쓸데없는 말 때문에 한수는 모두의 시선을 의식해야 했다. 그 속에 수진의 시선도 있어서 신경이 쓰였다. 보지 않아도 문제였고 봐도 문제였다. 힘겹게 버티던 시간은 다행히 멈추지 않고 정확하게 흘러갔다.

"와, 너무 많이 먹었더니 배가 터질 것 같네. 노래방?"

2차를 부르는 직원의 말에 몇몇이 반응했다. 수진은 이제야 끝난 회식에 안도했다. 얼른 추 과장을 집에 데려다줘야 마음이 놓일 것 같았다. 굳은 얼굴로 자리를 지킨 추 과장에게 계속 미안했다. 음식점을 나가 시원한 밤공기에 다들 살짝 취기가 오른 뺨들을 식혔다.

"노래방 갈 사람은 가고 집에 갈 사람은 갑시다. 내일 또 출근해야 한다는 거 잊지 마시고."

정 과장이 마지막을 정리했다.

"우 대리가 우리 추 과장님 택시 타는 거 봐 주세요. 안전하게 집에 들어가셔야 우 대리도 마음이 편할 테니까."

"네."

정 과장의 말에 얼른 대답한 수진은 추 과장 옆으로 갔다.

"괜찮으세요?"

"내가 그깟 술 한 잔에 어떻게 될 사람으로 보입니까?"

"그건 아닌데요, 그래도……."

"먼저 택시 타요."

"아닙니다. 과장님 먼저 타는 거 봐야 제가 마음이 놓여요."

"쓸데없이 마음만 약해 가지고."

"네?"

"됐습니다. 택시!"

그가 한 말에 인한이 떠오른 수진은 그를 다시 올려다보려고 했다. 하지만 몸을 돌려 택시를 잡는 바람에 그가 진짜 그런 말을 했는지 의심해 보았다.

인한과 똑같았다는 건 백 프로 착각이 분명해. 잘못 들었겠지. 비슷한 목소리로 비슷하게 말하니까 똑같다고 착각한 거야.

"타요."

"네? 아니……."

그가 타고 가려고 택시를 잡은 것이 아니었나 보다. 추 과장은 택시가 앞에 서자 수진의 팔을 잡아끌었다. 아파. 또 겹쳐지는 장면에 멈칫하는데 택시 문이 열렸다. 얼떨결에 택시에 타자마자 그가 문을 소리 나게 닫았다.

인한에 대한 생각에 수진은 집에 돌아와서도 한참 동안 멍하게 있었다. 추 과장이란 사람 때문에 인한을 계속해서 떠올리게 되었다. 인한을 너무 오래 생각해서 다른 사람에게 덧씌우는 건 아닐까? 왜 상관도 없는 사람에게서 인한이 계속 떠오르는 걸까? 추 과장님이 인한일 리가 없잖아?

추 과장님의 무뚝뚝함에 그를 떠올리는 걸 거야. 그럴지도 모르겠다. 다른 모든 것이 다르지만 단 한 가지, 무뚝뚝한 말투는 인한과 닮았다. 그래서 그런 거야. 인한처럼 툭툭 뱉어 내는 말투 때문에. 인한은 아니야. 인한이라면 날 알아봤을 테니까.

옷을 벗고 씻으러 들어가서 팔을 살폈다. 그가 잡았던 곳에 흔적은 없고 과거 인한이 팔을 아프도록 잡아끌었던 추억만 생생하게 떠올랐다.

수진은 인한이 그녀를 모른 척할 수 있다는 생각에서 필사적으로 도망쳤다. 인한이 그녀를 의도적으로 피했다면 다시 만났을 때 모른 척할 수 있었다. 그러나 그런 상황을 받아들이고 싶지 않았다. 외면당한다는 생각은 할 수 없었다. 결국 추 과장은 인한일 수 없었고 인한이여도 안 되는 사람이었다.

한수는 집에 돌아와 옷을 신경질적으로 벗어 던졌다. 수진에 대한 마음? 모르겠다. 아직도 모르겠는데 화는 났다. 그녀를 바라보던 남자 직원들의 호감 어린 눈에 화가 났다. 왜? 모르겠다. 그녀 곁에 아무도 없었으면 좋겠다는 유치하고 말도 안 되는 생각들이 왜 나는지 모르겠다.

정확한 이유를 따지지도 못하는 노여움 속에 되지도 않을 욕심은 왜 자꾸 끓어오르는 걸까? 수진의 귀여운 표정과 아담한 몸을 가지고 싶다는 파렴치한 생각이 그녀를 바라보는 내내 그를 괴롭혔다. 여자에 대한 본능적 반응? 원초적인 욕망?

처음 수진을 봤을 땐 고등학생이라고 생각했다. 그래서 이상하게 괴로운 심장에 죄책감을 가졌다. 곧 스물한 살이란 나이를 알았지만 처음 느낀 죄책감이 말끔히 사라지지 않았다. 고등학생일지도 모른다는 의심을 버리고 결국 정말 스물한 살이란 나이를 인정했을 때에는 어떤 식으로 수진을 대해야 할지 몰랐다.

연약하고 어린 여자. 수진은 아이처럼 안쓰럽고 연약해서 보호해 주고 싶은 여자였다. 그래서 돌봐 주고 싶었고 자신이 할 수 있는 모든 걸 다해 돌봐 주었다.

그런데 차지 않아. 돌봐 주고 보호해 주는 것으로 마음이 차지 않았다. 뭔가 다른 어떤 것이 마음을 계속해서 힘들게 했고 결국 그녀를 그의 곁으로 끌어오게 되었다.

뭐지? 대체 뭐가 수진을 대하기 힘들게 하고 있는 거지? 수진의 눈. 마주할 때마다 할 말을 잔뜩 품은 그 눈. 생각들이 빠르게 움직이는 것이 보이는데 그게 뭘까 궁금했다. 그녀는 자신을 보고 무슨 생각을 할까? 인한으로 만났던 날을 어떻게 생각하고 있을까?

한수가 수진에 대한 생각에 정신없이 빠져 헤매고 있는데 전화벨 소리가 정신을 차리게 했다.

— 어디야? 집이야?

"형님!"

한찬이다. 그는 한명이 자신과 수진을 동시에 괴롭히고 떠난 것이 생각나 울컥했다.

— 한명이가 말해 주지 않아서 이렇게 전화한 거야. 집이야? 소릴 지르는 거 보니까 집이네. 왜 집이야? 함께 있어야 하는 거 아니야?

"두 분 모두 왜 이러십니까? 저한테서 알아낼 건 아무것도 없습니다."

아직 자신도 모르는 걸 어떻게 남이 알 수 있겠나. 수진에 대한 마음을 정확하게 집어 말할 수 없어 답답했다.

— 왜 이러는지 알면 말해 주든가. 안 그럼 말해 줄 때까지 계속 찔러보는 수밖에 없잖아.

"인한이 걱정 안 되십니까?"

— 인한인 왜? 또 그러려고?

집에 다시 돌아왔을 때 한찬이 꽤나 못살게 굴었다. 어디서 뭘 했는지 누구와 뭘 하고 지냈는지 등등 묻고 또 물었다. 대답해 줄 때까지 다양한 방법으로 찔러 대는 통에 참지 못하고 한찬의 장남인 인한을 데리고 가출을 했다. 장남을 애지중지한다는 걸 알고 있었기 때문이다.

그 애지중지하는 아들을 데리고 나가서 학생이 가서는 절대 안되는 곳에 함께 드나들며 모범생이던 인한을 새로운 세상에 눈뜨게 해 주었다.

크게 잘못된 일은 없었다. 오히려 질풍노도의 시기에서 인한을 숨 쉬게 해 주는 긍정적인 영향을 주기까지 했다. 그러나 그 당시에 한찬은 인한을 못쓰게 만드는 줄 알고 크게 두려워해 모든 질문을 멈추었다. 가끔 그 시기에 못한 공부 시간을 아쉬워하며 투덜거리는 것 말고는 아무 말도 하지 않았다.

"연약한 제가 할 수 있는 게 그것뿐이니까요."

— 왜 한명이 자식은 안 건드리고 내 자식만 건드리는 거냐?

"한명 형님 애들은 아직 어리니까요. 탈선의 참맛을 알려 주기엔 아직 이르죠. 그러나 몇 년 후면 사정권 안에 들어옵니다."

한명에게 오늘의 빚을 갚을 날이 곧 돌아오는 것이다.

— 하긴.

"기대하시는 겁니까?"

— 그럴 리가. 어쨌든 혼자라니 실망이야. 멀찍이서 애태우지 말고 부서를 옮겨서 함께 있는 건 어때?

"형님!"

— 알았어. 그저 의견일 뿐이야. 그만 끊자.

한수는 전화를 끊고 한숨을 쉬었다. 부서를 옮겨? 아직 수진에 대한 마음을 확실히 몰라 힘들었다. 게다가 수진과 함께 있을 때 밀려드는 감정에 치여 제대로 조절하기도 힘들었다. 수진과 일대일로 오래 있을 자신이 없는 지금, 함께하는 건 말도 안 되는 일인데 왜 그 소리에 가슴이 두근거리는 건지 모르겠다.

수진은 집에 잘 들어갔을까? 전화기를 들었다가 놀라서 침대에 던져 버렸다. 전화로 안부를 물을 사이가 아니라는 걸 번호를 누르는 것과 동시에 깨달았다. 처음 만난 사이야. 직장에서 처음 만난 사이.

"젠장. 가까이 누니까 더 모르겠어. 더 힘들어!"

2

새로운 시작

어제의 복잡함을 잠시 잊고 출근한 수진은 첫날보다 더 어색함을 느꼈다. 어제 회식 때문이리라.

"외동으로 너무 곱게 자랐나 봐요."

"네?"

"누가 어려운 걸 시키거나 권하면 겁먹은 얼굴로 주저하지 말고 당당하게 거절하든가 아니면 다음에 하겠다고 잘 넘겨 봐요."

"아, 네. 그럴게요."

좋은 마음인 건지 아닌 건지 잘 모르겠지만 충고는 감사히 받았다. 스스로도 그런 쪽으로 좀 부족하다고 느끼고 있었으니까. 좋은 얼굴로 바로 수긍해서 그런 것인지 그 후론 별다른 말이 나오지 않았다.

회식의 후유증은 그렇게 넘어갔다. 모두들 닥친 일에 빠져 오전을 바쁘게 보냈다. 점심시간이 다가오자 슬슬 집중력이 흩어지며 두런두런 소리를 냈다.

"오늘은 생선 조림이 나오는 날이죠?"

"맞아. 은미 씨, 나가서 먹으려고?"

"그럴까 봐요."

"난 빼. 난 생선 조림 아주 좋아하니까. 추 과장님이 생선 조림 좋아하신다는데 은미 씨는 싫어서 어째? 나중에 함께 밥 못 먹는 거 아니야?"

신입 동기인 상원이 은미를 놀렸다. 상원은 신입이지만 수진보다 나이가 많았다.

"치. 생선 조림 안 먹으면 되죠."

옆자리에서 나누는 소리에 수진은 자연스레 귀가 솔깃해졌다. 추 과장이 생선 조림을 좋아한다는 것과 그와 점심시간에 식당에서 마주칠 수 있다는 사실을 알게 되었다. 어제만 해도 이런 생각은 할 필요가 없었다. 그러나 회식 이후로 수진은 한수가 불편했다. 인한을 자꾸만 떠올리게 하는 그를 가급적 만나고 싶지 않았다.

"우 대리님, 생선 조림 좋아하세요?"

"아, 별로. 같이 나가서 먹을래요?"

"와, 좋아요. 짝이 생겼으니 당근. 뭐 먹을래요?"

"뭐든 가깝고 맛있는 거면 좋죠."

수진은 그렇게 불편하고 신경 쓰이던 마음을 정리했다.

"나도 끼워 줘. 바깥바람 쐬고 싶으니까."

"네."

최 대리와 은미, 그리고 수진 세 사람은 점심시간이 되자마자 모여서 회사 밖으로 나갔다. 대부분 회사 식당에서 밥을 먹었지만 은미처럼 특별히 꺼리는 음식이 나오거나 약속이 있는 사람들은 밖으로 나와서 먹었다.

세 사람은 비빔밥집으로 들어갔다. 무난한 메뉴에 다들 만족하며 맛있게 밥을 먹었다. 새로 온 수진과 둘은 제법 말이 잘 통했다. 수진이 온실의 화초처럼 보여서 조심스러웠던 둘은 그녀가 보기와 달리 소탈하고 명랑하다는 걸 알게 되었다.

"유명 메이커나 명품이 하나도 없어요?"

"무서워서 못 사. 돈도 없고. 흠집 나면 으아, 돈이 날아가는 것 같아서."

수진의 장난스러운 표정에 은미와 최 대리가 웃음을 터트렸다. 실수로 반찬 국물이 수진의 옷에 튀는 바람에 알게 된 사실이었다. 아무렇지도 않게 국물을 닦아 내고 빨면 된다고 담담하게 반응하는 수진이 놀라워 은미가 비싼 옷이면 속상하지 않느냐고 물었던 것이다. 그렇게 수진의 소탈함이 드러났고 농담까지 할 수 있게 되었다.

"양치하러 가요."

수진은 은미와 함께 소지품 가방을 들고 화장실로 향했다. 서로 도란도란 수다를 떨며 걸어가고 있는데 갑자기 웃던 은미가 걸음을 멈추고 인사를 했다. 은미를 따라 본 곳에 한수가 서 있었다. 한수의 표정이 좋지 않았다. 수진은 왜 그의 표정에 책임감을 느끼는지 몰라 당황했다.

은미의 인사를 받은 한수가 계속 인상을 쓰며 수진을 보자 은미는 놀라서 수진을 올려다봤다. 슬쩍 손으로 수진의 팔을 쳤다. 어서 인사하라고. 은미는 수진이 추 과장을 보고도 인사를 하지 않아서 그가 화를 내고 있다고 생각했다.

"안녕하세요."

수진은 은미의 신호에 겨우 반응해서 늦었지만 인사를 했다. 복도엔 그들 말고도 여럿이 있었지만 수진과 추 과장 사이에 흐르는 냉기를 느끼고 멀찍이 물러났다. 은미도 추 과장을 좋아하지만 지금은 피하고 싶었는지 슬금슬금 수진과 거리를 두었다.

그도 그럴 것이 추 과장이 다른 곳으로 가지 않고 그들 앞으로 다가왔기 때문이다. 다가오는 동안 추 과장의 시선은 수진에게서 한 번도 떠나지 않았다.

"나 좀 봅시다."

"네? 아, 네."

바로 앞까지 와서 매섭게 말하고 돌아선 추 과장의 뒤를 수진이 따랐다.

수진은 한수를 따라가며 무섭기보다 다시 인한이 생각나 괴로웠다. 걸어오는 그의 모습에서 또 인한을 봤다. 한수의 고급스러운 슈트와 인한의 허름한 옷으로 완벽하게 구별되는 차림인데도 너무나 쉽고 간단하게 인한이 겹쳐졌다.

수진의 괴로움은 한수가 들어간 사무실 때문에 끊어졌다. 처음 들어와 보는 사무실을 잠깐 둘러보고 그와 마주하며 혼날 준비를 했다. 수진도 인사를 늦게 해서 불려 온 것이라고 생각했기 때문이다.

"왜 점심시간에 없었습니까?"

책상에 기대선 한수는 여전히 주머니에 손을 넣은 자세였다.

"네?"

준비하고 생각했던 말이 아니어서 추 과장의 질문이 바로 이해되지 않았다.

"식당에서 밥 안 먹고 나가서 먹었습니까?"

"아, 네."

"왜?"

생선 조림 좋아하면서. 백반집 아주머니에게 그녀를 위해 생선 조림을 부탁할 정도였는데. 오늘 수진이 좋아하는 반찬이 나오는 줄 알고 기대했다. 그런데 맛있게 먹는 수진의 모습을 볼 것이라 예상하고 내려간 식당에 그녀가 없었다. 천천히 밥을 먹으며 기다렸지만 끝내 수진은 볼 수 없었다.

"네? 아니, 그냥 그렇게 됐어요."

마주치기 싫어서 피한 자신의 마음조차 다 인정하기 어려운데 그걸 솔직하게 말하기는 더욱 어려웠다.

"누구하고 먹었습니까?"

"같은 사무실 직원들하고요."

이상하다. 뭐가 잘못된 걸까? 자신은 추 과장과 마주치기 싫어서 밖으로 나가 먹었다고 하지만 그가 그 일을 따질 수는 없는 거 아닌가? 점심을 나가서 먹든 회사 식당에서 먹든 그건 그녀의 자유였다. 당당하게 다그치는 그의 태도 때문에 생각하고 있는 것으로 반박할 수는 없지만 이 상황 자체를 이해할 수 없었다.

"뭐 먹었습니까?"

"아, 비빔밥이요."

"비빔밥? 그거 좋아합니까?"

"네? 아니, 딱히, 그렇지는 않은데요."

"그럼 뭘 좋아합니까?"

"생선 조림."

말하고 나니 민망했다. 오늘 식당 반찬이 생선 조림이었으니까. 그를 피하려는 의도가 들통났을까 봐 가슴이 뜨끔했다. 수진은 괜한 죄책감에 그를 보지 못하고 고개를 숙였다. 마음을 들킬 수는 없고. 그렇다면 나가서 좋아하지도 않는 음식을 사 먹은 게 잘못인 걸까?

따지고 싶은 마음에 수진이 슬쩍 고개를 드는데 그가 빠르게 다가왔다. 다가오는 그의 기세에 놀라서 뒤로 반 발짝 물러설 정도였다.

"좋아하지도 않는 밥 먹은 티를 꼭 내야 합니까?"

"네?"

"지저분하게 이게 뭡니까?"

"아."

가는 줄무늬가 있는 셔츠에 아까 반찬 국물이 튄 것이 생각났다. 그가 가리킨 곳엔 바로 그 자국이 있었다. 그리 크지도 않고 셔츠가 하얀색도 아니어서 아무나 볼 수 없을 줄 알았는데. 일부러 찾으려고 애를 쓸 리도 없는데 어떻게 이렇게 빨리 찾아내는 건지.

"내일, 두고 보겠습니다. 가 보세요."

"네."

그의 가라는 명령에 밀려 사무실을 나왔는데 여전히 혼난 이유는 이해되지 않고 쓸데없는 의문들만 잔뜩 늘어나 있었다. 내일 뭘 두고 보겠다는 걸까? 인사는 아닌 것 같은데. 아니야. 인사 안 한 걸 직접 말하기 뭣하니까 괜히 다른 걸 꺼내서 화를 낸 건지도 모른다.

맞아. 좋아하는 생선 조림을 안 먹었다고 화낼 수는 없는 거잖아? 인한이라면 몰라도. 인한은 자상함을 퉁명스러운 말로 포장해서 숨기는 사람이니까. 아, 또 인한이다. 수진은 잊었던 괴로움이 다시 떠올라 인상을 썼다.

"많이 혼났어요?"

"어? 아니야."

"우리 추 과장님 의외로 속 좁으시다."

"아니야. 그렇게 화내지 않으셨어. 그리고 내가 실수한 거니까."

기다리고 있던 은미를 달래고 수진은 화장실에 들어가 폭풍 양치를 했다. 이를 다 닦고 팔에 묻은 반찬 국물 자국도 빨아 없애려다 그만두었다. 마르기 전에 혹시라도 마주치면 더 혼날 것 같아서였다. 뭐든 꼬투리를 잡히면 안 돼.

그리고 남은 점심시간 동안 은미와 잡담을 했더니 어느 틈에 추 과장 때문에 부글거렸던 마음이 가라앉았다.

♣

　수진은 다시 돌아온 점심시간에 잊었던 어제의 일이 한꺼번에 떠올라 긴장되었다. 아침까지, 아니 어제 점심시간 이후부터 추 과장이 불러일으킨 혼란스러움을 까맣게 잊고 있었다. 어떻게 그렇게 까맣게 잊을 수 있었을까?

　'내일, 두고 보겠습니다.'

　한수의 말이 그녀의 머릿속을 휘젓고 다녔다. 그가 뭘 두고 보겠다는 건지 알 것 같아서 괴로웠다. 한수가 뭘 두고 보겠다는 건지 아는 게 이상한 거니까. 몇 번 만나 한두 마디 해 본 게 전부인 그 사람의 생각과 의도를 어떻게 알 수가 있어? 안다고 생각하는 게 착각이겠지.

　다음부턴 다른 곳에 가지 말고 점심시간에 식당에 밥을 먹으러 나오라는 말이 아닐 수도 있어. 그가 보는 데서 밥을 먹으라는 말은 더더욱 아닐 거야. 진짜 웃기는 일이잖아? 그가 뭐라고 그린 주문을 할 수기 있어? 게다가 그렇게 느껴진다는 게 더더욱 웃기는 일이야.

　정신 차려. 모르는 사람이야.

　"점심시간입니다. 우 대리님, 오늘은 식당에서 드실 거죠?"

　"아, 그, 그래."

그가 원해서, 원한다고 느끼는 그 말 때문에 식당에서 식사를 하는 게 아니야. 그냥 그렇게 되는 거지. 착각이었든 아니었든, 지금 식당으로 내려가는 상황은 조금도 의도하지 않은 거야. 그러나 그렇게 몇 번이나 마음을 다듬어 봐도 수진은 식당으로 내려가는 길이 어색했다.

"오늘 반찬은 다 제가 좋아하는 거예요. 매일 이렇게 나왔으면 좋겠는데. 대리님은 가리는 거 별로 없다고 하셨죠?"

"응? 아, 그래. 별로 없어. 그냥 기분 내키는 대로."

은미와 대화하며 다시 식당으로 내려가는 이유를 분명히 하려고 했지만 쉽지 않았다. 억지로 외면했지만 그녀가 긴장했다는 증거로 계단을 내려가는 다리가 몇 번이나 생각과 다르게 움직여 애를 먹었다. 수진은 옆에서 따르는 은미가 혹시라도 눈치챌까 봐 아주 조심했다.

"어머, 추 과장님이다. 우리 저 옆으로 가요."

하필 은미가 추 과장의 팬이라니. 제일 피하고 싶은 추 과장 옆으로 은미가 기쁘게 앞장섰다. 그저 멀리서 먹기만 하면 되는 일이 은미 때문에 어려워졌다.

"이 대리, 여기."

최 대리가 이 대리를 부르며 수진의 옆에 앉았다. 최 대리 덕분에 수진은 한수와 마주 보지 않는 자리에 앉게 되었다. 부서 직원들이 옹기종기 모여 앉는 바람에 한수만 수진의 옆모습을 볼 수 있는 상황이었다. 말할 것도 없이 한수를 가장 잘 볼 수 있는 자리는 은미가 차지했다.

수진은 안도의 숨을 쉬고 마음을 편히 가졌다. 곧 제법 친해진 분위기에 싸여 추 과장을 잊고 도란도란 수다를 떨며 밥을 먹을 수 있었다.

"우 대리 메추리알 잘 먹네? 이거 더 먹어."

최 대리가 수진에게 메추리알을 집어 주었다. 이미 그녀의 그릇으로 온 메추리알을 집어 다시 주기가 뭣해서 웃으며 고맙다고 말하고 먹었다. 은미가 상원에게 자기가 싫어하는 매운 고추를 옮겨 준 후에 일어난 일이라서 자연스러운 분위기였다.

"커피 마실 분."

식사를 마치고 상원이 모두의 커피를 자처해서 기분 좋게 회사 건물 밖의 공원에 옹기종기 모여 앉았다.

"우 대리는 아주 조용하고 내성적일 줄 알았는데 아니네?"

"다들 처음엔 그렇게 봐요. 심지어 부잣집 외동딸인 줄 알고 오해받기도 해요."

"부잣집 아니라는 거네?"

"엄청 가난했죠."

"오, 그래?"

"처음이라 가만히 숨이 있지만 곧 가난한 태가 슬슬 나올 거예요. 긴장하세요."

수진의 장난스러운 표정에 웃고 있는데 상원과 은미가 커피를 들고 왔다. 한 사람씩 받아 들고 또 한참을 웃고 떠들었다. 아쉬운 점심시간이 그렇게 후딱 지나가고 모두들 다시 사무실로 향했다. 다들 건물 안으로 들어와서 커피컵을 모두 쓰레기통에 버렸지만 수진만 여전히 들고 있었다.

모두를 앞서 보내고 천천히 뒤를 따르는 수진 옆으로 은미가 다가와 살갑게 팔짱을 꼈다. 수진도 그런 은미가 친동생처럼 여겨져 다정하게 웃어 주었다.

"어머."

즐겁게 조잘거리던 은미가 또 추 과장을 먼저 보고 멈추어 재빨리 인사를 했다. 은미는 그를 보자마자 어제 수진이 혼났던 일을 기억했다. 수진과의 팔짱을 슬며시 풀고 자세를 바로 했다.

이번에는 수진도 그리 늦지 않게 인사를 했다. 잊고 있었지만 긴장감이 완전히 사라지지 않은 탓인지 상황에 빨리 반응했다. 그러나 그런 수진의 빠른 반응에도 불구하고 추 과장은 둘을 그냥 지나치지 않았다. 어제와 똑같은 얼굴을 하고 그는 둘 앞으로 다가왔다.

"나 좀 봅시다."

어제와 똑같이 쌀쌀맞게 말하고 앞에서 돌아선 추 과장을 수진이 조용히 뒤따랐다. 은미는 수진이 어제의 일로 추 과장에게 단단히 찍힌 거라고 믿었다. 그러나 그런 은미와 달리 수진은 오늘 더 혼란스러웠다.

분명 그가 원하는 대로 한다고 했는데. 역시 착각한 것일까? 점심시간에 식당에서 밥을 먹으라는 소리가 아니었나? 그렇게 믿었고 식당에서 처음 마주한 추 과장의 얼굴도 나쁘지 않았다. 잠시 마주친 그에게 살짝 인사까지 했고 착각이겠지만 기분 좋게 인사를 받아 주었다고 생각했다. 그런데 왜 화난 얼굴로 또 부르는 걸까?

"손에 들고 있는 게 뭡니까?"

그의 사무실에 들어서자 그가 어제처럼 책상에 기대서서 물었다.

"커피요."

"그걸 왜 들고 있습니까?"

"남아서요."

"남은 건 버리면 되지?"

들고 있는 커피 이야기를 하며 앞으로 바짝 다가온 그에게 또 놀라서 수진이 뒤로 반 발짝 물러났다. 하지만 추 과장은 어제와 달리 내려다보지 않고 손을 내밀어 그녀가 들고 있던 커피컵을 빼앗았다.

"하나도 안 마신 것 같은데?"

그가 커피컵을 들고 슬쩍 움직여 보더니 고개를 갸웃했다.

"네."

"뭡니까?"

"카페인에 예민해서요."

"그럼 그렇다고 말했으면 되는 거 아닙니까?"

"다들 마시는데 혼자 안 마신다고 말하기 어려웠어요."

"그럼 남은 커피는 어쩌려고 했습니까?"

"몰래 버리려고요."

"한 모금도 안 마신 거라면, 나라도 마시면 되겠군."

"안 되는데요. 먹는 척하느라 입도 댔고 다 식었어요."

"입 댄 곳은 뚜껑이니까 벗겨 내면 되고 식은 건 데워 먹으면 됩니다. 냉커피도 마시는데 이걸 왜 못 마십니까?"

절약 정신이 엄청 강한가 보다. 수진은 자신보다 더 검소한 그의 태도에 더 이상 뭐라고 할 수 없었다. 사실 자신도 마시지 못하고 식기까지 한 커피였지만 버리려고 하니 아까웠다. 갑자기 커피를 마시겠다는 추 과장이 이해가 가진 않지만 조금 고마웠다.

"그 사람하고 친합니까?"

"네?"

커피를 책상에 놓고 돌아선 그가 다시 인상을 쓰더니 질문을 했다. 커피 이야기를 하다가 갑자기 그 사람이라니? 역시 무슨 소린지 알아들을 수가 없었다.

"식당에서 옆에 앉았던, 메추리알을 집어 준 최 대리 말입니다."

그런 것까지 봤단 말이야? 수진은 놀라움에 잠시 말을 하지 못했다.

"친합니까?"

"며칠밖에 안 돼서 친하다고 말하긴 그런데요."

"친하지도 않은데 음식을 나누어 먹습니까? 우수진 씨는 아무하고나 다정하게 음식을 나누는 사람입니까?"

수진의 귀에 다정하게라는 단어가 크고 정확하게 들렸다. 마치 추 과장이 그 사항에 대해 강조한 것처럼. 최 대리에게 다정하게 한 것 같지 않은데.

"이왕 옮겨진 반찬을 거절할 필요까지는 없는 것 같은데요."

"그러면 다음에도 그렇게 다정하게 음식을 나누어 먹겠다는 겁니까?"

이번에도 역시 다정하게라는 말이 크게 들렸다. 비꼬는 걸까? 행동 하나하나 검사받는 느낌이 들어 그녀도 화가 났다.

"그러면, 안 되나요?"

"……."

마음 단단히 먹고 대들었는데 효과가 있는 건지 그가 입을 다물었다. 그러나 그의 표정은 여전히 화가 나 있었다. 수진은 이해가 가지 않았다. 억울하기도 하고 혼란스러운데 더 황당한 건 화가 난 자신의 대답에 아무 말도 없이 침묵하는 그를 견디기 힘들다는 사실이었다.

아무 소리하지 말고 그냥 하라는 대로 할 걸 그랬나? 음식을 나누어 먹지 않는 게 그렇게 어려운 일은 아니니까. 하지만 왜 그래야 하지? 정당한 이유가 없는 요구잖아?

"가 봐요."

"네? 아, 네."

추 과장은 아무 말 없이 가만히 수진을 바라만 보더니 대뜸 가라는 말로 끝을 냈다. 수진은 갑자기 끊어진 상황에 당황스러웠지만 얼른 인사를 하고 사무실을 나왔다.

쿵.

한수는 수진이 사무실을 나가자마자 간신히 주머니에 넣어 두었던 손을 꺼내 책상을 쳤다. 속에선 계속해서 욕이 나왔다. 감정은 대책 없이 이리 뛰고 저리 뛰는데 잡을 분명한 이유를 찾을 수가 없었다. 아니, 그 분명한 이유를 아직 인정할 수 없었다. 수진의 낯선 시선이 견디기 힘들었다. 인한인 줄 모르는 그녀 앞에서 인한으로 있어야 하는 자신의 처지가 싫었다. 수진이 인한을 어떻게 생각하는지 몰라 인한이라 밝힐 수가 없었다.

퉁명스럽고 불친절한 사람으로만 기억할까? 매번 싫은 소리만 했으니 그럴 가능성이 높았다. 수진에게 다정하게 대해 준 적이 없으니 최 대리의 다정한 태도에 열등감이 들고 화가 났던 것이다. 수진은 다정한 남자를 좋아할까? 놓아주기 싫고 놓아줄 수 없는데 어떻게 하면 되는지 알 수가 없다.

집으로 돌아온 수진은 자려고 누워서 어제처럼 생각에 빠졌다. 추 과장님은 왜 그러는 걸까? 피하고 싶은데 그가 그걸 원하지 않았다. 그가 원하지 않으면 안 되는 걸까? 인한에 대한 생각 때문인지 그의 요구를 거절하기 어려웠다. 거절이 되지 않았다.

인한. 그에 대한 생각에 잡혀 뭔가가 어긋나고 있는 건 아닐까? 정상이 아니야. 인한과 전혀 상관없는 남자를 인한과 포개어 놓고 그에게 휩쓸려 가는 것 같았다. 인한은 어떤 사람일까? 추 과장으로 인해 인한에 대해 더 깊이 생각하게 되었다.

"인한."

나이도 모르고, 제대로 살피지 못해서 생긴 것도 모르는 신비한 사람. 인한이라고 불러도 되는 건지조차 모르겠다. 무뚝뚝한 말투와 덥수룩하게 기른 수염. 수진은 그를 만날 때마다 그의 얼굴을 만지며 까칠함을 느끼고 싶었다. 눈을 가리는 긴 머리와 노숙인과 같은 복장. 술과 담배 냄새……

그의 다정함에 다시 살아갈 힘을 얻었다. 먹을 것을 주고 그녀가 편히 쉴 수 있도록 자기 집인데도 들어오지 않았다. 물론 나중엔 그가 돌아와 주길 기다리느라 편히 잘 수 없었지만. 그가 그립다. 함께 있고 싶고 퉁명스러운 말투와는 다른 다정한 배려를 다시 받고 싶다. 늘 못생겼다고 타박하는 말조차 정겹고 좋았다.

찰랑.

수진이 침대 머리맡에 잘 넣어 두었던 팔찌를 꺼내 들고 소리가 나게 살짝 흔들었다.

"이젠 내가 잘해 줄 수 있는데. 밥도 차려 주고 옷도 빨아 주고. 새 옷도 사 주고. 뭘 하고 있을까? 지금 뭐 해요?"

찰랑, 찰랑.

"공부 잘해서 대학도 나오고 취직도 했어요. 밥도 잘 먹어서 살도 쪘는데. 이젠 조금 덜 못생겨졌을 것 같은데 보러 와요."

또르륵.

눈물이 흐르기 시작하더니 멈추질 않는다. 추한수. 그 사람 때문이다. 그가 자꾸 인한을 생각나게 해서 눈물까지 나는 거다. 인한을 마음으로 의지하는 것도 이젠 더 이상 할 수 없게 될 것 같다. 생각으로 추억으로 인한을 붙들고 의지했는데 추 과장이 인한은 없다고, 돌아오지 않을 거라고 말하는 것 같았다.

인한이 의도적으로 떠난 거라는 걸, 그래서 인한에게 더 이상 다정함을 바랄 수 없다는 걸 수진은 인정하고 싶지 않았다. 그걸 인정하는 순간 인한과 있었던 시간이 사라져 버릴 것만 같았다.

추 과장이 인한이라면? 다시 만났으면서도 인한이라 밝히지 않은 이유가 너무 분명해서 슬펐다. 잊기로 했으니까 밝히지 않는 거겠지. 또 의지하고 기대면서 귀찮게 할지도 모르니까 모른 척하기로 한 걸지도 몰라.

그가 인한이 아니라면? 계속 혼란스럽겠지. 인한이 겹쳐지는 그의 모습과 행동 때문에 가슴 철렁하며 매 순간을 힘들게 보내겠지. 인한을 그에게서 보면서 그리워하다가 두려워하기를 반복할 거야.

"바보. 추 과장님은 인한이 아니야. 아닌 사람을 가지고 뭘 생각하는 거야?"

바보. 정말 바보다. 수진이 눈물을 싹싹 닦아 내고 팔찌를 상자에 넣었다. 상자를 닫는 것처럼 생각의 문도 닫히기를 바랐다. 그녀는 불을 끄고 억지로 잠을 청해 보았다. 울다가 늦게 자서 내일 눈이라도 붓는다면 추 과장이 또 뭐라고 할지도 모른다는 생각이 들었다. 아, 또 추 과장.

닫고 싶은 생각의 문은 자꾸만 예고 없이 벌컥벌컥 열렸다. 수진은 몇 번이나 한숨을 쉬며 생각을 멈추려고 노력했다. 마주치고 싶지 않아. 그를 마주치고 싶지 않아.

♣

어젯밤 그렇게나 바라던 일이 어째서 이렇게 반대로 일어나는 것일까? 수진은 자신을 불러올린 이사님이 하는 말을 멍하니 듣고 있었다.

"처음에 내가 말했던 것처럼 부서를 옮기는 일이 일어났습니다. 뭐, 준비하고 있으라고 했으니까 그렇게 크게 당황스럽지는 않죠?"

"솔직히 조금 당황스럽습니다. 이사님이 말씀하신 걸 다른 뜻으로 이해했기 때문입니다. 정말 부서를 이렇게 빨리 옮기는 결정이 일어날 거라곤 생각도 못 했습니다."

"다른 식으로 이해했다니 아쉽군요. 난 분명하고 정확하게 준비를 시켰다고 생각했는데 말입니다. 어쨌든 이미 결정은 났습니다."

"추 과장님 부서로 옮기라는 건가요?"

"맞아요."

"죄송합니다만 이사님, 저는 그 부서에 안 맞습니다. 정말 아무것도 모릅니다. 거긴 중요한 곳이고 그래서 자격이 잘 갖춰진 사람만이 가는 곳이라고 알고 있는데 이제 겨우 본사로 옮겨온 제가 들어갈 수는 없습니다."

"걱정하지 말아요. 누구도 처음부터 다 알고 시작하지는 않으니까. 차근히 배우면 돼요. 배우는 동안 기다려 줄 생각도 확실하고. 그리고 추 과장 비서를 겸해서 바짝 붙어서 일하다 보면 생각했던 것보다 더 일찍 배우게 될 겁니다."

"네? 비, 비서요? 바짝 붙어서요?"

"될 수 있으면 아주 바짝 붙었으면 좋겠습니다."

"그게……."

"추 과장이 요즘 아주 불안해서 차분한 우 대리가 옆에서 잘 살펴 주면 큰 도움이 될 것 같거든. 그래서 내가 급하게 부서 이동을 강력히 추천한 겁니다."

한명은 한수의 상태가 위험하다고 생각했다. 어제 한수는 단한 마디도 제대로 할 수 없을 만큼 폭발 직전이었다. 뭔지는 몰라도 원인은 우수진이었다. 한찬 형에게 도움을 요청했지만 그는 말을 듣는 즉시 자리를 떠나 버렸다. 괜한 도발을 했다가 얻을 결과에 대해 걱정했기 때문이다.

한수의 고집스럽고 불같은 성격이 좀 누그러진 줄 알았는데 아니었다. 여전히 줄지 않고 그대로인 것 같았다. 이번의 폭발 위험은 우수진만 해결할 수 있는 것이 분명했다. 지금 한명은 수진을 굶주리고 포악해진 사자 우리로 던져 넣는 심정이었다. 자기 살자고 제물을 바치는 것 같아서 미안했다.

그러나 한수가 수진에 대해 전전긍긍한다는 걸 확실히 안 이상 수진이라는 비밀 병기를 쓰지 않을 수 없었다.

"저는, 저는 추 과장님 비서는 못합니다."

같은 부서로 옮기는 것도 모자라 비서까지? 그럼 항상 붙어 다녀야 하는 거잖아? 안 돼. 가끔 만나는 것도 힘든데 매일 보라고?

"왜요? 자기는 생각지도 않고 위험을 무릅쓰며 우 대리를 위해 술까지 대신 마셔 준 추 과장을 혐오합니까? 꼴도 보기 싫을 만큼?"

"네? 혐오라니요? 그런 게 아니라……."

수진은 술을 대신 마셔 준 일을 떠올리니 거절하기가 더 애매했다.

"그럼 할 수 있습니다. 인간 같지도 않다든가 아니면 너무 싫어서 두드러기가 난다든가 하는 게 아니라면 할 수 있는 거 아닙니까? 몸을 사리지 않고 술까지 대신 마셔 준 사람인데 말입니다."

한명은 한수가 혹시라도 회사를 뛰쳐나가는 건 아닐까 하는 생각에 불안했다. 그래서 수진이 거절하지 않도록 최선을 다했다. 한수가 다시 집을 뛰쳐나가면 겨우 안정된 아버지의 건강이 악화될 수 있었다. 한수는 아버지의 건강 따위 신경도 쓰지 않으니까 그걸 빌미로 그를 달랠 수는 없었다.

"그래도, 이건, 좀."

"우 대리가 추 과장 옆에서 보필을 해야 할 이유가 분명 있다고 확신해서 결정한 일입니다. 가급적 빨리, 되도록 지금 당장 옮기면 좋겠습니다."

"네? 당장에요? 설마 지금요?"

"지금 당장!"

오늘 아침부터 수진을 한수 옆에다 들여다 놓고 싶었지만 양심상 그렇게까지는 할 수 없었나. 또 수진이 받아들일 수 있을지도 걱정이 돼서 한명은 몇 시간을 참아 내고 사람을 한수에게 보냈다. 혹시라도 그의 상태가 호전되었을까 싶어서였다. 그러나 그가 보낸 비서가 하얗게 질린 얼굴로 돌아왔다. 말을 듣지 않아도 알수 있었다.

"이사님!"

"대충 챙겨서 추 과장 사무실로 가요. 거기 가면 자리가 있습니다. 추 과장이 하라는 대로 하면 되니까 다른 건 생각할 것도 없어요."

말이 쉽지 그게 그렇게 간단합니까? 수진은 소리라도 지르고 싶었다. 그러나 이상한 이사님이라고 여긴 한명의 단호한 표정에 쉽게 대들 수가 없었다. 아까부터 나름대로 최선을 다해 거절했지만 그녀의 의견이 조금도 받아들여지지 않고 있었다.

"한 번 더 생각해 주실 수 없습니까?"

"생각은 이미 끝났습니다. 심사숙고한 일이니까 더 생각하는 낭비를 하고 싶지 않습니다."

"그럼, 알겠습니다. 말씀대로 하겠습니다. 점심시간 후에."

"지금 당장."

"지금 당장은 좀, 마음의 준비도 안 됐고 또, 여러 가지."

"지금 당장 옮깁시다. 시간 끈다고 더 좋아지지 않아요. 그럼 그렇게 알고 이 일에 대해선 더 이상 걱정하지 않겠습니다. 가서 옮기도록 하세요."

"네."

수진은 밀려나다시피 이사 사무실을 나와 터벅거리며 돌아왔다.

"우 대리, 갑자기 옮기게 돼서 좀 놀랐지?"

정 과장은 기다렸다는 듯이 수진이 들어오자마자 다가와 그녀를 맞이했다.

"이런 일이 흔하지는 않지만 가끔 있어. 우 대리가 온 지 며칠 되지 않아서 더 쉽게 결정이 났을 거야. 자리를 잡고 일을 하는 사람들보다 더 빨리 새롭게 시작할 수 있으니까. 처음 본사 발령 났을 때처럼 생각해. 어서 챙겨서 가 봐."

정 과장마저 수진을 내쫓듯 몰았다. 이거 혹시 회사를 그만두라는 소리일까? 갑자기 불안한 생각이 들었다. 분명한 이유 없이 해고할 수 없으니까 이렇게 함부로 하면서 적응하지 못하게 하는 건지도 몰라. 버티지 못하고 자발적으로 나가도록 치사한 방법을 쓰는 곳이 있다고 들었어. 그런 걸까?

수진이 정 과장을 보았다. 설마. 믿고 싶지 않아. 설사 그렇더라도 쉽게 밀려 나가고 싶지도 않아. 이럴 거면 본사로 왜 승진 발령을 낸 거야? 앞뒤가 안 맞는 일이 너무 많아.

"과장님, 솔직하게 말씀해 주세요. 저는 이렇게 은근한 표현 참을 수가 없습니다. 이유가 있다면 듣고 자발적으로 퇴사하겠습니다."

"아니야. 우 대리, 오해하면 안 돼. 절대 아니야."

"오해 같지 않습니다. 이건 누구라도 그렇게 생각할 처사입니다."

"아니야. 절대로 아니야. 월급까지 올라가는 이동이야. 오해하지 말고."

추 이사는 우 대리가 오해해서 회사를 그만두는 일은 절대로 없도록 하라고 그에게 단단히 부탁했다. 설마 했는데 우 대리의 표정을 보니 그런 일이 일어날 것 같기도 했다. 자신이 생각해도 이번 조치는 오해하기 충분한 처사였기 때문이다. 추 이사가 왜 이렇게 갑작스러운 일을 벌였는지는 모르겠지만 우 대리가 회사를 그만두게 하는 일을 막아야 했다.

"그런 거 정말 아니에요?"

"아니야. 내가 맹세해. 내 자리 함께 걸까? 우리 회사 그런 곳 아니야."

"과장님께서 그렇게 말씀하시니 믿어 보겠습니다."

"믿어. 절대 이상한 의도 숨어 있지 않아. 마음 놓고 정리해. 지금 갈 거지?"

"당장 가라는데 제가 뭐라고 버티겠어요?"

"급한 일이니까 급하게 말씀하셨겠지."

"알겠습니다. 갈게요."

수진은 일한 지 며칠 되지 않은 책상에서 물건을 챙겼다. 그녀가 가방을 들고 천천히 사무실을 나섰다. 추 과장의 사무실까지 가는 동안 한숨을 몇 번이나 쉬었는지 셀 수가 없었다.

"어후."

사무실 문 앞에서 다시 긴 한숨. 문을 열고 들어가기가 무서웠다. 안 보고 싶다고, 절대 안 볼 거라고 했던 사람의 품에 뛰어들어가 안기는 기분이었다.

"안녕하세요."

수진이 노크를 하고 문을 열었다. 그를 마주하기 어려워 인사를 핑계로 눈을 내렸다.

"무슨 일입니까?"

"네?"

무슨 일이냐고? 추 과장의 질문에 배신감이 잠깐 들었다. 이게 무슨 소리지? 다 안다고 하셨는데. 뭔가 잘못된 걸까? 그럴지도 몰라. 뭔가 잘못돼서 혼선이 온 거야. 어쩌면 이 모든 일이 해프닝으로 끝날지도 몰라. 아무것도 모르는 얼굴의 추 과장을 보니 처음 들었던 배신감은 감쪽같이 사라지고 대신 희망이 마구 솟았다.

"아. 이사님이 오늘부터 이곳에서 일하라고 하시던데. 부서 옮기라고. 뭔가 잘못된 건가요? 제가 잘못 들은 거죠?"

"잠깐 기다려."

한수는 수진이 갑자기 들어와 깜짝 놀랐다. 가슴이 뛰는 걸 감추려고 늘 그렇듯 퉁명스럽게 물었는데 수진은 생각지도 않게 함께 일하게 된 거 아니냐며 조심스럽게 되물었다. 수진이 알아서 사무실 안으로 들어와 함께 일하겠다고 말할 이유가 없었다. 얼른 한명에게 전화했다.

"우수진 대리가 제 방에 왔습니다."

― 오늘부터 비서 겸 함께 일하도록 했어. 거기서 내쫓으면 우 대리 회사 그만둬야 하니까 알아서 해. 그동안 추 과장 혼자서 너무 많은 일을 했으니까 도움을 좀 받는 것이 좋다고 생각해서 결정한 거야. 바쁘니까 끊어.

얼토당토않은 한명의 설명이었다. 그러나 한수는 따지거나 거절하지 않을 생각이었다. 수진이 방에 들어온 순간 보내고 싶지 않았으니까. 다른 녀석들과 함께 밥을 먹게 두지 않을 테다. 다른 남자에게 다정한 웃음을 흘리도록 두지 않겠어.

"우수진 대리, 함께 일하게 되어 기쁩니다. 급하게 결정된 일이라서 준비가 좀 소홀합니다. 잠깐 자리에 앉아서 기다려요."

수진의 희망이 순식간에 사라졌다. 꿈이나 착각으로 끝나길 기도했는데 역시 현실이었다.

"아, 네."

한수는 자리에서 일어나 자기 방을 둘러보았다. 일 자체가 여러 사람과 협의하며 하는 일이 아닌 데다가 혼자 있기를 편안해하는 탓에 과장인데도 방 하나를 따로 쓰고 있었다. 누가 함께 있을 거라 생각하지 않아 남는 책상도 없었다. 한명이 그에게 의논도 없이 결정하는 바람에 아무것도 준비할 수가 없었다. 그러나 이번 일만큼은 한명에게 화내지 않을 생각이다. 한수는 수진의 책상과 물건들을 챙겨 주기 위해 급하게 사무실을 나섰다.

수진은 아직도 이 상황이 믿어지지 않았다. 추 과장 사무실 한편에 마련된 그녀의 책상. 그와 'ㄱ'자 모양으로 앉았다. 컴퓨터도 노트북으로 당분간 대신하라고 하는 말에 허전해 보이는 넓은 책상에 앉아 낯선 서류를 살피고 있었다.

책상을 가져다 놓아 주는 건 물론이고 필요한 각종 비품을 챙겨 주는 것까지 추 과장이 손수 해 주는 바람에 황송할 지경이었다. 퉁명스럽던 사람이 다정하게 느껴지기까지 하니 그게 또 힘들었다. 그녀가 원하지 않던 일이었기 때문이다.

추 과장에 대해선 다시 새롭게 뭘 깨닫고 싶지 않았다. 인한이나 자신과는 아무런 상관없는 사람으로 그렇게 지내고 싶었기 때문이다. 그러나 처음부터 자신의 바람은 하나도 이루어지지 않았다. 이미 그와 너무 많이 관련되었고 밤마다 자신을 그에 대한 생각으로 괴롭히기까지 했다. 그런데 이제는 일하는 낮에까지 괴롭힘을 받게 되었다.

"후."

속에서 너무 차올랐는지 그녀가 의식할 사이도 없이 한숨이 터져 나왔다.

"모르겠으면 물어봐요."

"아닙니다."

한숨이 크게 들린 것이 미안해 얼른 고개를 숙였다.

"점심 함께 나가서 먹읍시다."

"네?"

"첫날이니까 조금 달라도 되지 않습니까?"

"그게……."

첫날이 아니었으면 좋겠습니다. 오늘은 사라졌으면 좋겠습니다. 함께 먹는 건 생각도 하기 싫습니다. 정말 바라기로는 이 방에서 나가서 다시 돌아오고 싶지 않습니다. 수진은 입 밖으로 말했더라면 숨도 쉬지 않고 쏟아 낼 말을 안으로 꾹 눌러 삼켰다.

"맛있는 밥집 아니까 그리로 갑시다. 첫날이니까 내가 삽니다."

"아, 네."

먹다 체할 것 같지만 그의 제안을 거절할 마땅한 이유가 없었다. 점심시간이 다가오는 것이 무섭기까지 했다. 자기도 모르게 또 한숨이 튀어나오려는 걸 가까스로 막았다. 이렇게 한숨만 지으며 지낼 수는 없었다. 이럴수록 힘든 건 자신뿐이니까. 수진은

원하는 대로 개선될 수 없는 현 상태를 인정하고 받아들이기로
했다.

인한. 그녀가 추 과장을 마주하기 싫은 이유는 인한이였다. 달
리 추 과장이 뭘 잘못한 게 아니라 오로지 인한을 생각나게 한다
는 것 때문에 거부감이 들었다. 그를 보며 인한을 떠올리는 건 오
직 자신만 아는 일이었다. 개인적인 추억을 떠올리게 한다는 이유
로 그에게 거부감을 가지는 건 옳지 않았다.

평범하게 대하자. 다른 사람처럼 그렇게. 여긴 회사고 그는 과
장님이니까 그렇게 대하면 돼. 오해하지 말고 의심하지 말고 보이
는 대로 받아들이고 반응하자.

어휴.

생각을 정리한 게 고작 두 시간도 넘지 않았다. 마음 단단히 먹
고 결심한 그 일이 그렇게 쉽고 간단하게 이루어지는 것이 아니
라는 걸 수진은 그와 함께 점심 식사를 하면서 깨닫게 되었다.

백반집. 하필. 왜 하필 백반집이야? 널린 게 식당인데 왜 백반
집으로 와서 사람 마음을 또 뒤흔드는 거냐고요? 흔들리지 않으
려고 애를 썼지만 넘쳐 나는 감정에 그녀도 속수무책이었다.

"세끼 밥은 제대로 먹고 다니기는 합니까?"

"뭐, 다들 먹는 만큼은 먹어요."

"그럼 아침을 안 먹는다는 겁니까?"

"간단히 먹어요."

자꾸 밥 먹는데 잔소리하실 거예요? 수진은 한수를 잠깐 노려

77

봤다. 안 그래도 울컥거려서 힘든데 왜 자꾸 건드려요? 다정하게 느껴지게 하지 말라고요.

"그래서 다 죽어 가게 생긴 겁니다. 세끼 다 먹어도 모자랄 판에 아침을 부실하게 먹으니 몸이 견뎌 내겠습니까?"

"그러는 과장님은 얼굴이 왜 그러세요?"

"얼굴?"

"완전 까칠하잖아요. 밤에 한숨도 못 잔 사람 얼굴인데요? 저한테 뭐라고 하지 마시고 과장님 몸 챙기세요. 술도 안 마시는 것 같은데 담배 태우세요?"

수진은 흔들리는 마음을 잡기 위해 까칠하게 따졌다. 그러다 궁금했다. 추 과장님한테서 담배 냄새가 났던가? 그의 품에 처음 부딪혔을 때 그때 났었나? 모르겠어. 기억나지 않아. 역시. 인한 때에는 다 기억하는데 추 과장에 대해선 기억나는 게 없었다. 추한수잖아. 인한이 아니라 추한수라는 아주 다른 남자야. 담배 냄새가 나든 술 냄새가 나던 상관없는 사람이라서 그래.

"안 해."

한수는 수진이 그의 상태를 정확히 알아맞혀서 놀랐다. 밤에 한숨도 못 잤다. 그녀를 생각하느라 잠을 잘 수 없었다. 자기 때문인 줄 안다면 저렇게 남 일 말하듯 하지 못할 텐데.

"많이 드세요."

잔소리는 그만하시고. 수진은 생각하지 않으려고 애를 쓰며 밥을 먹었다. 그녀의 공격이 효과를 본 것인지 밥을 다 먹을 때까지 한수는 더 이상 입을 열지 않았다. 회사로 돌아올 때까지 수진의 노력과 한수의 침묵으로 별나른 일이 없었다.

"우 대리님."

사무실로 들어가려는데 은미가 조심스럽게 수진을 불렀다. 추 과장이 사무실 문을 잡고 흘끗 수진을 돌아봤지만 모른 체하고 얼른 은미에게 달려갔다. 아직 점심시간은 남아 있었으니까.

"차 한잔하실래요?"

은미는 수진이 추 과장과 함께 일하게 되었다는 걸 점심시간에 정 과장의 말로 알게 되었다. 그녀는 추 과장이 수진을 단단히 찍고 괴롭힐 것이라고 걱정했다. 매번 수진을 볼 때마다 화를 내고 쌀쌀맞게 굴었는데 함께 일하게 되었으니 분명히 더 많이 괴롭힐 것 같았다. 수진이 안쓰럽기도 했고 어떻게 되어 가고 있는지 궁금하기도 해서 은미는 그녀를 기다리고 있었다.

"내가 사 줄게."

수진은 남은 점심시간을 어떻게 때워야 할지 몰라 생각하던 중이었다. 은미가 찾아와 주니 고맙기까지 했다. 다정하게 팔짱을 끼고 나섰다.

"따뜻한 커피가 더 맛있어지는 계절인 것 같아요."

"그렇구나."

은미는 수진을 배려한다는 생각으로 얼른 먼저 달려가 주문했다. 수진은 이번에도 커피를 마시지 못한다고 말하지 못했다. 일찍 포기한 그녀가 다정하게 커피를 받아 바람이 제법 차가운 벤치에 앉았다.

"추 과장님 무섭죠?"

"뭐, 그렇지."

"어쩌다 그렇게 된 거래요?"

"내가 본사에 온 지 얼마 안 돼서 옮기기가 쉽다고 생각하셨대. 첫날부터 이사님이 옮길지도 모르니까 생각하고 있으라고 하긴 했거든."

"아, 그렇구나. 난 또 추 과장님이 심술부려서 데려간 줄 알았어요."

"그건 아닌가 봐. 진짜 그러면 난 어쩌라고."

"맞아요. 일부러 데려간 거라면 대리님 완전 지옥이죠 뭐."

그와 일한 몇 시간을 되돌아보니 그렇게 힘들거나 불편하지는 않았다. 추 과장은 딱히 수진을 괴롭히거나 힘들게 하지 않았다. 그녀는 괴로움과 갈등은 자신이 스스로 만들어 낸 것이라는 걸 다시 확인하게 되었다.

"커피 고마워요."

"내일 또 봐."

이런저런 기억에 남지 않는 이야기를 하다가 시간이 다 되었다. 그렇게 헤어진 두 사람은 각자의 사무실로 움직였다.

"어디서 뭘 하다가 오는 겁니까?"

"아, 네. 차 마셨어요."

수진은 한수의 퉁명스러운 말에 대답하면서 아직까지 들고 있던 커피컵을 무심코 내려다보았다.

"그거, 설마 또 커피입니까?"

"네."

커피컵을 내려다본 자신이 민망했는지 수진이 얼른 자리로 향했다. 그녀는 추 과장이 자리에서 일어나는 것을 느끼며 책상 위에 컵을 놓고 서둘러 자리에 앉았다.

"오늘도 말 못 한 겁니까?"

"그게, 그렇게 됐어요."

"대체 입은 뒀다가 뭐하려고 쓰질 않는 겁니까?"

수진의 자리로 다가온 한수는 책상 위에 있던 커피컵을 들고 자기 자리로 갔다. 수진은 당연한 듯 일어난 일에 당황했다. 설마 이번에도? 남은 커피 전문 처리반도 아니고 매번 이렇게 돼서 어쩌지? 한수는 책상에 앉자마자 처음부터 자기 것이었던 것처럼 가지고 온 커피를 한 모금 마셨다.

"아, 저."

뚜껑! 뚜껑 벗기고 드셔야 하는데. 자신이 입을 댔던 뚜껑에 입을 대고 마시는 추 과장을 말리려고 했지만 늦었다. 흐리게 새어 나온 외마디 말은 듣지 못했는지 추 과장은 수진을 보지 않았다.

차라리 잘된 일이다. 이미 마신 상태에서 말하면 서로 민망해질 뿐이니까. 다음엔 추 과장님이 보지 않도록 정신 바짝 차려서 처리하고 와야겠어. 이런 일이 일어나지 않도록 다짐을 하는 게 그녀가 지금 할 수 있는 유일한 일이었다.

"과장님, 저한테 주신 일 오늘까지 다 해야 하나요?"

"그럼 다음 주까지 할 일을 오늘 주겠습니까?"

그냥 알았다고 하면 될 것을. 수진은 속으로 삐죽이고는 일거리를 내려다보았다. 오늘까지라면 좀 시간이 걸릴 것 같아서 물었던 것이다. 퇴근 시간을 훌쩍 넘겨야 할 것 같았다.

일이 익숙하지 않은 데다가 그에게 묻는 걸 최대한 자제하느라 일이 좀 더 늦어지고 있었다. 그가 자세하게 잘 가르쳐 준다고 해도 많은 양이었다.

수진은 꼼꼼한 일처리 버릇 때문에 남들보다 조금 더 부지런해야 했고 더 큰 집중력이 필요했다. 그녀는 일에 집중하느라 한수가 가끔씩 자신을 바라보는 것도, 그의 손에서 커피컵이 오랫동안 머무르고 있다는 것도 알 수 없었다.

♣

한찬은 한명에게 전화로 한수의 상태를 물었다.

"한수 어때?"

— 직접 보면 될 걸 저한테 왜 묻습니까?

"기어이 우수진을 옆에다 데려다 놓았다면서?"

— 기대를 하긴 했지만…….

"뭐가 잘못됐어? 우수진도 해결책이 아니야? 그럴 리가 없는데?"

— 기대 이상입니다. 물론 언제 또 화약고가 터질지 알 수 없지만 일단은 아주 얌전하게 눌렸으니까요. 창립 파티에도 나올 수 있을지 모릅니다.

"그래? 그게 가장 큰 희소식이로군. 꼭 참석했으면 좋겠어. 아버지가 기대하고 계시니까."

— 아버지는 여전히 한수에게 당신 방식대로 하시겠답니까?

"그 고집 우리가 어떻게 꺾겠어? 둘이 똑같아서는 아주 죽겠다."

— 아무튼 한수가 얌전히 창립 파티에 나올 수 있도록 기도나 하십시오.

"우수진에게 기대해야겠지."

전화를 끊고 한숨을 쉬었다. 솔직히 한수가 창립 파티에 나온다고 해도 걱정이었다. 아버지에 대한 분노가 여전한데 참석한다고 뭐가 달라질까? 그는 말과는 달리 오히려 한수가 창립 파티에 나오지 않기를 은근히 바라고 있었다. 아버지와 대면해서 좋을 것이 없었기 때문이다. 아버지는 휠체어에서 일어선 지 얼마 안 되어 겨우 회복해 가는 중이었다. 폭발하는 감정을 다스리지 못하면 다시 눕게 될 수도 있었다.

한수의 아버지에 대한 분노는 하루 이틀에 만들어진 것이 아니었다. 한수는 아버지가 자기 엄마를 버리고도 파렴치하게 자신을 아들로 데려온 것이라 믿고 있었다. 물론 결과는 그렇지만 모든 것이 한수가 믿고 있는 것과 같지는 않았다. 오해로 시작된 한수의 깊고 넓은 마음의 골을 알았지만 아버지는 가장 간단하고 손쉬운 해결책을 뒤로하고 고집대로 부딪히며 버티는 중이었다.

그 고집에는 한수에 대한 아버지의 특별한 관심이 있었다. 한수에 대한 사랑을 나름대로 표현했지만 그게 오히려 부당한 얽매임이 되어 그는 벗어나려고 애를 썼다. 이런 가운데 아버지를 아버지로 인정한다는 최소한의 표현이 최근에서야 이루어졌다. 아버지가 지어 준 이름을 쓴 것이 그것이었다. 인한은 그의 생모가 지어 준 이름이었다.

한수. 추한수라는 그 이름을 그가 받아들이기까지 오랜 시간이 걸렸다.

3

창립 기념 파티

한수와 함께 지내는 건 생각보다 힘들지 않았다. 수진의 마음의 다짐이 효과를 본 것인지 인한과 그를 겹쳐 생각하는 일이 자주 일어나지 않았다. 여전히 무뚝뚝한 말투와 불만 가득한 얼굴이었지만 수진은 인한이 아니라 한수라는 이름으로 그 성격을 받아들였다. 그런 노력마저도 자주 할 필요가 없이 일이 많아 수진에겐 다행스러웠다.

매일 퇴근 시간이 넘어가는 바람에 한수가 그녀를 집에 데려다주는 것 말고 수진이 특별히 신경 쓸 일은 일어나지 않았다.

"무슨 파티요?"

"귀가 먹었습니까? 한 번에 좀 알아들어요."

수진은 이제 한수의 저런 말투에도 아무렇지 않았다.

"파티라는 이름의 모임에 참석해야 한다니까 믿어지지 않아서 그렇죠. 회사 식구들 다 함께 가는 게 아니라니 더 당황스러워요."

"별거 아닙니다. 이름만 파티지 그냥 저녁 식사 정도입니다. 회사 자랑하려고 하는 거니까 고급 음식이 나온다는 것만 빼고 별달리 생각할 것도 없어요. 회사 직원들 모두에게는 따로 선물을 준비했고 임원들만 따로 모인다니 그런 거겠지."

"그런 곳에 제가 왜 가야 하는데요?"

"비서니까."

"어머, 제가 비서였어요?"

"비서 겸. 아닙니까?"

"그건 형식이 아니라 내용이었죠. 저는 엄연히 대리라고요. 저도 회사에서 주는 선물 받고 일찍 퇴근해서 여유로운 저녁을 지낼 사람이란 말이에요."

"선물도 잊지 않고 챙겨 줄 테니 걱정하지 말아요. 저녁 공짜로 얻어먹고 일찍 돌아오면 되는 겁니다."

"혼자 가기 싫어서 그러시는 거 아니에요?"

"그렇게 생각하고 싶으면 그렇게 생각해요."

"거절하실 수 없어요?"

"내가 그런 곳에 자발적으로 마음이 동해서 갈 것 같습니까? 이리 피하고 저리 피했는데 안 되니까 가는 겁니다. 그냥 저녁 먹고 얼른 도망쳐 나옵시다."

훗.

수진은 한수의 난감함을 느끼며 웃었다. 얼른 도망쳐 나오자는 그의 말이 그냥 하는 소리 같지 않았다. 정말 가기 싫은데 어쩔 수 없이 간다는 걸 느낄 수 있었다.

"알겠습니다. 그런데 그냥 가기만 하면 되죠?"

"왜요? 가서 춤이라도 추라고 할까 봐 그럽니까?"

수진의 웃는 얼굴이 예쁘다. 요즘은 그에게 가끔 편안한 얼굴로 미소도 지어 주었다.

"좋은 옷 입고 가야 하나 해서 그렇죠. 회사 올 때 입는 옷 입고 가도 되면 갈게요."

"드레스 입고 드러낼 몸매도 없으면서 쓸데없는 걱정은 왜 하는 겁니까?"

"그런 거 아닌데. 아무튼 과장님 비서로 뒤에 숨어 있을 거예요."

"내가 바라는 바입니다."

한수는 이번 결정에도 확신이 없었다. 한명 형의 지나가는 말을 듣고 수진을 데려가기로 했지만 크게 내키지는 않았다. 수진을 사람들 많은 곳에 노출시키고 싶지 않았다. 겁도 많고 쓸데없이 마음도 약한 수진이 괜히 사람들의 입에 오르내려 힘들어할까 봐 걱정이었다.

내키지 않는데도 수진을 데려가기로 한 건 수진과 함께하는 것 자체가 좋았기 때문이다. 어디든 혼자 가기 싫고 수진과 함께 가는 곳은 어디든 상관없었다. 한명 형의 보이지 않는 술수에 넘어간 것 같아서 계속 마음에 걸렸는데 수진의 웃는 얼굴을 보니 걱정이 다 날아가 버렸다.

"업무 끝나고 가요?"

"세 시쯤에 출발하면 됩니다. 그런 건 미리 걱정하고 생각하지 않아도 됩니다. 내가 알아서 할 테니까 내가 가자고 하면 가고 돌아가자고 하면 돌아오면 됩니다."

"네."

수진은 그의 말처럼 별생각 하지 않기로 했다. 한수의 성격이 특이해서 혼자 그런 파티에 가면 난감할 지도 모르니까. 그녀는 한수와 지내는 동안 그의 무뚝뚝함과 화난 듯 보이는 표정에 적응한 건 물론이고 가끔 눈이 마주쳐도 가슴이 덜컥하지 않을 만큼 편안해졌다.

뭘 입고 가지? 회사에서 입을 수 있는 옷이라고 말은 했어도 파티라는 제목 때문에 신경이 쓰였다. 수진이 가지고 있는 옷을 머릿속에 떠올리며 하나씩 골라냈다. 이래서 옷을 사러 나가는 거지. 아무리 떠올려 봐도 마땅한 옷이 생각나지 않았다. 집에 가서 직접 찾아보면 또 달라질 수 있으니까…….

오랜만에 한수에 대한 생각을 밀어 내고 새로운 문제로 고민하니 즐거웠다. 수진은 자신의 즐거움이 한수의 즐거움이 되고 있다는 걸 모르고 하루 종일 들떠 있었다.

♣

출근부터 마주한 한수의 찡그린 얼굴이 펴질 줄을 몰랐다. 수진이 아는 한수의 평소 표정과 다르니 분명 불만이 있는 얼굴이었다. 수진은 창립 기념 파티에 가야 하는 일로 잘 입지 않는 원피스를 입고 왔다. 너무 과하지 않은지 몇 번이나 살피고 주저하다가 입은 옷이었다.

"옷이 마음에 안 드세요?"

수진 자신은 인정할 수 없지만 한수의 찡그림에 결국 직접 물어봤다. 처음 가는 자신과 달리 그는 몇 번 가 봤을 것 같아 동의를 구하고 싶은 마음도 있었다. 그가 정 싫다면 다른 옷으로 갈아입을 수밖에.

"됐습니다. 입고 왔는데 뭘 어쩌겠습니까?"

"어디가 마음에 안 드는데요?"

갈아입으라는 건지 아니면 그냥 가도 된다는 건지 도대체 알수가 없었다. 한수의 대답에 괜히 없던 불안이 생겼다. 파티에 온다른 사람들도 한수와 같은 표정을 지을까 걱정이 되었다.

"됐다고 했습니다. 얌전히 갔다가 얼른 나올 겁니다."

예쁘다. 한수는 수진이 너무 예뻐서 당황스러웠다. 파티에 가야 하나? 평소와 다르게 머리도 길게 풀어서 낯설기까지 했다. 두근거리는 가슴 때문에 수진을 제대로 마주하기도 힘들었다. 이런 상태로 파티에 갔다가 다시 잘 나올 수 있을지 걱정이었다.

한수의 걱정을 당연히 모르는 은미가 점심시간에 수진의 모습을 보고 유난히 흥분해서 주변 사람들의 시선을 모았다.

"우 대리님, 오늘 어디 가세요? 선이라도 보는 거예요?"

"아니."

은미는 수진과 함께 점심을 먹으면 바로 앞에서 추 과장을 볼 수 있어서 항상 수진을 기다렸다가 함께 움직였다. 다른 사람들은 추 과장이 무뚝뚝하고 달리 말이 없어서 다가오지 못하는데 은미는 발랄함과 수진과의 친분으로 가볍게 합류했다.

"그런데 어째서 이렇게 예쁘게 하고 오신 거예요? 와, 우 대리님, 머리 풀고 신경 써서 옷 입으니까 완전 예뻐요."

"자꾸 그러면 진짜인 줄 아니까 그만해. 오늘 공식 모임이 있어. 그래서 안 입던 거 입은 거지. 나도 여자니까 머리도 좀 신경 쓰고."

수진은 은미에게 추 과장과 창립 파티에 간다는 말은 하지 않았다. 괜한 오해를 사고 싶지 않았고 적절한 설명을 할 수 없었기 때문이다.

"잘하셨어요. 가끔 이렇게 꾸며야 지루하지 않고 좋죠. 우리 오빠라도 있으면 소개해 주고 싶어요. 대리님 남자 친구 없죠?"

"없지만 없다고 말하기 힘드네."

"어휴, 조만간에 꼭 생길 거예요. 제가 주변을 뒤져서라도 건져 올게요."

탁.

추 과장의 숟가락 놓는 소리가 너무 커서 은미는 말하다가 깜짝 놀랐다. 수진은 잠깐 움찔했다가 다시 편안해졌다. 추 과장의 뜬금없는 행동에 어느 정도 적응했기 때문이다.

"우 대리의 사생활에 관심이 많은 것 같은데 은미 씨는 남자 친구 있습니까?"

"네? 저요? 아, 없습니다."

"그럼 은미 씨 먼저 해결하고 우 대리 일 걱정하세요."

"아, 네. 그게 그렇게 되는 거죠."

수진은 은미가 안쓰러웠다. 그의 무뚝뚝하고 배려 없는 표현에 적응하지 못하는 사람들은 추 과장의 공격에 매번 기가 죽을 수밖에 없었다. 그나마 은미는 성격이 좋아서 기가 잘 죽지만 금방 잊고 다시 발랄하게 대해 주었다. 그러나 이번엔 은미의 성격으로도 쉽게 회복이 안 되는 것 같았다.

점심을 다 먹을 때까지 다들 한 마디도 없었다. 겨우 숨을 쉬게 된 건 추 과장과 헤어져 그녀들만의 티타임을 가질 때였다.

"어후, 추 과장님 너무 무서워. 아직도 과장님이 말씀만 하면 가슴이 콩닥거리고 벌벌 떨려요. 카리스마가 너무 넘쳐요."

"오늘 일은 신경 쓰지 마. 자기도 애인 없어서 그런 거니까."

"어머, 그러네. 제가 실수한 거네요. 잘은 모르지만 추 과장님 여태 여자 친구 없는 것 같던데. 여자 친구 있을 표정이 아니거든요. 에구, 거기에서 그런 말을 했으니 화낼 만도 하시겠다. 그걸 몰랐네."

여자 친구? 수진은 한수에게 여자 친구가 있으면 어떨까 생각해 봤다. 아니야. 이상해. 그가 여자 친구에게 어떻게 대할지 상상이 되지 않아 힘들었다. 상상하려고 하면 기분이 나빠졌다. 이상해서 그래. 절대 안 어울려.

"아무튼 오늘 잘하고 오세요. 무슨 모임인지는 몰라도 그런데 가서 좋은 사람 만나면 좋겠어요."

"고마워. 눈을 이렇게 뜨고 찾아볼게."

까르르 웃고 헤어졌다. 수진은 은미를 먼저 들여보내고 커피 한 잔을 새로 사서 사무실로 들어갔다.

"요 며칠 안 마시는 것 같더니 또 시작입니까?"

사무실에 들어오자마자 한수가 손에 들린 커피컵을 보며 쏘아붙였다.

"이건 과장님 드리려고 사 온 거예요. 드세요. 식사하시고 그냥 들어오는 것 같던데."

"……."

그에게 다가가 책상 위에 커피를 올려놓았다. 책상에 앉아 있던 그는 웬일로 말없이 그녀를 올려다보았다. 뭔가 할 말이 있는 걸까 하고 잠시 마주 보았지만 그의 입은 좀처럼 열리지 않았다. 수진은 약간 민망함을 느끼며 돌아섰다. 할 말도 없으면서 왜 빤히 쳐다봤지? 그녀의 자리로 돌아와 앉을 때까지 시선이 느껴져 불편했다. 아니야. 또 착각한 거야.

창립 기념 파티에 가야 할 시간은 다행히 빨리 다가왔다. 열심히 일하는 중에 한수의 목소리가 들려 고개를 들었다. 그가 서서 그녀를 부르고 있었다. 평소와 다른 건 별로 없는데, 아침부터 본 그의 모습을 괜히 다시 살피게 되었다. 멋있네. 수진은 새삼스럽게 보이는 한수의 모습을 속으로 인정했다.

"임원들이 모이는 거라는데 왜 정 과장님은 안 오세요?"

"그게 그렇게 궁금합니까?"

"아니요. 그냥 물어본 거죠."

그녀가 아는 사람이 거의 없어서 긴장이 됐다. 추 과장이 참석하면 정 과장도 당연히 참석할 것이라고 생각했는데 아니었다. 정말 추 과장 뒤에서 바짝 붙어 다녀야 할 것 같다.

"이리로."

어리둥절해서 머뭇거리는 수진의 등에 가볍게 손을 댄 한수는 여유 있게 그녀를 리드했다. 역시 그의 뒤를 따라다녀야겠어. 수진은 다시 마음을 먹고 그의 곁에 붙었다. 높은 천장에 매달린 화려한 샹들리에는 둘째로 치더라도 홀의 크기와 장식이 상당했다. 한수의 말에서 느꼈던 것과 완전히 다른, 전혀 가볍지 않은 기념 파티였다. 다들 드레스를 입었다. 이래서 추 과장이 아침부터 마음에 안 드는 표정을 했던 걸까?

"우수진 대리, 왔군."

"안녕하세요."

추한명 이사. 이런 곳에서 만나니 반갑게 느껴졌다. 수진은 반가운 마음에 웃는 얼굴로 그에게 인사했다.

"수고했어요. 다 우 대리 덕분이야."

"네?"

추 이사는 수진의 손을 잡아 가볍게 흔들었다.

"이사님!"

조용한 외침이라고나 할까? 수진은 옆에 선 한수의 낮게 깔린 목소리를 들었다. 단순히 이사님을 부르는 소리가 아닌 것 같았다. 한수의 부름과 동시에 추 이사의 손이 수진에게서 떨어졌다.

분명 이사님이 과장님보다 높고 나이도 많은데 어째 이사님이 과장님에게 꼼짝 못하는 것처럼 보였다. 착각이겠지? 수진은 느낌을 애써 부인했다.

"오랜만이야."

어디서 나타났는지 갑자기 새로운 사람이 그녀 앞으로 나타나 수진은 깜짝 놀랐다. 옆에 서 있던 한수의 팔을 얼떨결에 잡기까지 했다.

"사장님."

추 이사가 가볍게 인사를 하며 부르는 말에 수진은 더 놀랐다.

"우수진 대리, 어서 와요. 수고했어요."

다들 왜 수고했다고 하는지 모르겠지만 인사는 할 수밖에 없었다.

"오늘 참석에 너무 큰 의미를 두시지 마십시오. 괜한 사람한테 책임도 씌우지 마시고요."

한수의 차가운 말에 그들보다 수진이 더 놀랐다. 사장님한테 지금 과장님이 무슨 짓을 하고 있는 걸까?

"우린 우리대로 의미를 둘 수밖에 없어. 그래서 고맙다고 인사를 할 수밖에 없고. 아버지 오셨어."

"알고 있습니다."

아버지? 수진은 이제야 조금 이해가 됐다. 추한명. 추한수. 가족이었어? 설마 사장님도? 사장님 이름은 생각나지 않지만 한수가 자기 하던 대로 다 하는 걸 보니 사장님조차도 추 과장의 가족인 것이 분명했다.

어후. 뭐야? 정신이 하나도 없네. 잘못 온 거야. 이런 곳에 함부로 오는 게 아니었어. 회사 사장님에 이사님까지 모두 한 식구라니. 게다가 과장님의 아버지까지? 옆에 선 한수를 원망스럽게 올려다보았지만 뜻을 전할 수는 없었다.

"지금이 아버지께 인사드리기 제일 좋은 때야."

"가자."

"네? 아니, 과장님."

"따라와."

앞에 버젓이 이사님과 사장님이 있는데 갑자기 수진의 팔을 잡은 한수가 마땅한 인사도 없이 움직였다.

"인사도, 잠깐만요. 이사님과 사장님께, 과장님!"

"괜찮아."

한수에게 잡혀 딸려 가며 수진은 가까스로 인사를 했다.

"저 왔습니다."

언제까지, 어디까지 끌려가나 했더니 노신사 앞에 갑자기 멈춰서서 인상을 쓰며 한마디 했다. 설마, 과장님의 아버지? 아닌가? 부자지간이라고 보기엔 너무 안 좋은 표정이야. 게다가 표정은 둘째 치고 억지로 인사하는 태도를 보이는 한수 때문에 수진이 괜히 민망했다.

"마침 잘 왔다. 소개해 줄 사람이 있어."

잠깐의 침묵을 깨고 노신사가 입을 열었다. 그는 한수가 수진을 데리고 함께 온 것을 알면서도 수진을 보지 않았다. 분위기에 눌려 수진은 소리 없이, 존재감을 드러내지 못하고 가만히 허리를 숙여 인사했다.

"안녕하세요."

수진의 소리 없는 인사와 거의 동시에 명랑한 목소리가 들렸다. 어깨가 다 드러난 드레스를 입은 여자가 화사한 웃음을 지으며 다가왔다. 여자에게도 수진은 존재감을 인정받을 수 없었다.

"어서 오너라."

노신사는 한수를 대하는 것과 달리 약간의 부드러움과 표정을 가지고 여자를 맞았다. 누굴까? 수진은 노신사에게 여자가 어떤 의미인지보다 그녀 자체를 궁금해했다. 낯이 익었기 때문이다. 대체 어디서 봤던 사람이지?

"인사해라, 여긴 내 막내아들 추한수. 이 아인 우천서 사장의 딸인 우주희다."

수진의 몸이 굳었다. 노신사가 추 과장의 아버지라는 사실을 확인한 것은 아무것도 아니었다. 우천서. 기억 저편으로 던져 넣었던 이름 석 자가 바로 앞에서 들렸기 때문이다.

"어머, 한수 씨. 안녕하세요, 말씀 많이 들었어요."

"저는 가 보겠습니다."

한수는 슬쩍 내려다본 수진의 표정이 심상치 않아 그녀의 어깨를 감싸 안았다. 아버지의 태도에 마음이라도 다친 건 아닐까? 아버지처럼 우주희라고 소개받은 여자를 무시하며 몸을 돌리려고 했다.

"옆에 있는 아가씨는 누구냐?"

"함께 일하고 있는 우수."

"비서입니다. 과장님 비서로 오늘 파티에 참석했습니다."

한수가 정식으로 수진을 소개하려고 하는데 수진이 그린 한수의 말을 자르며 나섰다. 다른 사람들은 몰라도 한수는 놀랄 수밖에 없었다. 한수는 딱딱해진 표정으로 하지 않던 짓을 하는 수진을 다시 쳐다보았다.

"말씀 나누시는데 방해가 되는 것 같으니 저는 가 보겠습니다."

수진은 한술 더 떠서 빠르게 인사를 하고는 한수의 곁에서 떠나갔다.

"비서를 달고 오지 말고 안사람을 데리고 와야 하는 거 아니냐?"

"저도 가 보겠습니다."

아버지의 말에 뭐라고 반응할 여유가 없었다. 수진이 안 좋아진 이유가 뭔지 알고 싶었고 책임을 느꼈다. 어서 수진에게 가서 살펴보고 이유를 듣고 싶었다.

"기다려! 내가 방금 사람 인사시켰어. 최소한의 예의는 지켜야지."

"어머, 아니에요. 저는 괜찮으니까 가 보세요. 다음에 또 뵈어요."

한수는 잠깐 주희의 얼굴을 보고는 몸을 돌렸다. 우주희 때문일까? 그녀가 나타나고 바로 수진이 변했기 때문에 분명 관계가 있을 것이다. 가만, 우주희? 우수진. 우천서. 우연은 아닌 것 같은데? 한 집안 사람들처럼 성씨가 같아.

"우 대리한테 무슨 일 있었어? 아버지가 뭐라고 하신 거냐?"

수진을 찾기 위해 두리번거리다 한명을 만났다.

"수진이 보셨습니까? 어디로 갔습니까?"

"무슨 일이야?"

"형님!"

"밖으로 나갔어. 바짝 굳었던데, 대체 무슨 일인데 그래?"

"모릅니다."

"뭐가 어떻게 된 거야?"

한명은 수진을 따라 밖으로 뛰어나가는 한수를 잡을 수 없었다. 아버지에게 가는 걸 보고 수진이 옆에 있으니 한수가 성질을 잘 누를 것이라 믿고 살피지 않았다. 그런데 한수가 아니라 믿었던 수진이 굳은 얼굴로 나가 버렸다. 무슨 일이 있었던 걸까?

"형님, 아버지가 뭐라고 하셨기에 한수가 아니라 우 대리가 뛰쳐나가는 겁니까?"

한수가 뛰어나가는 걸 보고 다가온 한찬에게 한명이 물었다.

"아버지가 한수에게 여자를 소개했어. 그것 말고는 없었어. 다른 일이 일어날 시간도 아니야. 우수진이 한수를 많이 좋아했었나?"

"설마. 아닙니다. 우 대리는 한수가 관심을 가지고 있다는 것조차 모릅니다. 한수와 함께 일하라고 했을 때 싫어하기까지 했습니다. 함께 일하는 동안 굉장한 일이 있어서 우 대리의 마음이 바뀌었다면 몰라도 한수에게 여자를 소개해 준 일로 드러나게 얼굴까지 굳히며 나가 버릴 이유는 없습니다."

"그래? 알 수가 없군. 한수는 어때?"

"우 대리 때문에 당황해서 저한테 변변히 따지지도 못하고 따라 나갔습니다."

"무슨 일인지는 말 안 하고?"

"모르겠답니다. 내일 알아봐야죠. 아무튼 아버지하고 관계된 것 같지는 않습니다. 그렇죠?"

"그건 다행스러운 일이야. 소개해 준 여자를 싫다고 하는 것 정도야 아버지도 예상하셨을 일이지. 크게 노여워하시는 것 같지는 않아."

"한수가 우 대리와 잘 지내는 게 편했는데 이젠 어떨지 모르겠습니다. 우 대리가 아버지와 한수와의 관계에 좋은 역할이 되어 줄 걸 기대했는데 아버지는 완전히 다른 생각을 하시니까요."

"남녀 사이의 문제는 둘에게 맡기는 것처럼 아버지와 한수 사이의 일에 우리가 너무 크게 관여하지 않는 게 좋을 것 같다. 사람 마음이 억지로 움직이는 게 아니니까."

"그래도 가족이니까 할 수 있는 건 다 해 봐야죠."

"그러다 아버지처럼 돼. 아버지가 한수를 압박하는 이유가 바로 부모라는 책임감과 사랑 때문이니까."

"그것도 그렇지만…… 어렵네."

"일단은 아버지 건강에 초점을 맞추는 수밖에. 그게 급하고 제일 중요하니까."

"그래야죠."

둘은 사람들을 접대하고 있는 아버지를 보며 입을 다물었다.

파티 장소를 떠나 수진을 찾아 나선 한수는 끝내 찾지 못하고 전화를 했는데 첫 번째 것은 실패했고 두 번째에야 그녀의 목소리를 들을 수 있었다.

"어딥니까?"

— 집이에요.

"말도 없이 가 버려서 얼마나 걱정했는지 압니까?"

— 죄송해요.

"집으로 갈 테니 나와요."

— 네?

"내가 데리고 갔던 곳에서 그런 얼굴로 되돌아갔다면 나한테 책임 있는 겁니다. 지금 거의 집 근처까지 왔으니까 나와요."

— 싫습니다.

"우수진!"

— 아무도 만나고 싶지 않아요. 절 좀 가만히 내버려 두세요!

"그럼 내가 올라가?"

— 과장님!

"다 왔어. 나와. 올라간다면 올라가는 사람이라는 거 잘 알 테니 알아서 나와."

걱정이다. 한수는 수진이 이렇게 흥분하는 걸 본 적이 없었다. 처음 만났던 그날, 위험했을 때 겁먹은 표정이 그녀의 최대치였다. 자주 수진을 살펴봤지만 격한 반응을 보인 적이 없었다. 전화기 너머로 들리는 절규하듯 지른 수진의 소리에 심장이 바짝 졸아들은 건 그래서였다.

한수는 빌딩 현관 앞에서 초조하게 서성거렸다. 정말 안 나오면 어쩌나 걱정을 하는데 빌딩 현관문이 열리며 수진이 기념 파티 때 입었던 옷 그대로 입고 나오는 것이 보였다. 너무 예쁜 모습에 두근거렸던 그의 심장이 지금은 같은 모습을 보며 불안함에 뛰었다.

"봤으니 돌아가세요."

"무슨 일이야? 왜 그래?"

마주 보지 않고 옆으로 비켜서서 말하는 폼이 이상해서 한수가 그녀의 어깨를 잡아 돌려세웠다. 젖은 뺨.

"울었어?"

"상관하지 마시고 돌아가세요."

한수는 고개 숙인 수진의 턱을 잡아 올려 눈물을 닦아 주었다. 그런 행동을 저지할 힘도 없는지 수진은 가만히 눈을 감고 그가 하는 대로 두고 서 있었다.

"무슨 일인지 말해 봐. 혹시, 그 여자, 아는 여자야?"

우연히 일치한 성씨가 아닐 거다. 한수는 수진의 두 뺨을 잡아 그녀와 마주하며 물었다. 처음 흥분했던 감정을 모두 지우고 그가 할 수 있는 한 가장 부드럽고 다정하게 물었다.

"네."

"좋은 표정 아니었어. 당신 괴롭힌 사람이야?"

"……저 피곤한데 들어가야겠어요. 책임 안 느끼셔도 돼요. 개인적인 일이니까요."

더 이상은 말해 주기 싫은 건지 수진은 힘을 내서 뺨에 있던 그의 손을 떨쳤다.

"못 보내."

"네?"

"이대로 너 보내고 내가 견딜 자신이 없어. 이렇게는 못 보내."

수진이 떨어낸 두 손으로 그는 다시 수진을 잡아 품에 꼭 끌어 안았다.

"아. 과장님."

"이런 모습으로 들어가는 널 보고 내일까지 어떻게 견뎌?"

"지금 무슨 말씀을……."

한수의 품에 꼭 안기게 된 수진은 아까보다 더 큰 충격에 빠졌다. 이게 무슨 일이지? 뭐가 어떻게 된 거야? 파티에서 허락도 없이 그냥 나와 버린 것 때문에 추 과장이 화가 나서 따지려고 온 거라고 생각했다.

지금 누군가를 만날 상태는 아니지만 최소한의 예의는 지켜야 겠기에 한수의 불호령에 따라 나온 것이다. 다른 의도를 생각하거나 한수를 달리 관찰할 정신이 없었다. 우천서란 이름과 함께 밀려 들어오는 과거의 기억과 감정에서 벗어나려고 발버둥 치느라 다른 어떤 것도 생각할 여유가 없었다.

"이제 더 이상은 못 버티겠다. 널 바라보기만 하는 건 이제 더 이상 못 해. 안 해."

한수는 그동안 참았던 마음을 전하고 싶어 수진을 안은 두 팔에 힘을 주었다.

"수진아, 더 이상은 안 돼. 더는 따져 볼 힘이 없어."

"대체 무슨 말을……."

숨이 막히도록 꽉 안긴 상황도 받아들이기 어려운데 한수의 말까지 더해져 수진은 제대로 된 말을 할 수가 없었다. 조금 전까지 그녀를 장악했던 과거가 순식간에 사라졌다.

"수, 숨 막혀요."

"아, 미안."

추 과장을 두고 뛰쳐나온 기념 파티와는 전혀 상관없는 말이 분명하다. 도대체 이해가 안 되는 말이다. 잘못 들은 걸까? 지금 정신이 없어서 헛소리를 들을 수도 있으니까. 한수의 두 팔에서 겨우 풀려나 자유로워진 몸과 달리 수진의 머릿속은 몇 배나 더 복잡하게 얽혀 들었다.

"과장님, 무슨 말씀을 하시는 건지 모르겠어요."

"이제부턴 과장이 아니야. 한수야. 우수진의 남자, 추한수."

"네?"

"너도 내 여자야. 우수진."

"자꾸 왜 이상한 말씀만……."

"너에 대한 내 마음이 뭔지 확신하고 싶어서 오래 고민하고 생각했는데 안 되겠어. 가슴에서 넘쳐 나는 내 마음에 따라 흘러가야겠어. 그게 정답인 것 같다. 이렇게 걱정되고 두려운 거라면 더 고민하고 생각할 필요가 없어."

수진은 충격의 연속에서 헤어 나오지 못하고 한수의 말이 마치 다른 사람에게 향한 것처럼 가만히 그를 올려다보았다. 한수는 그런 수진의 뺨을 부드럽게 쓰다듬었다. 눈물은 이제 완전히 말라 그녀의 뺨은 뽀송뽀송했다.

"과장님."

몇 번 눈을 깜빡이더니 수진이 입을 열었다.

"한수. 한수 씨라고 해."

"과장님."

"수진아!"

한수에게서 한 발 물러선 수진은 더 이상 멍한 표정이 아니었다. 생각을 마친 수진은 찡그린 얼굴로 그를 마주했다.

"추한수 과장님, 무슨 말씀을 하시는 건지 모르겠습니다. 저는 과장님의 여자가 아닙니다. 그리고 과장님도 저의 남자가 아닙니다. 말도 안 되는 소립니다. 저는, 저에게는……."

"너는 뭐?"

한수가 다가가려고 하자 수진이 그와의 사이를 다시 벌렸다.

"저는, 저에게는 남자가 이미 있습니다."

"뭐?"

"저는 기다리는 남자가 있습니다. 잊을 수 없고 잊히지 않아서 계속 기다리고 있는 남자입니다. 돌아올 때까지 기다릴 겁니다."

"……."

"안녕히 가세요."

한수는 돌아서 가 버리는 수진을 붙들 수 없었다. 그는 생각지도 않은, 생각할 수도 없는 말을 듣고 충격 속에 빠졌다. 남자가 있어? 기다리는 남자. 그것도 돌아올 때까지 기다리려는 남자가 있단 말이야?

♣

수진은 밤을 거의 새다시피 하고 출근했다. 한수를 어떻게 대해야 할지 모르겠지만 피할 수는 없었다. 한방에서 힘들게 하루를 보내야 할 생각에 출근하는 발걸음이 무거웠다. 그러나 그런 고민은 모두 쓸데없는 것이었다는 걸 출근하고서 알게 되었다.

결근.

추 과장이 결근할 줄은 몰랐다. 그런 생각은 해 보지 않았다. 수진은 텅 빈 사무실에 혼자 앉아 뭘 어떻게 해야 할지 몰라 넋을 놓고 있었다.

"이사님께서 좀 올라오시라는데요?"

추 이사의 비서가 직접 수진을 데리러 왔다. 아. 그래. 추 과장님과 이사님은 집안 식구니까 뭔가 알 수 있지 않을까? 생각지도 않은 한수의 결근에 대한 책임감과 함께 한수가 걱정되는 마음 때문에 수진이 추 이사의 비서를 얼른 따라나섰다.

"오늘 추 과장이 회사에 나오지 않았습니다. 물론 나보다 더 잘 알겠지만 말입니다."

"네."

이상하다고 느낄 만큼 만날 때마다 이유 없이 반가워하고 수다스러웠던 추 이사인데, 지금 그녀가 마주한 그는 전혀 다른 사람 같았다. 이제까지의 느낌은 모두 사라지고 여느 직장 상사를 대할 때와 마찬가지로 직위와 나이가 분명하게 느껴졌다.

"이유가 뭡니까?"

"네?"

"오늘 추 과장이 회사에 나오지 않는 이유가 뭔지 물었습니다.

모르겠다는 말은 하지 마세요. 어제 파티에서 나간 우 대리를 추 과장이 따라갔으니까요. 파티 전인지 후인지는 몰라도 둘이 분명 무슨 일이 있었습니다."

"……."

변명거리를 막아 버리는 추 이사. 수진은 어젯밤 한수와 있었던 일을 말해야 할지 고민했다. 지극히 개인적인 일이고 회사와 상관없었기 때문이다. 그러나 추 과장의 결근에 대한 책임이 전혀 없다고 말할 수 없었기에 이사의 질문을 쉽게 거절하지 못하고 잠시 고민했다.

"추 과장이 집에도 안 들어갔다는 건 압니까?"

"집에도 안 들어갔어요?"

"지금 추 과장의 행방을 알 수가 없어요. 난, 이런 일이 일어나지 않기를 절대적으로 바랐기 때문에 조심하고 또 조심했습니다. 그런데 내가 제일 우려했던 그 일이 벌어진 겁니다. 어제 무슨 일이 있었는지, 추 과장이 지금 어디에 있을 것 같은지 말해요. 난 오늘 당장에라도 한수를 찾아서 회사든 집이든 들여놔야 합니다."

한수는 겨우 안정을 찾고 적응하며 지내고 있는 중이었다. 식구들 모두 한수와 함께 앞으로 평범한 가족 관계를 이루며 살아갈 수 있을 거라는 희망을 쌓고 있었다. 가족이기를 거부하던 한수가 아버지가 주최하는 창립 기념 파티인 가족 모임에 참석하는 놀라운 진보를 보였기에 더욱 그랬다.

그런데 바로 그런 날 한수가 사라졌다. 전화 통화가 되지 않아

한명이 집으로 찾아갔지만 만날 수 없었다. 한명은 혹시나 하는 마음에 아침을 초조하게 기다렸다. 기분을 풀려고 어딘가 갔다 올 수도 있겠지 하면서. 그러나 결국 회사에도 나오지 않았고 연락 두절 상태는 여전했다. 아버지가 아시기 전에 한수를 찾아야 했다.

"저는, 저는 추 과장님이 어디에 계신지는 잘 모르겠습니다. 그렇지만 어제 저희 둘 사이에 일이 있기는 했습니다. 개인적인 일이고 회사와 상관없는 일이지만 과장님이 회사에 안 나오시는데 전혀 책임이 없다고는 말씀드릴 수가 없습니다."

"무슨 일이 있었습니까?"

"그게, 과장님이, 제게 고백을 하셨습니다."

"고백을? 하!"

"저는 거절했습니다."

"왜?"

"네?"

"거절한 이유가 뭡니까?"

"그건……. 남자가, 남자가 있다고 했습니다."

"남자? 우수진 씨 남자 친구 없다고 분명 말하지 않았습니까? 거절하려고 거짓말한 겁니까?"

"그건 아니고, 저 혼자 좋아하는 사람이 있습니다. 오래전에 절 도와준 사람인데 갑자기 헤어졌고 그래서 기다리고 있는 중입니다."

"혼자 좋아한다고? 짝사랑 때문에 한수를 거절했단 말입니까?"

"저한테는 중요한 사람이고 잊을 수 없는 사람이기 때문입니다."

"누굽니까?"

"네?"

"그 남자가 대체 누굽니까?"

"그걸 왜……."

"마냥 기다린다고 하는 우 대리 말이 이해가 안 됩니다. 짝사랑은 상대가 모르는 사랑인데 아무것도 안 하는 우 대리에게 어떻게 알고 그 사람이 온단 말입니까? 핑계 아닙니까? 추 과장을 거절하려고 그냥 한 말 아니냔 말입니다. 추 과장이 그렇게 싫습니까?"

수진은 아찔했다. 추 이사의 다그침에 자신의 안일함을 깨달았기 때문이다. 아무것도 하지 않고 있으면서 어떻게 돌아오길 기대한 걸까? 뭐라도 했어야 했는데. 백반집 아줌마에게 사정을 해서라도 인한이 어디 있는지 알려 달라고 했어야 했다.

어떤 노력도 없이 막연히 인한을 생각했던 시간들이 부끄러웠다. 정말 그를 좋아하기는 한 건지. 인한에 대한 마음이 진실한지조차 의심스러웠다. 불쑥 추 과장에게 인한의 존재를 들이민 것은 추 이사가 한 말처럼 핑계로 삼으려 했던 건지도 모른다.

"진짜 있는 사람 맞습니까? 대체 누굽니까?"

"그게, 잘 모릅니다. 이름 하나 아는데 얼굴도 정확히 잘 모르고 나이도 모르고 지금 어디에 사는지도 모릅니다."

추 이사에게 인한에 대해 말할 때마다 수진은 많이 부끄러웠다. 묻지 않았어. 인한에게 어떤 것도 물어본 적이 없다는 걸 알았다.

"그게 말이 됩니까? 이름 하나 달랑 아는 사람을 어떻게 사랑하고 기다릴 수 있습니까? 나한테까지 거짓말할 필요는 없습니다."

"거짓말 아닙니다. 비록 제대로 된 얼굴도 본 적 없지만 그 사람의 마음을 느낄 수 있었고 외모나 환경과 상관없이 그 사람 자체를 좋아하게 되었습니다. 성도 모르고 그저 아는 거라곤 인한이라는 이름 두 자뿐이지만 제겐 소중한 존재입니다."

수진은 왜 그토록 인한에 대해 무지한 건지, 왜 아무것도 물어보지 못한 건지 추 이사에게 말하면서 알게 되었다. 처음엔 인한에 대한 감정을 제대로 몰랐기 때문이다. 자신을 돌아볼 시간이 생겼을 때에야 인한에 대한 마음을 깨닫기 시작했는데 그땐 이미 인한과 만나기 어려울 때였다.

"잠깐! 인한? 인한이라고? 지금 인한이라고 했습니까? 인한이 확실합니까?"

한명은 수진의 입에서 인한이라는 이름을 듣고 깜짝 놀랐다. 이상하다. 인한은 한수의 어릴 적 이름인데. 삼 년 전 집으로 완전히 돌아와서야 그 이름을 버리고 한수로 살게 되었다. 갑자기 머릿속에서 뭔가가 제자리를 찾으며 빠르게 움직였다.

"아는 이름인가요?"

"언제 만났습니까? 언제 처음 그 인한과 만난 겁니까?"

"오 년 전에요."

수진은 추 이사가 인한을 아는 것 같아서 놀랐다. 그러다 곧 기대를 버렸다. 자신조차 모르는 인한을 추 이사가 알 수는 없었기 때문이다.

"하! 거 참. 오 년 전에 처음 만났단 말입니까? 그럼 언제 헤어졌습니까?"

"삼 년 전에요."

"기가 막히는군."

인한이 한수다. 만나고 헤어진 날짜가 한수의 움직임과 일치했다. 그래서 한수가 수진을 계속 돌봐 주고 살폈던 것이다. 풀리지 않던 수수께끼가 인한이라는 이름으로 모두 풀렸다. 오래 기다렸다가 곁에 두고 고백을 했는데 자기 과거에게 밀려 차이다니 이게 무슨 웃기는 일인지 모르겠다.

"혹시, 아세요?"

"내가? 내가 알겠습니까?"

"네?"

"내가 우수진 씨의 얼굴도 모르고 이름뿐인 그 남자를 어떻게 알겠습니까? 우리 형님 아들 이름하고 똑같아서 놀라서 물었던 겁니다. 참고로 그 아들은 고등학생입니다. 혹시라도 착각하지 말아요."

한찬의 아들이 인한이라서 다행이다. 이럴 때 근사하게 둘러댈 수 있으니 말이다.

"아, 네. 여러 가지로 물의를 일으켜 죄송합니다. 내일부로 퇴사하겠습니다. 제가 없으면 과장님이 돌아오실 지도……."

"하! 갈수록 태산이로군. 누구 죽는 꼴 보고 싶은 겁니까?"

안 될 말이다. 수진이 회사를 떠나면 한수는 영영 집안을 떠날 테니까. 이제 확실하게 희망이 보이기 시작했는데 놓칠 수는 없지.

"그게 무슨 말씀이신지."

"퇴사라니요? 한수는 곧 돌아옵니다. 가만히 기다리세요. 돌아오게 되어 있습니다."

방금까지 추 과장을 당장에 찾아오라고 다그치더니 이젠 기다리라고? 수진은 이사님이 정말 이상한 사람이라고 다시 느꼈다. 뭘 어쩌라는 건지. 둘 사이를 다 말해 버려서 앞으로가 더 문제였다. 회사를 그만둘 결심으로 다 말한 건데.

"그런데 우 대리, 한수는 돈도 많고 잘생긴 데다가 우 대리가 좋다고까지 하는데 별 볼 일 없는 인한이라는 남자하고 경쟁도 안 됩니까? 양쪽에 올려놓고 고민할 기회도 안 줄 정도로 한수가 그렇게 생각할 것도 없이 별로인 남자입니까?"

인한으로 있었던 한수를 안다. 때에 찌들고 다 떨어진 옷을 입고, 머리는 떡 지게 그냥 두고 수염도 제대로 깎지 않고 살았다. 그래서 지금의 한수를 수진이 알아보지 못하는 걸 충분히 이해했다. 말끔해진 인한을 자신도 못 알아봤으니까.

"추 과장님이 뭐가 어떻다는 것 이전에 제 마음에 이미 가득한 남자가 있어서 그렇습니다. 잊지 못하는 사람이 있는데 새로운 사람을 저울질하는 건 옳지 않다고 생각합니다. 제 마음이 정리가 된다면 몰라도 그렇지 않다면 다른 사람은 누구라도 거절해야 된다고 생각합니다."

"그건 그렇군. 하, 기가 막혀, 기가 막힐 노릇이야."

한명은 당장에 한수를 찾아 이 사실을 말해 주고 싶었지만 참기로 했다. 마음고생 몸 고생 시킨 한수가 어느 정도 대가를 치르는 것이 공평하니까. 자기 자신과의 싸움에서 과연 누가 이기게 될지 그것도 구경거리가 될 것 같았다. 과거의 인한이 이길지 지금의 한수가 이길지 귀추가 주목되는 것이다.

"과장님 찾으러 가지 않아도 되나요?"

"아, 그거. 맞아. 찾으러 가야 할 것 같기도 한데 우 대리 생각은 어떻습니까?"

"그게, 제가 잘 몰라서요."

"음, 혹시 전화 한번 해 봐 주겠어요? 우 대리 전화는 받을지도 모르니까."

"아, 네. 지금, 지금 해요?"

"참. 전화해서 통화가 되면 내가 한수가, 아니 추 과장이 사라진 책임을 물어서 우 대리를 그만두게 할 것 같다고 말해요. 꼭 그 말을 해야 합니다."

"아까는 그만두지 말라고 하셨잖아요?"

"거짓말을 하는 겁니다. 다시 한 번 말하지만 우 대리는 절대 그만두면 안 됩니다."

"거짓말은, 못 하겠습니다."

"말하기 싫으면 전화기를 내 쪽으로 들어요. 내가 알아서 지원 사격 해 줄 테니까."

수진은 추 이사에게 밀려 전화번호를 누르고 있지만 지금 상황이 마음에 들지 않았다. 번호를 다 누르고 귀에 가져다 댔다. 그가 받기를 바라는 건지 아닌지 모르겠다. 대체 지금 어디서 뭘 하고 있는 건지 걱정이 되기는 했다.

안 받는다. 신호가 오래 갔지만 받지 않았다. 추 이사에게 눈치를 보이며 끊으려고 하자 그가 포기하지 말라고 신호를 보냈다. 추 이사에게 밀려 전화기를 들고 있기는 했지만 금방이라도 끊어 버리고 싶었다.

아.

더 이상은 안 되겠다는 생각에 끊으려고 팔에 힘을 빼려는 찰나 연결이 되는 소리가 들렸다. 뭐라고 말해야 할지 몰라 당황하기도 했고 또 그가 먼저 뭐라고 말해 주길 바라는 마음에 말없이 기다렸다. 그러나 같은 마음인지 전화를 받은 사람도 침묵으로 답했다. 혹시 다른 사람인가?

"여보세요, 추 과장님이세요?"

— 왜 전화해?

"후. 회사에 안 나오셔서요."

— 내가 안 나가야 더 편한 거 아니야?

"나오신다고 불편할 이유는 없는데요."

미안한 마음에 시작한 통화에서 수진은 점점 화가 났다. 어린애도 아니고 이게 무슨 짓인지 모르겠다. 나이도 많고 덩치도 두 배는 되는 사람이 속은 왜 이렇게 좁은 건지. 불만 가득한 말투로 대답하는 한수의 태도가 마음에 들지 않았다.

— 그것 때문에 전화한 거야?

"네. 말도 없이 회사도 안 나오고 식구들이 걱정하며 찾게 만들어서 전화했어요. 지금 몇 살이세요? 이사님이나 사장님이 가족이라서 이런 식으로 자기 마음대로 사회생활 하시는 건가요? 정말 실망이에요."

— 수진아……. 할 게 있어서 그랬어. 곧 들어갈 거야. 실망하지 마.

"저는 분명히 과장님 여자 아니라고 했습니다."

— 그랬어. 그걸 다시 확인시키는 이유가 뭐야?

"다시 돌아오시면 예전처럼 지내길 원해서요."

— 그거야 각자 알아서 하는 거지. 내 행동이나 생각까지 당신이 관여할 자격 없다고 생각하지 않아? 내가 당신을 좋아한다고 당신이 날 마음대로 해도 된다는 소리는 아니야.

"아, 죄송해요. 그런 뜻은 아니었어요."

— 곧 들어갈 거야. 옆에 이사님 있으면 바꿔.

수진은 깜짝 놀랐다. 과장님은 어떻게 이사님이 옆에 있다는 걸 아는 걸까?

"과장님이 이사님 바꿔 달라고 하세요."

"나를?"

한명은 한수의 전화를 받았다.

"안 들어오고 뭐하고 있어?"

— 수진이 괴롭히지 않는 것이 좋습니다. 이런저런 일에 수진이 이용하지 마세요.

"그럴 기회를 주지 말아야지. 이런 식이면 언제든 이용할 거다. 너만 성질 있는 거 아니야."

— 곧 들어갈 겁니다.

"여자한테 차였다고 결근까지 하다니 실망이다."

한명은 방금 수진이 한 말을 떠올렸다. 수진이가 실망했다고 했을 때 분명 충격을 받고 반응했을 것이다. 얌전해 보이는 수진이 보이는 것처럼 까닭 없이 얌전하지만은 않다는 걸 알았다. 한수에게 화를 내며 책망하는 모습이 괜찮아 보였다.

— 형님한테 잘 보이고 싶은 마음 없습니다.

"알아서 해라. 이젠 너 없다고 찾을 생각 없다. 예쁜 우 대리 좋은 곳에 시집보내는 재미로 살면 되니까."

수진이 있으니 공격은 언제든 가능했다. 아침까지 애타게 찾게 만든 벌로 한수의 약점을 찔렀다. 펄쩍 뛰겠지?

— 형님!

"끊는다."

수진은 전화 통화를 들을 수밖에 없어서 전화 내용에 따라 표정이 달라졌다.

"우 대리, 수고했어요. 이젠 가서 일해요. 추 과장은 금방 달려올 것 같으니까."

"네."

이사실에서 나온 수진은 사무실로 돌아왔다. 텅 빈 방에 앉아 한수의 빈자리를 바라보는데 마음이 이상했다. 좋아한다고? 전화기를 통해 들은 그의 고백이 다시 생각나면서 그를 떠올리게 했다.

책상. 사무실에 들어올 때 수진은 그가 책상에 기대 서 있는 모습을 기대했다. 긴 다리로 버티고 선 그의 모습이 좋았기 때문이다. 바지 주머니에 손을 넣고 인상을 쓰며 선 그의 모습도 그녀는 좋았다. 왜 그런 건지 콕 집어 말하기 어려웠지만 그렇게 서서 말할 때마다 추억에 젖어 드는 기분이 들었다.

"나한테 갑자기 이상한 말을 한 건 생각지도 않고, 거절했다고 회사를 안 나오다니 그건 아니잖아?"

한수에 대해 다른 생각을 가질 수 있는 여지가 없었다. 그는 인한을 떠올리게 하는 불편하고 낯선 직장 상사였다. 그에게 자신이 어떻게 보일지, 그가 어떤 생각으로 자신을 바라보는지 생각해 본 적이 없는데 불쑥 너는 내 여자다 하고 선언하면 어쩌라는 건지.

게다가 최고로 정신없을 때였다. 가장 만나기 두려웠던, 그래서 만날 일은 생각도 하지 않고 있던 사람을 만나게 된 날이었으니까.

"그날 갑자기 그러면 안 되는 거잖아요?"

빈자리에 대고 불평을 터트렸다. 과거의 그림자에 깔려 허덕거리고 있을 때, 생각지도 않던 한수의 고백은 제대로 생각하고 반응할 여유를 주지 않은 일이었다.

"아……."

자리에서 벌떡 일어선 수진은 책상 앞으로 나와 서성거렸다. 아니 지금 왜 이런 생각을 하는 거지? 과장님을 거절한 것이 정신이 없어서 그랬단 거야? 아니잖아. 대체 왜 말도 안 되는 불평을 하는 거야?

다른 때, 다른 곳에서 고백을 들었으면 다른 대답을 했을지도 모른다는 생각에 스스로 놀라서 당황했다. 거절을 후회하는 걸까? 아. 퍼뜩 드는 생각에 더 놀라 수진이 두 손으로 얼굴을 감쌌다.

"우는 거야?"

"엄마야!"

4
일인이역

갑자기 나타나 수진을 기함하게 한 한수는 자리에 앉아 조용히 일을 시작했다. 한참이 지난 지금까지 여전히 두근거리는 심장 때문에 힘든 건, 수진뿐이었다.

"점심 먹으러 갑시다."

"……."

수진은 한수의 말에 금방 대답하지 못했다. 지금 한수의 태도는 그의 마음을 거절했다고 회사까지 안 나왔던 사람이라고는 생각할 수 없었다. 한수는 그 어느 때보다 침착하고 안정되어 보였다. 늘 화난 사람처럼 보이던 얼굴이 표정 없이 깔끔하게 가라앉아 있었다.

한수가 오기 직전에 느꼈던 위험한 감정이 수진의 마음속으로 다시 스멀스멀 기어 올라왔다. 아니야. 거절한 걸 후회하는 게 아니야. 몇 번이나 그렇게 생각하고 그렇게 생각하도록 노력했는데 번번이 실패했다.

"안 먹습니까?"

"아니요. 먹을 거예요."

"그럼 일어나요."

"제가, 알아서 먹어요."

다가오는 한수를 피해 눈을 내렸다. 아직 수진의 가슴은 두근 거리던 여운을 간직하고 있었다. 놀라서 그래. 너무 놀라서 아직 도 이상한 거야. 혼자 생각에 밀려 얼굴을 가리고 있던 자신을 깜 짝 놀라게 하며 나타난 한수. 손을 치우고 그를 바라봤을 때 까칠 한 얼굴이 바짝 다가와 있었다. 반갑고 감사했던 그 순간이 다시 생각났다.

"해보겠다는 겁니까?"

한수는 수진의 책상에 몸을 숙여 두 팔을 짚고서 그녀와 눈을 마주했다.

"뭐, 뭘 해 봐요?

"직원들 앞에서 우리 사이 확인시켜 줄 수도 있는데."

"그게 무슨 소리예요? 우리가 무슨 사인데요?"

협박? 어쩜 이럴 수가 있지? 불안한 수진은 그가 가깝게 마주 하고 있다는 사실을 잠시 잊고 대드는 마음으로 그에게 더 바짝 다가갔다.

"내가 당신을 좋아하는 사이지."

"그건, 그 문제는, 이미 해결된 거 아니에요?"

미소? 말도 안 돼. 한수의 미소에 눈앞이 순간적으로 캄캄해졌다가 밝아졌다. 그의 눈에 고정된 시선을 다른 곳으로 돌릴 수가 없었다. 사라지려는 이성을 긁어모아 겨우 그에게 말을 꺼낼 수 있었다.

"뭘 해결해? 난 앞으로 죽 당신을 좋아하겠다고 결심했어. 그게 해결이라면 해결이겠지."

"아."

방금 뭐가 지나간 거지? 수진은 그의 얼굴이 사라지는 것과 동시에 뺨에서 그의 손을 느꼈다. 뺨을 쓸고 지나간 거야? 누구 마음대로? 왜? 함부로 그러면……. 달리 생각이 들지 않았다.

"가자. 배고프다. 아침도 못 먹었어."

수진은 한수의 배고프다는 말에 겨우 정신을 차렸다. 아침을 먹지 못했다는 그의 말에 두말없이 자리에서 일어섰다. 먼저 사무실을 나간 그를 따라 조용히 식당으로 향했다. 삼삼오오 짝을 지어 식당으로 향하는 직원들 사이로 은미가 나타났다.

"우 대리님."

"어서 와."

"안녕하세요."

은미의 인사에 한수는 평소처럼 고개를 끄덕여 답했다. 웅성거리는 식당으로 들어가 식사를 가지고 자리에 앉았다. 은미는 한수를 흘끗 보더니 인상을 썼다.

"과장님, 어디 아프세요?"

"왜 그럽니까?"

"안색이 안 좋으셔서요."

"속을 썩이는 사람이 있어서 좀 신경을 썼더니 이렇게 됐습니다."

한수의 말에 수진은 그를 보았다. 그거 누구 들으라고 하는 소린 가요? 수진의 말없는 질문을 듣지 못한 척 한수는 묵묵히 식사했다.

"어머, 누가 과장님 속을 썩여요?"

"그런 사람이 있습니다."

"그렇구나. 어머, 그러고 보니 우 대리님도 거칠해요."

"아, 뭐. 어제 생각이 많아서 잠을 잘 못 잤어."

"그 부서 오늘 우울했겠어요. 참, 어제 어떻게 됐어요? 설마 우 대리님한테 누가 접근한 건 아니겠죠? 혹시 그래서 잠 못 잔 거 아니에요? 모임에서 누군가가 우 대리님한테 반했을 것 같단 말 이에요. 아."

명랑하게 떠들던 은미는 말을 다 마치자마자 놀라며 한수를 보 았다. 이런 이야기 그가 좋아하지 않을 거라는 걸 그때 생각해 냈 기 때문이다. 이미 떠벌린 말을 주워 담을 수는 없어서 손을 입으 로 막으며 눈으로 수진에게 구원의 요청을 했다.

"우 대리가 잠을 못 잘 정도로 누군가 아주 열렬히 구애를 했 나 보군요."

국을 떠먹으며 아무렇지도 않게 툭 뱉어 내는 한수 때문에 은 미와 수진이 동시에 그를 보았다. 수진은 그의 비꼬임을 알아들었 고 은미는 예상보다 담담한 한수의 반응에 놀라서 본 것이다.

"정말 누가 있었어요?"

"아니야."

"에이, 실망이다. 그런 일 일어나면 좋은데. 멋있고 로맨틱하잖아요."

은미는 즐거운 상상을 하느라 조용히 한숨을 쉬는 수진을 보지 못했다. 그러나 수진 옆에 앉았던 한수는 수진의 한숨 소리를 들었다.

"직장인들은 주로 어떻게 데이트합니까?"

수진은 한수의 질문에 또 그를 보았다. 데이트라는 단어에 깜짝 놀랐다. 아까 사무실에서 직원들에게 알리겠다는 말을 실천하려는 건 아닐까 하고 바짝 긴장했다.

"네? 어머, 과장님이 그런 거 물으니까 어색해요."

"왜요? 나는 연애하면 안 됩니까?"

"아니죠. 전혀. 저도 남친과 헤어진 지는 좀 됐지만 주로 퇴근하고 저녁 먹고 차 마시고 그러는 거죠. 술 좋아하는 사람들은 한잔하기도 하고. 주중에는 별달리 할 게 따로 없으니까요. 주말이면 영화도 보고 어디 가까운 곳에 놀러가기도 하고 그렇죠."

은미의 대답 후에 별다른 말로 이어지지 않아 셋은 대화 없이 식사에 열중했다. 식사를 제일 먼저 마친 한수가 입을 열었다.

"오후에는 회의가 있어서 사무실에 거의 없습니다. 아까 준 그 일만 끝내면 적당히 정리하고 먼저 퇴근하세요."

"네."

추 과장이 완전히 퇴장하자마자 은미는 수진의 팔을 붙들고 바짝 붙었다.

"추 과장님 여자 있나 봐요. 드디어 연애를 하시는 걸까?"

"왜 그렇게 생각해?"

"데이트에 대해서 묻기도 했지만 평소와 다르게 오늘 꽤나 부드러워 보여서요. 사랑을 하면 사람이 달라지거든요. 자기는 느끼지 못하지만."

"그래?"

"거의 확실해요. 그런데 상상은 안 돼요. 어떤 모습으로 연애를 할까요? 좋다는 말도 안 할 것 같은데. 그냥, 툭, 던지듯이, 나하고 사귀자. 어머, 싫어요. 시끄럽고 나하고 내일부터, 아니 오늘부터 사귀는 걸로 알아. 캬! 이럴 것 같지 않아요?"

"……."

은미의 말에 뭐라고 말을 할 수 없었다. 어쩜 은미는 옆에서 본 것처럼 말하는 걸까? 한수가 그렇게 뻔한 사람이었던가?

"말로 하고 보니 그리 나쁘지는 않네. 그렇죠? 부드럽지는 않지만 박력이 있잖아요."

"박력이 있어?"

"멋있는 사람이 그러면 좀 받아 줄 만하죠. 만약에 저한테 과장님이 그러시면, 아흐, 어머, 싫어요. 안 돼요. 그러면서 못 이기는 척 만나 줄 것 같아요."

"그런 타입 좋아해?"

"아뇨. 사실 이제까지 만났던 사람들은 다 다정한 남자였어요. 생각으로만 그러는 거죠. 영화 같은 일이 실제로 일어나진 않으니까. 한 번 만나는 건 어떻게 되더라도 그 후에 계속 그런 식으로 나오면 외로울 것 같아요. 뭐든 자기 위주잖아요."

"말은 그렇게 해도 배려가 숨어 있을 수도 있어."

"어머, 대리님이야 말로 과장님 같은 스타일 좋아하세요?"

"아, 아니야."

수진은 아니라고 말한 것이 마음에 걸렸다. 인한은 은미가 말하는 타입이기 때문이다. 물론 인한이 자신을 좋아해서 그런 행동을 한 건 아니었다. 원래 그런 식으로 사는 사람이라서 그랬을 것이다. 그래도 그녀는 섭섭하다거나 부족하다는 생각은 들지 않았다.

혹시라도 인한과 진짜 사귀게 되면 어떨까? 그래. 은미의 말처럼 외로울지도 모르겠다. 별다른 설명 없이 사라지고 불쑥 나타나는 일이 계속되면 힘들지도 몰라. 서로에 대해 알아 가고 이해하려면 대화하고 관찰하고 여러 가지 상황을 함께 겪어야 하는데 인한과는 그런 것들이 자연스럽게 이루어질 것 같지 않아.

지금까지 인한을 마음에 담고 있다고 말하고 있지만 수진은 인한을 알지 못했다. 그가 뭘 좋아하고 뭘 싫어하는지 기본적인 것도 아는 게 없었다. 인한에 대한 마음은 진심일까? 다른 누군가를 거절해야 할 만큼 진지한 것일까?

"대리님, 지금 굉장히 심각한 표정이세요."

"아, 생각나는 일이 있어서."

"과거?"

"은미 씨는 가끔 눈치가 굉장해."

"그렇죠? 제 눈을 속이지 못한다니까요. 사실, 이 대리님하고 최 대리님하고 요즘 썸 타요."

"그래?"

"눈빛이 다른데 아닌 칙하고 지내는 중이죠. 뭐 별다른 일이 없다면 둘이 곧 본격적으로 사귀게 될 것이라고 장담해요. 아휴, 다른 부서에 대리님이 있어서 얼마나 좋은지 몰라요. 제가 실수해도 아무도 모르니까."

"은미 씨 약점 잡았네. 앞으로 중요한 때 써먹어야겠어."

"어머, 안 돼요. 제가 얼른 좋은 남자 물색해 드릴게요. 진짜로."

"음, 이런 느낌 처음이야. 놓치지, 않을 거예요."

화장품 선전을 신선하게 패러디 한 수진의 말에 둘이 동시에 웃음을 터트렸다. 은미의 발랄함으로 기분을 전환한 수진은 그 기분 그대로 사무실로 들어갔다. 한수의 말처럼 그는 사무실에 없었다. 회의로 내내 자리를 비운다고 했던 말이 사실일까? 어쩐지 그녀를 피한 것처럼 느껴져 불편했다.

수진은 겨우 마음을 잡고 자리에 앉아 그가 준 일을 시작했다. 점심을 먹고 은미로 인해서 기분까지 풀려서 그런 건지 몸이 밤을 새운 티를 내기 시작했다. 졸음이 몰려와서 눈이 저절로 감길 지경이었다.

"어휴, 글자가 안 보이네."

일어나서 걸었다가 다시 일하고 음료수도 마셔 봤지만 소용이 없었다. 움직였던 그 순간만 잠이 사라졌다가 자리에 앉아 잠시만 가만히 있어도 바로 물밀 듯이 잠이 몰려들었다. 어쩔 수 없이 수진이 책상에 엎드렸다.

한수는 퇴근 시간까지 오지 않는다고 했다. 잠깐 자고 일어나서 마저 해야지. 수진은 이런저런 생각을 많이 하지도 못하고 그대로 책상에 엎드려 잠이 들었다.

"잠깐 뭘 잊고 가서……."

사무실로 되돌아온 한수는 수진이 뭐라고 할까 봐 들어서면서 변명을 늘어놓았다. 그러나 말을 다 하기도 전에 그녀가 잠이 들었다는 걸 알게 되었다. 문을 조용히 닫고 천천히 수진에게 다가갔다.

예전 일이 생각났다. 가끔 수진이 궁금해서 깊은 밤에 몰래 집에 들어가 본 적이 있었다. 작은 불을 켜고 잠이 든 수진의 모습을 그래서 몇 번 보게 되었다. 한참 자는 모습을 들여다보고 있다가 조용히 집을 나갔던 그날처럼 지금 수진의 잠든 모습을 향해 다가가고 있었다.

피곤했는지 자잘한 소음에 눈썹도 움직이지 않고 그대로 잠들어 있었다. 수진의 옆으로 가서 한쪽 무릎을 바닥에 꿇고 앉아 잠든 수진을 보았다. 한수는 그녀가 잠을 자지 못할 만큼 고민했다는 사실에 기뻐하고 있었다. 이미 거절해 놓고서 뭐가 그리 고민이 되었을까? 아직 기회가 있다는 신호였다.

아까 사무실에 들어와 깜짝 놀란 얼굴의 수진과 가까이 마주했을 때 그는 처음으로 키스하고 싶다는 생각을 했다. 이제까지 가슴에서 보내오던 신호를 확실하게 해석한 순간이었다.

수진의 빰을 살짝 만졌는데 움직이지 않았다. 얼굴에 붙은 머리카락 몇 개를 치워 주고 입술을 조금 눌러보았다. 깨울까? 한수가 까칠함이 느껴지는 입술을 몇 번이나 눌렀다.

"음."

드디어 수진이 인상을 쓰며 고개를 반대로 돌려 엎드렸다. 긴 한숨 후에 다시 규칙적인 숨소리. 수진이 규칙적인 숨을 쉴 때까지 한수는 꼼짝도 하지 않았다. 수진이 다시 잠든 것을 알고 천천히 자리에서 일어섰다.

기다린다는 남자 따위 물리쳐 주겠어. 너에 대한 마음, 알아 버렸으니까 진짜 포기 못 해.

한수는 헝클어진 수진의 머리를 가만히 쓰다듬고 겨우 그녀의 곁에서 떨어졌다. 핑계 삼아 찾으려고 했던 서류는 그냥 두고 다시 사무실을 나갔다.

수진은 정신없이 자고 일어나 깜짝 놀랐다. 잠깐만 자다 일어나려던 것이 한 시간을 훌쩍 넘어 버렸다. 얼굴에 선명한 자국이 부끄러웠고 누군가 보지 않았을까 염려되었다. 기절하듯 잠들었다가 깨어난 걸 보면 누가 업어 가도 몰랐을 것 같았기 때문이다.

얼마 남지 않은 퇴근 시간에 맞추어 겨우 일을 다 했지만 민망해서 퇴근할 마음이 나지 않았다. 잠자러 회사에 나온 것 같아 미안했다.

"휴, 일이 없으니 퇴근을 하긴 해야 되는데. 내일 좀 열심히 해야지. 잠이 안 와도 억지로라도 자고."

얼굴에 새겨진 자국은 아직도 희미하게 남아 그녀를 부끄럽게 만들었다. 수진은 뺨을 몇 번 토닥이고는 퇴근을 했다. 저녁을 먹어야겠다는 생각은 집이 보였을 때에야 났다. 장을 봐야 하나 아니면 먹을 걸 사가야 하나 고민하고 있을 때였다.

"이제 와? 일도 없는데 어째서 늦었어?"

"과장님?"

수진은 입구에 서 있던 한수의 모습에 그저 놀랄 수밖에 없었다.

"퇴근 시간에 바로 퇴근할 줄 알고 기다리다가 고생했어. 왜 늦었어?"

"그냥, 좀 미안하고, 어쨌든 과장님이 왜 여기 계세요? 왜 저를 기다려요?"

"왜겠어? 데이트하려고 기다린 거지. 밥 먹고 차 마시고 그러는 거라면서?"

"그걸 왜 저하고……."

성큼 다가서는 그에게서 달아나고 싶지만 그럴 시간이 없었다. 바로 앞까지 다가온 한수는 눈을 가늘게 뜨고는 얼굴을 바짝 들이대며 살폈다.

"오래 잤구나."

"네?"

"얼굴에 자국이 아직도 안 지워졌어."

"죄, 죄송해요."

하필. 얼른 손으로 뺨을 감쌌지만 늦었다.

"밥 먹자."

몸을 돌려 앞장서는 그를 따르지 않을 수 없었다. 그녀의 미안하고 부끄러운 마음을 건드렸기 때문이다. 희미한 자국인데 들켰다. 저녁의 불빛으로도 알아내는 한수가 놀랍기도 했다.

"이 근처에서는 이 집이 제일 괜찮은 것 같던데."

"저도 그렇게 생각해요. 혹시, 이 근처에 사세요?"

"아니. 가끔 오는 곳이야."

마주 앉은 한수는 테이블에 팔을 올려 턱을 괴었다. 넥타이는 없어지고 셔츠 단추가 두 개 풀려 있었다. 자연스럽고 자유분방해 보이는 그의 모습이 새삼스러웠다. 이제까지 본 그의 모습은 말끔한 양복 차림으로 약간 딱딱해 보였는데.

달리 보이는 한수의 모습이 만들어 낸 자연스러운 분위기 때문인지 수진은 의외로 편안하게 식사를 하고 그와 함께 찻집에 앉게 되었다. 한수는 편안한 모습으로 그녀를 무안할 만큼 빤히 바라보았다. 딱딱하고 찡그린 얼굴은 다 숨어 버리고 위험한 느긋함이 그의 표정에 가득했다.

"첫 데이트 하는 기분이 어때?"

"네? 데이트라니요?"

"밥 먹고 차 마시면 데이트지."

"은미 씨 말이 맞아요."

"뭐라고 했는데?"

"과장님은 여자한테 그럴 거래요. 나하고 사귀자. 툭 뱉어 내고 여자가 싫다고 하면 시끄럽고 오늘부터 나하고 사귀는 거야. 그렇게 말할 거라더니 정말이잖아요."

"사람 볼 줄을 아는가 보군. 나하고 사귀는 기분이 어때?"

"점점……."

"왜 그동안 그렇게 참았는지 모르겠다. 바보지. 솔직해지니까

편해."

한수는 앞에 있는 수진의 손을 잡고 싶었다. 물론 손만 잡고 싶은 것은 아니었지만 자연스럽게 손을 잡고 키스하고 싶을 때 키스하고 싶었다. 그의 말대로 솔직해지고 나니 그동안 생각도 못 했던 욕망이 두려울 정도로 밀려 올라왔다.

"전 분명히."

"수진아, 고민하는 건 내가 마음에 있다는 소리야. 정말 네 마음 안에 그놈만 있다면 고민할 필요 없지. 그놈과는 지금 만나지 않고 있잖아? 만나지 않는데 그 남자가 널 어떻게 생각하고 있는지 놈에 대한 너의 마음이 어떤지 제대로 알 수 없는 거 아니야? 정말 그놈과 잘될 때 그때 말해. 그럼 그 순간 널 위해 깨끗하게 마음 정리할 테니까."

시종일관 그놈이라 칭하는 한수의 말에 수진은 화가 나는 것이 아니라 마음이 흔들렸다. 인한과의 관계를 어떻게 정의해야 할지 모르기 때문이다. 한수 때문에 새삼 인한에 대한 막연한 생각과 감정을 다시 돌아보게 되었다. 그래서 더더욱 혼란스러웠다. 돌아보면 볼수록 막연하다는 걸 깨닫게 되었기 때문이다.

없다. 인한에게 어떤 것을 기대할 추억이 없었다. 그가 자신을 좋아해 줄 어떤 일도 없이 그저 그에게 배려받고 보호받은 것이 전부였다. 인한은 천지에 아무도 없는 자신을 구해 주는 것을 시작으로 살아갈 길을 마련해 주었다. 고맙고 고마운 존재. 그래서 그를 남자로 착각한 것일까? 아니다. 매번 그 문제로 그곳에 섰을 때 착각은 아니라는 마음이 있었다.

수진은 인한이 정말 남자로 느껴졌고 몰래 좋아했다. 퉁명스러운 그의 말투와 태도를 기다렸고 그의 마음을 봤다. 봤다고 믿었다. 아닌가? 도대체 뭘 기다리고 기대해야 하는 건지 모르겠다. 추 이사님 말처럼 찾아가서 확인해야 하지 않을까?

"그놈하고는 언제 만난 거야?"

"자꾸만 그놈이라고 하시면 말 안 해요."

"알았어. 그분과는 언제 만난 거야?"

티 나게 비꼬는 말에 그를 잠시 쏘아봤다.

"오 년 전에."

오 년 전? 수진을 처음 만났을 때다. 한수는 불안했다. 그때 수진이 다른 남자를 마음에 품을 수 있었다. 자신은 수진에게 자주 나타나지 않았기 때문에 자신이 없는 동안 그녀가 누굴 만나고 뭘 하는지 알 수 없었다. 자신이 수진에 대한 마음을 어찌해야 할지 몰라 흔들리고 있던 때, 수진의 마음을 먼저 가져가 버린 남자가 있었던 것이다.

"다시, 돌아온다는 말은 들은 거야?"

"그건……."

"됐다. 어쨌든 그놈이든 그분이든 함께 와서 말해. 그 전까진 난 너하고 데이트할 거니까."

편히 가졌던 마음이 전보다 더 불안해졌다. 수진이 한 남자를 오랫동안 마음에 두고 있었다는 사실이 그를 힘들게 했다. 수진의 마음을 가볍게 여길 수 없었기 때문이다.

수진은 따뜻한 찻잔을 두 손으로 감싸 쥐고 있었다. 손만 뻗으면 그녀의 뺨이나 머리를 얼마든지 만질 수 있었다. 그러나 수진의 마음 안에 있다는 그 남자 때문에 손을 뻗을 수 없었다.

"오늘은 잘 자라."

"아, 네."

수진은 한수의 목소리에 정신을 차렸다. 잘 자라는 그의 말에 오늘의 부끄러움을 기억했다. 억지로라도 자야지.

"가자."

간단하게 마무리하고 한수가 벌떡 일어섰다. 벌써? 수진의 머릿속에 든 찰나 같은 생각. 한수를 따라 차가운 공기가 느껴지는 밤거리로 나갔다. 데이트라면서 자신은 살펴보지도 않고 성큼 먼저 앞서 걷는 한수. 그의 등을 보며 또 수진은 추억처럼 아련함에 젖었다.

"들어가."

들어가라는 그의 말과 달리 그의 표정과 눈은 가지 말라고 하는 것 같았다. 수진은 그의 마음을 느끼는 자신이 이상해서 마음으로 고개를 저었다. 과장님의 마음을 안다고 착각하는 거야. 그러나 그런 이성적인 정리에도 불구하고 몸이 움직이지 않았다. 그에게 뭐라고 할 말도 없는데 왜 얼른 들어가지 못하는 걸까?

수진은 그를 말없이 올려다보고 있는 자신이 이상하다는 걸 느꼈을 때에야 움직일 수 있었다. 그러나 늦었다. 뭔가를 바라듯 올려다본 그녀의 뺨에 그의 손이 먼저 닿았다.

"벌써 보고 싶다."

"……."

뺨을 감싼 손이 천천히 움직이더니 그의 긴 한숨과 함께 떨어졌다. 돌아서 가는 그의 등이 미웠다. 왜인지는 모르지만 그의 등을 보고 싶지 않았다. 수진은 갑자기 서러운 마음이 들어서 얼른 돌아섰다. 어떻게 집 안까지 들어왔는지 모르겠다. 정신을 차리고 젖은 뺨을 느꼈을 때에 그녀는 이미 작은 침대에 앉아 있었다.

♣

평범한 하루. 그래서 더 이상한 하루였다. 수진은 평소와 다르지만 평범한 한수와 함께 하루를 보냈다. 우수진 대리로 대해 주는 그와 점심을 먹은 후 헤어져 은미와 함께 차를 마시며 수다를 떨고 돌아온 사무실에 그가 있었다. 둘은 일에 대한 이야기 말고는 하지 않았다. 평범하다고 해야 하는데 수진은 그 어느 날보다 이상했다. 한수의 무표정에 적응할 수 없었다. 딱딱하거나 잔뜩 구겨진 그의 표정이 그리울 정도였다.

퇴근을 조금 앞둔 때였다.

"내일은 뭐 합니까?"

"갈 데가 있어서……."

수진은 말하다 보니 이상해서 입을 다물었다. 갈 곳이 있으니 내일은 만날 수 없다는 느낌이었기 때문이다. 한수가 만나자고 물었던 것도 아닌데 어째서 변명처럼 말한 건지 모르겠다.

"어디?"

"찾아봬야 할 분이 계셔서요."

한수는 그의 시선을 피하는 수진에게 굳이 따져 묻지 않았다.

"어차피 오늘은 데이트 못 합니다."

"네?"

"약속이 있어서."

수진은 한수에게 자세히 묻지 못했다. 물을 수 없는 거잖아? 묻고 싶은데. 왜 데이트 못 하냐고, 무슨 약속이냐고 물을 뻔했다. 그녀는 나오려는 질문을 막으려고 손에 쥔 펜을 아프게 꽉 쥐어야 했다. 한수의 시선이 느껴져 담담한 표정을 지으려고 노력했다. 이게 무슨 일인지 모르겠다. 어차피 서로 데이트할 사이는 아닌데. 아니라고 말한 건 바로 자신인데 왜 약속이 있다는 말에 이토록 흔들리는 걸까?

똑똑.

노크 소리에 둘이 동시에 문을 쳐다보았다. 기다릴 틈도 없이 노크 소리 후에 바로 문이 열리면서 여자가 들어왔다.

"어머, 안녕하세요. 밖에 사람이 있어서 안내해 줄 줄 알았는데. 아무도 안 계셔서 이렇게 그냥 들어왔어요."

우주희. 주희는 날씬한 몸에 꼭 맞는 투피스를 입고 당당한 걸음으로 한수의 자리로 갔다. 그녀의 자신감에 찬 말투는 사무실로 불쑥 들어온 이유에 대한 변명이 아니라 발표처럼 들렸다. 자신만만하고 당당한 주희와 달리 수진은 굳었다. 뭘 어떻게 반응해야 할지 몰라 주희와 한수를 번갈아 바라보기만 했다.

"아직 퇴근 전인데, 약속보다 너무 이른 것 아닙니까?"

"죄송해요. 조금 일찍 도착했어요. 그래도 아주 조금 앞선 거니까 용서해 주세요."

주희는 한수의 말에 화사한 웃음으로 대답하고는 슬쩍 수진을 보았다. 주희는 이번에도 수진이 낯이 익다고 생각했다. 아무리 생각해 봐도 누군지 생각나지 않았다. 평범한 얼굴이라서 그런 걸까? 하긴 어디서건 마주친 적이 있을지도 모르지.

"나갑시다."

한수는 딱딱하게 굳은 수진을 위해 얼른 일어섰다. 수진에게 하고 싶은 말은 다 했으니 바로 퇴근해도 상관없었다. 주희를 지나쳐 사무실 문을 열었다.

"제가 퇴근 시간 조금 앞당겼으니 좋게 기억해 주세요."

주희의 인사에 수진은 가만히 자리에서 일어서는 것으로 대신했다. 수진이 뭘 더 할 필요도 없게 주희는 한수와 금방 사라졌다.

오늘 한수와 데이트를 할 수 없게 한 그 약속의 주인공은 주희였다. 우주희. 우천서. 두 주먹을 자기도 모르게 쥔 수진은 치달려 오는 과거의 기억 앞에서 당당하기 위해 최선을 다했다.

"그때의 나와 지금의 내가 달라. 그때처럼 그렇게 휘둘리지 않아. 그럴 수도 없고 그렇게 내버려 두지도 않을 거야."

중얼거린 효과가 있는 것인지 몸에 들어간 힘이 겨우 풀렸다. 수진이 의자에 앉으며 작게 헐떡였다. 싸움은 제법 힘들었지만 처음이 아니라 아주 조금 수월했다. 앞으로 계속 마주해야 한다. 그러고 싶지 않지만 그럴 수밖에 없다는 걸 인정했다.

수진은 아찔한 두려움에 그들과의 만남을 피하고 싶었지만 당당하게 떨치고 일어서야 함을 다시 다짐했다. 진정한 독립은 떨치고 일어섰을 때에야 이루어지는 것이니까.

수진은 퇴근 시간을 조금 넘겨서야 회사를 나설 수 있었다. 마음을 가라앉히고 정리하는데 시간이 걸렸다. 하루의 모든 힘을 다 쏟아 낸 것처럼 피로를 느꼈다. 주희와 한 약속이었어. 감정적으로 안정을 찾자마자 그녀의 머릿속을 채우는 생각이었다.

주희와 한수의 약속. 상관없어. 과장님이 누구와 만나던 알 바 아니야. 그렇지만 우주희, 한수 씨와 만나는 이유가 과연 좋은 마음일까? 작은아버지. 그렇게 부르기 싫었고 앞으로 절대 그렇게 부르지 않기로 작정한 우천서. 주희는 몰라도 우천서라면 다른 마음을 품기 충분했다. 그러나 그렇더라도 그녀가 상관할 일은 아니었다. 상관없어. 수진은 다시 생각을 눌렀다.

힘든 마음으로 빌딩 현관 앞에 섰을 때 어제의 일이 생각났다. 자신의 **뺨**을 만지던 한수의 모습이 빌딩 현관에 새겨진 것 같았다. 오늘은 주희와 약속이 있어. 아무 사이도 아닌 우리야. 앞으로 오지 않을지도 몰라.

"말도 안 돼."

자꾸만 한수를 찾는 자신에게 경고하며 수진은 집으로 들어왔다. 엉망이다. 생각이 이성을 잃었다.

그에게 오지 말라고 해도 시원치 않은데 오지 않을까 봐 겁을 먹다니. 도대체 이 마음은 어떻게 된 걸까? 인한에 대한 마음은 또 뭘까? 너무 힘들어. 뭘 어떻게 해야 할지 모르겠어.

다시 힘든 밤이 되었다. 내일이 토요일이란 것이 도움이 되지 않았다.

수진은 백반집 앞에서 한참을 서 있었다. 몇 년 만에 왔다. 집처럼 드나들며 밥을 먹었던 곳. 곧 닥칠 점심시간을 알려 주기라도 하듯 서서히 많아지는 사람들과 소음들. 좁고 어두운 이 층으로 오르는 계단 앞에서 드나드는 사람들을 한참 보다가 겨우 용기를 내서 안으로 들어갔다.

"안녕하세요."

"어? 이게 누구야? 수진이. 맞지? 이게 얼마 만이야? 앉아. 항상 먹던 거? 아니다. 이젠 인한이 없어서 전용 메뉴는 없어."

"제 전용 메뉴요?"

"몰랐어? 인한이가 매번 수진이 좋아하는 반찬 넣어 달라고 해서 넣어 줬거든. 밥값도 넉넉히 주는데 마다할 이유 없어서 그렇게 했지. 오, 몰랐어? 인한이, 꽤나 남자답네. 지금 인한이하고 같이 있지?"

"아니요. 그래서 여쭤 보려고요. 인한 씨가 어디 있는지 혹시 아시나 해서요."

인한에게 느꼈던 마음은 그냥 착각이 아니었을지도 몰라. 수진의 가슴이 두근거렸다.

"함께 있지 않아? 아이구. 난 결혼이라도 할 줄 알았는데. 어쩌다가 헤어졌어?"

"그게, 어쩌다가 그렇게 됐어요. 모르세요?"

좀 더 일찍 찾아올걸. 좀 더 적극적으로 마음을 전해 볼 것을.

"모르지. 매일 장사하느라 자리 지키는 내가 떠난 사람을 어떻게 알겠어."

"연락처라도 가진 거 혹시 없으세요?"

"없어. 여기 인한이처럼 오는 것도 모르고 가는 것도 모르는 그런 사람 많이 와. 과거를 모르는 사람들. 돈 벌러 갔겠지. 아니면 함부로 나올 수 없는 곳에 갔거나."

"함부로 나올 수 없는 곳이요?"

"교도소. 거기 몇 번씩 갔다가 온 사람들도 꽤 많아. 아이고, 사람들 몰려드네. 밥 먹고 가든가."

장사에 방해가 되는 것 같아서 수진은 더 이상 앉아 있지 못하고 가게를 나왔다. 인한이 혹시라도 잘못되었을까 걱정이 되었다. 인한의 삶이 어떤지, 그가 어떤 상처를 가졌는지 몰랐다. 관심이 없었던 걸까?

믿었던 사람에게 배신당하고 그것도 모자라 심한 모욕까지 당하는 바람에 상처 입고 힘을 잃었던 그 당시 자신의 상태론 인한을 자세히 알고 이해하기 어려웠을지도 모른다. 그러나 그렇게 위로해 보아도 그에 대해 너무나 무심했던 자신의 모습을 다 감출 수는 없었다. 수진은 그저 받기만 하고 주지 않은 자신이 부끄러웠다. 어쩌면 그래서 떠났을지도 모른다. 자기밖에 모르는 이기심에 질려서 멀리 떠나 버린 건지도.

찰랑.

손목에 찬 팔찌가 흔들리며 소리를 냈다. 눈물을 닦느라 몇 번이나 오르락내리락하는 바람에 팔찌의 작은 나뭇잎들이 서로 부딪히며 맑고 여린 소리를 계속 냈다. 수진은 사람들이 뜸한 버스 정류장에 앉아 멈추지 않는 눈물을 닦았다. 코가 빨개지고 뺨이 화끈거릴 때에야 겨우 그녀의 눈물이 멈추었다.

이젠 찾을 수도 없어. 오지 않을 거야. 무심한 마음에 질려서 절대로 오지 않을 거야.

인한이 오지 않을 거란 생각에 다시 눈물이 차올랐다. 희망만 갖고 막연히 기다릴 때는 그를 생각하며 기뻐하고 행복해할 수도 있었는데 이젠 그럴 수도 없게 되었다. 앞으로는 그를 생각할 때마다 스스로를 탓하며 슬퍼할 테니까.

"이제 그만 좀 울어."

"으앗!"

누군가 옆에 앉은 것 같아 몸을 돌리려는데 한수의 목소리가 들렸다.

"그놈이, 아니, 그분께서 여기에 살았어?"

"여길 어떻게……."

"내가 묻잖아. 여기 살았어?"

"네."

한수는 수진이 누굴 만나러 가는지 알고 싶어서 따라왔다. 그런데 놀랍게도 자신이 살았던 곳이었다. 설마하고 계속 따르는데 백반집에서 멈췄다. 그놈을 만난 곳이 자신과 함께 있던 곳이라니. 놀랍기도 하고 화가 나서 힘들게 감정을 다스려야 했다. 수진이 울지 않았다면 그저 보기만 하고 떠나려고 했다. 그러나 수진의 눈물은 멈추지 않았고 기어이 곁에 앉게 했다.

"저 백반집 아줌마도 알고?"

"네."

"……그놈을 기다리는 거야?"

이상하다. 백반집 아줌마가 알았다면 말해 줬을 텐데. 수진이 다른 남자를 만나는 걸 봤다면 아줌마가 묻지 않아도 척척 말해 줬을 텐데 어째서 몰랐지? 백반집 아줌마는 그를 볼 때마다 수진이를 언제 들어앉힐 거냐고 묻곤 했었다. 그냥 두지 말고 빨리 내 사람 만들어야 한다는 충고까지 하면서. 그런 아줌마였기에 수진이 그곳에서 다른 남자를 만났다면 냉큼 알려 줬을 것이다.

"……"

"어디 있는데?"

말없이 고개만 떨구고 있는 수진을 잡아 흔들고 싶었다. 누구지?

"……"

"몰라? 어디서 어떻게 사는지 몰라?"

수진은 한수의 다그침에 그저 고개만 끄덕였다. 그가 자꾸만 인한을 찾을 수 없다는 걸 강조하는 바람에 눈물이 다시 흘러나왔다.

"그만 울어. 눈 빠지겠어. 그놈 이름이 뭐야?"

"그건 왜요?"

"내가 찾아 주려고. 이 동네 내가 잘 아는 곳이야. 이름이 뭐야?"

찾아서 한 대 패 줘야지. 꼭 찾아서 수진을 울린 값을 치르게 해 주겠어. 무엇보다도 한수는 어떻게 수진을 만나 마음까지 훔쳐 갔는지 묻고 싶었다.

"인한."

"뭐……. 그, 인, 인한이란 이름 말고 다른 건?"

인한이라니. 그럼, 여태 수진이 찾던 사람이 다른 사람이 아니라 바로 자신이었단 말인가! 놀랍고 충격적이라서 그는 말까지 더 듬거렸다. 분명 다른 인한은 아니다. 백반집 아줌마도 알고 여기에 살았던 인한은 자신뿐이었으니까. 이걸 어떻게 받아들여야 하지? 마냥 좋아할 수도 없는 어색한 상황이 되었다.

"몰라요."

"이름이 너무 흔해. 서울에서 이 서방 찾는 거야. 포기해."

포기하라는 말에 수진이 다시 울었다. 그렇게 울 만큼 보고 싶었으면서 왜 못 알아봐? 척 보고 알아봐야지. 처음 만났을 때와 똑같이 다시 품에 안기기까지 했는데. 그때 너무 반갑고 좋아서 가슴이 터질 것 같았는데 어째서 넌 알아보지 못한 거냐?

"그만 울어. 찾아 줄게. 찾아 주면 되잖아!"

"아니에요. 찾지 마세요."

"왜?"

"찾아도 못 만나요."

"찾고 싶어서 울면서 그게 무슨 소리야?"

"저한테 질려서 떠난 거니까."

"뭐?"

"함께 있기 싫어서 간 거니까. 제가 찾으면 싫어할 거예요. 화낼지도 몰라요. 왜 찾아왔냐고. 그런 말 들으면 더 힘들어요."

찰랑. 눈물을 닦느라 다시 팔찌가 소리를 냈다.

"싸구려 팔찌는 왜 했어?"

그가 사 준 팔찌를 보란 듯이 하고 있는 수진이 예뻤다. 그녀가 좋아하고 있다는 남자가 바로 자신이라는 건 팔찌로 확실하게 증명되었다. 아주 작은 오해와 착각도 없이 인한, 그 자신이었다. 수진이 잔뜩 오해하고 슬퍼하고 있는 게 속상했지만 자신에 대한 수진의 마음을 알게 되어 기뻤다. 이럴 줄 알았으면 고민하지 말고 일찍 찾아갈걸. 바보처럼 세월만 아깝게 버렸네.

"처음이자 마지막으로 해 준 선물인데 이것도 제대로 간직하지 못했어요. 정말로 자격이 없어요. 그 사람을 좋아할 자격이 없어요."

"반짝반짝 윤이 나게 잘 간수했는데 그건 또 무슨 소리야?"

"나뭇잎이 하나 없어졌어요. 여기저기 찾아봤는데 찾을 수가 없었어요. 그때부터 상자에 넣어 두고 한 번도 안 했어요. 오늘은 혹시 인한 씨 찾는 데 도움이 될까 하고 차고 온 건데 이걸 보면 더 화냈을 거예요."

나뭇잎. 그게 또 오해의 요인이 되다니. 그건 수진을 기억하고 싶어서 일부러 가져간 건데. 수진이 팔찌를 한 걸 한 번도 본 적이 없어서 잊어버린 줄 알았다. 선물하기 전에 팔찌에서 빼낸 작은 나뭇잎은 잃어버릴까 봐 가는 목걸이에 걸어 두었다. 수진의 말처럼 그도 작은 상자에 넣어 두고 가끔 꺼내 보기만 하고 있었다. 하는 말마다 뭐가 이렇게 감동적인지.

"가자."

한수는 수진을 확 끌어안고 싶은 걸 참으며 자리에서 일어섰다.

"먼저 가세요."

"여기 앉아 있다고 인한이란 놈이 오는 건 아니잖아."

못 알아보는 거야, 아니면 그때의 모습이 더 좋은 거야? 수진이 너무 몰라보니까 갑자기 그런 생각이 들었다. 지금 모습이 싫어서 인정하지 못하는 건 아닐까?

"오기를 바라지 않아요."

"포기한 거야? 잊기로 했어?"

"아니요. 계속 혼자 좋아할 거예요."

"뭐?"

"혹시, 나중에 다시 만나면 처음처럼 시작할 수도 있잖아요."

수진은 인한을 두고 이젠 다른 남자를 생각하고 싶지 않았다. 다른 사람을 사랑할 자격도 없어. 그토록 소중하게 대해 준 사람의 마음도 알지 못하면서 어떻게 다른 사람을 사랑할 수 있겠어? 한수에게 흔들렸던 마음도 죄스러웠다. 곁에 있는 한수를 인한이 볼까 봐 겁이 나기도 했다.

"과거의 실패한 사랑 때문에 현재 사랑을 지나칠 수도 있어. 과거에 했던 실수를 또다시 할 것 같지 않아?"

"실수?"

수진은 한수의 조용한 말에 모든 것을 멈추고 그를 올려다보았다. 자신을 보지 않고 길 건너를 향한 그에게 묻는 눈으로 봤지만 한수는 끝까지 시선을 돌리지 않았다. 과거에 했던 실수? 현재의 사랑을 지나친다고? 인한을 잃었던 것처럼 한수도 잃는다는 걸까? 자리에서 일어나면서 그를 계속 보았다.

인한을 잃은 슬픔이 어째서 한수를 잃을지도 모르는 두려움으로 바뀌는 거지? 이해할 수 없어. 이럴 수 없는 건데. 이러면 안 되는 거잖아? 어떻게 두 마음을 가질 수 있지? 어떻게 두 사람을 모두 마음에 담을 수 있는 거야? 한 사람이 가야 다른 한 사람이 들어오는 거 아니었어? 아직 인한을 놓지 못했는데 어떻게 한수가 들어와 있는 걸까? 언제부터, 어떻게, 얼마나?

한수는 수진의 집 앞에 차를 대고 핸들에 기댔다. 데려다준다는 자신의 손을 거절하고 버스를 타고 집으로 돌아온 수진을 따라온 것이다. 수진은 무사히 집으로 들어갔다.

인한이였던 자신을 좋아하는 수진의 흔들리는 마음을 어떻게 해야 할지 몰라 힘들었다. 인한을 놓지 못해서 한수인 자신에 대한 마음을 열지 못하고 있는데 자신이 인한이라고 밝히는 것으로 간단하게 정리되는 문제가 아니었다. 양쪽으로 갈라진 마음이 모이든 모이지 않든 앞으로 둘 사이에 문제가 되었다.

인한이였던 자신과 수진은 사랑이라는 마음을 쌓기엔 부족한 시간과 이해를 가지고 있었다. 그녀가 인한을 좋아하는 건 그녀를 보살펴 준 데 대한 고마움의 이유가 아주 클 수 있었다. 고마운 마음은 원하지 않았다. 사랑은 보답이나 도덕적인 책임이 섞일 수 없는 순수한 마음이어야 하니까. 그가 인한이였다는 걸 밝히며 수진에게 나서지 못하고 고민한 이유였다.

수진을 떠나 한수라는 이름을 받아들였을 때, 수진에 대한 그의 마음은 불확실한 상태였다. 그래서 다른 어떤 것이 그녀에 대한 자신의 마음에 섞여 있는 것은 아닐까 두려워서 찾고 싶었다. 결국 다른 어떤 것도 없이 그녀를 사랑한다는 걸 깨닫게 되었다. 물론 그걸 다 깨닫고 움직인 것은 아니었다. 마음에 밀려 움직이고 보니 어느새 깨닫게 되었다. 어쩌면 수진도 자신이 겪은 과정을 겪어야 할지도 모른다.

"또 기다리는 건 싫지만 어쩔 수 없지."

한수는 결정을 하고 수진의 집을 떠났다. 집으로 돌아오자마자 한명 형에게 전화했다.

— 바빠야 할 토요일에 한가하게 나한테 왜 전화한 거냐?

"우천서 사장님에 대해 아시는 거 있습니까?"

— 오, 우주희에게 관심이 생긴 거냐?

"아는 거 없으면 전화 끊겠습니다."

— 어허, 그렇게 급하게 결정하지 마. 회사에 대해 말해 줘? 사생활에 대해선 아는 게 별로 없지만 말이야.

"뭐든 아는 건 다 말해 주십시오."

— 회사는 십 년 전쯤에 형이 하던 회사를 물려받아서 잘 꾸려가고 있지.

"형이 있습니까?"

— 지금은 없지. 형이 죽고 회사를 물려받은 거니까. 사생활은 그리 좋은 소문이 없어. 뭐, 사생활 깨끗한 사람을 찾기가 더 어려운 시대니까.

"알겠습니다."

— 우 대리와는 어떻게 돼 가?

"끊겠습니다."

혀 차는 소리를 들으며 한수가 전화를 끊었다. 그는 수진이 매번 우주희를 볼 때마다 몸을 굳히는 이유를 알고 싶었다. 주희 쪽에서는 수진을 모르는 것 같은데 수진은 확실히 주희를 알고 있었다. 결코 좋은 감정은 아니었다. 수진의 깨끗한 얼굴이 어둡고 딱딱하게 굳었으니까. 우천서 사장에게 죽은 형이 있었다고? 게다가 그 죽은 형의 회사를 그가 경영하고 있다는 사실이 한수로서는 그리 좋게 생각되지 않았다. 뭘 알지도 못하는 지금 벌써 기분이 나빠지고 있었다.

5
연애 삼국지

일요일 내내 수진은 생각하고 또 생각했다. 차라리 회사에 가서 일하고 싶을 만큼 생각에 치이고 끌려다니는 날이었다. 결국 결론도 내리지 못하고 이렇다 할 성과도 없이 시간과 힘만 잔뜩 쓰고 허무하게 일요일을 끝내 버렸다.

마음의 불편함을 까칠한 얼굴에 드러내고 출근을 한 수진은 사무실 안으로 들어서자마자 아직 오지 않은 한수의 자리를 보았다. 그를 어떤 얼굴로 대해야 할지 결정하지 못했다는 사실을 떠올리며 한숨을 쉬었다.

"아침부터 힘 빠지는 소리를 해야 합니까?"

"어마!"

바로 뒤에서 들린 한수의 목소리에 수진이 깜짝 놀라 돌아섰다.

"한 주를 시작하는 아침치고는 그리 상쾌하지 않군요."

"죄송합니다."

그녀를 지나치는 한수에게서 아무런 감정도 느낄 수 없었다. 그의 밀려드는 기세에 문에서 물러섰는데 한수는 그녀에게 조금의 눈길도 주지 않고 그대로 자기 자리에 가서 앉았다. 그런 한수의 모습이 수진의 가슴을 시리게 했다. 아니야. 괜찮아. 몇 번이나 마음으로 다독이고 자리에 앉았다. 마음이 흐트러진 때문인지 정신이 잘 모아지지 않았다. 수진은 한참을 힘들여 겨우 일을 시작할 준비를 마쳤다.

"오늘은 좀 바쁜 하루가 될 것 같습니다. 본격적으로 일을 시작할 생각이니까 힘들어도 잘 따라와요."

"네."

한수가 준 일은 그의 말대로 꽤 많은 분량이었다. 분량만 많은 것이 아니라 새로운 것들도 추가가 되어 오늘 제대로 된 시간에 퇴근하기는 틀렸다. 그러나 지금 수진의 상태는 그걸 반겼다. 일찍 집에 들어가는 게 두려울 만큼 생각에 시달렸기 때문이다. 몸이 허락하는 한 오랜 시간 동안 일을 하고 싶었다. 그녀의 바람대로 일에 묻혀 시간은 빨리 달려갔다.

"점심에 약속이 있어서 함께 먹지 못합니다."

"네."

인상이라도 쓰지. 수진은 한수의 달라진 태도가 거슬렸다. 예의 바르게 대하는 게 마치 그녀를 비꼬는 것처럼 느껴졌다. 원래그가 예의 바른 성격이라면 그녀도 이런 생각은 하지 않았을 것이다. 그러나 안타깝게도 한수는 예의 바르고 깔끔한 남자가 아니었다. 인상은 수시로 구기고 다녔고 말투도 사람을 잘 배려한 태는 조금도 없이 직설적이고 냉정했다.

그랬던 그가 마스크를 쓴 것처럼 시종일관 똑같은 얼굴로 예의 바르게 말하고 있으니 이상한 건 당연했다. 거슬림이 불만으로 변해 가고 있는데 한수가 먼저 자리에서 일어났다. 약속이 있다고 했으니까. 누구하고? 설마 주희하고? 이젠 점심도 함께 먹는 거야?

탁.

한수가 나가자마자 수진이 책상에 펜을 소리 나게 놓았다. 진정해. 그가 누구와 만나서 무슨 짓을 하든 상관없어. 한수 앞에서 인한을 좋아한다고, 그 사람만을 좋아할 거라고 울며불며 큰소리친 것이 불과 며칠 전이야. 그렇게 심하게 대해 놓고서 그의 태도를 문제 삼는 이 마음은 왜 이렇게 제멋대로인지 모르겠다. 수진은 속이 상해서 두 손으로 얼굴을 감쌌다.

"대리님, 우세요?"

"어머, 은미 씨. 아니야. 잠이 와서 얼굴 비빈 거야. 어떻게 들어왔어?"

"과장님 나가시는 거 보고 옳다구나 하고 얼른 들어온 거죠. 가요."

"아, 그래."

은미에게 고마웠다. 그녀의 괴로움을 강제로 종료시켜 주었으니까. 수진은 처음처럼 생소한 점심시간을 보냈다. 은미와 떠드는 시간이 지루하게 흘러가기는 처음이었다.

"오늘 대리님 기운이 없어 보여요."

"그렇지. 어제 잠을 못 잤더니 피곤해."

"왜요, 무슨 걱정 있으세요?"

"원수를, 아주 싫은 사람을 외나무다리에서 만났거든."

"어머. 한 대 팼어요?"

"그러질 못해서 분해."

"그 맘 이해해요. 속 시원하게 해소하지 못하면 몇 배로 더 분하더라고요."

"경험 있나 봐?"

"있죠. 전 남친. 흥. 딴 여자하고 희희낙락하는데 가서 멱살을 잡고 시원하게 패대기를 쳐 주질 못했어요. 어후, 생각하니 또 분하네. 지가 뭐라고 양다리를 해? 웃겨서 참!"

"다리를 분질러 놨어야 하는 건데 아쉽다."

"그렇죠? 그 근성 뜯어고치려면 두 다리 분질러야 하는 건데 말이죠."

은미와 수진은 마주보며 한참 웃었다.

"저, 대리님 오셔서 너무 좋아요. 대리님이 열심히 살았다고 하니 더 좋아요. 공감해 주실 것 같아서요."

처음 보는 은미의 진지하고 가라앉은 모습이었다.

"말할 건 못 되지만 저도 고생해서 대학 나오고 회사 취직했거든요. 사실 아버지 일찍 돌아가셔서 엄마하고 동생하고 딱 셋이에요. 동생 대학생인데 제 벌이로는 뒷바라지하기가 힘들어요. 그래서 연애도 실패한 것 같아요. 경제적으로 시달리니까 남자 친구하고 마음 편하게 놀게 되지 않더라고요."

"아니야. 그 남자가 못나서 그런 거야. 바쁘고 어렵게 살 때 더 순수하고 진지해지는 게 마음이야. 난 그렇게 생각해. 다른 어떤 것도 보지 않고 그 사람 자체에 집중하게 되니까 그 어느 때보다 더 상대방을 잘 알 수 있는 것 같거든."

"경험 있으세요?"

"아니. 뭐, 짝사랑. 외사랑. 그런 것만 줄기차게 하고 있어. 에이, 애써 잘 눌러뒀는데 은미 씨가 불을 지르네."

"어머. 어쩜. 짝사랑에 외사랑이라니요. 그 사람 몰라요?"

"나도 내 마음을 정확히 모르는데 상대가 어떻게 알고 반응하겠어. 거기다가 원수까지 만났으니 완전 복잡해."

은미에게 툭 터놓고 말하니 마치 다른 사람의 일처럼 한발 떨어져서 보는 것 같았다. 안에서 혼자 끙끙거릴 때와 많이 다른 느낌이 들었다.

"그렇구나."

"너무 미워서 그런지 아니면 정말 무서워서 그런 건지, 그 원수를 만났을 때 몸이 굳어서 아무것도 못 하겠더라고. 그래서 속상하고 그런 바보 같은 내 모습이 미워."

그렇구나. 수진은 자신이 한 말로 자신의 생각을 알았다. 그렇구나. 어떻게 반응할지 몰라서 당황했고 갑자기 넘쳐 나는 감정을 절제하기 힘들어서 정작 생각해야 할 것을 생각하지 못했다. 이성적인 생각 없이 감정에 밀려 내려오는 바람에 바보 같은 태도를 보였던 것이다.

"대리님한테 나쁜 짓을 할 수 있는 사람이에요?"

"모르겠어. 아직 나라는 걸 모르니까."

생각을 안 했으니 모르는 것 천지였다. 그들이 자신을, 우수진을 몰라보고 있다는 사실조차 제대로 인정하고 있지 않을 정도였다.

"뭘 어떻게 했는데요?"

"내가 가진 모든 걸 부쉈어. 추억도 집도 믿음도 모두."

그들이 원했던 것처럼 거의 다 부서졌는데 다시 일어섰어. 그래. 이건 중요한 거야. 다시 일어섰다는 걸 잊고 있었어. 죽음까지 몰렸던 비참한 상태에서 벗어나 내일을 기대할 만큼 여유로운 삶을 살고 있다는 건 중요했다. 삶의 중심은 그들이 아니라 자신이었기 때문이다.

"뭐라고 말을 못 하겠네요."

"괜찮아. 다 지난 일인데 뭐. 정말 다 지난 일이야. 이런 좋은 회사에 취직해서 고속 승진한 것도 모자라 은미 씨도 만났으니 지금 아주 잘 풀린 건데 말이지."

모두 인한 때문이었다. 죽어야 했고 죽을 운명이었던 자신의 인생을 바꿔 준 사람. 그녀를 살게 해 주었고 오늘을 있게 만들었다. 그런 그를 두고 한수를 마음에 품고 어쩔 줄 모르고 헤매는 자신이 다시 한심했다.

이런 한심한 자신을 주희나 우천서가 보면 뭐라고 할까? 고소해하고 좋아하겠지. 다 뺏기고 남은 자존심과 자존감마저 잃어가고 있는 모습에 박수를 칠지도 몰라. 안 돼. 일어섰는데, 과거는 흘려보냈는데 겨우 되찾은 삶을 그들의 손에 다시 쥐여 줘서는 안 돼.

"그러네. 그랬어. 어후. 나 은미 씨 덕분에 겨우 정신 차렸어."

"어머. 전 아무 말도 안 했는데요."

"들어 줬잖아. 그거 엄청 큰 힘이 돼. 앞으로 절대 떨지 않을 거야. 그리고 마음도 단단히 먹을 거고. 잘못한 건 내가 아닌데 내가 기죽고 숨어서 벌벌 떨면서 사는 건 옳지 않아."

그랬어야 했다. 두려워서 잊은 척하며 사는 건 그만둬야지. 잊지 못했으면서 잊은 척 언제까지 숨어 지낼 수는 없어. 다시 보고 싶지 않지만 볼 수밖에 없다면 당당해져야지.

"원수 앞에서 기죽지 말기."

"좋았어."

꽤나 의지를 불태웠지만 은미와 헤어지고 사무실로 돌아와 자리에 앉았을 때는 벌써 그 의지가 반 이상은 날아간 상태였다. 그러나 더 이상 아무 생각도 못 하고 상처 입었을 때의 감정 안에서 헤매고 있지는 않았다. 그건 아주 중요한 변화였다.

비어 있는 한수의 자리를 보니 약속이 무슨 약속인지 궁금해졌다. 수진은 그가 주희를 만나는 것이 아니길 바라고 또 바랐다.

"조금 늦었습니다."

삼십 분. 한수의 빈자리를 몇 번이나 봤는지 셀 수도 없었다. 수진은 늦었다면서 쌩하니 들어선 그를 노려보지 않으려고 노력했다. 눈길 한 번으로 끝내고 아무렇지도 않은 척 서류를 보며 일하는 척했다. 그가 왔으니 이제부터 일에 집중해야 했다. 더 늦게 오지 않아 다행이었다. 그가 올 때까지 일을 조금도 할 수 없었을 테니까.

"요즘 어디를 가면 좋습니까?"

겨우 일 좀 하려는데 불쑥 들리는 한수의 질문에 숙인 고개를 어쩔 수 없이 들어야 했다. 그를 보기 싫은데. 수진은 될 수 있으면 그와 마주하고 싶지 않았다. 그러나 대화의 기본 예의를 지키기 위해 조금이라도 그와 마주해야 했다.

"어디를 가다니요?"

"여자들은 어디를 가면 좋아하는지 몰라서요."

"저는 그런 거 모릅니다."

"그 인한이란 사람하고는 어디 좋은 곳에 다녀 본 적 없습니까?"

"없습니다."

실컷 놀다 와서 왜 남의 이야기는 꺼내는 걸까?

"그렇게나 좋아하는 남자하고 왜 좋은 곳에 가지 않았습니까?"

"과장님. 지금 일하는 중입니다. 제 개인적인 이야기는 하고 싶지 않습니다."

역시 그의 예의 바른 말투와 태도는 그녀를 비웃는 것이었다. 사람 약 올리는 재주가 상당한 것 같다.

"연애 경험이 없어서 쩔쩔매는 상사에게 작은 팁 정도도 주지 못하겠다는 겁니까?"

"제가, 제가 연애 경험이 없어서 팁이 없습니다."

연애? 바로 얼마 전까지 참을 수 없다면서 자기 여자 하자고 해 놓고 뭐가 어쩌고 어째? 어쩜 저럴 수가 있지? 사람이 양심이 있는 거야 없는 거야? 울화가 치밀어 오르는데 어떻게 참았는지 모르겠다. 수진은 소리 나지 않게 숨을 고르며 감정을 눌렀다.

"그래요? 그럼 우 대리가 솔직하게 대답해 주면 되겠군요. 어디를 가 보고 싶습니까, 이런 좋은 계절에는?"

"기어이 들으셔야 하겠습니까?"

다른 여자하고 데이트하려고 묻는 거란 말인가요?

"기어이 듣고 싶습니다. 나는 전혀 생각나는 게 없으니까요."

"별로 가고 싶은 곳이 없습니다. 좋아하는 사람하고 함께하는 게 중요하지 장소가 중요한 건 아니라고 생각합니다. 아무 데라도 함께만 있으면 된다고 생각합니다."

수진은 한수에게 더 이상 대화의 예의를 지키고 싶지 않아 서류로 눈을 옮겼다. 말하든가 말든가. 봐주고 싶지 않았는데 차라리 잘되었다.

"아, 그렇군요. 그렇다고 아무 데나 갈 수는 없는데 머릿속에 그냥 떠오르는 곳도 없습니까? 아니면 주변에서 말하는 걸 들었을 때 아, 나도 저기 가 보고 싶다. 하고 생각한 곳이 있을 거 아닙니까?"

"후."

수진은 작은 한숨을 지으며 두 손으로 머리를 쓸어 넘겼다. 안 보고 계속 무시하고 싶은데 자꾸 성질을 건드려서 어쩔 수가 없었다. 머리를 쓸어 넘기며 나오려는 화를 안으로 밀어 넣었다. 뭐라도 말하고 대화를 얼른 끝내야 해.

"갈대밭."

"갈대밭? 누구하고 간 적 있습니까?"

"아빠하고……. 이젠 알아서 하세요. 저는 생각나는 게 더 없습니다."

한수는 완전히 그를 외면하고 서류를 보는 수진을 보았다. 우천호. 수진의 아버지. 그녀는 초등학교 오 학년에 엄마를 잃었다. 우천호는 혼자서 수진을 키웠고 그러다 그도 병이 들었다. 갑작스러운 병의 악화로 오래 수진을 지켜 줄 수 없었다. 아버지마저 잃고 혼자 남겨진 수진이 어떻게 살았는지 알아내는 게 괴로웠다.

그날 왜 수진이 연약한 몸으로 그런 험한 골목을 누비고 있었는지 그는 이제야 조금씩 이해가 되고 있었다. 처음에 그녀를 고등학생으로 알았을 땐 불우한 가정 환경 탓에 가출한 줄 알았다. 어린 마음에 아무것도 모르고 길거리를 헤매다 불량배를 만났고 자신도 만나게 된 것이라고 생각했다. 그러나 곧 그녀가 아무것도 가진 것 없는 성인이라는 걸 알았을 땐 사기를 당했거나 큰 사고를 당한 후라고 생각했다. 금방이라도 사라져 버릴 것 같은 안타까운 얼굴이었기 때문이다.

그때 둘이 같은 장소에 있었지만 자신과 그녀는 이유가 달랐다. 자신은 다 크도록 사춘기 아이처럼 대책 없이 반항하는 중이었고 그녀는 모든 선택권을 박탈당한 상태였다. 자신의 집에서 수진이 지내는 동안 삶에 집중하기 시작한 그녀의 모습에 한수는 반성했다. 매일 최선을 다해 살아가는 그녀를 보며 대책 없이 어리광을 부리고 있는 자신이 처음으로 부끄러웠다.

한 사람으로 바로 서지 못한 채 뭘 주장할 수 있을까? 한수는 권리만 찾으며 아무것도 짊어지지 않으려고 했던 자신의 삶을 돌아보고 크게 후회했다.

"점심에 뭘 먹었습니까?"

"네?"

한참 땅으로 떨어져가던 수진에게 갑작스럽게 들리는 질문이었다. 외면하려던 결심을 잊고 반사 작용처럼 그를 쳐다보았다.

"뭐가 나왔는지 궁금해서요."

"기억 안 나요. 밖에서 맛있는 거 드셨을 텐데 뭘 새삼스럽게 궁금해하세요?"

겨우 조금 전의 결심을 기억해 낸 수진은 바보 같은 자신을 나무라며 다시 고개를 돌렸다.

"내가 밖에서 밥을 먹었을 거라고 생각하는 겁니까?"

"점심에 약속이니까 당연히……. 설마 안 드셨어요?"

점심 약속이었잖아요? 점심에 밥 먹으러, 주희나 뭐 다른 사람하고 밥 먹으러 간 거 아니었어요?

"먹었습니다."

뭐 이런 사람이 다 있어. 수진은 농락당한 기분이 들어 화가 났다. 주희를 만난 건 아닐지도 모른다는 생각에 기뻤다가 그가 밥도 먹지 못하고 뭘 했을까 하는 걱정으로 옮겼는데 멀쩡하게 점심을 먹었단다. 기가 막혀. 그의 말 한마디에 휘둘리며 왔다 갔다 했던 것이 억울했다.

"과장님, 저 오늘 차 끊기기 전에 집에 돌아가고 싶습니다."

이번에 수진은 드러나게 짜증을 내며 고개를 돌렸다.

"그런데?"

"이제 일해도 되겠습니까?"

"하세요. 내가 뭐 먹었는지 안 궁금합니까?"

"됐습니다."

"김밥 먹었는데. 라면에. 난 라면 싫어합니다."

"아니, 싫어하는 라면을 왜 드셨어요?"

"먹을 게 없어서요. 김밥만 먹으면 넘어가지 않아서 국물을 좀 먹으려고 억지로, 먹기 싫지만 억지로 라면을 먹은 거죠. 대충 때 워서 금방 배가 꺼질 겁니다."

"왜요? 과장님이 돈이 없는 것도 아닌데 제대로 된 곳에서 밥 을 드시지 않고 왜 그러셨어요?"

"안쓰럽습니까?"

"아, 아닙니다. 안쓰럽기는 무슨. 그냥 이성적으로 그렇다는 거 죠."

수진은 결심과 억울함을 잊고 또 그를 열심히 바라보며 참견을 하고 있었다. 한심해. 진짜 한심해.

"시간이 없어서. 일할 때 가끔 바쁘면 그렇게 때우기도 합니다. 경험 없습니까?"

"있어요. 일하셨어요?"

"아주 열심히. 자, 남은 시간도 열심히 합시다."

후. 수진의 한숨 소리. 한수는 아까 수진의 안쓰러워하는 표정 을 떠올리며 속으로 웃었다. 인한을 원하는 것은 아닐까 하는 생 각으로 그녀를 떠보았는데 그건 아닌 것 같아 기뻤다. 한수인 자 신을 좋아하는 걸 스스로 받아들이지 못하고 있는 것 같았다.

한수에게 말려 시간을 까먹은 덕에 수진의 퇴근은 한참이나 지체되었다. 눈이 좀 아프다는 생각에 손으로 꾹꾹 눌러 주는데 갑자기 어두워지는 걸 느꼈다. 침침해진 건가?

"그만 갑시다."

아니었다. 한수가 그녀의 책상 앞에 바짝 서서 그림자를 드리운 까닭이었다.

"이제 조금만 더 하면 돼요. 먼저 퇴근하세요. 다 하고 정리하고 가겠습니다."

"나머진 내일 하고 갑시다."

"조금만 하면 됩니다."

"거참, 되게 고집 피우네. 상사가 가자면 가는 거지 왜 그렇게 겁도 없이 버티는 겁니까?"

"이거 과장님이 주신 일이거든요? 오늘 다 하라고 과장님이 그러셨잖아요."

"내가 그랬습니까? 그럼 내가 취소하면 되는 거네. 갑시다."

수진은 한수가 진짜 얄미웠다. 사람 감정을 아무렇지도 않게 잘도 건드렸다. 상사만 아니라면, 매일 볼 사람만 아니었어도 한 대 쳐 주는 건데. 짜증 나고 황당해서 마무리도 없이 일을 중단했다.

씩씩대면서 정리하는 자신의 모습을 한수는 또 그대로 서서 지켜봤다. 정리하는 거 구경하는 것도 아니고 왜 버티고 서서 보는 거야?

"데려다줄 테니 내 차 타고 갑시다."

"됐습니다."

지금 과장님 차 탈 기분 절대 아닙니다. 과장님 자동차를 발로 차 버릴 것 같다고요!

"우수진."

돌아서 가려는 그녀를 한수가 불러 세웠다. 우수진? 말이 너무 짧은 거 아니야?

"버스 있습니다. 택시도 널렸네요. 왜 과장님 차를 타야 합니까?"

"아까 김밥에 라면만 먹었더니 너무 배가 고파. 함께 밥 먹어 줄 사람이 필요해서 그래. 같이 가서 밥 먹자."

약 올리는 재주만 있는 게 아니라 원하는 걸 얻는 재주도 상당했다. 수진은 한수의 부탁을 거절할 수 없었다. 들어주고 싶지 않은데 들어줄 수밖에 없었다. 몸이 저절로 그를 향했다. 분한데 거절도 못 하고 그와 함께 차를 탔다. 계속해서 불협화음을 일으키는 생각과 몸 때문에 당황스러웠다.

"밥 먹자면서 어딜 이렇게 가는 거예요?"

수진은 자신의 집과는 다른 방향으로 가는 걸 알았지만 어디 아는 식당이 있으려니 하고 계속 참았다. 그러나 시간이 지날수록 걱정이 되어서 물어볼 수밖에 없었다. 한수가 운전을 하고 있었기 때문에 멀리 갔다가 되돌아오는 것을 염려한 탓이다. 한수가 더 이상 피곤해지길 원치 않았다.

"당신 집하고 그리 멀지는 않아. 모르는 곳이라 무서워?"

"어딘데요?"

"우리 집."

"네? 저, 지는……."

"당신 집 근처에선 먹어 봤으니까 이번엔 우리 집 근처에서 먹자고. 설마 내가 집에 들어가자고 할 줄 알았어? 생각보다 꽤 성격이 급하네."

정말 너무한다. 그의 말이 모두 비수처럼 가슴을 찔러 아프고 힘들었다. 그의 말처럼 그가 정말 집에 들어가자고 할 줄 알았다. 그래 주길 바랐고 그럴 것이라 기대했다. 그 기대한 마음이 무너져 아팠다. 마음이 들킨 것에 대한 수치스러움에 아픈 게 아니라 그가 기대한 만큼 열렬하게 대해 주지 않는다는 걸 알게 된 실망스러움에 아팠다.

주제넘게 기대하면 안 되는 걸 몰라? 마치 한수가 그렇게 말하는 것 같았다.

"수진아, 울어?"

농담처럼 던진 말에 답이 없어 이상했다. 한수는 적당한 곳에 주차하고 말없이 고개를 돌리고 앉은 수진을 보았다. 처음엔 삐쳐서 돌아선 줄 알았는데 가만히 보니 손으로 얼굴을 몇 번이나 닦아 내고 있었다. 울릴 생각은 아니었는데.

"미안해. 울지 마."

수진은 그의 사과에도 여전히 대답 없이 돌리고 있는 고개를 바로 하지 않았다. 그녀의 어깨를 살짝 토닥여 줄 생각으로 손을 댔다.

"됐습니다."

차갑게 그의 손을 온몸으로 거부한 수진은 문을 열고 나갔다.

서둘러 따라 나갔지만 어떻게 그녀를 되돌려야 할지 생각나지 않
았다.

"밥은 같이 먹어 줄 거지?"

"지금 그거 연극이죠? 정말 같이 먹어 주길 바라서가 아니라
과장님의 말 한마디에 휘둘리는 저를 놀리고 비웃으려고 그러는
거죠?"

"아니야."

"믿을 수 없어요. 믿고 싶지 않고요. 갈래요."

"이제까지 나 혼자였어. 혼자 밥 먹기 싫어."

쌀쌀맞게 돌아서 가던 수진의 발이 그에게 잡힌 듯 멈추었다.
가야 해. 연극이야. 나쁜 사람이야. 다 거짓말이라고! 이사님에 사
장님까지 가족으로 멀쩡히 있는데 어떻게 혼자일 수 있겠어? 그
렇게 생각하며 가려던 계획을 실천하려고 했지만 여전히 몸은 생
각대로 움직여 주지 않았다.

처음 들어 보는 그의 이야기였다. 혼자였어? 가족들이 있는데
왜? 돌아서 그를 보았다. 한수는 돌아선 자신에게 다가오지 않고
그대로 서 있었다.

"기억이 시작될 때부터 혼자였어. 엄마는 생활을 위해서 일하
러 나가셔야 했기 때문에. 차려진 식은 밥. 그거 먹으면서 컸어."

수진은 한 발 그에게 다가갔다. 주머니에 손을 넣은 한수는 그
녀와 마주한 시선을 옮기지 않았다.

"열세 살에 아버지를 처음 봤어. 엄마가 나 키우기 힘들어서
아버지한테 맡긴 줄 알고 한동안 가만히 지냈지. 속상하고 버림받

은 기분이 들어서 입을 잔뜩 내밀면서. 그런데 엄마가 아팠어. 돌아가시는 것도 모르고 혼자 삐쳐서는 엄마를 원망하며 잘 먹고 잘 지낸 거야. 나중에 돌아가신 거 알고 집 나왔어."

수진은 한 발 더 다가갔다. 바로 앞에 한수가 있었다.

"내 이야기를 듣고 동정심이 생기는 거라면, 돌아가."

"중학생 때 아빠가 돌아가셨어요. 엄마는 이미 더 오래전에 돌아가셨고. 작은아버지가, 그렇게 부르기 싫지만, 어쨌든 작은아버지라는 사람이 함께 살자고 해서 함께 살았어요. 아주 잠시. 그러다 나가서 따로 살라고 하시더군요. 문제가 좀 생겼다면서. 믿었고 그대로 했어요. 세상에 가족이라곤 작은아버지뿐이었으니 어린 저로선 달리 생각할 수 없었어요. 그러다 고등학생이 되니까 또 모르는 곳으로 이사시키더군요. 그래도 달리 생각하지 않았어요. 완전 바보였죠."

한숨 쉬듯 웃음을 뱉어 낸 수진은 다시 말을 이었다.

"졸업할 때가 다가와서 대학 문제를 의논하려고 연락하려는데 연락이 끊어졌어요. 아무리 해도 연락이 되지 않았고 찾아가 보니 집도 이사했더군요. 아버지 회사가 생각나서 찾아갔더니 경비원을 시켜서 쫓아냈어요. 나서지 말고 조용히 지내라는 한마디를 들으며 돌아왔죠."

과거를 떠올리는 것이 힘들었는지 수진의 이마에 주름이 잡혔다.

"고등학교도 겨우 졸업했어요. 연고가 없는 고아가 되어 버렸고 집세며 학비며 모두 일시에 끊어졌죠. 선생님의 도움으로 간신히 졸업하고 혼자가 되었어요. 여자는 혼자 지내기 어렵다는 걸 배웠죠. 지금 이렇게 과장님 앞에서 과장님을 과장님이라고 부를 수 있는 게 기적 같아요. 저에게 동정심이 생기신다면, 밥은 혼자 드세요."

"밥 먹자. 술도 마실까?"

"술? 데려다주기 귀찮으신가 보네요."

"아니야. 가자."

그냥 집으로 함께 가면 편한데. 한수는 수진을 안아 주고 싶은 걸 참느라 바지 주머니에서 손을 꺼내지 않았다.

"술 안 마셔요."

한수가 술 마시는 사람들로 가득한 식당에 들어서자 수진은 돌아서 나오려고 했다.

"알아. 시간이 늦어서 느긋하게 식사하려면 이런 곳에서 먹어야 해."

한수가 있으니 술 마시는 사람들이 많아도 무섭지 않았다. 예전에 인한과 있을 때 느꼈던 안전함을 그에게서도 느꼈다. 그의 말대로 느긋하게 늦은 저녁을 잘 먹었다. 한수가 있어서인지 사람들의 소란스러운 소리도 정겹게 들렸다. 차로 돌아왔을 때는 두둑한 배와 풀어진 긴장감 때문에 기분이 좋았다.

"다시 저희 집으로 가야 해서 피곤하시겠어요. 그냥 택시 탈까 봐요."

"차로 금방인데 뭐."

수진은 미안한 마음으로 그의 차를 탔다. 적당한 말을 찾지 못해 집에 도착하기까지 별다른 말을 하지 않았다. 그의 말처럼 그리 멀지 않았는지 집에는 생각보다 금방 도착했다. 수진은 차에서 내린 후 차 안에 앉아 있는 한수에게 인사하려고 했다. 그러나 한수는 수진과 함께 차에서 내렸고 그녀에게 다가왔다. 다가오는 그의 모습에 수진은 심장이 두근거렸다. 들키지 않으려고 들고 있던 가방을 꼭 쥐었다.

"오늘 수고했어."

"데려다주셔서 고맙습니다. 안녕히 가세요."

수진은 긴장을 숨기려고 노력하며 한수에게 인사했다. 그런데 한수는 다가온 사람답지 않게 그대로 몸을 돌려 차로 돌아갔다. 두근거렸던 심장은 분명 어떤 신호를 감지한 탓이었다. 자신을 향한 그의 눈이 두근거리게 만들 위험한 온도를 품고 있었기 때문이다. 무슨 일이 일어날 것 같은 그의 눈빛에 바짝 긴장하고 기다렸는데 그냥 돌아서 가 버린 것이다.

오늘 수고했다는 말을 하고 싶은 거라면 앉아서 해도 충분했다. 또다시 그에게 휘둘린 것 같아 섭섭했다. 이게 끝이야? 그냥 가는 거야? 말도 안 되는 목소리가 안에서 투덜거렸다. 뭐가 어때서? 당연히 그냥 가는 거지 뭘 어쩌라고? 곧바로 반대의 목소리가 투덜거림을 눌렀지만 두 가지 생각은 잘 준비를 다 하고 침대에 누울 때까지 이어졌다.

"어후."

힘들어서 한숨이 저절로 나왔다. 민망한 생각을 끊어 낼 수가 없었다. 뭘 기대한 거였어? 솔직한 질문이 불을 끄고 눕자마자 떠올랐다. 과장님은 인한이 아니잖아. 그런데 뭘 기대할 수 있는 거야?

내 여자, 내 남자가 아닌데 달리 할 것은 아무것도 없는 거야.

내 남자. 내 여자. 그 말이 꼭 약 올리는 것 같았다. 가지고 싶은데 가질 수 없는 말. 가지면 안 되는데 갖기를 희망하는 말.

"괜히 말했어."

수진은 그에게 처음으로 마음을 보여 주었다. 인한에게도 하지 않았던 과거 전부를 드러낸 것이다. 어느 누구에게도 하지 않았고 할 수 없었는데 너무나 쉽게 입이 열렸다. 그가 먼저 펼쳐 보였기 때문이다. 그의 이야기에 그녀도 마음이 움직였다. 그의 아픔을 이해하고 싶었고 위로를 주고 싶었다. 그런데 그것 때문에 마음이 흔들렸다. 그가 들어 준 것 때문에 많이 위로를 받았기 때문이다.

위로해 주려고 말했는데 도리어 위로를 받았다. 아까 은미에게 느꼈던 것처럼 말하고 나니 혼자 가지고 있었던 것보다 훨씬 가벼워졌다. 조금은 떨어져 볼 수 있었고 어디에서 힘들어하고 아파하는지 볼 수 있었다.

과거는 두려움이었는데. 그가 아니었다면 수진은 아직도 두려움으로 이름 지으며 피했을 것이다. 막상 꺼내 놓고 보니 다른 모든 사람들의 사연처럼 동등하게 느껴졌다. 그녀는 누구나 아픈 시간이 있다는 것과 누구나 아픔을 느끼고 산다는 걸 알게 되었다. 그게 위로가 되었다.

오로지 자신만 운이 없고 재수가 없어서 아프고 힘든 일을 겪고 사는 것이 아니었다. 누구라도 살아가면서 힘들고 어려운 일은 겪고, 그 일 때문에 아프고 두려워하며 산다는 걸 아는 것이 그녀에게 큰 위로가 되었다.

한수가 더 좋아졌다. 이리면 안 되는데. 친근한 느낌은 막아야 하는데 이미 잔뜩 생겨 버렸다. 이불을 뒤집어쓰고 고개를 흔들어 봐도 마음이 사라지지 않았다.

안 돼. 자격 없어.

수진은 기운이 빠지는 결론을 내리고 겨우 잠을 청했다.

집에 돌아온 한수는 긴 한숨을 쉬었다. 수진에게 마음을 숨기는 일은 생각보다 어려웠다. 아까도 수진에게 저절로 다가갔다. 긴장을 풀고 자신을 편안하게 대하는 수진을 느끼자 바로 마음에 있는 대로 하고 싶었기 때문이다. 그러다 퍼뜩 아직 그녀가 스스로의 마음을 다 깨달은 것이 아니라는 걸 기억했고 아슬아슬하게 멈출 수 있었다.

수진의 이야기를 수진의 입으로 직접 듣게 되어 다행이었다. 그는 담담하게 말하는 수진이 기특하고 자랑스러웠다. 미워하고 원망하며 스스로를 상처 입히고 있지 않아서 기뻤다. 앞으로 더 단단해져서 그들 앞에 대등하게 설 수 있기를 바랐다.

우천서. 부모를 잃은 어린 조카에게 그렇게 하고 싶었을까? 자기도 딸을 키우는 사람인데 어떻게 남보다 못하게 그렇게 모질고 잔인할 수 있는 건지 한수는 화가 났다. 잘 대해 주고 적당히 보살펴 주면 되는 것을. 하긴 자기 것도 아닌 걸 자기 것으로 가지려는 사람에게 무슨 양심을 기대할까. 이미 형의 재산을 노리기로 작정한 때부터 인간의 양심은 버렸을 것이다.

수진에 대한 절제의 한숨이 안타까운 한숨으로 바뀌었다.

"다시 인한으로 가 버릴까?"

아니다. 수진에게 고마움을 담보로 받아들여지면 안 돼. 남자로, 그녀가 좋아하고 그녀를 좋아하는 남자로 받아들여져야 해. 어쩌면 지금 한수라는 이름으로 살아가는 자신의 모습이 좋은 기회인지도 모른다. 고마움도 미안함도 없이 순수하고 대등한 한 남자로 받아들여질 기회.

한수는 자리에 눕기 전에 수진의 팔찌에서 떼어 냈던 나뭇잎을 보았다. 이 나뭇잎이 제자리를 찾는 날이 빨리 올 수 있기를.

6
질투

    평범한 일상은 이제 사라지려는 걸까? 수진은 다시 나타난 주희의 모습에 두려움과 격한 감정의 휘둘림보다는 불쾌감이 솟았다. 사무실로 찾아온 주희는 여전히 자신만만한 태도로 수진을 마주했다.

    "추한수 씨 만나러 온 건 알죠? 어디 가신 것 같은데 언제나 돌아올까요?"

    "회의 들어가셔서 언제 오실지 모르겠습니다."

    침착해, 우수진. 잘못한 것도 없고 기죽을 일도 아니야. 다른 누구 앞에서 보다도 더 당당해야 해.

    "그래요? 어쩌지? 음, 제가 앉을 만한 의자나 뭐 그런 거 없죠?"

    주희는 수진을 다시 보았다. 낯이 익어. 자꾸만 마음에 걸려. 자주 만나서 그런 걸까? 불쾌한 마음을 다스리면서 친절한 웃음을 잃지 않으려고 했다. 이곳은 한수의 사무실. 아직 한수와 이렇다 할 확실한 관계를 맺지 못했으니 조심해야 했다. 회장님이 적극 밀어주고는 있지만 한수는 자신을 무척이나 냉정하고 쌀쌀맞게 대했다. 주희는 원래 성격이 그렇다는 회장님의 말에 한수의 태도를 달리 생각하지 않으려고 애쓰고 있었다.

"보시다시피 없네요."

수진은 당당하려고 노력하고 있지만 연습이 되어 있지 않아 힘들었다. 가급적 주희가 빨리 앞에서 사라지길 바랐다. 주희를 위해 뭘 해 주기 싫다는 생각은 그 마음 다음으로 다가왔다.

"제가 그래도 손님인데 가져다주시면 안 될까요?"

"죄송한데 여긴 일하는 곳이니까 기다리시려면 다른 곳에서 기다려 주세요. 휴게실이 가까운 곳에 있습니다. 과장님 오시는 대로 바로 말씀 전하겠습니다."

수진은 주희의 뻔한 미소를 외면하며 자리에 앉아 하던 일을 시작하려고 했다. 할 말은 다 했다. 손님이지만 추 과장의 개인적인 손님이다. 더 이상 예의를 차려야 할 이유가 생각나지 않은 순간 바로 결론을 내렸다. 그러나 이성적으로 금방 정리된 생각과 달리 그녀의 마음은 점점 주희에 대해 험악해져 가고 있었다.

"어머. 아직 모르시는구나. 한수 씨하고 나, 결혼할 사이인데. 혹시 그것도 모르세요? 한수 씨가 이 회사 주인의 아들이라는 거?"

그냥 오냐오냐하니까 주제도 모르고 바짝 기어오르는 꼴은 더 볼 수가 없다. 주희는 일개 직원의 오만함을 뭉개 주고 싶었다.

앞으로 너 힘들 거다. 가만히 안 둬.

"알고 있습니다."

결혼? 결혼을 한다고? 과장님과 주희가 결혼을 한다니. 수진은 파티에서 한수의 아버지가 주희를 그에게 소개해 준 일이 바로 생각났다. 이미 정해진 사이라는 걸까? 점심을 함께하고 가끔 만나기도 하는 것 같으니까 그럴 수도 있겠지. 그렇구나. 그래서 과장님의 태도가 갑자기 그렇게 이상해진 거구나.

태도가 바뀌는 건 당연한 거야. 정해진 사람이 있는데 하던 대로 하면 그게 이상한 거지. 그런데 그렇게 깨끗하게 정리된 생각과 달리 가슴은 복잡하게 들썩였다. 한수의 쌀쌀맞음과 무관심해 보이는 태도가 주희 때문이라는 사실에 화가 났다.

아니야. 자격 없어. 주희 때문이 아니라 다른 어떤 여자 때문이라도 자격 없어. 인한을 좋아한다고 울부짖었다는 걸 잊지 마. 그러나 자격이 없다는 분명한 말에도 그녀의 화는 가라앉지 않았다. 하필 주희야.

"아는군요."

알면서도 여전히 굽히지 않는단 말이지? 주희는 슬슬 한계에 다다르고 있었다. 당장에 저 얄미운 여직원을 회사에서 쫓아내고 싶었다.

"결혼한 후라도 업무 중에 사무실에 들어와 계시는 건 자제하셔야 할 것 같습니다."

우주희, 앞으로 다시는 보고 싶지 않아. 더욱이 한수 씨의 아내가 된 모습은 절대 보지 않겠어.

"어머나, 깐깐하시네. 혹시 한수 씨 좋아했던 거라면 용서할게요. 한수 씨 자리에 앉아서 기다릴 테니 신경 쓰지 말고 일하세요. 뭐, 월급 받는 동안 일은 잘해야 하는 거잖아요?"

그런 거였어. 감히 한수 씨를 넘보다니, 주제도 모르고. 주희는 한방에서 일하고 있는 데다가 한수가 회장의 아들이라는 사실도 알고 있는 여자의 마음을 겨우 이해했다. 질투며 경쟁심이겠지. 물론 애초에 되지도 않을 일이지만 말이다.

"알아서 잘하고 있습니다."

"그래야죠. 언제 어떻게 될지 모르는데 열심히 해야죠."

한수 씨와 결혼하면 널 제일 먼저 잘라 버리겠어. 세심하게 다듬은 손톱이 손바닥을 파고드는 통증에 정신을 차린 주희는 한수의 의자에 앉았다.

"오늘도 좀 늦게……."

시원하게 사무실 문이 열리며 한수가 들어왔다.

"한수 씨, 오셨어요? 제가 연락도 없이 먼저 왔어요. 괜찮죠? 어디 기다릴 곳이 없어서 서성이다가 할 수 없이 여기 앉은 거예요."

주희는 환한 미소를 지으며 자리에서 일어나 한수를 맞았다. 그가 눈을 마주하자마자 인상을 쓴 것이 그의 자리에 앉아 있었기 때문이라고 이해하고 변명을 했다. 자신의 책임이 아니라는 걸 알려주고 싶었고 동시에 무례하게 군 여직원의 태도를 이르고 싶었다.

"우 대리, 이거 오늘까지 처리해야 합니다."

한수는 주희로 인해 수진이 괴로웠을 거라 생각해 먼저 수진에게 다가갔다. 그녀를 주희가 보지 못하게 가로막고 선 한수는 서류를 수진에게 내밀며 안색을 살폈다.

다행히 굳어 있지는 않아. 견딜 만했을까?

"알겠습니다."

수진은 한수를 보지 않고 서류를 받았다. 그가 와 준 것이 고마웠지만 주희와 결혼할 사이라는 말이 생각나 마주하고 싶지 않았다.

"무슨 일로 오셨습니까?"

한수는 수진의 차가운 외면을 뒤로하고 돌아서서 주희를 보았다. 어서 주희를 사무실에서 데리고 나가야겠다는 생각이었다.

"어머, 오래 기다린 저에게 너무 냉정한 말씀이세요. 점심 함께 먹으려고 왔죠. 제가 일을 방해한 건가요? 약속 있으세요?"

"예. 나가시죠."

주희는 한수의 차가운 대답에 당황했다. 아무리 성격이 무뚝뚝해도 주저하는 기색도 없이 바로 대답하다니. 주희가 흘끗 여직원을 보았다. 여전히 일을 하느라 이쪽은 관심도 없어 보였다. 한수 씨를 좋아하는 게 아니었나? 어째 한수 씨가 저 여자를 의식하는 것 같기도 하고 이상하네.

한수의 재촉에 사무실을 나선 주희는 말없이 앞장서는 한수를 따라갔다. 조금 빠른 걸음걸이에 하이힐을 신은 그녀는 힘주어 걸어야 했다.

"어딜 가세요?"

"데려다 드리는 겁니다. 약속도 있고 지금 바빠서 시간을 낼 수가 없습니다. 앞으로는 연락을 하고 상황을 좀 보고 움직이시면 좋겠습니다."

"죄송해요. 회장님 말씀에 따르느라 본의 아니게 무례를 저질렀어요. 회장님께 말씀 좀 잘해 주세요."

"저는 회장님하고 만날 일도 없고 말할 것도 없습니다."

"어머. 싸우셨어요? 그랬구나."

회사 건물 로비에 들어섰을 때에 갑자기 한수의 팔을 붙들고 멈춘 주희. 그녀의 돌발 행동에 기세 좋게 걸어가던 한수가 당황했다.

"회장님하고 함께 식사해요. 제가 자리 마련할게요."

로비를 지나다니는 사람들은 한수와 주희의 모습에 관심을 가지며 멀찍이 멈춰 서서 둘을 살폈다.

"함부로 나서라고, 배웠나 보군요."

"이런 일엔 함부로 나서는 불손함이 종종 필요하던데요?"

"나하고 회장님하고는……. 됐습니다. 불손함으로 받아들이겠습니다. 안녕히 가십시오."

한수는 주희가 잡은 팔에 힘을 주어 그녀의 손에서 빠져나왔다. 제법 힘을 주어 잡았던 주희는 그의 기세에 약간의 통증을 느꼈다. 돌아서 가 버리는 그를 보며 앞으로 어떻게 접근해야 할지 생각했다.

한수의 말과 표정에서 회장님과의 사이가 생각하는 것보다 훨씬 안 좋을 수도 있다는 걸 느꼈다. 실수한 걸까? 할 수 없지. 그래도 부자지간이니까. 늦게 얻은 아들이 철없이 아버지에게 대드는 거라면 곧 정신 차리고 돌아오겠지.

돌아선 주희는 혼자 웃었다. 매번 이제까지 받았던 대접과 정

반대의 대접을 한수에게서 받는데도 화가 나거나 짜증이 나지 않았다. 한수의 냉정하고 직설적인 표현 너머에 예의 바른 마음과 절제가 느껴졌다. 그게 매력적이란 생각이 들었다. 쉽게 흔들리지 않을 마음. 주희는 그걸 얻고 싶었다.

한수는 수진의 차가움이 처음엔 주희 때문이라고 생각했다. 갑자기 만난 주희로 인해 긴장을 했고 감정적 흔들림이 있어서 그에게 평소와 다르게 대하는 것이라고 생각했다. 그러나 점심시간이 지나고 사무실에서 이런저런 일을 의논하며 퇴근 시간이 가까워 온 지금까지 수진의 태도는 달라지지 않았다.

"과장님, 저는 오늘도 퇴근 시간 넘어갈 것 같은데 저녁을 먼저 해결하고 계속해도 될까요?"

수진에 대한 생각으로 복잡해져 있는데 그녀가 말을 걸었다. 마땅히 불편한 분위기를 해소할 방법이 없었는데 잘됐다는 생각이 들었다. 함께 밥을 먹으면서 말을 하다 보면 수진이 왜 차갑게 구는 건지 이유를 알 수 있을 것 같았다.

"그럽시다. 지금 먹고 올까요?"

"저는 간단하게 때우려고요. 시간도 덜 쓰고 일하는 데 불편하지도 않으니까요."

"나는 간단한 거 싫어합니다."

"과장님은 따로 좋은 거 드세요."

"혼자 밥 먹는 거 싫어한다고 말했습니다."

기대한 것과 전혀 다르게 흐르는 수진을 잡으려고 애를 썼다.

"이제까지 혼자였다고도 말씀하셨습니다. 싫어하지만 여태 혼자 드셨으니까 오늘 또 혼자 드신다고 크게 이상할 건 없다고 생각합니다."

"오늘 왜 이럽니까?"

"제가 특별히 과장님께 달리 대한다는 건가요?"

"그건……. 혹시 아까 우주희 씨가 뭐라고 했습니까?"

"별말 없었습니다. 왜 그 여자는 들먹이시는 건가요? 그저 간편하게 저녁을 먹겠다고 말한 것뿐입니다. 하나부터 열까지 과장님 취향에 맞춰 주지 않으면 안 되는 줄 몰랐습니다. 제 성격이 안 좋아서 저와 함께 일하는 게 힘드시면 다른 사람으로 바꾸세요."

한수는 입을 다물었다. 우주희의 이름이 나온 순간 몇 배로 더 까칠해진 수진을 더 이상 건드리고 싶지 않았다. 우주희가 연관되었지만 그에게 화가 나 있다는 걸 겨우 깨달았다. 분명 무슨 일이 있었다. 수진이 말해 주지 않으니 알아낼 길이 없어 답답했다.

"먼저 나가겠습니다."

수진은 한수에게 한바탕하고 나자 마음이 더 힘들다는 걸 느꼈다. 그냥 얌전히 있다가 퇴근할 것을 괜히 퍼부을 상황을 만들어 감정만 상하게 한 것 같았다. 뭔가 터트리면 시원할 줄 알고 시작한 일이 더 무거운 가슴과 머리를 만들었다.

수진은 몰래 한숨을 쉬고 자리에서 일어섰다. 자리라도 피하지 않고선 참을 수가 없었다. 그녀는 편의점으로 천천히 걸어갔다.

"어머, 대리님."

"은미 씨도 편의점 가?"

"네. 대리님도 야근?"

"맞아. 막내라서 도시락 사러 나온 거야?"

"네."

"난 먹고 가려고."

"혼자서요?"

"편의점 식사가 그렇지 뭐. 얼른 사 가지고 가."

"네. 안 그래도 야근 때문에 다들 신경이 날카로워요. 일이 터져서 그거 땜질하느라 야근하는 거거든요."

"수고해."

은미와 헤어지고 편의점 한구석에 앉아 라면을 한 젓가락 집어 올렸다. 라면을 싫어한다는 한수. 수진은 한입 후루룩 먹고 국물도 조금 마셨다. 맛있기만 하네. 괜한 노여움이 올라와 라면을 싫어하는 한수의 모습에 짜증을 냈다. 화내면서 먹어서 그런 것인지 먹은 것 같지도 않은데 바닥을 보였다. 수진은 빈 라면 그릇에 젓가락을 놓고 멍하니 편의점 밖을 내다보았다.

주희와 결혼을?

주희의 말을 들었을 때부터 머릿속을 울리던 그 말이 다시 기어 나왔다. 회장님의 아들이니까 결혼한다는 걸까? 아니야. 상관없지 뭐. 그래도 혹시 계획적인 접근이면 어떻게 해? 재산을 가로채 가는 전문가들이야. 한수 씨 재산도 가로채 간 후에 버릴지 모르지.

아니야. 알아서 하겠지. 똑똑한 형들도 있는데. 아니다. 형들은 어쩜 도와주지 않을지도 몰라. 친형제지간이 아니니까. 다른 여자와의 사이에서 낳은 동생을 예뻐할 수는 없는 거잖아? 하지만 이사님은 한수 씨를 아끼는 것 같았어. 그럼 걱정하지 않아도 돼.

"후, 못살겠네."

쓸데없는 생각에 사로잡혀 이끌리는 자신에게 지친 수진은 중얼거리며 자리에서 일어섰다. 그와 함께 있을 때나 이렇게 나와 있을 때나 심란한 마음이 조금도 변화가 없었다. 얼른 일을 마치고 집으로 돌아가는 게 좋겠어. 수진이 들어가기 싫은 사무실 문을 열었다.

"과장님 식사 벌써 하셨어요?"

"신경 쓰지 마세요. 알아서 할 테니까."

밥을 먹고 돌아온 수진은 여전히 일하고 있는 한수를 보며 걱정이 되기 시작했다. 이제 곧 배가 고파질 텐데. 아니, 알아서 한다는 사람이 왜 알아서 안 하는 거지? 배가 고프기 전에, 시간이 났을 때 얼른 가서 끼니를 때워야 한다는 것도 몰라?

일을 하려고 해도 굶고 있는 한수가 신경 쓰여 집중이 되질 않았다. 또 말려들면 안 돼. 다 큰 어른이야. 알아서 잘할 거고 잘해 왔어. 챙겨 줄 이유 하나도 없어. 주희와 결혼한다잖아? 알아서 하겠지. 재산을 다 날려 먹고 버림받을지도 모르지만 자기가 알아서 챙기겠지. 어른이니까 그래야 하잖아?

"뭐라도 사 올 테니 좀 드세요."

결국 한 시간을 간신히 버티다 수진이 더 이상 참지 못하고 자리에서 일어섰다. 바보. 바보. 바보.

"걱정하지 말고 일이나 얼른 마치고 가세요."

"누가 걱정해서 그래요? 과장님이 얼른 일 잘해서 빨리 마쳐야 저도 마음 편히 퇴근할 깃 같으니까 그렇죠. 제가 알아서 사 올 테니 드세요."

수진은 한수의 대답은 듣지도 않고 사무실을 나갔다. 사무실을 나가는 수진의 뒷모습을 보며 한수가 피식 웃음을 흘린 걸 그녀는 알지 못했다. 한수는 수진이 끝까지 참아 내면 어쩌나 걱정하고 있던 중이었다. 시간이 흐를수록 초조한 건 수진보다 한수가 더했다. 다행히 수진이 손을 들고 먼저 일어났고 한수는 겨우 한시름 놓을 수 있었다. 무슨 일인지는 모르겠지만 그녀의 노여움이 조금 누그러진 걸 알 수 있었다.

"어묵하고 김밥. 다음엔 라면 대신 어묵 드세요."

그의 책상 위에 먹기 좋게 사 온 음식을 챙긴 수진은 그를 보지 않고 말한 후 자기 자리로 돌아갔다. 그의 웃음은 이번에도 수진에게 들키지 않았다. 배가 고프던 참이라 맛있게 먹고 자리를 정리했다. 그가 자리에서 일어서자 수진이 고개를 들고 그를 봤다. 자신도 모르게 그를 본 것인지 그와 눈이 마주치자 당황하며 얼른 고개를 돌렸다. 일단 진정된 것 같은 수진의 상태에 안심을 하고 한수는 일을 마저 했다.

"대충 끝내고 갑시다."

"거의 다 했습니다. 과장님 먼저 들어가세요. 저도 곧 퇴근하겠습니다."

한수와 함께 가고 싶지 않았다. 그보다 먼저 일을 끝내고 싶었지만 일은 그렇게 만만하지 않았다. 이왕 늦은 거 한수를 먼저 보내고 나중에 혼자 가고 싶었다.

"조금 남았으면 기다릴 테니 마저 해요."

"부담스러운데 먼저 가시면 안 되나요? 제가 알아서 잘 마무리하고 가겠습니다."

"우수진. 오늘 하루 종일 왜 그래?"

노여움이 조금 누그러졌다고 안심했던 한수를 다시 긴장시키는 수진의 말에 참지 못하고 하루 종일 그녀에게 하고 싶던 질문을 내뱉었다.

"과장님이야 말로 왜 그러세요? 직원과 상사와의 관계를 정확히 해 주세요. 저는 우수진 대리입니다. 과장님의 개인적인 친분의 사람이 아닙니다."

"개인적인 친분? 그런 말은 왜 꺼내?"

"일관되게 행동하지 않으시니 까요. 몸은 하나인데 정신은 몇 개나 따로 가지시나 봐요? 회사하고 밖에서와 말이 다르고 행동도 다르신 건 원래 안팎이 다르셔서 그런 건가요?"

좋아한다고, 사귀고 싶다고 말해 놓고선 다른 여자와 결혼 약속을 하다니. 다 거짓말이야. 여기저기 얼마나 많은 거짓말을 한 걸까? 수진은 자신의 숨겨진 이야기를 다 뱉어 내게 해 놓고 돌아서 버린 그를 용서하고 싶지 않았다. 어느 누구에게도 한 적 없는 이야기였다. 특히나 인한에게도 털어놓지 않은 이야기였기에 그 의미가 더욱 컸다.

우주희. 하필 결혼할 여자가 우주희라는 것도 견딜 수 없었다. 걱정하고 싶지 않은데 걱정하게 만드는 한수가 미웠고 인한을 좋아한다면서 한수에게 계속 휘둘리고 벗어지지 못하는 자신은 더 미웠다.

"앞으로 회사와 밖을 동일하게 하란 말이야? 그걸 원해? 안에서든 밖에서든, 누가 있든 없든 일관된 나의 마음을 그대로 표현하라는 거야? 그거야? 그렇게 안 해서 하루 종일 나한테 화를 낸 거였어? 너를 좋아하는 내 마음을 회사 안에서도 표현하지 않아서?"

"그런 말이 아니잖아요."

여전히 좋아한다는 저 말. 대체 언제까지 우겨 댈 것인지. 결혼 발표가 나면 그때야 본심을 털어놓을까?

"아니야? 말을 안 하는데 내가 어떻게 알아? 하루 종일 눈치 보면서 당신이 왜 화를 내는지 알아내려고 했지만 알 수가 없어. 나로선 불가능한 일이야. 그건 당신도 알아야 해. 말도 하지 않고 힌트도 주지 않으면서 내가 알아주지 않았다고 화를 내고 있다는 걸 당신도 인정해야 해."

"전 화낸 적 없습니다."

왜 우주희와 결혼하냐고 물어보라는 거야? 어떻게? 무슨 자격으로? 좋아할 수 없다고 큰소리쳤는데 왜 다른 여자와 결혼하냐고 물을 수 없잖아. 좋아하는 사람이 아닌데, 좋아하지 않으려고 노력하는 중인데 다른 여자와의 사이를 질투할 수는 없잖아. 아, 질투. 아니야. 질투라니.

"이젠 거짓말도 해? 아무리 자기 마음을 모른다고 하지만 이런 것까지 말도 안 되게 부정하는 거야? 우수진. 정신 차려. 너 하루 종일 나한테 화냈어. 우주희가 다녀간 후부터 바짝 날을 세우며 나를 들볶았다고. 몰라? 정말 몰라서 그렇게 말하는 거야 아니면 아는데 인정하기 싫어서 부정하는 거야?"

"……."

"너는 나 좋아해. 내가 말해 줘야 받아들일 거라면 그렇게 해. 너는 나 좋아해. 그래서 화내는 거야. 그 자세한 이유를 내가 모를 뿐이야. 나를 좋아하지 않는다면 나한테 화낼 이유 없어. 안 그래? 내가 네 마음을 몰라준다고 짜증 내는 게 가장 확실한 증거야. 이제는 인정해."

"……."

"그 인한인지 뭣인지 하는 놈을 좋아한다고 날 좋아할 수 없다는 네 말은 거짓말이야. 날 좋아하는데 그놈한테 미안해하는 거지. 그게 사랑이야? 착각하지 마. 고맙고 미안해서 잊지 못하고 배신하지 않겠다는 게 사랑이야? 그놈이 그 마음을 옳다구나 좋다고 받아들이겠어?"

싫어. 인한에게 고맙고 미안해서 네가 찾고 기다리는 거라면 거절하겠어.

"널 떠난 그 시점부터 고마운 그놈은 사라진 거야. 그게 뭘 의미하겠어? 너한테 고맙고 미안한 존재로 받아들여지는 게 싫어서야. 동정이 싫은 것과 마찬가지야. 죄책감이 바탕이 된 마음이 얼마나 안타까운지 안다면 그만둬. 그놈을 위해서도 너를 위해서도, 또 나를 위해서도 이제 그만해."

한수는 자리를 박차고 일어나 사무실을 나갔다. 수진의 눈물을 더 이상 볼 수가 없었다. 지금 그녀에게는 시간이 필요했고 그는 그 시간을 쉬어야 했다. 대놓고 두드려서 깨트릴 생각은 없었는데. 너무 늦게 수진에 대한 마음을 깨닫고 인정한 그가 잘못한 건데 갑자기 수진을 몰아세운 게 미안했다.

회사에서 나온 한수는 차 안에서 수진이 언제 나올까 한참 기다렸다. 참지 못하고 올라가려는데 수진이 힘없이 나오는 것이 보였다. 함께할 생각은 없었다. 그저 걱정이 되어 수진을 지켜보려는 것이다. 그는 늦어서 택시를 잡아 탄 수진을 따라 집까지 갔다. 집으로 들어가는 걸 끝까지 보고 나서야 그의 집으로 돌아올 수 있었다.

♣

한수는 수진의 표정을 살피느라 여념이 없었다. 어젯밤 폭탄은 던졌는데 결과를 알 수가 없어 초조해하고 있는 중이었다.

"과장님 어디 안 좋으세요?"

"어? 아, 아닙니다."

수진의 평범한 표정에 당황한 한수는 자신의 상태를 온전히 감추지 못했다. 어떻게 된 거지? 어제처럼 냉정한 기운은 없는데 그렇다고 달라진 걸 찾을 수도 없어.

"점심 약속 있으세요?"

"아, 약속. 잠깐 확인을……."

"오늘 생선 조림이라서 전 꼭 식당에서 먹을 생각인데 과장님은 어떠세요?"

"나는 아직."

"알겠습니다."

"뭘 알겠다는 겁니까?"

"점심 함께 먹지 않겠다는 말로 알아들었는데 아닌가요?"

"난 그런 말 한 적 없습니다."

"그럼 함께 드신다는 건가요? 확실히 해 주세요."

"내가 확실히 해 줘야 할 이유라도 있습니까?"

"네. 과장님이 약속이 있으시면 은미 씨 부서, 저의 옛 부서 사람들과 함께 먹으려고요. 최 대리가 저 좋아하는 반찬 나눠 줄 것 같아 은근히 기대도 됩니다."

"약속 없습니다. 나하고 함께 먹으면 됩니다."

"그래요? 아쉽지만 그렇게 하겠습니다."

한수는 수진과의 대화에서 뭔가 이상한 걸 느꼈지만 콕 집어 말하긴 어려웠다. 고민하고 있던 때에 전화가 왔다. 우주희. 전화 벨 소리에 수진이 흘끔 쳐다보고는 일을 했다. 나가서 받을까 하다가 그게 더 이상한 것 같아 그대로 통화를 시작했다.

"여보세요."

— 한수 씨. 오늘은 전화를 드려요. 이렇게 전화까지 했는데 오늘도 거절하실 건가요?

"뭘 말입니까?"

— 뭐긴요, 점심이죠. 점심이 싫으시면 저녁으로 하고 싶어요. 짧은 점심보다는 넉넉한 저녁 시간이 맛있는 음식 먹기에 좋으니까요. 어때요?

"오늘은 안 되겠습니다."

— 어머. 그럼 내일? 그 정도면 제가 크게 상심하지 않을 것 같네요. 내일 저녁은 약속해 주세요. 괜찮죠?

"알겠습니다."

— 와, 좋아라. 그럼 내일 저녁에 뵈어요.

우천서의 딸이라는 이유로 우주희에게 살벌하게 대할 수는 없었다. 가급적 마주할 일이 없도록 신경 쓰고 아버지인 추 회장의 뜻을 따르지 않겠다는 분명한 의사 표현 정도가 그가 할 수 있는 전부였다.

보통은 여자 쪽에서 견디지 못하고 포기하는데 우주희는 좀 달랐다. 자신의 냉담한 반응을 아무렇지도 않게 화사한 웃음을 지으며 넘기고 있었다. 여기서 더 어떻게 해야 하는지 생각나지 않았다. 슬쩍 수진을 보았다. 여전히 일에 몰두해 있는 그녀에게 뭔가 떳떳하지 않다는 생각이 들었다. 내일 좀 더 강하게 주희에게 생각을 전해 봐야겠다.

한수는 수진이 최 대리와 함께하지 못하게 다른 날보다 조금 더 신경을 쓰며 식당에 내려갔다.

"우 대리님, 혹시 주말에 시간 있으세요?"

"왜?"

"영화 보고 싶어서요. 공짜 표 생겼는데 혼자 가기 너무 싫어서요. 제가 여자라서 좀 분위기 없지만 그래도 함께 보실래요?"

"좋아. 주말에 심심한데 잘됐다."

한수는 은미에게 수진을 빼앗기는 기분이 들었다.

"은미 씨, 나도 있는데 나한테는 권해 보지도 않는 거 너무한 거 아닙니까?"

"어머, 과장님. 과장님은 함께 영화 볼 사람이 있는 줄 알았어요."

은미가 조심스럽게 단어를 쓰며 대답했다. 함부로 넘겨짚어서 여자 친구라는 단어를 쓰면 혼이 날 것 같아서 조심했다.

"없습니다."

"그럴 리가요."

없다는 한수의 말에 수진이 눈을 동그랗게 뜨며 반박했다.

"점심시간 내기도 빠듯하신 분이 주말에 영화를 함께 볼 사람이 없다니 믿어지지 않네요."

수진의 비꼬는 말투에 한수는 입을 다물었다. 아까 주희와 전화 통화로 별다른 말은 안 했지만 눈치를 챈 것이 분명했다.

"없다면 없는 겁니다."

"아, 그렇군요."

은미는 추 과장과 수진의 대화를 들으며 처음으로 둘 사이에 흐르는 심상치 않은 기류를 느꼈다. 상상도 안 했는데. 아니다. 상상은 했었다. 그러나 매번 한수의 차가움과 수진의 변함없는 표정 때문에 아닌 걸로 결론을 내며 잊어버렸었다. 그런데 오늘은 수진의 처음 보는 표정과 말투에서 혹시나 하는 생각이 들었다.

과장님이 대리님의 말에 꼼짝 못하는 것 같아 보여. 과장님이 대리님을 괴롭히는 줄 알았는데 아닌가? 건강한 미혼 남녀 사이에 불가능한 일은 없으니까.

점심 식사는 평소처럼 은미의 주도적인 수다로 평범하게 끝이 났다.

"과장님이 많이 바쁘신가 봐요?"

은미는 수진과 둘만의 티타임이 왔을 때 아까 추 과장이 점심 시간 내기도 빠듯하다는 소리를 기억해 냈다.

"뭐, 요즘 전체적으로 바쁘잖아."

"점심시간에 과장님이 누구 만나셨어요?"

"그건 왜?"

"아니, 아까 대리님이 과장님이 점심시간 내기도 빠듯하다고 하셨잖아요."

"아, 그거? 뭐 가끔 손님 만나러 가시더라고."

"앗. 맞다. 내가 그걸 잊고 있었네. 어제 로비에서 과장님이 미모의 여자하고 말하는 걸 본 사람들이 수두룩해요. 아, 그렇구나. 그 여자분하고 바쁘신 거구나."

은미는 수진과 무슨 일이 있을 거라고 생각했던 자신을 비웃었다. 어제 일을 까맣게 잊고 있은 덕분이었다. 그럼 그렇지.

"맞아. 찾아오기까지 하니까 친한 사이겠지?"

"그렇겠죠? 그렇구나. 그래서 대리님이 그렇게 말했던 거로군 요. 난 또 대리님이 삐져서 과장님한테 잔소리하는 건 줄 알았지 뭐예요. 죄송해요. 그런 위험한 생각을 해서요."

"아니야."

대답한 후 수진의 온몸에서 기운이 빠졌다. 누구를 왜 만나느 냐는 잔소리를 할 사이가 아니라는 사실에 속이 상했다. 이젠 한수를 마주하는 일이 그리 어렵지 않게 되었는데. 인한에 대한 마음을 냉정하게 바라보게 한 한수의 말로 정신을 차릴 수 있었고 그 결과로 우유부단하고 불투명했던 감정과 마음을 정리할 수 있었다.

수진은 사무실에 들어가자마자 보이는 한수에게 편안히 인사하고 자리에 앉았다.

"주말에 은미 씨하고 영화 볼 겁니까?"

"네. 약속하는 걸 보셨잖아요."

"그럼 나하고는 언제 만나는 겁니까?"

"……다른 여자하고 만나지 않는 시간에 만나야겠죠."

"그렇군."

한수의 데이트 신청을 수진이 거절하지 않았다. 한수는 수진의 변화에 놀라워 겨우 대답했다. 기대해도 되는 거야. 인한에 대해 정리했거나 정리하고 있는 거겠지.

아침부터 지금까지 내내 그는 수진이 과연 어떻게 그의 말을 받아들일지 알고 싶어서 눈치를 봤다. 도대체 드러나지 않는 수진의 마음 때문에 초조하고 불안하기까지 했는데 이젠 한시름 놓을 수 있을 것 같았다.

퇴근 시간이 다 되도록 편안한 마음으로 일에 집중했던 한수가 가볍게 수진에게 말을 걸었다.

"같이 저녁 먹자."

"오늘 저녁 약속은 없나요?"

톡 쏘아붙이는 수진의 말에 잠시 어리둥절했던 한수는 이유를 깨닫고 미소 지었다. 어제 주희와 약속이 있어서 나갔던 일을 끄집어낸 것이다. 질투까지 해 주면 나야 더없이 고마운 거지.

"없어."

"그럼, 그렇게 해요."

"오늘은 당신 집 근처에서 먹자."

"편한 대로 하세요. 전 상관없으니까요."

어제 미뤄 뒀던 일이 있어서 퇴근 시간보다 조금 늦게 일을 마친 둘은 자연스럽게 차를 타고 수진의 집 근처로 향했다. 수진은 차를 타고 가는 동안 별다른 말이 없었다. 한수는 혹시 불편한 건가 하는 걱정이 되어서 수진을 자주 살폈지만 앞을 바라보고 앉은 그녀에게서 다른 이상한 느낌은 찾을 수 없었다.

"지금 사는 곳은 괜찮아? 불편하지는 않아?"

수진의 집 근처에 있는 식당에 들어가 주문하고 기다리는 중에 한수가 질문했다.

"불편하지 않아요. 왜요?"

"너무 작아서 답답하지 않을까 해서."

"작지 않아요. 저 혼자 살기에 딱 맞아요. 답답하다는 분수에 넘치는 생각은 없어요. 여기라도 살 수 있게 된 게 저한테는 기적이니까요."

"더 잘 살 수도 있다는 생각은 안 해 봤어?"

한수는 수진에게 아버지가 돌아가신 뒤에 작은아버지가 회사를 빼앗은 것에 대한 미련이 없는지 묻고 싶었다.

"더 잘 살아서 뭐하게요?"

"누리고 싶은 것이 많잖아?"

"별로. 지금 충분히 누리고 있어요. 월급 올려 주시게요? 그런 거라면 절대로 거절하지 않죠. 하긴, 과장님이 어떻게 제 월급을 올려 주시겠어요. 과장님도 월급 받고 사는데."

"그건 모르는 거지."

주문한 음식이 나와 둘의 대화는 갑자기 끊어졌다. 차려진 음식에 관심을 옮긴 수진은 천천히 식사를 했다. 집 문제는 인한을 떠올리게 하는 이야기였지만 꽤 잘 넘어갔다. 한수에게 겨우 한소리를 들은 것뿐인데 하루 만에 많은 것이 변했다. 아마도 한수를 좋아하는 마음이 변화를 기다리고 있었기 때문일 것이다. 마음을 정리할 결정적인 계기가 필요했는데 그가 그 계기를 마련해 준 셈이다.

"과장님은 좋아하는 음식이 뭐예요?"

"좋아하는 음식? 글쎄, 그런 거 생각하지 않고 사는 편인데. 맛없는 거 빼고 다 맛있게 잘 먹어."

"그럼 맛없는 건 뭔데요?"

"맛없는 거. 김치찌갠데 김치찌개 맛이 안 나는 거. 그런 거지 뭐."

"짜고 싱겁고 뭐 그런 맛이 안 맞는다는 걸 말하는 거죠?"

"그렇지. 유난히 음식 솜씨 없는 사람들이 같은 재료로 뭘 해도 이상한 맛이 나잖아. 왜 물어본 거야?"

"그냥, 궁금해서요."

수진은 인한과의 관계에서 얻은 교훈을 실천하기로 했다. 상대에게 관심을 가지고 관찰해서 많이 알고 그렇게 알게 된 것으로 배려해 주고 싶었다.

인한에 대해 아는 게 없다는 건 그녀가 살피지 않았기 때문이라는 걸 알게 되었다. 그때는 자신이 세상과 새롭게 마주하느라 그럴 시간도 없었지만 마음만 있었다면 인한에 대해 지금보다는 더 많은 것을 알고 있을 것이다. 그런 이유로 수진은 앞으로 한수에 대해서는 용기를 가지고 묻고 살피기로 결심했다.

"그럼 나도 질문 한 가지. 여자들이 흔히 하는 장신구를 잘 안 하는 것 같은데 취향이 그때 했던 팔찌 같은 거야?"

한수는 말하고서 아차 했다. 인한을 떠올리게 하는 질문이었기 때문이다. 그러나 걱정했던 것과 다르게 수진은 반찬을 집어 입에 넣고서 그를 보았다. 표정에 변화는 없었다.

"그 팔찌는 선물 받은 거니까요."

수진은 한수가 인한에 대해 신경을 쓰고 있다는 생각이 들었다. 좋은 거지? 혹시 질투라는 걸 해 주는 걸까? 그럼 좋겠는데. 살짝 인상을 쓰고 있는 한수의 표정을 좋을 대로 해석해도 되는 건지 잠시 생각했다.

"해도 잘 안 보이는 걸 좋아해요. 움직일 때 의식이 되지 않는 거. 나중에 결혼반지 같은 것도 끼었다가 뺐다가 해야 하는 부담스러운 거 말고 아무것도 달리지 않은 실반지로 하고 싶어요. 빼는 일 없이 항상 지니고 다니기 좋을 것 같아서요."

"반지 고를 걱정하지 않아서 좋겠군."

그가 준 팔찌가 실패작이라는 사실이 싫어서 한수는 조금 퉁명스럽게 말했다. 그녀는 모르지만 인한은 엄연히 한수 자신이니까.

둘은 식사를 마치고 찻집으로 갔다. 한수는 저녁 먹기를 청할 때처럼 혹시나 하는 마음에 조심스럽게 물었는데 역시나 수진은 쉽게 응해 주었다. 인한을 잊기로 한 걸까? 수진이 그를 평소처럼 대하는 것 같기는 하지만 그는 조금 차이를 느끼고 있었다. 질문도 하고 그의 제안을 선선히 받아 주는 것까지 평소와는 다른 모습이었다.

"지금 혼자 사시면 음식은 어떻게 해요?"

"대충 먹는 거지."

한수는 먹고 들어가는 날이 아니면 귀찮아도 따뜻하게 밥을 해 먹었다. 인한으로 살 때는 백반집이 있어서 거의 해 먹지 않았지만 한수로 살게 되면서 자주 밥을 해 먹기 시작했다. 남겨진 차가운 밥은 돌아가신 어머니가 떠올라 가급적 피했다. 수진에게 대충 먹는다고 말한 건 그녀와 밥을 먹을 구실을 만들기 위해서였다.

"주말에도 집에 안 가요?"

"안 가."

한수의 차갑게 변한 얼굴에 수진은 다음엔 조심해야겠다고 생각했다.

"그럼 주말에 날씨 좋으면 도시락 싸서 소풍 갈까요?"

수진은 그의 기분을 풀어 주고 싶어 생각도 깊이 해 보지 않고 불쑥 말을 꺼냈다. 말해 놓고 보니 데이트 신청인 것 같아 부끄러웠다. 이렇게 대놓고 다가서려던 건 아닌데. 말을 되돌리고 싶은 마음에 수진이 그를 보지 못하고 찻잔만 조몰락거렸다.

"좋아."

"그냥 해 본 말이니까 바쁘면……."

"난 들었고 대답했으니까 약속한 거야. 도시락은 내가 싸?"

"어머. 아니죠. 제가 말했으니까 제가 싸야죠."

"힘들게 싸지 말고 사 먹자."

"맛없는 음식 먹을 준비나 하세요."

둘의 시간은 금방 사라졌다. 차를 다 마시고 나서 더 이상 할 것
이 없는 늦은 밤이 되었고 어쩔 수 없이 일어서야 했다. 천천히 걸
어 수진을 집까지 데려다준 한수는 오늘 저녁이야말로 데이트다운
데이트였다고 생각했다. 수진을 들여보내는 일이 유난히 힘들었다.

♣

수진은 한수와 편안한 두 번째 날을 보내서 좋았다. 그러나 퇴
근이 가까워 오자 생각이 복잡해졌다. 한수가 그녀에게 저녁 먹자
는 소리를 하지 않았기 때문이다. 생각나는 건 어제 통화였다. 아
마 주희와 약속을 한 거겠지. 점심 약속일지도 모른다는 생각은
점심을 함께 먹는 것으로 날아갔는데 저녁은 시간이 다가올수록
확신이 섰다.

"오늘은 먼저 퇴근합니다. 일거리 많지 않으니까 우 대리도 얼
른 정리하고 퇴근해요."

역시. 한수의 말이 수진의 복잡한 생각을 일시에 정리해 주었
지만 결코 그녀가 기다리던 결과는 아니었다.

"알겠습니다."

수진은 화가 나서 한수의 얼굴을 보지 않았다. 바쁜 척 손을 놀리며 대답만 했다. 예민한 신경 탓인지 한수의 시선이 느껴졌다.

"곧장, 집에 들어갈 거야?"

"……."

수진은 한수의 질문에 어떻게 반응해야 할지 몰라 그저 바라보기만 하고 입을 열지 못했다. 주희를 만나러 가면서 자신의 일정을 확인하는 그의 태도를 양다리의 행동으로 받아들일지 아니면 순수한 질문으로 받아들일지 결정할 수가 없었다.

"곧장 집에 들어갈 거냐고 물었어."

"모르겠는데요."

"곧장 들어가."

한수는 자리에서 일어났다. 하필 수진과 자연스럽게 이어지는 날 주희와 약속이라니. 하지만 앞으로 주희가 불쑥 사무실로 찾아오는 걸 막기 위해서라도, 아버지에 대한 그의 마음을 표현하기 위해서라도 오늘 주희를 만나야 했다. 이번으로 끝을 내야지.

쳐다보지도 않는 수진을 남겨 두고 그가 사무실을 나왔다. 퇴근 시간 조금 전이지만 서둘러 나오는 사람들이 꽤 있었다. 금요일의 퇴근은 약속들로 넘쳐 나 사람들을 들썩이게 했다.

"한수 씨."

주차장 입구로 가려는데 생각지도 않은 목소리가 들렸다. 돌아서 보니 주희가 기다리고 있었다. 반가운 얼굴로 다가오는 주희의 모습에 회사 직원들이 관심을 보이는 것이 느껴졌다. 한수는 수진이 보기 전에 얼른 주희를 데리고 나가야겠다는 생각이 들었다.

"걱정하지 마세요. 오래 기다리지 않았어요."

"가시죠."

돌아서는 한수의 곁으로 다가온 주희는 친근하게 그의 팔을 잡았다. 주희의 생각 같아서는 팔짱을 끼고 싶었지만 자신의 반가운 인사에도 인상을 펴지 않은 한수 때문에 조금 절제했다. 원래 성격이 무뚝뚝한 게 맞네. 벌써 몇 번짼데 표정이 변하질 않아.

성큼 걷는 한수의 걸음에 주희의 손은 자연스럽게 떨어졌다.

7
연인 만들기

수진은 은미와 함께하고 있다는 사실을 자각하는 데 시간이 좀 걸렸다. 최선을 다했지만 잠시 몸이 굳어 버린 건 어쩔 수 없었다.

"괜찮으세요?"

"아, 괜찮아. 미안. 잠시 딴생각이 들어서."

"우리 과장님 연애하시는 거 온 회사에 다 소문이 났어요. 제가 들었으니 못 들은 사람은 아마 없겠죠. 아이, 속상해."

회사로 다시 찾아온 주희에 대해 모두들 숙덕거렸다. 추 과장이 드러내고 연애를 한다는 둥 하면서 이런저런 말들이 오갔다. 그 이야기 대부분을 은미가 수진에게 옮겨 주었다. 듣고 싶지 않은데. 하필 퇴근 시간이 맞아 만나게 된 은미는 기다렸다는 듯이 뛰어와 한수에 대해 들은 이야기를 모두 쏟아 냈다. 그 바람에 수진은 의지와 상관없이 올라오는 다양한 감정에 치이게 되었다.

"내일 우리 어디서 만나자고 했지?"

더 이상 힘든 감정과 마주하고 싶지 않아 수진이 이야기를 다른 곳으로 돌렸다. 은미와 언제 어디서 만나는지 정확히 기억하고 있었지만 다시 묻는 것으로 한수에 대한 이야기에서 나오고 싶었다.

"극장 건너편에 있는 편의점 앞에서요. 거기 안다고 하셨죠?"

"맞아. 늦지 않고 잘 찾아갈게."

"예쁘게 하고 나오세요."

"왜?"

"여자끼리라도 기분 내려고요."

"알았어. 오색찬란하게 꾸미고 가 보지 뭐."

"좋았어."

은미의 발랄함에 또 힘을 얻어 수진은 정신을 제대로 차리고 회사를 떠날 수 있었다.

'곧장 들어가.'

회사에서 나와 집으로 향하는 중에 한수의 말이 생각났다. 곧장 들어가라니? 쳇, 누구 맘대로. 수진은 괜한 반항심에 집으로 향하던 몸을 틀었다. 자기는 다른 여자하고 버젓이 데이트를 즐기면서 어떻게 그런 말을 할 수가 있어?

감정에 밀려 생각도 없이 몸은 틀었는데 마땅히 갈 곳은 없었다. 그녀는 시선을 넓게 두고 둘러보다 서점을 봤다. 이런저런 책을 뒤져 보다 보면 시간도 보내고 생각도 끊을 수 있을 것 같았다. 생각만으로도 벌써 기분이 한결 가벼워졌다.

밝은 서점 안으로 들어가 눈에 띄는 대로 살피고 읽어 보았다. 소설에서 취미 부분까지 두루 돌아다니다 보니 정말 시간이 훌쩍 많이도 지나가 있었다. 더 이상은 시간을 보낼 필요가 없었다. 배도 너무 고프고 힘도 다 빠져서 다른 생각이 나지 않았기 때문이다. 수진은 몸은 무겁고 머리는 가볍게 서점을 나와 집으로 향했다.

어?

뭔가 울리는 기분이 든 건 그때였다. 지친 몸 때문에 감각이 둔해져서 전화기가 계속 울렸던 것도 몰랐나 보다. 뭔가 이상하다는 생각에 가방을 열자 전화기가 심각하게 몸을 떨어 대고 있었다. 전화기를 집어 보니 서점에서 지금까지 잊고 싶어 하던 사람이었다. 과장님?

"여보세요?"

— 뭐 하느라고 전화를 이렇게 안 받아?

"지금 받았는데요?"

바짝 날이 선 한수의 목소리에 수진은 지은 죄도 없이 괜히 가슴을 졸였다. 당당하게 튕기려고 했던 마음은 거의 사라지고 없었다.

— 내가 몇 번이나 한 줄 알아?

"지금이 처음 아니에요?"

— 아니야. 뭐 했어?

"뭐, 그냥 이것저것."

집에 일찍 들어가기 싫어서 서점에서 시간을 보냈다는 말은 할 수 없었다.

— 잠깐 내려와.

"네?"

— 지금 집 앞이야. 내려와.

"어머. 저는 지금 집 아닌데."

집 앞까지 왔다는 말에 수진이 당황했다. 집에 들어가지 않아서가 아니라 주희와 저녁 약속을 했던 그가 이 시간에 찾아온 이유가 뭔지 궁금하고 두근거렸기 때문이다. 그의 말처럼 집에 빨리 들어가 있을걸. 뒤늦게 후회했지만 소용없었다.

— 뭐?

"아니, 데이트는 어쩌고 남의 집에 오셨어요?"

— 어디야? 누구하고 있었어? 왜?

다시 날카로워진 한수의 목소리에 이젠 겁이 나기보다 오히려 더 두근거렸다. 그러나 엄연히 한수는 주희와 데이트를 하는 사람이다. 그녀는 섣불리 이 상황을 좋아할 수 없는 이유를 떠올리며 기분에 휘둘리지 않으려고 애를 썼다.

"사생활인데 너무 꼬치꼬치 캐묻는 거 아니에요?"

— 우수진!

"금방 도착해요. 이제 정류장 보여요. 끊을게요."

그가 화를 낼 때마다 기분이 묘하다. 통쾌한 것 같으면서 또 뭉클하기도 하고. 주희와는 벌써 헤어진 건가? 아니야. 이렇게 헐렁하게 좋아하면 안 되는 거야. 양다리 걸치는 것들은 다리몽둥이를 부러뜨려야 한다고 은미한테도 말했단 말이야. 어디서 양다리야, 진짜!

"우수진."

집으로 가는 길에 그가 나와 있었다. 수진은 기대하기도 훨씬 전에 그를 만나 더 놀랐다.

"아, 잘됐네요. 저 밥 안 먹어서 뭘 좀 먹어야 하거든요. 저기 저 집에 들어가요."

수진은 김밥집에 앞서 들어가 자리에 앉았다.

"누구하고 뭘 했기에 밥도 안 먹었어?"

밥을 안 먹었다니 안심이라도 한 것일까? 한수의 목소리가 한결 부드러워졌다.

"심각하고 진지한 생각을 나누다 보니 시간이 그냥 지나가 버린 거죠."

"심각하고 진지한 생각? 그게 뭔데? 누구하고?"

"뭔지가 중요해요, 아니면 누구하고가 중요해요?"

한수는 간단히 주문하고 그를 바라보는 수진을 열심히 살폈지만 어디서 대체 누구하고 뭘 했는지 짐작조차 할 수 없었다.

"지금 놀려?"

"여자하고 보란 듯이 회사를 함께 나간 과장님을 제가 어떻게 놀려요? 저녁에 두 여자를 만나러 다니느라 바쁘신 과장님이니 이해해 드려야 하는 건가요? 밥은 다른 여자하고 먹었을 테니 저만 먹으면 되겠네요, 그렇죠?"

"……"

한수는 김밥을 먹느라 입을 다문 수진을 보았다. 지금 한 말은 주희를 만난 걸 알고 화내는 거지? 다른 여자를 만났다는 저 말이 진짜 화를 내는 거라면 좋겠는데. 질투해 주는 거라면 아주 좋을 텐데.

"여긴 왜 오셨어요?"

김밥 한 줄을 뚝딱 해치운 수진이 한숨을 쉬며 물었다. 배가 많이 고팠나 보다. 한수는 괜히 수진을 다그치느라 저녁을 허술하게 먹게 한 건 아닌지 걱정이 되었다.

"곧장 들어갔는지 궁금해서. 뭘 좀 더 먹지 그래?"

"아니에요. 이만하면 됐어요. 제가 들어갔는지 알고 싶었으면 간단히 전화만 하면 되는 일이잖아요?"

한수가 물을 마신 그녀에게 휴지를 뽑아 내밀자 수진이 잠깐 멈칫하더니 받아서 썼다.

"거짓말할 수도 있잖아. 눈으로 직접 보고 확인해야지."

"확인했으니 이제 가시는 건가요?"

"여기까지 왔는데 이렇게 그냥 갈 수는 없지. 뭐 마실 거라도 한잔 마시고 가야지. 직접 줄 생각은 없지?"

"집엔 앉을 자리도 없어요."

"수진이가 직접 타 주는 차를 마시려면 넓은 집을 장만해 줘야겠네."

자리가 없다는 표현으로 거절을 완곡하게 하는 수진 때문에 한수는 기분이 좋아졌다. 확실히 수진은 자신을 받아 주고 있었다. 주희에 대해서도 질투해 주는 것으로 이해해도 될 것 같았다. 기대감 때문인지 웃음이 저절로 나왔다.

가게에서 나와 찻집으로 향하면서도 한수의 웃음은 사라지지 않았다. 마주 앉아 따뜻한 차를 한 잔씩 앞에 두었을 때 수진이 그를 살짝 흘기면서 입을 열었다.

"웃는 얼굴 기분 나빠요. 양다리 걸치시는 기분은 어때요?"

"양다리? 아직 양다리 아니야. 네가 나를 좋아해야 양다리지. 넌 나 말고 그 인한이란 놈을 좋아한다고 했잖아? 진정한 양다리는 내가 아니라 당신이야."

"이젠, 아니에요. 양다리는 한수 씨가 맞아요."

수진은 힘들게 고백했다. 물론 그가 알아들을 수 있을지는 모르겠지만. 그를 마주할 용기가 없어서 찻잔을 내려다보았다.

"······."

한수의 시선은 느껴지는데 아무 말이 없다. 알아들은 걸까, 아니면 못 알아들은 걸까? 정확하게 표현하지 않았지만 충분히 알아들을 만하다고 생각했는데. 한수가 아무런 반응도 보이지 않아 초조해졌다. 다시 알아듣게 말할 수도 없고 그렇다고 이렇게 그냥 이 시간을 없던 것처럼 보내기도 싫었다.

어쩌지? 고개를 들 용기마저 아직 없는데 그 이상을 기대하기는 어려웠다. 스스로에게 한심한 한숨을 내쉬고는 차를 마셨다.

"일어나."

"네? 아, 네."

기다리던 반응과는 정반대였다. 거절일까? 왜? 여기까지 찾아와서 연인처럼 굴었으면서 왜 거절을 하는 거지? 그가 원했던 관계는 이런 게 아닌 걸까? 괜히 말했나?

복잡하고 무거운 생각을 하며 천천히 자리에서 일어났다. 수진은 찻집에서 나와 집으로 향하는 중에도 현실감을 찾지 못하고 멍했다. 거절당할 것이라고는 생각하지 못했다. 그가 자신이 좋다고 적극적으로 표현했기 때문이기도 하고 주희와 만났으면서도 집 앞까지 찾아왔기에 대답을 이런 식으로 간단하게 잘라 낼 줄은 생각하지 못했다.

역시 섣불리 감정을 드러내면 안 되는 거였어. 주희와 계속 만날 생각이 있는 거겠지.

"왜?"

천천히 걷던 수진이 갑자기 걸음을 멈추고 그를 보았다. 한수는 수진의 표정을 제대로 해석할 수 없어서 물었다.

"······."

주희는 안 돼요. 다른 여자라면 말없이 물러서겠지만 주희 때문이라면 안 돼요. 그들은 정직하지 않아요. 여전히 정직하지 않을 수 있어요. 당신이 상처 입을까 봐 걱정이 돼요. 그러니 주희와는 만나지 마세요.

수진은 그를 위해 외쳤지만 말이 되어 나오지 않았다. 말할 자격이 없다는 걸 알기 때문이다. 자신의 고백을 거절했으니 말해도 듣지 않을 거 같았다.

"나하고 헤어지기 싫어서 그래?"

"네?"

수진이 하고 싶은 말을 어렵게 삼키고 있는데 가까이 다가선 한수가 그녀의 팔을 잡아 품으로 살짝 끌어당겼다. 어? 지금 이런 분위기 아닌데? 그녀가 생각하고 있던 분위기와 다르게 한수는 부드럽게 그녀의 팔을 쓰다듬었다.

"심각한 표정 하지 마. 네가 그런 표정 안 해도 충분히 힘들어.

너 데려다주고 돌아서야 할 일이 너무 싫어."

"무슨……."

무슨 말이에요? 지금 무슨 말을 하고 있는 거예요? 라고 물으려던 말이 한수의 입술에 막혔다. 수진은 너무 뜬금없는 반전 때문에 한수가 키스를 한 순간 멍하니 눈을 뜨고 있었다. 지금 이 사람이 키스를, 키스를 한 거야?

"안 되겠다."

뭐가 안 돼요? 갑자기 입술을 뗀 한수가 손을 잡고 끌었다. 뭐가 어떻게 되는 거야? 수진은 어디로 왜 끌려가는지 알 수가 없었다. 그의 서두르는 발걸음에 딸려 허겁지겁 따라 걷다가 멈춘 곳을 살피기도 전에 다시 한수의 입술이 모든 것을 막았다.

아.

눈을 뜰 수 없었다. 갑자기 밀려드는 한수의 열정에 놀라는 것도 잠시, 수진은 그의 안타까운 신음소리에 휘말려 그의 움직임에 적극적으로 함께했다. 숨이 막히도록 바짝 끌어안은 그의 목을 감아 안으며 매달렸다.

"수진아."

서로에 대한 숨넘어가는 갈증을 겨우 해결하고 가쁜 숨을 쉬게 되었을 때 한수가 한숨처럼 수진을 불렀다. 귓가에 들리는 한수의 목소리에 수진은 눈을 질끈 감았다. 감당하기 힘든 떨림에 그를 다시 꼭 끌어안았다.

"집에 안 들어가면 안 되겠지?"

"여기서 이렇게 밤을 새울 수는 없잖아요?"

차가운 밤바람에 겨우 이성을 챙긴 둘은 서로를 안았던 팔을 풀었다.

"그 말 너무 위험해."

"왜요?"

"모르면 됐고."

웃으면서 뺨을 쓸어 주었지만 수진은 여전히 모르겠다는 얼굴로 그를 올려다보았다. 추한수의 여자. 과거 그녀를 도와주었던 고마운 인한이 아니라 새롭게 시작한 한수를 수진이 받아 주었다. 한수는 그 사실이 무엇보다 기뻤다.

"이젠, 이젠 양다리 걸치면 안 돼요. 알겠죠?"

"양다리? 아. 생각해 봐야겠네."

"한수 씨!"

"이렇게 매일 키스해 주고 안아 주고 한수 씨라고 해 주면 절대 다른 곳에 눈 못 돌리겠지. 안 그래?"

화를 내는 수진의 입에 가볍게 입을 맞춘 한수는 다시 수진을 안았다. 이런 날이 오기는 오는구나. 실감이 나지 않아 품에 안긴 수진을 꽉 안았다.

"아. 비겁해요."

숨이 막혀 그를 살짝 밀어 낸 수진이 눈을 흘겼지만 한수에겐 예쁘고 귀여울 뿐이었다.

"보내기 싫은데 어쩌나?"

"양다리 씨는 사양이네요. 안녕히 가세요."

그를 조금 더 밀어 낸 수진은 삐친 척하며 물러섰다.

"얼른 자고 일어나서 또 보자."

"생각해 보고요."

수진의 토라진 말에 웃음으로 대답한 한수는 먼저 몸을 돌렸다. 더 지체했다가는 정말 수진을 집에 들여보내지 않을 것 같아서였다. 끝까지 그녀를 돌아보지 않은 한수는 집으로 돌아오는 내내 몇 번이나 혼자 웃었다.

♣

수진은 은미와 일행을 보고 당황했다.

"여기선 우 대리님이 아니라 수진 선배라고 할게요."

"그, 그래. 그건 상관없는데."

"여긴 제 친구, 진욱이. 그 남자 사람 친구라고 해야 하나요? 그런 애고 여기는 이 남자 사람 친구의 선배죠."

"배건형입니다."

"아, 네. 우수진입니다."

은미는 수진의 손을 잡고 남자 둘을 소개해 주었다. 얼결에 인사를 하고서야 뭐가 뭔지 알게 되었다. 은미가 남자를 찾아보겠다고 했던 말은 그냥 한 말이 아니었다. 오늘 예쁘게 입고 나오라고 했던 것도 이런 일을 위해서였던 것이다. 수진은 은미도 나름 애를 쓴 것이니 무안하지 않게 맞춰 주고 싶었다.

"은미가 말씀을 안 드려서 당황하셨죠? 그냥 대학 때 미팅했던 것처럼 생각해 주시면 좋겠습니다. 남자 사람 친구로 말이죠."

수진이 당황스러움을 다 감추지 못하자 건형이 편안하게 말해 주었다. 수진이 고개를 끄덕이는 것으로 네 사람은 일정을 시작했다. 은미와 약속했던 것처럼 점심을 먼저 먹고 영화를 보기로 했다. 살짝 소란스럽게 느껴지는 음식점에 들어가 의외로 즐겁게 식사도 하고 대화도 나눌 수 있었다.

은미의 발랄한 성격에 맞춰 진욱이 반응했고 다정다감한 성격의 건형이 이런저런 말로 대화를 이끌어 나갔다. 수진은 은미가 있어서 회사 사람들을 대하듯 행동했다. 시간은 지루하지 않아서 금방 지나갔고 계획대로 영화를 봤다.

"자, 이제는 두 팀으로 나뉩니다. 각 팀이 알아서 돌아가시기 바랍니다."

영화가 끝나고 나오자마자 듣게 된 은미의 인사에 수진은 함께 돌아가려던 계획을 접어야만 했다. 진욱이라는 남자와 남자 사람 친구라더니 은미는 그 친구의 팔짱을 끼고 돌아서 가 버렸다. 남겨진 수진은 어떻게 해야 할지 고민하느라 건형을 올려다봤다.

"저녁 약속 있습니까?"

"없는데요."

있다고 할 걸 그랬나? 한수와 미리 약속해 둘 것을. 후회했지만 이미 늦었다. 수진은 금방 둘러댈 말을 해내지 못한 자신이 한심했다.

"그럼 저녁 먹고 들어가시죠. 여기서 조금 더 가면 공원이 있는데 꽤 괜찮습니다. 조용하고 걷기 좋은데 저녁 먹기 전에 한번 가 보시겠습니까?"

"네."

은미가 예쁘게 입고 나오라고 했지만 수진은 그동안 회사에 다니느라 뜸했던 가장 편안한 복장을 하고 나왔다. 다행인 것은 건형도 그녀처럼 편안한 복장이었다. 산책을 하기에 불편함이 없었다.

"어머!"

"마음에 드나요?"

갈대밭이 아름다운 색으로 물들어 바람에 흔들리며 사각거리는 소리를 냈다. 아빠. 아빠 손을 잡고 갈대밭을 거닐며 엄마의 빈자리를 메꾸려고 연인 놀이를 했던 추억이 떠올랐다.

"이렇게 갈대밭을 느껴 본 지도 정말 오랜만이에요."

아직 아빠를 혼자 추억하기에 힘이 들었다. 수진은 자신이 의식적이든 무의식적이든 아빠가 생각나는 곳을 멀리했다는 걸 깨달았다. 옆에 오늘 처음 본 사람이지만 누군가 있다는 사실이 위안이 되었다.

"산책을 좋아해서 저는 시간이 날 때마다 자주 오는 편입니다."

"혼자서요?"

"보통은 그렇죠. 오늘은 수진 씨가 있어서 혼자가 아닌 거죠. 고맙다고 해야겠죠?"

"제가 고마운 거죠. 이런 곳에서 산책할 생각을 아예 해 보지 못한 것 같아요. 뭐 하느라 그랬을까요?"

"오늘부터 할 수 있게 되었으면 그것으로 좋은 거죠."

"이렇게 가까이 이런 곳이 있었다는 게 신기해요."

"휴식을 얻으려고 꼭 거창한 계획을 짤 필요는 없죠."

"맞아요. 멋진 갈대밭은 딱 이 계절에만 볼 수 있는 건데 정말 잘됐어요."

바람에 흔들리는 갈대밭 사이를 계속 지나면서 두 사람은 소소한 대화를 나누게 되었다. 마음이 편안해 감상적이 되어서인지 몰라도 수진은 건형과 친한 친구처럼 계속 새로운 주제로 대화를 이어 나갔다. 그렇게 건형과 대화에 빠져 있는데 진동이 느껴졌다.

"받으셔도 됩니다."

전화가 왔다. 한수. 전화가 왔을 때에야 수진은 지금까지 현실과 다른 어딘가에 있었다는 걸 알았다. 한수의 전화로 정신을 차렸는데 잠시 현실을 잊었던 것이 마음에 걸려서 전화를 받지 않으려고 했다. 한수가 지금의 상황을 안다면 화를 낼 것 같아서였다. 게다가 건형을 두고 한수의 전화를 받기도 민망했다. 그런데 그녀가 전화기를 가방 안에 다시 넣는 걸 본 건형이 다정하게 말하고는 조금 떨어져 배려를 해 주었다.

"여보세요."

— 들어오는 중이야? 저녁 먹자.

"아, 저기, 저녁은 약속이……."

— 적당히 말하고 취소해. 너 보고 싶은 거 참으면서 여태 기다렸는데 저녁은 함께해야지.

"그게 좀, 알았어요."

— 은미 씨하고만 있는 거 아니야?

"어디서 만날까요?"

주저하지 말고 말할걸. 한수가 눈치를 챈 것 같아 서둘러 물었다.

— 설마, 남자 소개받았어?

"딱히, 꼭 그런 건 아니에요."

한수가 너무 정확하게 말해서 깜짝 놀랐다. 남자 사람 친구였다고 말한다고 이해해 줄 것 같지 않았다. 은미는 남자 사람 친구를 그녀에게 소개해 준 건 아니기 때문이다. 말은 그렇게 했지만 둘을 떼어 두는 순간 은미의 의도는 명확하게 드러났다. 다 알면서 모르는 척할 수도 없었고 대놓고 인정하기도 어려웠다.

오늘 하루 무난하게 보내고 다시 만나지 않으면 된다고 생각했다. 건형은 까다롭게 굴면서 헤어지지 않아도 될 만한 사람으로 보였기 때문이다. 그러나 그런 생각을 한수에게 다 전할 수는 없었다. 한수의 목소리는 이미 차갑고 날카로워져 있었다.

— 지금 당장에 달려와. 안 그럼 은미 씨 회사 생활 아주 힘들어져.

"네."

심각한 그녀의 표정에 앞서 걸으며 가끔 돌아보던 건형이 다가왔다. 서둘러 전화를 끊은 수진의 모습에 그도 어느 정도 눈치를 챈 것 같았다.

"저녁은 힘들 것 같네요. 먼저 약속했는데 죄송해요."

"남자 친구가 있었나 봅니다."

"네."

"은미는 모르는 거죠?"

"아직은요."

"가시죠."

건형은 실망스러운 표정을 감추지 않고 수진을 버스 정류장까지 데려다주었다. 어떻게 말해야 할까 고민했던 수진은 미리 알고 배려해 주는 건형 때문에 더 미안했다.

다른 말을 할 필요 없이 그와 헤어진 수진은 버스를 탄 후에 어디로 가야 하는 건지 모르고 있다는 사실을 깨달았다. 서둘러 끊느라고 어디로 가야 하는지 한수에게 묻지 않았던 것이다. 무서웠지만 다시 전화를 했다.

— 오는 중이야?

"어디로 가요?"

— 집으로.

"어느 집이요?"

— 당연히 당신 집이지. 내가 사는 곳은 알지도 못하면서.

그의 차를 타고 한 번 가 봤지만 혼자 가라면 갈 수 없었다. 사실 동네 이름도 모르기 때문이다. 안 그래도 그를 날카롭게 만들었는데 다시 그를 건드리는 실수를 한 셈이었다.

"주소 말해 주면 찾아갈게요."

— 지금 그 말 때문에 더 불안해. 나한테 얼마나 미안한 짓을 했기에 그래?

"그런 일 안 했어요. 그냥……."

— 택시 타고 와.

"네."

타고 가던 버스에서 내려 택시를 탔다. 수진은 그가 말해 준 주소대로 가면서 그에게 얼마나 혼이 날지 걱정했다. 갈대밭에서 감상에 젖은 동안 건형과 친밀감을 느낀 것이 마음에 걸렸다. 처음부터 편안하게 대해 주던 그의 분위기에 끌려 들어갔던 것도 깨달아 죄책감이 들었다. 자신이 남자와 그런 곳을 그렇게 편안하게 걸을 수 있을 것이라곤 생각지 못했다. 아빠에 대한 추억까지 더해져 분위기에 휩쓸린 거겠지.

"나와 있었어요?"

택시에서 내리자마자 마치 오는 걸 보고 있었던 사람처럼 한수가 나타났다. 수진은 마음의 준비도 안 했는데 그가 나타나 떨렸다. 평소보다 더 인상을 쓰고 있는 걸 보니 쉽게 풀릴 것 같지 않았다.

"이러고 나갔어?"

"이상해요?"

치마도 아니고 몸매를 드러낸 옷도 아니었다. 뭐가 마음에 안 드는 걸까?

"화도 못 내겠네."

한수는 복잡한 얼굴을 하더니 휙 하고 그녀 앞에서 몸을 돌렸다. 수진은 성큼 걸어가는 그를 급히 따라갔다.

"잠깐 집에 들어갔다가 나올 거야. 너, 이상한 생각 하지 마. 오해도 하지 말고."

"네."

빠르게 걷다가 갑자기 멈춰 고개를 돌린 그는 죽 쏟아 내듯 말하더니 다시 걷기 시작했다. 집에 들어갔다가 나올 거라고? 오해하지 말고, 이상한 생각도 하지 말고. 다시 그의 말을 떠올린 수진은 왜 그가 그런 말을 했는지 나름대로 이해했다. 집에서 가지고 나올 것이 있나 보다. 그렇게 생각했다. 잠깐 들어갔다가 나온다니까.

한수의 뒤를 따라 아파트 안으로 들어갔다.

"들어와."

현관문을 열고 그가 잠깐 멈췄다. 수진은 그냥 들어갈 줄 알았는데 그가 멈춰 당황했다. 이미 아래층에서 말했는데 들어오라고 또 말하는 게 이상했지만 그냥 고개를 끄덕이며 대답하고 그가 열어 준 문 안으로 들어갔다. 신을 벗고 안으로 들어서는데 한수의 기척이 느껴지지 않았다. 돌아보니 한수가 문을 닫고 그 자리에 서서 움직이지 않고 있었다.

"들어가지 말아요?"

가지고 갈 물건이 현관에 있는 걸까? 수진은 거실로 들어가다가 얼른 몸을 돌려 현관 쪽으로 나가며 물었다.

"아니. 거기 그대로 서 있어."

"네?"

이상한 말에 일단 섰는데 한수의 표정이 이상했다. 화가 난 것 같기도 하고 아닌 것 같기도 하다. 긴장했나? 왜? 아니겠지. 그가 긴장할 이유가 없는데. 이상한 생각이라 여기며 수진이 그가 들어오길 기다렸다. 한수는 천천히 신을 벗고 들어와 그녀에게 다가왔다.

"안아 주고 싶어서 여기로 데려왔는데 어쩌지?"

수진은 그때서야 왜 한수가 이상하게 구는 건지 알았다. 억지로 긴장을 풀고 있던 수진은 바로 긴장감을 가지려고 했지만 한수가 조금 빨랐다. 수진의 허리를 두 팔로 감아 마주하게 안아 올렸다.

"지금 막 졸업한 어린 학생처럼 하고서 내가 아닌 다른 남자를 만나러 나가다니 혼나야 해."

"몰랐어요. 나가 보니까 와 있었어요."

이런 모습을 좋아하는 걸까? 수진은 한수의 말에 가슴이 두근거렸다. 마음에 안 드는 줄 알았는데 아닌가 보다.

"하루 종일 보고 싶은 걸 꾹꾹 누르고 있던 날 배신한 거야."

한수는 수진을 처음 만났을 때가 생각났다. 아이처럼 순진한 모습의 수진이 예뻤다. 아까 전화를 할 때만 해도 잔뜩 화가 나서 오면 혼을 내 줄 생각이었는데 택시에서 내리는 수진의 모습에 가졌던 생각을 모두 잊어버렸다.

집으로 오라고는 했지만 그건 화를 내고 있다는 표시였지 그녀를 집 안으로 데려올 생각은 없었다. 그리 좋은 생각이 아니라는 걸 알고 있었기 때문이다. 그러나 수진의 모습에 무작정 집으로 그녀를 데려온 지금 그는 후회와 유혹 사이에서 방황하고 있었다.

"미안해요."

수진은 가까이 다가온 한수의 입술에 먼저 키스했다. 어젯밤의 키스를 기억해 낸 건 키스를 한 직후였다. 지난밤의 열정이 고스란히 남아 오늘로 이어질 줄 몰랐다. 첫 키스는 특별하기 때문이라고 이해했던 수진은 그 특별했던 열정이 다시 시작되는 것에 놀랐다. 정신없이 그의 열정에 녹아들었던 지난밤과 달리 지금은 언뜻언뜻 두려움을 느꼈다.

"한수 씨."

그치지 않고 이어지는 키스를 겨우 밀어 내며 한수 품에 얼굴을 묻었다. 도망칠 곳이 그곳뿐이었다.

"그러게 왜 한눈을 팔아서 일을 이렇게 만들어?"

한수는 어렵게 욕망을 밀어 내며 투덜거렸다. 그의 품에 숨은 수진의 머리를 쓰다듬어 주었다. 그러나 그것도 금방 멈추었다. 수진의 여린 떨림이 품 안에서 느껴질 때마다 본능이 자꾸만 깨어나서 어쩔 수 없이 수진을 품에서 떼어 내야만 했기 때문이다.

"이 근처에 산책할 만한 곳 없어요?"

"있어. 가자."

적당한 화제 전환과 함께 구실이 생겨 둘은 얼른 집에서 나왔다. 엘리베이터에 다시 탔을 때 한수는 수진의 손을 잡았다. 수진은 한수가 손을 잡아 주자 휘몰아치던 폭풍에서 나온 듯한 기분이 들었다. 두 사람은 함께 작은 공원을 걸었다.

"그 남자하고 산책했어?"

"어머, 그걸 어떻게 알았어요?"

"갑자기 산책하자고 말해서 찍어 봤어. 어딜 얼마나 걸었는데?"

"별로 기억이 안 나요. 한수 씨하고 지금 걷고 있는데 생각날 리가 없잖아요."

"이런 말도 할 줄 알았어?"

"뭐, 사실이니까."

한수는 소리 내서 웃으며 그녀를 품에 안았다 놓아주었다.

"사귀기만 하면 다른 걱정은 할 게 없는 줄 알았는데 이런 일도 생기는군. 앞으로 다방면으로 감시도 잘하고 주변 경계도 철저히 해야겠어. 한시도 마음을 놓아서는 안 되는 거라는 걸 오늘 크게 깨달았거든."

"솔직히 저도 깜짝 놀랐어요. 분위기라는 게 위험하긴 한 것 같아요."

"……진짜 무슨 일이 있기는 했던 거야?"

"아, 아니에요. 그게 아니라, 그런 거 아니에요."

바보. 잘 해결되고 있는데 왜 쓸데없는 말을 꺼내서 또 한수의 심기를 건드렸는지 모르겠다.

"갈대밭 때문이에요. 아빠하고 즐겁게 걸었던 갈대밭에 가게 되었거든요. 기대하지도 생각지도 못한 곳이어서 마음이 이상해졌었어요. 그게 다예요. 그 사람 때문에 뭐가 흔들렸던 게 아니라 아빠에 대한 추억에 흔들렸어요."

인한 때문에 힘들게 했는데 또 다른 사람으로 그를 힘들게 한다는 생각이 들어 미안했다.

"됐어. 그만해. 널 못 믿는 거 아니야. 괜히 널 못 본 하루가 속상해서 심술부린 거야. 앞으로 그런 좋은 곳에 자주 데려가 줄게."

한수는 수진의 손에 입을 맞추었다. 부끄러워서 빼내려는 그녀를 무시하고 몇 번이나 입을 맞추었다. 정직한 그녀였기에 아주 작은 흔들림도 미안해하는 것이다.

"이거 못 하게 하면 입술에 할 거야. 그래도 좋다면 나야 더 좋지 뭐."

눈을 흘기며 손에 힘을 뺀 수진은 웃는 그의 옆구리에 바짝 안겨 붉게 노을 지는 하늘을 올려다보았다. 아빠. 시린 이름. 갈대밭에서부터 이어지던 아빠 생각을 수진은 한수의 품에서 노을 지는 하늘에 흘려보냈다.

"배고파요."

"그래. 밥 먹자. 그거라도 먹어야지 안 되겠다."

"꼭 그렇게 겁을 줘야 해요?"

"미성년자 얼굴을 하고서 19금 농담을 이해하면 안 되는 거 아니야?"

"한수 씨만 그렇게 보는 거예요."

"진짜 그랬으면 좋겠다."

한수는 어두워진 하늘을 핑계 삼아 얼른 수진의 볼에 뽀뽀를 하고 집 근처 식당으로 향했다.

♣

한수는 한명과 한참을 노려봤다. 형수님의 생일이라면서 밥이나 같이 먹자는 말에 거절하지 않고 달려왔더니 주희가 아버지 옆에 앉아 활짝 웃고 있었다. 그날 더 이상의 만남은 원치 않는다고 분명하게 말한 걸 마치 들은 적 없는 얼굴을 하고 있었다.

"그냥 밥 먹고 가. 아이들도 있으니 제발 조용히 끝났으면 좋겠다."

한찬이 한수를 따로 불러 조용히 부탁했다. 사실 부탁보다는 명령에 가까운 말투였다. 웬만하면 그도 이런 소리를 하지 않을 것이다. 한찬의 말처럼 아이들이 아무것도 모르고 앉아 있었기 때문에 불화를 보여 주기 싫었다.

한수는 노여움을 누르느라 눈을 잠시 감았다. 자신과 아버지 사이의 불화가 온 가족에게 퍼져 힘들게 되는 일은 바라지 않았다. 하지만 교활한 계획임은 분명했다.

"이런 식으로 저를 자극해서 뭘 얻으시려는 건지 모르겠습니다. 저를 계속 괴롭히는 게 취미이며 생의 목적이 분명합니다. 억지로 입 닫치고 앉아서 달라지는 건 하나도 없습니다."

"알아. 나도 다 아니까 조용히 있다가 가라."

한찬도 몰랐던 일이다. 그도 아버지가 원망스러웠다. 주희를 데려온 건 아버지의 실수라는 것도 인정했다. 한수에 대한 아버지의 마음이 그마저도 오늘은 의심스러울 지경이었다.

수진을 좋아하는 한수의 마음을 아는 한찬과 한명은 아버지와 한수의 아슬아슬한 상황이 더욱 불안했다. 한수를 겨우 달래서 자리에 앉힌 한찬은 한숨으로 어려움을 털고 가족 만찬을 이끌었다.

"다들 이렇게 가족을 이루고 자식들을 낳고 사니 보기가 좋구나. 한수도 얼른 가정을 이뤄서 자식을 봐야지."

한수에 대해 말하면서 옆에 앉은 주희의 손을 잡고 흐뭇하게 미소 짓는 아버지를 한찬과 한명은 불안하게 바라보았다. 한수가 제발 반응하지 않고 참고 넘기길 바랐다.

"약혼식은 언제가 좋을 것 같으냐? 약혼은 생략하고 싶지만 그래도 사람들에게 널리 알리려면 약혼을 거치는 것이 좋겠지?"

의견을 묻는 것이 아님을 모두가 알고 있었다. 한수는 그때까지는 잘 참아 냈다. 한 번도 아버지 얼굴을 마주 보지 않고 옆에 앉은 조카들과 가끔 대화하면서 잘 넘기고 있었다. 그러나 약혼이란 단어에 한수의 얼굴이 눈에 띄게 일그러졌다.

"오늘 할 말씀은 아닌 것 같습니다. 다음에 따로 말씀하시죠."

참다못한 한찬이 아버지를 말렸다. 눈치가 있으면 제발 그만하시라는 눈빛도 함께 보냈다.

"이렇게 다 모였을 때 할 말이지 따로 할 말은 아니야. 달리 원하는 날이 없으면 내가 정해서 준비를 하마."

"그만 일어나겠습니다."

드디어 한수가 터졌다. 한찬과 한명은 말릴 명분이 없었다. 그들이 생각해도 아버지가 너무하시기 때문이다. 자리에서 일어선 한수는 그날 처음으로 아버지를 똑바로 쳐다봤다.

"밥 먹다 말고 어딜 가겠다는 거냐?"

"다 먹었습니다."

한수는 자리에서 나와 문 쪽으로 걸었다.

"부모 없이 자라서 험하게 살던 여자하고는 안 된다. 생각도 하지 마라. 그 여직원은 분수에 맞게 살도록 물러나. 험한 꼴 서로 보지 말고 좋게 해결하자."

추 회장의 말에 한수가 멈추었다. 돌아서지 않은 건지 못한 건

219

지 그는 멈추어 선 채로 그대로 있었다. 보다 못한 한찬이 자리에서 일어섰다.

"아버지 무슨 말씀을 하시는 겁니까?"

"시끄러워. 너흰 나서지 마라. 앞으로 한수의 일은 참견하지 마."

한찬과 한명은 아버지가 수진에 대해 알고 있다는 사실에 놀랐다. 그것도 모자라 수진에 대해 조사까지 해서 적극적으로 반대를 하고 계시니 앞으로 한수와는 더욱 멀어질 것 같았다.

한찬과 한명의 걱정과는 달리 추 회장은 두 형제에게 섭섭해하는 중이었다. 한수가 친동생이 아니라고 아무 여자하고 사귀도록 두는 것도 모자라 둘이 회사에서 함께 있을 수 있게 도와주기까지 했다는 사실에 화가 나 있었다. 더는 두고 볼 수 없어서 그가 적극 나서리라 결심한 이유였다.

나이 차이가 많이 나서 형제들 사이가 좋다고 생각했는데 한수가 두 형들에게 따돌림을 당하고 있는 거라고 생각되어 더 신경이 쓰였다. 엄마가 달라 배척받을 수 있다는 불안을 확인하는 것 같아 힘들었다.

"회장님, 저도 일어나겠습니다."

주희가 예의 바른 미소를 지으며 자리에서 일어섰다. 그녀로서도 앉아 있기 힘든 자리였다. 한찬과 한명은 잘 모르고 아버지와 함께 온 주희에게 미안했다. 주희는 처음 들어오자마자 오늘 무슨일이 있느냐고 물었다. 아버지는 주희에게 그냥 저녁 먹는 거니까 신경 쓰지 말라고 하셨다. 식구들이 차츰 자리를 차지하고 앉았을 때에야 눈치를 챈 주희는 일어나려고 몇 번이나 노력했지만 그때마다 아버지가 그녀를 눌러 앉혔던 것이다.

"한수 네가 데려다줘라. 아무것도 모르고 나한테 끌려온 거니까 잘 대해 줘."

"데려오신 분이 책임을 지셔야 하는 거 아닙니까?"

겨우 몸을 돌린 한수의 말에 추 회장의 얼굴이 딱딱하게 굳었다. 한수의 입에서는 대체 언제나 되어야 아버지란 말을 정식으로 들을 수 있는 걸까? 화가 나서라도 아버지라고 말하길 기다렸지만 아직도 한수에게선 아버지란 소리를 듣지 못했다. 대체 어디서부터 어떻게 어긋난 건지.

"난 분명히 말했다 서로 험한 꼴 보지 말고 좋게 지내자고. 그 아이가 손바닥만 한 원룸에서라도 탈 없이 살게 하고 싶으면 잘하는 게 좋아."

"아버지 그만하세요. 왜 이러십니까?"

한찬이 한수 대신에 터트렸다. 그래야 했다. 한수가 터지면 그동안 가족 모두가 들였던 노력이 물거품이 되어 버리니까. 한수에게 선수를 빼앗기지 않으려고 벌떡 일어나는 바람에 의자가 뒤로 넘어져 큰 소리가 났다.

"한수 너는 먼저 가, 주희 양은 내가 책임지고 데려다줄 테니까."

한수는 한찬의 말이 다 끝나기도 전에 문을 열고 나갔다. 추 회장은 한수가 나가고 나서야 긴 한숨을 쉬며 혀를 찼다. 명치끝이 콕콕 쑤시는 아들이었다. 열세 살이 되도록 있는지도 몰랐던 아들. 고생고생하며 제대로 먹지도 입지도 못하고 자란 아픈 아들이었다. 그마저도 한수 엄마가 아프지 않았다면 끝까지 모를 뻔했던 아들이었다.

그런 의미로 그는 한수 엄마를 많이 원망했다. 그가 한수를 내칠 것도 아닌데 왜 감추고 말도 없이 혼자 키웠는지 화가 났다. 잘 키우기나 했으면 그나마 참을 수 있는데 그렇지 못해 더 힘들었다. 처음 보자마자 한수에게 끌려 들어가 버렸다. 자신과 너무나 닮아 더 사무치는 아들이었다.

"이만 가 보겠습니다. 실례가 많았습니다."

주희는 인사를 하고 한찬이 마련해 준 차를 탔다. 오늘 모임에서 아슬아슬한 분위기를 확인했다. 한수와 추 회장은 뭔가 사연이 있는 부자지간이란 걸 알았다. 그리고 추 회장이 한수를 보기와 달리 많이 아끼고 있다는 것도 알 수 있었다. 한찬과 한명과는 다른 깊고 큰 애정이 한수에게 있었다. 그건 좋은 일이었다. 우수진. 하필 큰아버지의 딸이었다니. 어쩐지 낯이 익더라니. 아무도 수진과의 관계를 모를 때 일을 빨리 마무리 지을 필요가 있었다.

"간도 크게 남의 남자를 넘보고 있으니 말도 안 돼요."

집으로 돌아오자마자 주희는 아빠에게 투덜거렸다.

"그 아이가 뭘 할 수는 없어. 그러게 두지도 않을 거고. 그냥 고아 여직원으로 알고 있을 때 해결해. 우리와의 관계가 알려져서 좋을 거 없어."

수진이 대학까지 마치고 안정된 직장 생활까지 하게 될 줄은 몰랐다. 혹시나 나중에 닥치게 될 책임을 회피하려고 고등학교를 겨우 마칠 수 있게 했는데 그게 밑거름이 되었다면 그의 판단 착오였다.

눈치도 없고 순수해서 상황이 그렇게나 뻔하게 돌아가는데도 수진은 끝까지 반항하지 않았다. 어려서 아버지를 잃은 탓이겠지. 회사에 찾아왔을 때 겁을 준 것도 효과가 있다고 생각했다. 오랜 시간 죽은 듯이 나타나지 않고 지냈으니까. 그런데 갑자기 나타나 최고의 걸림돌이 되고 있으니 알다가도 모를 일이었다. 알고 한 일은 아닐 것이다. 미래를 아는 능력이 있는 것이 아니고서야 그럴 수는 없으니까. 악연 같은 것이겠지.

이길 수밖에 없는 악연. 그는 수진이 인한이라는 부랑자 같은 남자를 만나서 그의 집에서 먹고 자고 하다가 오늘의 여기까지 왔다는 걸 알아냈다. 수진의 약점이며 최고의 카드를 쥐었기 때문에 한수를 빼앗기는 일은 없을 것이다. 그러나 충격처럼 나타난 수진의 등장은 앞으로의 일도 조바심 나게 만들었다. 주희에겐 아무렇지도 않은 척하고 있지만 어쩔 수 없는 불안이 저 아래에서 조금씩 올라오고 있었다.

"그건 그래요. 알려져 봐야 복잡해지고 창피하니까."

아빠가 큰아버지의 회사를 물려받은 건 사실이니까. 합법적으로 아빠의 회사로 만들었다니까 걱정하지는 않지만 그래도 큰아버지가 회사를 만든 사실이 사라지는 건 아니었다. 이래저래 파헤치면 말만 퍼지게 되어 있었다.

"끝까지 모르는 척해. 그쪽에서 아는 척해도 발을 빼라."

수진이 형의 자식이라는 사실이 알려져서 좋을 건 없었다. 아직 회사에 남아 있는 형의 사람들이 그 사실을 알면 흔들릴 수도 있었다. 철저하게 수진을 드러나지 않게 해야 한다.

"알았어요. 그나저나 추 회장님이 한수 씨를 엄청나게 아껴요."

"막내잖아. 잃어버렸다가 찾았다고 하더라. 그래서 더 애틋해 하고 나이도 많이 드셨으니까."

"약혼 발표 곧 하실 것 같아요."

"그래? 준비해 둬야겠군."

"회장님에 대한 반항이 아직도 있는지 한수 씨는 추 회장님이 뭐라고 하면 굉장히 싫어해요."

"어린 시절을 떨어져서 지냈잖아. 고생을 꽤나 했다고 하더라. 회장님은 죄책감에서 그렇고 아들은 불행에 대한 분노겠지. 어찌 되었든 추 과장은 미래가 있는 사람이다. 지금 당장 회사를 차지 하지는 못해도 그 영향력은 회장님을 통해 행사될 수 있으니 걱 정 없어. 결혼만 성공해."

"곧 회장님에게 숙이고 들어오겠죠?"

며칠 전 한수는 어렵게 마련한 저녁 자리에서 자신과 사귈 생 각 없다고 말했다. 충격이었지만 추 회장의 강력한 지지가 있어서 자연스럽게 넘길 수 있었다. 오늘 보니 자신이 싫어서라기보다 추 회장님에 대한 반항심이 더 큰 것처럼 보였다. 앞으로 추 회장님 이 나서는 게 그리 도움이 될 것 같지 않았다.

어떻게든 결혼하기만 하면 자신을 거절하는 문제는 해결될 수 있을 것이다. 결혼해 버리고 나면 괜한 반항이 필요 없을 테니까. 혹시라도 수진과 사이가 깊다고 해도 걱정하지 않았다. 수진에 대해서도 곧 해결될 것이라 확신했다. 다른 남자와 동거하던 여자라는 걸 알면 바로 돌아설 테니까. 뭐든 긍정적으로 해결될 답이 있어서 마음이 편안해졌다.

"아빠, 회사는 문제없는 거죠?"

"네가 신경 쓸 일이 아니야."

우천서는 주희와의 대화를 솟아오르는 불안과 함께 강제 종료시켰다.

8
연인이란?

한수에 대한 달라진 마음과 진전된 그와의 관계로 인해 수진은 그와 한 사무실 안에서 일을 해야 한다는 생각에 조금 긴장했다. 월요일이 다른 월요일과는 완전히 다르게 느껴졌다. 처음 느끼는 월요일에 살짝 흥분한 수진은 한수가 오길 기다렸다.

"좋은 아침이에요."

들어서는 한수에게 뭐라고 해야 할지 망설여졌지만 최대한 침착하게 인사를 했다. 그런데 고개를 끄덕이며 자리에 가서 앉는 한수가 다르게 느껴졌다. 뭔가 특별한 반응을 바란 건 아니지만 지금처럼 꾹 눌린 감정을 느끼게 될 줄은 몰랐다.

무슨 일이 있었던 걸까? 일요일에 그가 약속이 있다면서 소풍을 취소하고 점심 전에 만나 평범한 데이트를 했다. 밥을 먹고 차를 마시며 시간을 보냈다. 흐린 날이라 어차피 소풍은 할 수 없다는 걸 다행으로 여겼다. 저녁 약속에 가야 한다면서 아쉬운 한숨을 쉬며 헤어졌었는데.

저녁에 누구와 무슨 약속이었을까? 별일 아닐 거야. 괜한 상상하면 안 돼. 무슨 일이 있었다는 생각을 물리치자 다른 생각이 들었다. 회사에서는 가급적 감정을 드러내지 않아야 할지도 모른다는 생각. 그걸 한수가 몸소 실천해서 알려 주고 있는 건지도 모른다. 수진은 마음으로 고개를 끄덕인 후 한수의 무거운 얼굴을 생각하지 않으려고 했다.

"어디 안 좋으세요?"

수진은 묵직한 분위기를 계속 이해하며 받아들이기 힘들었다. 한두 시간 소리 없이 일만 하는데 그의 상태가 조금도 나아지지 않았다. 뭔가 이상한데 물어보는 건 할 수 있지 않을까? 결국 수진이 그에게 먼저 말을 걸 수밖에 없었다.

"아니. 일이 많아서. 걱정하지 마."

한수의 대답은 그녀를 직원으로 대한 것이 아니었다. 그래서 그의 대답이 수진을 더 긴장하게 만들었다. 말할 수 없는 뭔가가 있는 것 같은 그의 표정 때문에 질문 전보다 더 많은 무게를 느끼게 되었다. 수진은 더 물어보고 싶은 걸 꾹 참고 입을 다물었다.

"점심 식사 하세요."

결국 점심시간까지 답답한 공기가 이어졌다. 이번에도 수진이 먼저 자리에서 일어서며 한수에게 말을 했다.

"아, 먼저 가서 먹어. 난 약속이 있어서 나가 봐야 해."

"네."

그녀를 보지도 않고 대답한 한수의 모습에 기운이 빠진 수진은 평소와 달리 점심시간이 되기도 전에 사무실을 나왔다. 자리에서 일어선 김에 그대로 나온 것이다. 아주 조금이지만 일찍 나온 탓에 은미를 만나지 못했다. 혼자라도 식당에 가려다가 복도 구석에서 은미를 기다렸다.

"어머, 먼저 나와 계셨네요."

"과장님 약속 있다고 하셔서 얼른 먼저 나왔지."

"저, 그날 어떻게 됐어요?"

"그날? 아, 건형 씨?"

한수 때문에 수진은 은미가 소개해 준 건형을 잠깐 잊고 있었다. 은미를 만나면 어떻게 말해야 할지 생각이라도 해 뒀어야 했는데 아무런 준비 없이 질문을 받아 당황스러웠다.

"둘이 뭐 했어요? 미리 말 안 했다고 화나신 건 아니죠?"

"화는 안 났는데 당황은 했지. 깜짝 놀랐어."

건형과의 만남 때문에 한수와 키스하게 된 건지도 모른다. 애써 사무실에 있을 한수를 잊으려고 했는데 다시 생각이 났다. 무슨 일이 있는 것 같은데 말을 해 주지 않으니 짐작할 수도 없어 답답했다.

"자연스럽게 만나는 게 좋을 것 같아서 그랬어요. 싫어도 별 부담 느끼지 마시라고."

"생각해 줘서 고마워."

"별로예요?"

"뭐가? 건형 씨? 좋은 사람이지."

한수를 잠깐 잊을 만큼 다정하고 친근했던 사람이다.

"에이, 틀렸구나. 그래도 그만하면 꽤 괜찮다고 생각했는데."

"괜찮아. 은미 씨 눈 높아. 인연이 아닌 거야. 다른 이유 없어."

"알았어요. 밥이나 맛있게 먹어요."

"그래."

은미에게 사귀는 사람이 있다고 말을 할 수 없어 건형을 거절하는 게 어려웠다. 은미는 분명 누군지 궁금해할 것이고 눈치가 빨라서 금방 들킬 수도 있었다. 그나저나 들킬 만큼 사귀게 될지도 걱정이다. 지금 한수와 이상한 상태여서 사귀는 중이 맞는 건지 그녀도 인정하기 두려웠기 때문이다.

"어떤 남자 좋아하세요?"

은미는 테이블에 앉아 밥 한술 입에 넣더니 슬며시 수진의 눈치를 보며 말했다.

"왜 또 소개해 주려고?"

"있으면. 서로 상부상조하는 거죠. 대리님도 저한테 어울릴 만한 남자 있으면 소개해 주시는 그런 돈독한 관계를 형성해야죠."

"그런가? 은미 씨는 어떤 남자가 좋은데?"

"당근 추 과장님 같은 남자죠. 카리스마 있고 멋진 그런 남자."

"너무 애매한 거 아니야? 추 과장님 같은 남자는 딱 추 과장님 뿐일 것 같은데. 키 크고 깐깐해 보이는 입매에……. 그러니까 티나지 않게 살짝 휘어진 콧대하고……. 그게, 밥 먹을 때 숟가락을 국그릇에 넣어 두고 젓가락은 항상 손에서 손으로 옮기면서 먹는 사람."

인한. 그 입매. 눈은 머리카락으로 가려져 보이지 않는다고 해도 코와 입은 바로 그 사람이야. 똑같아. 밥 먹을 때 버릇까지 그렇게 똑같을 수가 있을까?

"대리님? 우 대리님!"

"어? 아, 미안 잠깐 생각을 하느라고."

"무슨 생각을 하셨는데 그렇게 놀란 얼굴을 하셨어요?"

"똑같이 닮은 사람이 생각나서."

"누구하고요? 추 과장님하고 똑같이 생긴 사람이 또 있어요? 그 공격적으로 느껴지는 걸음걸이하며 주머니에 손을 넣은 모습이 좀 건방져 보이는 멋진 사람이 또 있어요?"

"그렇지? 그 걸음걸이. 서 있는 모습. 대체 나는 왜 몰랐지?"

왜 몰랐지? 매번 한수가 걸어오는 모습에서 인한을 느꼈는데 인정하지 못했고 인정할 수도 없었다. 서 있는 모습까지도 똑같은데 그저 인한을 떠올리게 하는 것으로 생각해서 힘만 들었다.

그가 인한일 수도 있는 걸까? 말도 안 돼. 그래. 말도 안 된다는 생각 때문에 그렇게나 똑같은 곳이 많은데도 인정할 수 없었어. 그런 생각조차도 어리석다고 여겼던 거야.

"대리님 이상해요."

"아, 미안. 지금 너무 헷갈려서. 믿을 수 없기도 하고. 그럴 리가 없지. 그럴 수는 없는 거야. 자기가 자기한테 이놈 저놈이라고 말할 수도 있나?"

아니야. 모르겠어. 그가 인한이라면 왜 아닌 것처럼 행동하는 걸까? 인한을 좋아한다고 말했을 때 왜 알은체하지 않았을까? 그렇게나 사귀자고 졸라 댔던 사람인데 인한을 좋아하는 마음을 알면 바로 정체를 드러냈어야 하지 않을까? 모르겠어. 어떻게 생각해야 하는 거야?

"있을 수도 있죠. 우리도 스스로에게 못난 것, 미친 것, 이러면서 비하하기도 하잖아요."

"그런가? 그럴 수도 있겠지?"

"왜요? 누가 그랬어요?"

"응. 옛날에 했던 일을 마치 자기가 한 일이 아닌 것처럼, 딴사람 말하듯이 욕도 하고 그러더라고."

"에이, 부끄러워서 그런 거다."

"부끄러워?"

"과거의 자기를 들키고 싶지 않은 거죠. 감추고 싶은 건 부끄러워서 그런 거 아닐까요? 과거를 잊고 싶어서. 새로 시작하고 싶은데 과거를 기억하는 사람이 있으면 좀 그러니까. 저도 만약에 남자를 새로 만나게 되면 과거에 사귀었던 남자에 대해 감추고 싶을 거예요."

"그렇구나. 정말 그럴 수도 있겠구나."

"대리님, 지금 김치 흘렸어요. 식사는 하셔야죠."

"그래. 그렇지. 은미 씨는 어쩜 이렇게 현명한 거야? 은미 씨는 하늘이 나한테 보내 준 사람 같아."

"에이, 뭘 또 그렇게까지. 제가 좀 센스가 있기는 하지만 그 정도는 아닌데."

"아니야. 은미 씨는 내 어리석은 생각을 매번 정리해 줘. 아주 간단하고 깔끔하게."

"오, 그럼 한턱내실래요?"

"그럴까? 뭐든 말해."

"우와, 좋은 쿠폰 하나 얻은 기분이에요. 오늘 약속 잊지 마세요."

"알았어."

수진은 밥을 어디로 집어넣었는지 기억나지 않았다. 은미와 기억나지 않는 잡담을 하다 보니 밥을 다 먹었고, 또 잡담을 하다 보니 점심시간이 다 지나갔다. 그동안 수진의 머릿속엔 한수와 인한으로 가득 차 있었다. 그녀가 기억하는 인한과 한수를 꼼꼼히 비교할 때마다 놀라운 결과를 얻고 있었다.

믿어지지 않는 일인데 믿어야만 하는 증거가 자꾸만 나왔다. 사무실 안으로 들어가서 자리에 앉은 후에도 인한과 한수의 비교는 계속 되었다. 몇 번이나 반복하며 다시 시도하고 또 해 봐도 결과는 같았다. 아니야. 믿을 수가 없어. 아무리 똑같아도 믿어지지가 않아. 어떻게 해야 할지 모르겠어.

"멍청해."

인한을 기다리고 좋아하기까지 한다면서 어떻게 몰라볼 수가 있지? 백반집에 찾아갔을 때 과장님이 있었잖아. 거길 어떻게 알고 왔겠어?

"아닌가?"

울고불고 할 때도 말해 주지 않았잖아? 아니라서 그런 거 아닐까? 아니면 은미 씨 말대로 과거를 덮고 싶어서 그랬을까?

"아, 모르겠어."

이제 와서 한수를 인한으로 인정해야 하다니. 인한을 잊기로 하고 한수를 받아들인 건데. 어렵게 결정했는데 아무 소용없는 일이었다니. 앞으로 한수를 어떻게 대해야 할지도 난감했다. 그녀는 한수의 빈자리를 보며 차라리 오늘 그가 돌아오지 않기를 바라기까지 했다.

수진은 감당하기 어려운 생각과 뒤엉킨 감정에 빠져 일하기 어려웠다. 컴퓨터를 바라보며 손가락을 가끔 움직이고는 있지만 눈과 머릿속엔 일에 대한 어떤 것도 들어오지 않았다. 한수가 점심시간을 지나 한참이나 돌아오지 않고 있지만 그걸 깨닫지도 못하고 있었다.

"우수진 대리님."

"아, 네."

방황하던 수진을 정신 차리게 해 준 건 추 이사님의 비서였다. 좋지 않아. 뭔가 안 좋은 일이 생긴 걸까? 그제야 한수가 아직 돌아오지 않고 있다는 걸 깨달았다. 또 한수에 대한 걸 물으려는 걸지도.

수진은 비서를 따라 이사실로 갔다.

"어서 와요."

평소와 달리 추 이사의 표정이 복잡했다.

"추 과장 아직 안 돌아왔죠?"

"네."

"음. 뭐, 불편한 건 없습니까?"

"네?"

"부서를 이리저리 옮긴 탓에 적응이 어렵다거나 추 과장이 힘들게 해서 다니기 싫다거나 하는 걸 묻는 겁니다."

"저를 또 옮기시려고요?"

"아니. 뭐, 꼭 그렇다는 게 아니라 그냥 묻는 겁니다."

"무슨 일인지 알려 주셔야 제가 도움이 되는 방향으로, 자발적으로, 움직일 수 있지 않을까요?"

한수를 위해서 그녀가 할 수 있는 일이면 해 주고 싶은데 그전에 대체 무슨 일이 있는 건지는 알고 싶었다.

"아, 그게. 둘이 사귑니까?"

"잘 모르겠습니다."

"잘 몰라요?"

"네. 연인 사이라고 말하기엔 좀 부족한 것 같아서요."

두 번째로 같은 질문을 하게 되었다. 한수와 연인 사이인 걸까? 역시 같은 대답을 할 수밖에 없었다. 아직 잘 모르겠어.

"그럼 여유가 있을 수도 있겠군."

조용히 중얼거린 추 이사는 고개를 끄덕이며 잠시 생각에 잠겼다.

"부서를 옮기는 건 어떻게 생각합니까?"

"과장님 곁에 있으면 안 되는 이유가 생긴 건가요?"

"그게 나로서도 확신이 안 섭니다."

"무슨 일이 생긴 건가요?"

"결혼. 그게 문제입니다."

인한이 한수든 아니든 이 문제는 걸릴 수밖에 없있다. 주희. 가족들이 강력하게 원하는 상대가 분명하겠지. 자신이 아니라, 다른 누가 아니라 한수가 분명하게 처리해야 할 문제인 것 같은데. 하긴, 오늘 그의 애매한 태도를 보면 주희와 헤어지기를 기대하기는 어려웠다. 자신과의 문제를 떠나서 주희만은 결혼 대상이 되지 않기를 바랐는데 그것마저 기대할 수 없게 되었다.

"가족 모두가 나서서 챙겨 줘야 할 만큼 과장님은 아직 덜된 사람입니까?"

뭘 참견할 자격이 없어서 화가 난다. 말을 하면 할수록 자신은 결혼 대상에 거론조차 될 수 없다는 걸 싫어도 깨닫게 됐다. 고아에 가진 것 없는 여자라는 사실을 이런 순간에는 반드시 기억해야 했는데.

"……."

"덜된 분의 분위기를 봐서 알아서 하겠습니다. 지금 당장 나간다고 가족들 마음에 쏙 드는 결과가 나올 것 같지도 않으니까 좋은 때를 보고 움직이겠습니다. 한 가지 여쭙겠습니다. 제가 회사에 들어오고 여기까지 온 거 과장님이 원해서 그랬던 건가요?"

"딱 잘라서 아니라고 말할 수는 없습니다."

한수가 인한이다. 추 이사의 대답으로 움직일 수 없는 확신을 갖게 되었다. 그러나 기뻐할 수 없었다. 과거와 현재의 남자 모두를 잃어야 하니까.

"알겠습니다. 다른 말씀 더 없으시면 가 보겠습니다."

"앞으로는 한수의 문제로 우 대리 귀찮게 하지 않을 겁니다.

미안해요. 이번을 마지막이라고 생각하고 용서했으면 좋겠어요. 한수가 부탁하기는 했지만 능력도 없는 사람 뽑은 건 아니니까 그 문제도 오해 없기를 바랍니다."

"저한테 손해 보게 하신 일은 없습니다. 감사하게 생각합니다. 그렇지만 말씀처럼 이번이, 오늘이 마지막이었으면 좋겠습니다."

수진은 이사실을 나오자마자 느껴지는 현기증 때문에 잠깐 눈을 감았다가 떴다. 비서와 소리 없이 인사하고 사무실로 향하는 동안 몇 번이나 다른 곳으로 달아나고 싶은 걸 참았다.

"어디 갔다가 오는 거야?"

아무도 없을 줄 알았던 사무실에 한수가 돌아와 있었다. 자리에 앉지 않고 서 있던 그는 그녀를 보자마자 다가왔다.

"잠깐 일이 있어서요."

수진은 그가 다가오는 걸 못 본 체하고 자리에 가서 앉았다. 이젠 한수에게서 인한의 모습이 보이는 것이 아니라 한수가 인한으로 보였다. 단정하게 머리를 자르고 깔끔하게 차려입은 인한. 다가오는 그의 모습을 보며 인한과 똑같다는 걸 다시 확인했다.

"무슨 일인데?"

"과장님은 볼일 잘 보셨어요?"

그의 질문에 답하지 않고 도리어 질문했다. 한수의 약속이 주희와 관계된 것인지 알고 싶었다. 알아봐야 소용없는 일인데도 심술처럼 툭 튀어나왔다.

"별로."

그녀의 책상 앞에 서 있던 그가 몸을 돌려 자기 자리로 돌아갔다. 수진은 돌아선 한수의 등을 보며 손을 꽉 마주 잡았다. 주희와 관계된 일이 분명해.

아침처럼 사무실은 무겁게 가라앉았다. 달라진 것이라면 아침엔 수진이 가끔씩 한수의 눈치를 살피며 초조해했다면 지금은 한수가 수진의 눈치를 살피며 초조해하는 것이다. 수진이 점심시간을 기다리던 오전과 반대로 오후엔 한수가 퇴근 시간을 기다렸다.

"저녁엔……."

"아, 저는 은미 씨하고 저녁 먹기로 했어요. 제가 먼저 나가도 되겠죠?"

기다리던 퇴근 시간이 되어 먼저 말을 꺼낸 한수를 수진이 막았다. 당황한 한수를 무시하고 자리에서 일어선 수진은 미소 지은 얼굴로 허락을 구했다.

"나한테 말도 없이 약속을 정했어?"

"서로 개인적인 일은 모르는 게 당연한 거죠."

"점심 함께 안 해서 화난 거야?"

"다른 말씀 없으시면 먼저 나가겠습니다."

"우수진!"

"가 보겠습니다."

한수가 잡아 보려고 했지만 수진은 단호했다. 아니 화가 많이 난 것 같았다. 사라진 수진의 모습에 당황한 한수는 뭘 어쩌지 못하고 한참 자리에 서 있었다. 아버지가 수진에게 뭘 할지도 모른다는 불안 때문에 주희와의 약속을 거절하지 못했다.

하루 종일 머리가 복잡하고 마음이 진정되지 않았다. 아버지에 대한 분노와 수진에 대한 걱정이 뒤엉켜 침착할 수 없었다. 이대로 회사와 집을 뛰쳐나가면 그로선 간단히 해결할 수 있는 문제였다. 그러나 겨우 자리를 잡은 수진의 삶을 망치게 될 것 같아 그럴 수 없었다. 부모님을 잃고 세상에 버려진 수진이 이제야 겨우 안정된 삶을 살아가게 되었는데 그와 얽혀 다시 힘들고 불안한 삶을 살게 될까 봐 걱정이었다.

이렇게 지낼 수는 없어. 아버지는 주희와의 결혼을 포기하지 않을 것이다. 아버지와 관계를 개선하고자 했던 미약했던 의지조차도 모두 사라지고 있었다.

책상 앞에서 서성이던 한수는 결론 없는 생각에 시달리기를 포기하고 사무실을 나왔다.

한수에게 거짓말을 하고 회사를 나온 수진은 집으로 가기 싫어 다시 서점으로 갔다. 기대하는 건 아니지만 집으로 가면 한수를 만날 것만 같았다. 시간을 잘 보냈던 서점에서 책을 보며 잠시 생각에서 놓여나기로 했다.

"수진 씨?"

"어머, 건형 씨."

여행 책자를 뒤적이며 집중하고 있는데 누군가 그녀에게 바짝 다가와 말을 걸었다. 고개를 들고 마주한 순간에도 설마 했다. 수진은 건형을 알아보고 깜짝 놀랐다.

"여기서 보게 될 줄 몰랐습니다."

"저도요. 여긴 어떻게 오셨어요?"

"보시다시피 책을 사러 왔죠. 수진 씨는 아닌 것 같은데. 사실 들어올 때부터 봤는데 설마 하고 살피고 있었거든요. 약속 시간 때문에 온 거 아닙니까?"

건형이야말로 은미와 약속이 있어서 왔다가 시간이 좀 남아서 서점에 들어온 참이었다. 그러나 수진을 두고 은미와 만나러 가기 싫었다. 주머니에서 전화기가 계속 신호를 주고 있지만 무시하고 있었다.

"아니에요. 그냥 책을 좀 보고 싶어서요."

"그래요? 그럼 배고픈데 함께 저녁 먹을 수 있을까요?"

"아, 뭐, 그럴까요? 배가 고프긴 하네요."

건형의 배고프다는 말에 그녀도 저녁 먹을 시간이 지난 것을 알 수 있었다.

"이 근처는 저보다 수진 씨가 더 잘 알 것 같은데. 참고로 전 가리는 음식 없습니다."

"은미 씨도 부를까요?"

"은미는, 약속이 있답니다. 아까 밥 사라고 전화했는데 약속이 있다고 했습니다."

"그래요? 함께 먹으면 좋았을 텐데. 가요."

수진은 우연히 만난 건형과 함께 회사 근처 식당으로 갔다.

"건형 씨는 무슨 책 사려고요?"

"소설책. 수진 씨는 여행에 관심이 있나 봅니다. 가고 싶은 곳이 있습니까?"

식당에 마주 앉아 음식이 준비되는 동안 혹시나 어색할까 봐

수진이 먼저 말을 꺼냈다. 그러나 건형과는 걱정만큼 어색하지 않았다. 그가 편하게 해 주는 건지 사람이 좋아서 편하게 느끼는 건지 건형과는 오래 알던 사람처럼 이런저런 이야기가 저절로 나왔다.

"가을 단풍은 어느 곳에서도 감동이죠. 복잡한 도시의 한쪽에선 노란 은행나무도 비에 젖었을 때 너무 예뻐요."

"요즘 수진 씨하고 함께 갈 곳이 많네요. 가을이니까."

"건형 씨가 추천해 주는 곳은 분명 마음에 들 것 같아요."

밥을 먹으면서 이야기를 하다 보니 또 훌쩍 시간이 갔다. 수진은 지난번처럼 현실을 잠시 잊은 자신에게 놀랐다.

"집이 어딥니까? 방향이 비슷하면 데려다줄 수 있습니다. 방향이 다르면 할 수 없는 거고."

식당을 나와 다시 서점으로 들어가 건형은 책을 샀다. 차를 가져왔다면서 수진에게 집이 어디냐고 물었다. 수진은 건형의 자연스러운 제안에 집이 어딘지 말했고 그는 완전히 방향이 같지는 않지만 데려다줄 만큼은 비슷하다며 태워 주겠다고 했다. 저녁 사준 값을 차비로 대신하겠다는 건형의 말에 수진도 흔쾌히 그의 차를 탔다.

"여기서 내려 주시면 돼요."

집 근처에 다다라서 그에게 말했다. 수진의 말에 천천히 차를 세운 건형이 책을 산 봉투를 열더니 책 한 권을 그녀에게 내밀었다.

"아까 살 때 수진 씨 것도 샀습니다. 단풍이 아름다운 나라에 대한 책이니까 보면서 대리만족 해요."

"고마워요. 밥값에 이자까지 쳐주시네요."

"잘 들어가요."

"네. 안녕히 가세요."

수진은 건형이 준 책을 들고 차에서 내려 문을 닫고 창을 통해 다시 인사했다. 웃으며 손을 흔들어 떠나는 그를 배웅했다. 건형의 차가 사라지자마자 쌀쌀한 가을바람에 어깨에 힘을 주며 돌아섰다.

"늦었네."

"엄마야!"

탁.

돌아서자마자 마주한 한수 때문에 깜짝 놀라 들고 있던 책을 놓쳤다. 땅에 떨어진 책을 한수가 집어 들었다.

"누구야?"

"아, 거, 건형 씨요."

소리를 버럭 지르며 화를 낼 줄 알았는데 한수의 목소리에 힘이 없었다. 그의 힘 빠진 목소리에 그녀의 힘도 덩달아 빠져나갔다.

"건형? 설마 은미 씨가 소개해 준 사람이야?"

"네."

화도 내지 않을 만큼 마음이 멀어진 건가요? 그럴 거면 여긴 왜 왔어요?

"은미 씨하고 약속 있다더니 또 만났어? 상습적이네."

은미는 아무런 상관이 없었지만 앞서 약속이 있다고 한 거짓말 때문에 그 사실을 말할 수 없었다. 거짓말은 또 다른 거짓말을 낳는다더니 정말 그랬다.

"오늘 약속 있다고 했는데 왜 여기에 있어요?"

"저녁은 먹었어?"

"먹었어요. 설마 굶은 건 아니죠?"

"먹었어. 추운데 차 마시자."

"늦었는데……."

"알았어."

한수가 아니다. 인한도 아니다. 인한은, 한수는 자신의 말에 냉큼 수긍하고 기운 없이 돌아서는 남자가 아니니까. 돌아선 한수가 원망스러웠다.

"건형 씨하고 사귀기로 했어요."

수진의 말에 돌아서 멀어지던 그가 멈추었다. 그러나 고개를 돌려 그녀를 보지 않았다.

"관심 없어요? 물어볼 마음도 이젠 없어요? 한수 씨하고 저하고 사귀기로 한 거 아니었어요? 왜 화 안 내요? 먼저 시작하기로 했잖아요, 아니에요? 그런 척만 한 거였어요?"

건형이 사 준 책을 너무 꼭 쥐었는지 손가락에 경련이 일어났다. 책을 다른 손으로 옮기려고 고개를 숙이는데 눈물이 뚝뚝 떨어졌다.

지금 이 순간 한수와 아무런 사이가 아니라는 사실을 확인하게 될 줄 몰랐다. 그래야 할지도 모른다고 생각은 했는데, 그래야 할 때를 대비해야 한다는 생각까지 했는데 다 헛것이다. 막상 그가 돌아서는 모습을 마주하고 보니 아프고 화나고 힘들어서 어떻게 해야 할지 하나도 모르겠다.

"이리 줘."

다가온 한수가 손을 내밀어 책을 달라고 했다. 가지 않고 돌아온 거야? 아무런 사이가 아니라면서 가 버리지 않고 돌아와 준 거야? 수진은 그의 손을 보자 눈물이 더 많이 나왔다. 눈앞이 보이지 않을 만큼 흐려져 그에게서 몸을 돌렸다.

"됐어요."

경련이 났던 손가락이 아직 뻣뻣했다. 책을 겨드랑이에 끼고 멀쩡한 손으로 눈물을 닦았다.

"못생긴 게 고집은 왜 그렇게 센 건지."

툭 던지 한수의 말에 수진의 몸이 움찔했다. 인한. 그가 자주 하던 말. 못생긴 게.

"울면 더 못생겨져."

그녀의 팔을 잡아 돌린 차가운 한수의 손이 수진의 눈물을 닦았다.

"한수 씨 손 차가워요. 밖에서 오래 기다렸어요? 밥도 안 먹었죠? 왜요?"

"그냥."

수진은 한수의 차가운 손을 치우고 그의 품에 안겼다. 보내려고 했는데, 이젠 인한이 아니라 한수가 되었으니 한수의 삶을 살라고 보내 주려고 했다. 그런데 못 할 거 같다. 그녀는 여전히 인한인 한수를, 한수인 인한을 사랑했다. 보내 줄 만큼 더 사랑해야 하는데 그러질 못하겠다. 그만큼은 아직 사랑할 수가 없다.

"주희 만나지 말아요. 양다리 걸치지 말라고 했잖아요. 왜 뻔히 보이게 굴어요? 바람을 피우려면 모르게 해야죠. 아니까 화났잖아요. 진짜 화났단 말이에요."

"미안해. 이제 그만 울어라. 눈 빠지겠어."

"몰라요. 못생겨서 그래요."

한수는 웃으며 수진을 꼭 안았다.

"밥 안 먹었죠?"

눈물이 멈추자 안겼던 한수의 품에서 나왔다. 눈물이 마른 뺨이 뻣뻣했다.

"괜찮아."

"오해하지 말고, 괜히 이상한 생각도 하지 말아요."

"뭐?"

"배고픈 사람 밥 주려는 거니까. 알았어요?"

수진은 한수의 손을 잡고 앞서 걸었다. 처음에 한수는 수진이 무슨 말을 하는지 이해하지 못했다. 그러다 빌딩 안으로 들어가게 되었을 때에야 무슨 말인지 이해했다. 지난번 그가 수진을 집으로 들어오게 했을 때가 생각났다. 이상한 생각을 하라는 건지 말라는 건지. 기대를 하라는 건지 하지 말라는 건지 모르겠다.

한수는 겉옷을 벗지도 못하고 의자에 앉아서 수진을 기다렸다. 손을 씻고 나온 수진이 싱크대 앞에 서서 뭔가를 씻고 꺼내서 차리는 걸 지켜보았다. 책상 겸 식탁에 그가 먹을 음식이 금방 차려졌다.

"드세요. 찬은 없지만 먹을 만은 해요."

예전에 가끔 들르는 인한을 위해 음식을 차려 준 일이 있었다. 그는 먹고 왔다면서도 차려 준 밥을 다 먹고 다시 나가곤 했었다. 아마도 그런 경험 때문에 그에게 음식을 차려 주는 걸 주저하지 않았는지도 모른다. 그가 다 먹을 것을 알고 있으니까.

"진짜 반찬이 없기는 없네."

무안한 듯 툭 내뱉더니 먹기 시작한 한수를 수진이 가만히 보았다. 인한이 먹던 모습 그대로였다. 정말 바보 같다. 이렇게 분명하게 보이는 걸 왜 몰랐을까? 한수에게서 인한의 모습을 발견할 때마다 인한에 대해 아는 게 없다는 핑계로 부인했다. 그러나 인정하고 보니 인한에 대해 이름 이외에도 아주 많은 것을 기억하고 있다는 걸 알게 되었다. 인한을 기억하고 있다는 사실이 기뻤다.

"안 더워요?"

다 먹은 그릇을 치우면서 한수에게 말했다. 처음엔 한기가 빠지지 않아서 겉옷을 그대로 입고 있는 줄 알았기 때문에 뭐라고 하지 않았다. 그런데 따뜻한 밥을 다 먹은 후에도 한수가 겉옷을 그대로 입고 있어서 이상했다. 불편해 보이는데.

"안 더워."

"차 드릴게요."

"됐어."

"왜요? 꼭 밖에서 마셔야 할 이유 없잖아요."

"넌, 지금 이 상황에 차까지 권해야겠어?"

"이 상황이 어때서요?"

"지금 차 마시면, 나 안 갈지도 몰라."

"……."

"이젠 이 상황이 어떤 상황인지 알았지? 어서 옷 입어, 나가자."

"차, 마셔요."

"……너."

한수는 자리에서 일어나 떨어지지 않는 걸음을 떼려다 멈추었다. 수진이 진심으로 한 말인지 확인하려고 그녀의 표정을 살폈지만 혼란만 더했다. 말끄러미 자신을 마주 보는 수진의 표정에서 부끄러움을 찾을 수가 없었다.

"겉옷 벗고 앉으세요."

뭐라고 말하려는 자신에게 먼저 말을 한 수진은 다시 싱크대 앞에서 달그락 소리를 내며 움직였다. 뭘 어쩌라고! 한수는 수진의 말대로 겉옷을 벗고 차를 마셔야 할지 이대로 집을 나가야 할지 심히 크게 고민이 되었다. 수진이 차를 마시라고 말하기 전까지는 아슬아슬한 자신의 상태를 감추려고 애를 썼는데 지금은 수진의 마음을 어떻게 받아들여야 하는 건지 몰라 힘들었다.

"차 마시면 안 간다고 분명히 말했어."

"그래서 차 마시라고 말씀드렸잖아요."

"우수진. 지금 제정신이야?"

"아닌 것 같으세요? 못생긴 애는 생각도 없다고 생각하세요?"

"정말, 차 마셔?"

"네. 여기."

수진은 어느새 준비한 따뜻한 차를 한 잔 한수 앞에 내밀었다. 몇 번이나 수진의 손에 든 컵과 수진의 얼굴을 번갈아 봤지만 변하는 게 없었다.

"알았어."

결국 한수가 겉옷을 벗어 의자에 걸치고 자리에 앉았다. 그는 여전히 컵을 들고 서 있는 수진에게 손을 내밀었다. 수진은 가지고 있던 컵을 그에게 다시 내밀었다.

"그건 책상에 두고 네가 와."

잠깐 알아듣지 못한 듯 가만히 있던 수진이 그의 말대로 컵을 책상에 내려놓고 그 앞으로 한 발 움직였다.

"차는 마신 걸로 할게."

주저하는 시간은 다 끝났다. 한수는 손에 닿은 수진을 잡아 품으로 끌어당겼다. 무릎 위에 앉히고 그녀의 입술에 키스했다. 그녀 나름대로 꽤나 용기를 냈지만 처음 있는 일에 담담할 수는 없었나 보다. 키스에 수진의 몸이 굳었다.

"함부로 센 척하면 안 되는 거야."

"센 척한 거 아니에요."

한수의 자잘한 키스를 받으며 굳은 몸을 풀어 보려고 했지만 생각처럼 되지 않았다. 한수가 그녀의 상태를 느꼈는지 키스를 멈추고 다독이며 안아 주었다. 센 척한 게 아니라고 말은 했지만 수진은 한수의 품에서 많이 떨고 있었다.

사랑하는 사람이고 평생에 이 사람뿐이라서 함께 밤을 보내는 일이 그리 어려울 것 같지 않았다. 그러나 막상 그런 상황이 눈앞에 다가오니 생각처럼 자연스럽게 여겨지지 않았다. 알지도 못할 두려움이 생겨서 저절로 몸이 떨렸다.

"아까 왜 화 안 내고 그냥 가려고 했어요? 다른 생각 있었어요?"

한수가 그녀를 포기할 것 같아 두려웠다. 어쩌면 그 두려움 때문에 과감하게 한수를 붙들었는지도 모른다.

"없었어. 아무 생각도 없었어."

"회사, 옮길까요?"

"뭐?"

수진의 말에 한수가 그녀를 품에서 떨어뜨렸다.

"한 회사에서 지내니까 불편한데 제가 다른 회사에 다니면……."

"누가 그런 쓸데없는 생각 하랬어?"

한수는 화를 내며 수진을 무릎에서 내리게 하고 자리에서 일어섰다.

"쓸데없는 소리 아니잖아요. 회사에서 눈치 보면서 한수 씨하고 지내고 싶지 않아요."

"그만해."

겉옷을 집어 든 한수는 이렇다 할 말도 없이 수진의 집에서 나갔다. 한수의 결혼 때문에 이사인 형까지 나서는 분위기를 계속 견뎌 내야 하는 건지 고민이 되어 꺼낸 말이다. 다른 회사에 다닌다면 그와 더 편안하고 부담 없이 지낼 수 있지 않을까 하는 기대도 하면서.

추 이사에게 말한 것처럼 알아서 적당한 때에 회사를 그만두어야 할지도 모르겠다. 한수 씨는 회사를 그만두는 걸 왜 싫어하는 걸까? 추 이사님은 능력도 본 것이라는 말을 했는데 그건 그저 위로의 말일까? 한수 씨의 부탁이 아니면 회사에 취직할 수 없었던 걸까?

수진은 남겨진 외로움을 느끼며 선 자리에서 한참을 움직이지 않았다.

9

연애가 위험한 싱아스. 질투, 오해, 열정

　어제보다 더 싸늘해진 한수의 태도에 수진은 힘들었다. 어떻게
해야 좋을지 몰라서 힘만 빠지고 있었다. 뭐가 문제인지도 모르니
그 해결 방법을 찾기는 불가능했다. 속으로 한숨을 쉬면서 겨우
시간을 보낸 수진은 오늘은 점심시간이 되어도 한수에게 말을 걸
지 않았다.

　결국 한수는 점심시간에 말도 없이 나갔고 수진은 혼자서 사무
실을 나서야 했다.

　"오늘도 과장님 약속 있으신 거예요?"

　은미가 한수가 없다는 사실에 실망을 감추지 않고 물었다.

　"그런가 봐. 기분도 별로인 것 같아서 묻지도 못했어."

　"그렇구나. 연애하시는 분이 기분이 별로이면 그 여자하고 싸
웠나 보네요. 이럴 때 좋아해야 할지 걱정해야 할지 모르겠어요."

은미가 귀엽게 느껴졌다. 연예인 좋아하듯 드러내고 한수를 좋아하는 은미의 솔직한 모습이 부럽기도 했다.

"아, 참. 어제저녁에 약속 있었다던데 누구하고?"

"어머, 제가 약속 있었던 거 어떻게 아셨어요? 대리님 부담스러울까 봐 아무 말 안 했는데."

"내가 부담스럽다니?"

"건형 선배 별로라면서요. 건형 선배가 속상해하는 것 같아서 저녁이나 사 줄까 하고 불렀죠. 완전 바람맞았어요. 엄청 삐쳤나 봐요. 온다고 해서 기다리게 해 놓고 전화도 안 받고 완전 무시하는 거 있죠. 앞으로는 함부로 사람 소개해 주고 그러지 말아야겠어요."

"건형 씨하고 약속이었어?"

어제 서점에서 만났을 때 건형이 했던 말이 거짓말이라는 걸 알게 되어 불편했다. 자신도 솔직하지 않았으니 그를 나무랄 수는 없지만 아무것도 모르는 은미에게 미안한 짓을 하게 된 것 같아서 건형이 조금 원망스러웠다.

"네. 대리님이 알면 좀 그럴까 봐 아예 말도 안 꺼냈는데 대체 어떻게 아셨어요?"

"뭐, 뛰어난 육감의 능력 발휘라고나 할까?"

"어머머, 대박."

미안한 마음에 점심시간과 티타임 내내 수진은 밝은 기분을 유지하려고 애를 썼다.

은미에게 마음으로 정성을 다한 후 사무실로 돌아왔을 때 빈 한수의 자리가 보이자 미뤄 두었던 생각이 한꺼번에 몰려왔다. 오늘도 점심 약속이 있는 걸까? 누구와? 설마 주희는 아니겠지. 분명하게 말했는데 다시 만나지 말라고. 가족들의 성화에 밀려 만날 수도 있을까? 힘들어.

의심하고 싶지 않은데 자꾸만 이상한 생각이 들었다. 하지 않으려고 열심히 노력해 봤지만 의지와 상관없이 만들어진 생각에 괴로웠다.

"일이 힘든가 봐요?"

우주희! 한수의 생각으로 힘들어서 머리를 잡고 눈에 들지 않는 서류를 보고 있는데 지금 최고로 만나기 싫은 사람이 나타났다.

"과장님은 아직 안 들어오셨고 언제 돌아오시는지 모릅니다."

주희가 나타났다는 건 한수가 다른 사람과 시간을 보내고 있다는 뜻이었다. 은미의 말처럼 이럴 때 좋아해야 할지 아니면 걱정을 해야 할지 모르겠다.

"오늘은 한수 씨 만나러 온 거 아닌데. 수진 씨 만나러 온 거예요."

"왜요?"

"주제 파악 좀 하라고."

주희는 아빠의 말처럼 가만히 있을 수가 없었다. 걸리는 것이 없다면 굳이 숨어 기다릴 필요는 없는 거라고 생각했다. 게다가 수진에게만 드러내는 일은 그리 조심할 것이 없었다. 수진이 화를 낸다고 해도 뭘 할 수 없을 테니까.

수진은 아무도 없이 혼자다. 수진을 봐주던 인한이란 남자는 사라진 지 몇 년인 데다가 설사 그 인한이란 남자가 나타나도 겁 날 건 없었다. 거리의 부랑자 같은 남자가 뭘 해 줄 수는 없으니 까. 이래저래 숨을 이유가 없었다. 적어도 수진 앞에서는.

한수가 너무 차갑게 거절해서 주희도 어쩔 수가 없다. 아버지 에 대한 반항 정도로 생각해서 여유를 가지려고 했는데 생각보다 저항이 거셌다. 최소한의 예의를 지키던 것도 이젠 사라졌다. 자 신을 보고도 알은체하지 않고 그냥 지나치는 것도 모자라 인상을 쓰며 불쾌한 표시를 하기까지 했다.

이런 식으로는 결혼할 수도 없고 결혼한다고 해도 얻을 건 없 었다. 뭔가 관계를 개선할 확실한 노력이 필요했다. 주희는 수진 에 대해 한수에게 터트리기 전에 먼저 떨어뜨려 보기로 했다. 둘 사이가 혹시라도 진지하다면 헤어진다고 해도 껄끄러우니까. 수 진의 존재를 아예 한수의 곁에서 말끔하게 치워 버리고 싶었다.

"주제 파악?"

"그래. 이런 식으로 우리한테 뭘 얻어 낼 생각인가 본데 너한테 돌아갈 건 아무것도 없어. 괜히 시도하다 수치만 당할 뿐이야."

"알았어? 알고도 이래? 나한테, 네가?"

수진은 주희의 태도에 기가 막혔다. 주희는 아무것도 모를 수 있었고 그래서 화도 나고 억울하기도 하지만 주희에게 직접적으 로 뭘 할 생각은 아예 하지도 않았다. 그럴 필요도 없다고 생각했 다. 작은아버지가 한 일로 주희가 아플 수도 있다는 생각까지 했 기 때문이다. 그런데 뭐가 어쩌고 어째?

"내가 뭐? 큰아버지 회사 우리 아빠가 받았다는 게 뭐가 어때서? 어린 네가 방자하게 구니까 쫓겨난 거잖아? 아빠 말을 잘 들었으면 조용히 지낼 수 있는 일을 네 욕심이 화를 자초한 거잖아? 회사를 경영할 줄 모르니까 권리를 주장하면 안 되는 건 당연한 거고."

"내가 방자하게 굴어서 쫓아냈다고 해? 욕심을 부리니까 냅다 버렸다고 하서? 회사를 경영할 줄 모르니까 아예 태어나지도 않은 사람처럼 만드신 거구나. 네 아버지가."

수진의 기막혀 하는 얼굴에 주희는 약간 흔들렸다. 모르는 뭔가가 있는 건 아니겠지? 뭔가가 있더라도 지난 일이야. 큰아버지가 일찍 돌아가신 탓이지 우린 아무 잘못 없어.

"한수 씨가 아무것도 모를 때 떠나. 다시 나타날 생각도 하지 말고. 안 그럼, 이렇게 사는 것도 힘들지 몰라. 인한이란 그 남자를 어떻게 구워삶은 건지 몰라도 없는 남자 가진 것 다 털어서 이만큼 살게 된 건 성공한 거잖아? 한수 씨가 알고, 세상이 다 알게 된 후에 후회하지 말고 좋은 말 할 때 정리하고 사라져."

인한이란 이름에 수진의 표정이 크게 달라졌다. 주희는 경고가 제대로 먹힌 걸로 생각했다.

"지금, 한수 씨한테, 인한 씨에 대해 말하겠다는 거야?"

"기회를 차 버린다면 그럴 수밖에 없어. 한수 씨와 잘 지내고 있다고 안심하지 마. 아무것도 모르고 너한테 잘해 주는 거야. 다른 남자와 동거까지 하다가 그 동거자의 재산을 탈탈 털어서 여기까지 온 걸 알면 있던 마음까지 혐오로 바뀔 거야. 그렇게까지 바닥을 치고 싶어?"

"……."

"한수 씨 아버지, 회장님은 이미 너에 대해 다 알아. 내가 알렸어. 결혼은 못 해. 한수 씨한테만 아직 알리지 않은 거야. 그러니까 좋은 말 할 때 서로 좋게 헤어지자."

주희는 굳어 있는 수진에게 다시 말했다. 이 한 번에 해결이 되면 좋겠다는 생각에 하지 않으려던 말까지 꺼냈다.

"왜 나한테 이래? 한수 씨하고 내가 결혼할 수 없다는 거 알면 끝까지 입 다물면 되잖아? 왜 이래?"

"껄끄러워서 그래. 한수 씨가 자꾸 널 핑계로 회장님한테 반항하니까 귀찮기도 하고. 결국 나하고 잘될 일을 너 때문에 멀리 돌아 힘들게 가는 게 싫어."

서로의 소리가 높아지면서 감정이 격해졌다. 주희의 여유롭고 자신만만했던 모습은 잔뜩 흥분한 날카로운 고양이처럼 변했다. 수진을 몰아붙이면 붙일수록 불편함도 점점 커져 갔다. 아버지가 부당하게 수진을 대했을지도 모른다는 생각이 불편함의 이유였다. 아니야, 아닐 거야. 괜한 생각이야.

"아무것도 없는 나한테 이렇게 모질게 굴 만큼 인정이 없는 거니?"

기어이 수진의 눈에서 눈물이 흘렀다. 동정도 위로도 기대하지 않았다. 그저 일찍 돌아가신 부모를 가진 자신의 처지를 받아들이고 앞으로의 일만 생각하자고 다짐했다. 인한이 한수가 된 순간 인생에 감사하기까지 했다. 그런 자신에게 주희의 공격은 너무 억울했다. 가지고 또 가지려는 탐욕스러움에 기가 찼다.

"연기하지 마. 없는 남자 등치는 널 보니 동정받을 자격 없어. 그래서 더 불안하고. 남자를 벗겨 먹고 올라올 정도로 독한 네가 한수 씨 주변에 어슬렁거리는 게 신경 쓰여. 괜히 주변 사람들 쑤시면서 괴롭힐 것 같아서 걱정도 돼, 솔직히."

"그동안 주변에 어슬렁거린 적 없잖아? 한 소리 없이 조용히 잘 지냈잖아?"

"그래. 그러니까 앞으로도 죽 그렇게 해. 왜 중요한 이때 나타나서 괴롭혀? 이제까지처럼 죽은 듯 조용히 지내라고. 좋은 말 할 때 사라지지 않으면 두고두고 후회하게 만들어 줄 테니 알아서 해."

주희는 수진에게서 몸을 돌렸다. 후회가 됐다. 그냥 아빠 말처럼 모르는 척 끝까지 가만히 기다리고 있을 걸 그랬나? 불편하고 불안해서 더 이상은 수진과 마주할 수 없었다. 사무실을 나오기 전에 표정을 관리해야겠다는 생각도 하지 못하고 그대로 나섰다.

아!

문을 열고 나오자마자 마주한 한수. 주희는 한수의 등장에 놀라 그대로 멈췄다. 사무실 문은 등 뒤에서 자연스럽게 닫혔다.

"아, 저……."

주희는 이제야 어떤 얼굴로 자신이 있었는지 생각하게 되었다. 서둘러 표정을 바꿨지만 소용없었다. 한수의 구겨진 인상이 변하지 않았다. 뭐라고 말하려는데 무시당했다. 한수는 그녀를 밀치고 지나쳐 소리 나게 문을 열고 들어가 버렸다. 주희는 밀쳐진 곳에서 비틀거리며 겨우 균형을 잡았다. 들었을까? 아니겠지. 지금 금방

왔을 거야. 저런 표정은 이미 봤던 표정이니까 지금 상황으로 인한 것이 아닐 수 있어. 걱정하지 말자. 듣지 못했어. 들었어도 마지막 말 정도가 전부일 거야. 충분히 설명할 수 있고 이해받을 수 있어.

주희는 수진에 대한 불편한 감정과 한수가 비밀을 알게 된 건 아닐까 하는 걱정을 가득 안고 서둘러 회사를 떠났다.

주희가 나가고 비틀거리며 자리에 앉은 수진은 눈물을 닦았다.

벌컥.

한수의 갑작스러운 등장에 놀라 책상 밑으로 고개를 숙이며 남은 눈물을 마저 닦았다.

"뭐 해?"

"네? 아, 바닥에 뭐가 떨어져서 줍느라고."

깜짝 놀라며 몸을 바로 한 수진은 여전히 그를 마주하지 못하고 키보드를 만지작거리며 얼버무렸다. 눈물 자국을 들키지 않기만 바랐다.

"누가 다녀가는 것 같던데?"

"아, 네."

"누군데?"

"그냥, 모르는 사람인데, 찾는 사람이 있다고 해서. 모르겠다고 했더니 나갔어요."

저걸 거짓말이라고 하는 건지 원. 한수는 눈물 자국을 한 얼굴로 거짓말을 지어내느라 인상까지 쓰는 수진을 더 보지 않고 자리에 앉았다. 수진도 시간이 필요하겠지만 그도 시간이 필요했다.

"일어나."

"네?"

마음을 겨우 가라앉히고 일을 하려는데 자리에서 벌떡 일어선 한수가 그녀에게 다가와 말했다. 일어나라니?

"가방 챙기고 일어서."

"왜, 왜요?"

"나가려고."

"어디로요? 지금, 업무 중인데, 어디로 갈 건데요?"

"우수진, 애인으로 말하는 건데 얼른 가방 챙겨서 일어나. 나가자."

"……."

손을 내민 한수를 그냥 올려다보았다. 애인으로?

"내가 챙겨 줘?"

"아, 아니에요."

챙길 것도 없는 가방을 들고 자리에서 일어섰다. 책상을 돌아서 그에게 다가가자마자 한수가 손을 잡았다. 놀라서 빼려는 그녀를 무시하고 그대로 손을 잡고 사무실을 나섰다.

"왜, 왜 이래요?"

"회사 옮기고 싶다면서? 안 되면 옮기지 뭐."

"한수 씨도 옮기려고요?"

"받아 주는 곳은 없겠지만 시도는 해 봐야지."

수진은 한수의 갑작스러운 행동과 말의 이유를 찾느라 그와 손을 잡고 많은 사람들을 지나쳐 회사를 나오고 있다는 자각을 하지 못했다.

"어디로 가요?"

"타. 이 차도 마지막일지 몰라. 쫓겨나면 차는 없는 거니까."

한수는 차 문을 열고 수진을 타게 하면서 말했다. 어쩐지 상쾌해 보이기까지 한 한수의 표정에 멍해진 수진은 자리에 앉아 그가 차를 돌아 옆에 앉을 때까지 바라보았다.

"퇴근 시간이 한참 남아서 그런지 도로가 여유가 있어. 긴장풀고 기대서 경치 즐겨. 이런 적 별로 없지?"

한수는 편안한 얼굴로 운전을 했다.

"네."

"삼 년 전과 요즘과 어느 때가 더 좋아?"

"요즘."

"그래? 인한한테 이긴 건가?"

한수를 버려야 할지도 모르는데 어쩌지? 인한이였을 때로 돌아간다면 수진이 힘들어할까?

"좋아하는 사람을 매일 볼 수 있는 데다가 못생긴 애인도 되었으니까. 가끔 볼 수 있었던 삼 년 전도 좋았지만 지금이 확실히 더 좋아요."

죽 달려 나가던 차가 천천히 속도를 줄이며 정차했다. 수진은 가만히 앞만 보고 있는 한수를 흘끗 본 후 마주 잡은 손을 내려다봤다.

"혹시, 눈치챈 거야?"

"바보죠? 미안해요. 정말 아닐 거라고 생각해서 인정을 못 했어요."

"아무것도 가진 것 없는 인한은 왜 좋아?"

"서로 가진 것 없었잖아요. 인한 씨가 있어서 뭘 더 가져야겠다는 생각 안 했어요. 지금도 뭘 더 가진 것 같지 않아요. 여전히 인한 씨가 옆에 있어 주니까 더 바랄 게 없어요."

"잘살면 좋잖아. 좋은 집에 좋은 차에 돈 걱정도 안 하고."

"한수 씨는 그런 삶이 좋아요? 지금 좋아요?"

"나도 너 아니면 별로. 너 때문에 돈 벌었는데 넌 별로 좋아해 주지도 않고. 실패야. 한수로 나타나면 네가 두 팔 벌려서 안아 줄 줄 알았거든. 인한과 비교하면 천지차이잖아. 그런데 계속 인한한테 지니까 화가 날 정도였어."

"왜 말 안 했어요?"

"남자가 아니라 다른 의미로 날 기다리고 있을까 봐. 물론 인한보다 한수가 훨씬 낫다고 생각하기도 했고. 사실 처음에 네가 날 알아볼 거라고 생각했어. 그런데 예상을 빗나가니까 그 다음부턴 엉망이었지."

"고민 많이 했는데."

"코앞에 들이대도 알아보지도 못하는 여자가 무슨 고민까지."

"너무 달라졌단 말이에요. 술 담배 안 하죠?"

"끊었어."

"냄새부터 다르니까 같은 사람이라고 생각을 못 하죠."

"다시 할까?"

"안 돼요. 이젠 알았잖아요. 그리고 술 담배 많이 해서 걱정했단 말이에요. 끊었다니 너무 고맙고 다행스러운 일이에요."

빵빵.

"어머!"

차를 대려던 트럭이 소리를 냈다. 한수와의 대화는 그 바람에 끊어졌다. 차는 다시 도로 위를 달렸다. 행선지는 둘에게 중요하지 않았다.

"내가 한수가 아니어도 돼?"

한참을 말없이 운전만 하던 한수가 조심스럽게 물었다.

"인한 씨를 좋아했어요. 한수 씨도 인한 씨니까 좋아진 거죠."

"돈도 없고 미래도 없이 살아야 할지도 모르는데."

그는 수진에게 더 좋은 환경을 주고 싶었고 그럴 기회가 있어서 한수로 바꾸었다. 하지만 한수가 되어 수진에게 해 준 것이 없었다. 오히려 수진의 삶을 더 어렵고 힘들게 만들기만 한 것 같았다. 오늘 주희의 말을 들으며 더 이상 수진에게 어려운 삶을 주지 말아야겠다고 결심했다. 돈이 아니라 마음을 주기로 했다. 그걸로 수진이 만족해 주기만 바랄 뿐이었다.

"왜요?"

"한수의 모든 것을 포기하면 빈털터리가 되니까. 싫어?"

남자로서 이보다 두렵고 떨리는 때는 별로 없을 것이다. 한 여자에게, 사랑하는 여자에게 무능해 보이는 건 죽기보다 싫었다. 최선을 다하겠지만 그런 그의 노력을 인정해 주지 않는다면 아무런 소용이 없었다.

"싫다면 어쩌려고요?"

"정말 싫다면, 수진이 재산 도로 다 찾아 주고 떠나야지 뭐."

운전대를 잡은 손에 힘이 빠졌다. 인정해 주지 않으려나 보다. 그동안 힘들게 살았는데 앞으로도 힘들게 살게 될 거라고 말하는 자신이 싫었다. 수진이 거절하는 건 당연한 거지.

"그런 거 갖고 싶지도 않고 가진 적도 없어요. 찾아 주긴 뭘 찾아 줘요? 같이 있어서 좋다니까 왜 딴말을 해요?"

"억울하잖아."

그를 받아 준다는 수진의 말에 기뻐서 웃음이 저절로 나왔다. 운전 중이 아니라면 키스라도 했을 텐데.

"됐어요. 그 사람들하고 다시 얽히기 싫어요. 원래 없던 거라고 믿고 살아서 불편한 것도 없어요."

"진짜 근성 없네."

"옆에 있는 남자하고 비슷한 것 같은데."

"그런가?"

결국 참지 못하고 공원 주차장에 주차한 후 수진에게 키스했다.

"결심하느라 힘들었어요? 오늘 말도 안 하고."

"너 고생시킬 결심하는데 쉽겠어?"

"나한텐 물어보지도 않고 혼자 고민하는 게 어딨어요? 고민해서 결론이 내려지면 끝나는 거예요? 제가 싫다고 할 수도 있잖아요? 제가 꼭 인한 씨를 따를 거라고 확신했어요?"

"확신 못 하지. 그래서 더 힘들었지. 다시 인한이 되면 싫다고 떠날까 봐 걱정이 돼서 결정을 내리지 못했어."

"바보. 이젠 결정했어요?"

"그래. 더 이상은 괜한 일로 힘들어하고 싶지 않아서. 수진이 너도 나 아니면 안 되는 것 같고."

"치. 확신 없었다더니 이젠 확신이 생겼나 보네요."

"네가 확신을 줬잖아. 너만 좋다면 내가 걱정할 게 뭐가 있겠어?"

"이젠 마음 푹 놔요."

"사랑해."

"……사랑해요."

수진은 한수의 품에 안겨 긴 한숨 소리를 들었다. 고민하느라 많이 힘들었다는 소리로 들렸다. 안쓰럽고 고마워서 한수에게 키스했다.

"못생긴 게 눈치가 빨라서 예뻐."

"못생긴 게 어떻게 예뻐요?"

"내가 그렇다면 그런 거야. 다음에도 분위기 봐서 키스해, 알았지?"

"몰라요."

한수는 부끄러워서 고개를 돌리려는 수진을 다시 잡아 진짜 키스를 했다. 몇 번이나 다시 하면서 수진이 그에게 완전히 돌아왔다는 걸 확인했다.

이리저리 목적지 없이 다니며 서로의 마음을 정리한 후, 한수는 수진을 회사가 아니라 집에다 데려다주었다.

"회사 일은 내가 다 알아서 마무리할 테니까 이사 갈 준비나 해."

"이사?"

"설마 널 위해 다 버린 남자를 버릴 생각은 아니지?"

"그게 무슨 말이에요?"

"나하고 같이 살아야지. 결혼도 하고. 여기보다 아주 조금 더 넓은 곳이야. 나중에 돈 모아서 더 넓은 곳으로 가자."

"오늘 결심했다더니 언제 그런 건 준비했어요?"

"못생긴 게 질문도 많네. 서방님 얼른 회사 다녀올 테니 기다리고 있어. 알았어?"

"알았어요."

아쉬운 키스를 하고 한수는 회사로 향했다. 형들에게 인사하고 정리하는 건 그동안 그를 도와주었던 형들에 대한 예의라고 생각해서였다.

한수는 둘째 형인 한명에게 먼저 들렀다.

"어떻게 된 거냐?"

한명은 한수가 수진과 손을 잡고 회사를 나갔다는 소문을 듣고 한참 초조해하던 중이었다. 한수의 사무실로 직접 찾아가 텅 빈 자리를 확인까지 하고 온 후 제대로 일을 하지 못하고 있었다. 한수가 금방 나타나 준 것에 감사했다.

"그동안 감사했습니다."

"추한수."

"아시겠지만 나가겠습니다."

"갑자기 왜 이래?"

"제 인생이 다시 휘둘리는 건 용납할 수 없습니다. 한 번으로 족합니다. 어머니는 잃었지만 수진이는 잃고 싶지 않습니다. 제 마음 조금은 이해해 주실 거라 믿습니다."

"나하고 큰형이 잘 말씀드리면⋯⋯."

"제 인생입니다. 큰 거 바라지도 않았고 그저 곁에서 격려해 주고 믿어 주기만 바랐습니다. 서로가 바라는 바가 너무 다르고 해결될 방법도 없으니 원래 제가 있던 자리로 돌아가는 게 좋을 것 같습니다."

"수진 씨가 힘들잖아? 너도 그래서 마음 고쳐먹은 거였는데."

"더 힘들어합니다. 이제까지 돈이 없어서 가난하게 살기는 했지만 누구도 수진이한테 함부로 모욕을 주고 존재 가치를 자기들끼리 마음대로 정하는 일은 없었습니다. 부끄러운 일 안 했는데 눌려 살 필요 없습니다. 그렇게 두지도 않을 생각입니다."

"아버지가 가만히 안 계실 거야."

"아무리 애원해도 자기 마음대로 하시는 분입니다. 기대 안 합니다. 계속 더 멀어질 일만 남았다고 생각하겠습니다."

"한수야, 수진 씨가 다른 남자하고 살았다는데, 너 없을 때 다른 남자가 있었나 봐. 확실하진 않지만⋯⋯."

한명은 한수를 붙들고 싶어 말을 꺼냈다. 아버지의 말도 그렇고 몇 년이나 인한과 떨어져서 살았으니 그럴 수도 있을 것 같았다. 확실하지 않고 아무것도 없던 인한을 좋아하는 수진이 그럴 것 같지 않아서 말하지 않고 있었는데 다급하니 저절로 튀어나왔다.

"주희가 회장님한테 알려 준 겁니다. 우주희, 우수진 사촌입니다. 그 회사 원래 수진이 아버지 것이었는데 수진이 아버지가 돌아가시자 우천서가 어린 수진이를 멀리 버리면서 가로챈 겁니다. 왜 주희가 사촌인 수진이를 모른 척하면서 말도 안 되는 모함을 했는지 이해하시겠습니까? 그 회사, 우천서 사장 믿을 만한 사람 아니니까 조심하세요."

"그, 그게 사실이야?"

"일을 마무리 못 해서 죄송합니다. 형님이 전부 살피고 계셨으니 별다른 타격은 없을 것이라 생각합니다. 안녕히 계십시오. 큰형님께는 지금 가서 인사드리겠습니다."

한수는 한명을 두고 사무실을 나왔다. 이미 결정된 일에 대해 주저할 이유가 없었다. 한찬을 만나기 위해 사장실로 향했다. 사장실로 들어서자 벌써 알고 있는지 비서가 문을 바로 열어 주었다.

전화기를 붙들고 서 있던 한찬이 고개를 끄덕이며 한수를 자리에 앉게 했다.

"알았어. 지금 왔어."

한명이 바로 전화를 한 모양이다. 한수를 마주하고 한찬이 앉았다.

"나가겠다고?"

"예."

"대충 들어서 아직 이해를 못 했어. 우주희에 대한 일은 사실이냐?"

"예."

"이번 일은 아버지가 지나치셨다. 나도 인정해. 끝까지 아버지 막을 생각 하고 있었어. 마음 다시 고쳐먹을 순 없겠어?"

"형님들이 이제까지 그냥 보고만 계신 적 없으십니다. 그래도 변함이 없고 앞으로도 변화를 기대할 수도 없습니다. 제가 그냥 계속 참고 기다리려고도 했습니다. 제가 자식이니까요. 그런데 같은 일을 반복할 것 같아서 더는 할 수 없습니다. 수진이는 잃지 않을 겁니다."

"이해해. 그런데 네 입으로 네가 자식이라고 했으니 이건 말해야겠다. 아버지 건강이 좋지 않아. 다시 쓰러지시면 일어나지 못하실 수도 있어. 최선을 다해 큰 고민거리 없게 해 드리려고 했는데 어쩔 수가 없게 되었어."

한찬은 한숨을 쉰 후 말을 이었다.

"네 어머니에 대해서도 오해가 좀 있어. 아버지는 네 어머니가 널 가진 줄도 몰랐어. 네 어머니가 아버지를 찾아왔을 때 그래서 화를 많이 내셨어. 어린 널 왜 혼자 키웠냐고. 고생하지 않게 다 해 줄 수 있었는데 왜 감췄느냐고. 네 어머니는 미안하다고 하시면서 널 맡아 달라고 하셨어. 말기 암 판정을 받게 되어서 가망이 없다고."

한찬은 한수의 혼란을 생각해서 잠시 말을 멈추었다.

"네 어머니는 너한테는 말하지 말아 달라고 부탁도 하셨지. 너한테 미안해서 죽는 건 보여 주고 싶지 않다면서 마지막도 알리길 원치 않으셨어. 아버지가 뭘 정하신 건 없었어. 다 네 어머니 부탁대로 한 거다. 그리고 아버진 어렵게 자란 너에 대해 안쓰러운 마음이 크셨어. 우리가 다 자라고 얻은 너여서 더 애틋하신 거겠지."

한수는 여전히 혼란에서 벗어나지 못했다. 초라하고 병든 어머니를 부끄러워해서 세상에 알리지 않고 감춘 것이라고 알고 있었다. 그래서 더 미워했고 반항했다. 그런데 어머니의 부탁 때문이라니.

"알고 나가. 내가 한 말에 살은 없어. 오해하지 말고 의심하지 마라. 몇 번이나 말해 주고 싶었는데 아버지가 말리셨어. 진심을 알아주겠거니 여기신 거겠지. 그걸 기대하셨고."

"······."

"당신한테 시간이 별로 없다고 생각하셔서 더 고집을 피우시는 거야. 빨리 안정을 찾아 주고 싶은 욕심에 밀고 나가시는 거지. 그런 성격 넌 이해할 거다. 싫겠지만 너하고 아버지하고는 닮은 구석이 많으니까."

"치료만 잘하고 꾸준히 관리를 받으면 되는 거라고 하셨잖습니까?"

"한참 반항 중인 널 아프다는 구실로 들어앉히고 싶지 않으시대. 두 사람 고집에 한명이하고 나만 죽어나고 있다는 것도 좀 알아 줘라."

"정말 위험합니까?"

"얼마 전에 겨우 휠체어에서 일어나셨어. 관심도 없던 너라서 말만 안 하면 눈치채지 못하니까 자연스럽게 건강한 척하신 거지."

"······수진이하고 함께 살기로 했습니다. 내일 옮길 생각입니다."

"우주희 문제 아버지하고 대놓고 담판 지으면 어때? 사정을 들으시면 마음 돌리실 것 같은데. 아버지를 속였다는 걸 알면 당연히 돌리시겠지. 안 그래?"

한찬은 마지막으로 한수를 잡았다. 한수가 많이 흔들리는 걸 봤기 때문이다. 그러나 오해가 깊고 오래된 탓에 그렇게 큰 기대는 하지 않았다.

"아직은 시기가 아닌 것 같습니다. 아시잖습니까? 일단 정하시면 남의 말 들을 생각 없다는 걸. 괜히 혈압만 높이다가 쓰러질 수도 있습니다."

"그건 네 말이 맞아. 일단 너 나간 거 말씀드리지 않을 생각이다. 이사 가서 연락이나 끊지 마."

"예."

한찬은 한수가 나가자마자 한숨을 쉬었다. 결국 한수는 이 집에 적응하지 못했다. 사회적 지위와 재력이 한수를 잡을 수도 있지 않을까 기대했는데 역시 한수는 자유로운 인생을 더 사랑했다. 부럽기도 하고 대단하다는 생각도 들었다. 자신은 오랫동안 여러 가지에 구속된 삶을 살아온 탓에 자유를 누릴 줄도 지킬 줄도 모른다는 걸 인정했다. 한수처럼 가질 수 있는 모든 걸 포기하고 어려운 삶을 뻔히 알면서도 거침없이 나설 용기도 의지도 없었다.

수진은 한수가 집으로 돌아올 것이라고 믿었다. 그래서 저녁을 준비했는데 한수는 전화로 이사 준비를 잘하라는 말과 내일 언제 데리러 올지만 말하고 끊었다. 기운이 빠져서 한수의 전화를 받은 후엔 아무것도 하지 않고 가만히 앉아 있기만 했다.

참 이상하다. 한수와 어떤 걸 결정하거나 그의 사랑을 느꼈을 땐 모든 것이 완벽하고 충분했다. 그러나 금방 불안과 의심이 들어와 완벽하고 충분했던 마음을 흔들었다. 지금도 한수가 전화하기 전까지는 완벽했다. 그를 기다리는 시간도 행복했고 그를 위해 저녁을 준비하는 일도 즐거웠다. 전화를 받기 전까지는.

혹시 회사에 가서 식구들과 문제가 생긴 걸까? 함께 살기로 한 결정을 후회하는 건 아닐까? 앞으로 함께 사는 동안 후회하지 않을까? 잘 살 수 있을까?

"답답해."

수진은 밀려오는 불안한 생각에 숨을 제대로 쉴 수가 없었다. 아무런 걱정이 없던 방금까지의 모습이 환상처럼 느껴졌다. 자리에서 일어나 좁은 집 안을 서성거렸다.

"짐을 싸기는 싸야겠지?"

주저하기 싫은데 주저하게 된다. 자신감이 갑자기 사라져 두려움마저 생겼다. 이 두렵고 불안한 심정을 어떻게 할 수 없어 한수에게 전화하려고 했다. 그러나 그것도 생각처럼 행동에 옮겨지지 않았다. 혹시라도 후회하고 있다면 어쩌지? 지금 한참 고민 중인데 방해한다고 화를 낼까? 왜 쓸데없는 생각을 하느냐고 핀잔을 줄지도 몰라.

"후."

결국 수진은 손에 들었던 휴대폰을 내려놓고 중요한 물건을 꺼내기 시작했다. 배낭에 가득 중요한 물건을 담고 나니 별로 할 일이 없었다. 이사가 실감 나지도 않았고 정말 내일 이사가 이루어질지 확신이 없었다.

몸을 움직이면서 불안을 씻어 보려 했지만 실패했다. 어쩔 수 없이 남은 마지막 방법을 쓰기로 했다.

"여보세요, 한수 씨."

— 무슨 일 있어?

"네."

— 무슨 일인데? 누가 왔어?

"아니요. 누가 안 와서요."

— 그게 무슨 소리야? 누가 안 오다니? 오기로 한 사람이 있었어?

"올 거라고 믿었던 사람이 안 와요."

— 우수진, 지금 나한테 하는 말이었어?

"내일 이사하는 거 맞죠? 실감도 안 나고 불안하기도 하고 그래요. 혼자서 내일까지 못 버티겠어요. 바빠요?"

— 넌 가끔 위험한 말을 아무렇지도 않게 해.

"못생겨서 그런가 봐요."

— 여기 정리 끝나면 시간 내 볼게. 참, 내가 오늘 가면 나하고 첫날밤 보내야 해. 그건 아는 거야? 마음의 준비는 다 하고 말하는 거지?

"네? 처, 첫날밤이요?"

— 그럴 줄 알았다. 난 손만 잡고 자는 짓은 못 해. 마음의 준비도 없는 여자하고 첫날밤 보내기도 싫고. 이사 준비하면서 마음의 준비하라고 한 건데 넌 여태 무슨 생각하고 있었던 거냐?

"새, 생각할게요. 알고 있었어요. 끊을게요."

화끈거리는 뺨을 감싸며 눈을 감았다. 그런 생각은 하지도 못했는데. 정리할 시간을 준 이유에 그런 것도 들어 있을 것이라고는 생각도 못 했다. 이젠 새로운 문제로 가슴이 떨려 가만히 있기가 어려웠다.

이렇게 심하게 왔다 갔다 해도 되는 건지. 좋았다가 무서웠다가 다시 떨렸다가. 알다가도 모를 마음의 움직임에 정신을 차리기 힘들었다.

전화하기 전과 달라진 건 하나도 없었다. 여전히 일이 손에 잡히지 않아 멍하니 있다가 또 서성거리기를 반복했다. 한참을 왔다 갔다 하는데 전화가 왔다. 한수다.

"여, 여보세요? 아직 주, 준비 안 됐어요."

— 바보야, 걱정하지 마. 지금 간다는 게 아니라 저녁 먹고 쉬라고 전화한 거니까. 가만히 있는 사람 자꾸 들쑤실래?

"아니요. 안 그럴게요. 한수 씨도 저녁 먹고 쉬세요."

— 너 때문에 틀렸어. 애써 담담하게 정리하는데 네가 불쑥 불을 질러 버렸잖아.

"미안해요. 잘할게요."

— 내일도 준비 안 됐다면서 떨면, 혼날 줄 알아.

"알았어요. 쉬세요."

한수의 핀잔을 듣고 나니 겨우 진정이 되었다. 역시 한수는 약이고 답이었다. 늦었지만 저녁을 먹고 이삿짐을 쌌다.

♣

수진이 마음의 준비를 다 하기도 전에 날은 밝았다. 사실 마음의 준비라는 한수의 말 때문에 없던 생각까지 더해져 힘든 밤을 보냈다. 앞으로의 삶에 대한 걱정과 생각만으로도 벅찬데 첫날밤

272

이니 하는 새로운 분야에 대해 자각하게 돼 버린 탓이다.

이런저런 생각을 정리하지도 수용하지도 못한 채 시간을 보내 버려서 피로는 쌓였고 긴장감의 수치는 여전히 높은 상태를 유지했다.

"에고, 이러면 안 되는데."

수진이 자리에서 일어나 욕실로 들어갔다. 평소보다 좀 더 시간을 보내며 씻은 덕분에 정신을 차릴 수 있었다. 버릇처럼 출근 준비를 하다가 더 이상 회사를 나가지 않게 되었다는 게 기억나서 입었던 옷을 벗었다.

"아니야. 한수 씨가 정리했어도 내가 직접 해야 할 일은 있는 거니까 다녀오긴 해야겠어."

그리고 곧장 벗었던 옷을 다시 입었다. 추 이사에게 직접 인사하고 사직서를 낸 후에 은미도 잠깐 보고 올 생각이었다. 반쯤 정리하다 만 집 안을 돌아보니 싱숭생숭했다. 그러나 미래를 기대하기로 하며 마음을 다독였다. 수진은 속으로 기합을 넣고 머리를 단정하게 묶은 후에 집을 나섰다. 회사로 향하는 길이 새롭게 느껴졌다.

"볼 수 없을 거라고 생각했는데."

추 이사는 웃음기 없는 진지한 얼굴로 수진을 맞았다.

"한수 씨를 따르기로 했지만 제 일은 제가 해야죠. 한수 씨가 저를 뽑은 게 아니니까 정식으로 사직서 제출하려고 왔습니다. 그리고 갑자기 그만두게 되어서 죄송하다는 말씀도 드리고 싶었습니다."

"회사에 대한 미련은 없습니까?"

"없습니다."

"이 회사가 아니라 부친의 회사를 말하는 겁니다."

"없습니다."

"하긴, 한수가 아니라 인한을 좋아했으니 그럴 법도 하지. 한수를 잘 부탁합니다."

"네? 아, 네."

자리에서 일어나 악수를 청하는 추 이사의 행동에 잠시 놀랐지만 기뻤다. 추 이사에게 찾아와 마무리한 것은 잘한 일이다.

수진은 은미를 살짝 불러내 휴게실에서 만났다.

"대리님!"

"이젠 언니라고 해."

"정말 그만두시는 거예요?"

"응."

"왜요?"

"짝사랑, 외사랑 하던 그 사람하고 살려고."

"그게, 저, 혹시, 설마, 추 과장님은 아니죠? 아니, 사람들이 두 분이서 손을 잡고 함께 나갔다고 해서. 말도 안 되지만 다들 그래서요. 그분을 만났다면 추 과장님과의 일은 진짜 말도 안 되는 소문이겠네요."

"그 사람이 추 과장님 맞아."

"어머. 어머머, 말도 안 돼. 진짜? 아무 내색도 안 하셨잖아요?"

"미안해. 나도 최근에 알았어. 다 은미 씨 덕분에 알게 된 거야."

"그게 무슨 말이에요? 짝사랑을 최근에 알다니요? 그것도 저 때문에요?"

"맞아. 은인으로 모실게."

"뭐가 뭔지 모르겠네요. 그동안 추 과장님 좋아한다고 대리님, 아니 언니 앞에서 난리 쳤는데 그랬던 전 뭐가 돼요."

"은인이지 뭐긴 뭐야. 고마워."

"결혼식은 언젠데요?"

"아직, 안 정했어."

"에? 아, 네. 점심시간마다 추 과장님 감시해 드릴게요. 아니 모든 정보를 얻어서 전해 드릴게요."

은미의 당황함이 수진에게 전해졌다. 결혼. 같이 사는 것이 결혼이 아니었나? 한수가 한 것은 결혼을 위한 프러포즈가 아니라 함께 살자는 말이었다. 새삼 그렇게 느끼는 자신이 싫었다. 함께 하는 것 이상의 의미를 찾으려 하는 것 같아서다. 그와 함께 살게 되었다는 것, 서로의 마음을 확인하게 되었다는 것 이상으로 감사할 일이 더 있어야 한다고 생각하지 않기로 했다.

"한수 씨도 회사 안 다녀."

"어머. 진짜? 와, 뭐, 사랑의 도피라도 하는 것 같네요. 갑자기 둘 다 그만두는 거 보니까."

"그런 셈이지."

은미의 말처럼 사랑의 도피가 지금 상황과 가장 어울리는 말 같았다. 그리 절실한 도피는 아니지만 어쨌든 현재 처한 상황에서 떠나는 건 사실이니까.

"연락하기예요."

"그래. 어서 들어가. 난 그만 가 봐야 해."

아쉬운 작별을 하고 회사를 나오는데 그제야 한수와 함께 새로운 미래를 꿈꾸게 되었다는 것이 현실적으로 느껴졌다.

"여보세요?"

돌아가는 버스 안에서 한수의 전화를 받았다.

— 어디야?

"집으로 가는 중이에요. 혹시 집에 왔어요?"

— 기쁜 마음으로 벨을 눌렀는데 대답이 없었어. 말도 없이 어딜 간 거야?

"회사. 사직서 내고 돌아가는 길이에요."

— 못생긴 게 꼼꼼하기는. 기다릴 테니 어서 와. 배고프다.

"배만 고파요? 보고 싶지는 않아요?"

— 그게 그 소리지. 빨리 와.

"네."

애써 한 말이 효과를 보니 기분이 좋았다. 앞으로도 계속 마음을 표현하려고 노력할 생각이었다.

10

로맨스의 위한 기간

이사는 힘들고 더뎠다. 두 사람이 한 공간에 살게 되는 일은 생각보다 어렵고 복잡하다는 걸 알게 되었다. 예전에 인한이 집을 수진에게 내어 주었을 때 집이라는 공간 이상으로 훨씬 많은 걸 배려해 주었다는 것도 수진은 이사를 하면서 깨닫게 되었다.

한수의 말처럼 작은 집은 작은 집이었다. 그녀가 살던 집보다는 넓었고 한수가 살았던 집보다는 아주 많이 작을 것이다. 더블 침대가 들어가면 꽉 차는 작은 방과 거실 겸 주방과 작은 욕실이 전부인 집이었다.

"옷이 뭐 이렇게 적어?"

"원래 적기도 하고 혹시 몰라서 두툼한 것들은 두고 왔어요. 아직 계약 기간 남아서 그동안 천천히 옮기면서 정리하려고요."

"너무 좁지?"

일꾼들이 다 가고 둘이서 서둘러 대충 정리를 마쳤을 때 한수가 멋쩍은 듯 둘러보며 말했다. 미안해서 차마 그녀의 얼굴을 마주하지 못하는 것 같았다.

"한수 씨하고 딱 붙어 있기 좋은데요, 뭘."

"너, 변했어."

"뭐가요?"

"듣기 좋은 말만 잘 골라서 하잖아. 예전엔 쑥스러워서 말도 잘 못 했으면서."

"그래서 이젠 말하려고요. 그때 말 제대로 못한 거 후회 많이 했거든요."

"흠. 나가자. 나가서 저녁 먹고 들어오자."

수진은 자신을 안으려고 다가오려던 한수가 갑자기 몸을 돌리고 겉옷을 챙겨 입는 게 이상해서 왜 그러냐고 물으려고 했다. 그러나 곧 그가 왜 그러는지 알 것 같아서 함께 서둘러 옷을 챙겨 입었다.

한수는 밖으로 나오자마자 수진의 손을 잡아 자기 옆으로 바짝 끌어당겼다. 안에서는 눈도 제대로 마주하지 않더니 나오니까 다른 사람처럼 그녀에게 가까이 얼굴을 대고 웃기까지 했다.

"저녁 먹고 들어가면서 장도 보자."

"그건 천천히……. 그래요."

작고 소박한 식당이 늘어선 거리를 두 사람은 처음으로 연인처럼 걸었다. 여기저기 기웃거리며 뭘 먹을지 제법 심사숙고하기까지 했다. 결국 싸고 맛있어 보이는 백반집에 들어가 과거를 추억하며 밥을 먹었다.

집으로 돌아올 땐 한수의 양손 가득 장을 본 봉투가 들려 있었다. 즐겁기만 했던 수진은 현관이 보이자 갑자기 긴장이 되면서 두근거렸다. 그런 마음이 든 것이 부끄러워서 들키지 않으려고 먼저 문을 열어 그가 들어갈 수 있게 했다.

봉투를 바닥에 놓고 말도 없이 둘은 열심히 물건을 정리했다. 냉장고로 들어갈 것은 냉장고로, 싱크대 장 안으로 들어갈 건 그 안에 넣었다. 말도 안 했는데 누가 뭘 어디로 옮겨야 할지가 자연스럽게 정해졌다.

"다 끝난 건가?"

"그런 것 같아요. 내일 아침부턴 해 먹을 수 있어요."

일이 끝나니까 이상하게 어색해졌다. 그건 수진만 느끼는 건 아닌 것 같았다. 한수가 아까처럼 주변을 두리번거리며 그녀와의 대면을 피하고 있었다.

"그럼 이제, 씻고 잘 준비하자."

당연한 말을 한 사람이나 들은 사람 모두 긴장했다. 수진은 이렇게 어색해하며 있기 어려워 얼른 방에 들어가 씻고 입을 옷을 챙겼다. 뒤따라 좁은 방으로 들어온 한수가 느껴져 몸이 굳는 것 같았지만 내색하지 않고 그를 피해 방을 나왔다.

"저, 한수 씨가 먼저, 씻을래요?"

수진은 어디 들어가 숨고 싶은 마음 간절하지만 꾹 참고 말했다. 챙기는 건 먼저 챙기고 양보하는 상황이 이상했지만 어쩔 수 없었다.

"그, 그럴까? 얼른 씻고 나올 테니 기다려."

한수는 후다닥 소리가 나도록 서둘러 욕실로 들어갔다. 그의 그런 모습에 수진은 갑자기 웃음이 났다. 언제나 오빠처럼, 어른 처럼 그녀를 나무라며 이끌던 한수가 허둥거리고 부끄러워하는 모습이 재밌었다. 작지만 약점을 잡은 것 같은 느낌이 들어 안심 이 되기도 했다.

아일랜드 식탁 의자에 앉아 한수가 나오길 기다렸다. 앉은 자 리에서 새로 살게 된 집을 둘러보며 시간을 보냈다. 힘들고 더딘 이사였지만 그래도 하루 만에 다 정리할 수 있는 간단한 이사였 다. 쓸고 닦고까지 한 후라서 마음에 들었다.

"수진아."

"네?"

"수건 모자라."

"어머. 잠깐만요."

아직 정리가 완벽하게 끝난 건 아닌가 보다. 분명 넣었다고 생 각했는데. 식탁 위에 챙겼던 옷을 놓고 후다닥 방으로 들어가 아 까 보았던 수건을 찾아 욕실 앞으로 갔다. 살짝 열린 문밖으로 한 수의 손이 나왔다. 옆으로 서서 얼른 수건을 건네주고 자리에 도 로 가서 앉았다.

"들어가."

수건으로 머리를 털며 나오는 그를 지나쳐 얼른 욕실로 들어갔 다. 그녀가 쏜살같이 욕실로 들어간 건 한수의 차림 때문이었다. 아무것도 들고 들어가지 않았던 한수는 커다란 수건으로 허리 아래만 간신히 가리고 나왔다. 생전 처음 남자의 반 누드를 눈앞에서 보게 된 수진으로선 도망치는 것 이외에 다른 반응을 보일 수 없었다.

수진은 욕실을 나서기까지 오랜 시간과 용기가 필요했다. 그녀는 몇 번이나 자신을 다그쳐서야 겨우 욕실 문을 열고 나왔다.

"자는 줄……."

뭐라고 한마디 하려던 한수의 목소리가 갑자기 사라졌다. 그도 그럴 것이 수진의 모습을 보고 충격을 받았기 때문이다. 수진이 왜 그렇게 욕실 문을 쉬이 나서지 못한 건지 그도 충분히 이해하는 순간이었다.

"너 긴장한 것 같아서 분위기 잡아 주려고 바쁘게 준비했는데, 이렇게 뒤통수를 치다니."

한수는 억지로 입었던 티셔츠를 수진 앞에서 벗었다. 아까 수진이 봤던 맨몸이 드러났지만 고개를 숙이고 있는 그녀는 볼 수 없었다.

"아."

한수가 다가와 수진을 안아 올렸을 때에야 그의 맨몸을 몸으로 온전히 느낄 수 있었다. 수진도 속옷 위에 비치는 얇은 슈미즈 한 장만 입고 있었기 때문이다.

"준비를 하라고 했더니 말을 아주 잘 들었네. 너무 말을 잘 들어서 내가 기절할 뻔했다."

"쑥스러워하면 혼내 준다고 해서……."

한수의 열정을 다 받아 줄 만큼 집은 작았다. 침대는 가까웠고 수진은 준비가 다 되어 있었다. 수진의 모습에 한수는 잠시 얼떨떨했지만 그건 다음을 위한 쉼표와 같았다.

♣

작은 집에서의 나흘은 수진에게 가장 힘들고 가장 정신없고 또 가장 뜨거웠던 날이었다.

"제대로 된 음식을 먹어야겠어요."

재료가 바닥난 냉장고를 살피며 수진이 말했다. 나흘 동안 옷이라는 걸 제대로 챙겨 입은 적 없는 한수는 거실 바닥에 팬티 바람으로 누워 있다가 수진의 말에 이불을 들썩이더니 기지개를 켰다.

"내가 나가서 사 올게."

"싫어요. 저도 나갈 거예요."

"너, 힘들잖아. 힘들다면서? 힘들어 죽겠다면서 날 방에서 내쫓은 사람이 가긴 어딜 나가?"

"이제 해가 비치는 낮에는 밖에서 지내요."

"진짜 내쫓기는 거네."

수진이 앉아 있는 아일랜드 식탁으로 다가온 한수는 미소를 지으며 허리를 숙여 가볍게 키스했다. 수진은 그의 가벼운 키스에 고개를 내밀며 몇 번이나 반복되는 입맞춤을 거절하지 않았다. 오히려 며칠 동안 버릇이 된 것처럼 그의 입맞춤에 바로 반응했다.

"바빠지면 내 얼굴 보기 힘들어."

"바빠져요? 왜요?"

"일해야지. 하지 말까?"

마주 앉은 한수는 수진의 뺨을 만지작거렸다.

"내가 할게요."

"그럼 네 얼굴 보기 힘들잖아. 죽을 맛이겠네. 집에 있어."

"같이 바쁘면 되지, 뭐."

"넌 천천히. 나보다 늦게. 알았지?"

"힘든 일 하지 말아요."

"당연하지. 힘 다 빼고 들어오면 너 못 안아 주니까."

"저, 한수 씨라고 계속 불러요? 인한 씨라고 부르지 않아도 돼요?"

인한이란 이름은 어머니가 지어 준 이름이라고 했다. 그 이름으로 지냈던 그가 생각나 물었다. 아버지에 대한 그의 마음도 함께 생각났다. 그가 인한이란 이름으로 지내고 싶은 건지 한수란 이름으로 지내고 싶은 건지 묻고 싶었는데 기회가 없었다. 계속 미루면 안 될 것 같아 용기를 내 보았다.

"……한수라고 해."

대답은 했지만 그의 얼굴은 어두워졌다. 갈등이 되는 걸까?

"네. 어서 준비하고 나가요. 배고파요."

"벌써 천국 문을 닫아 버리니 아쉬워."

한수는 만지던 수진의 뺨에 입을 맞추고는 욕실로 들어갔다. 수진은 잠시 가만히 앉아 있다가 자리에서 일어나 거실을 정리했다. 언뜻 느낀 불안함을 떨치기 위해 한수가 욕실에서 나올 때까지 잠시도 쉬지 않고 움직였다.

♣

　대부분의 사람들이 사는 반복되는 일상을 수진과 한수도 살았다. 한수는 자세히 말하지는 않았지만 일을 시작했고 매일 아침 일찍 출근했다. 수진은 그런 한수를 배웅하고 취직하기 위해 여기저기 알아보았다. 저녁에 돌아온 한수는 다른 남자들처럼 어떤 날은 기분이 좋았고 어떤 날은 지친 모습이었다.

　수진은 살던 집을 오가며 조금씩 둘만의 공간을 다듬었다.

　"내일부터는 저녁 먹고 들어오니까 먼저 먹어. 집에서 지내는 건 어때?"

　"심심하고 바쁘고. 이상하죠? 심심한데 바빠요."

　"집에 들어올 때 네가 문 열어 주고 맞이해 주는 거 정말 좋아. 따뜻한 밥을 차려 주는 것도 좋고. 내 욕심이지?"

　"그거 하고 싶어서 함께 사는 거잖아요."

　"못생긴 게 참 예뻐."

　한수가 늦어지는 동안 원서를 넣었던 회사에서 수진에게 소식이 왔다. 면접을 볼 기회도 드문 요즘인데 감사했다. 오랜만에 정장을 입고 집을 나섰다. 따지면 그리 오래지 않지만 삶이 완전히 변한 탓에 전에 살았던 시간이 아주 오래전의 일처럼 느껴졌다.

　면접을 보고 나오면서 회사 생활 전의 삶을 완전히 잊고 지냈다는 걸 알았다. 그땐 시간을 쪼개며 살았는데. 공부하랴 아르바이트하랴 아주 바쁘게 지냈다. 그래서 더 인한을 그리워할 시간이 없었는지도.

"다음 주부터 저도 출근해요."

"그래?"

늦게 들어온 한수를 챙기며 말했다. 아주 기쁜 소식은 아니지만 그래도 지금처럼 건조한 대답을 얻을 만큼은 아니라고 생각했다.

"회사 다녀도 별로 달라지는 건 없어요."

"알아."

여전히 건조한 얼굴과 말투다. 싫은 걸까? 하루 종일 집에 있어도 그가 나가면 볼 수 없는 건 마찬가지인데 왜?

"싫어요?"

"아니. 자자."

침대에 누워 그녀를 품으로 감싼 그는 그대로 잠이 들었다. 너무 피곤해서 그런 건가? 그럴 수도 있겠네. 이렇게 늦게까지 야근을 하니까 말도 못 할 만큼 피곤한 거겠지. 수진은 고른 숨소리를 내는 한수를 마주 안았다. 그의 가슴에 바짝 파고들어 잠을 청했다. 밤마다 묵직한 그의 무게를 느끼며 잠이 드는 것이 좋았다.

꿈인가? 정신이 흐릿해지는 중에 긴 한숨 소리가 들렸다.

수진은 한수를 계속 살폈다. 그러지 않으려고 해도 저절로 살피게 되었다. 자잘한 키스와 부드러운 그의 손길은 변하지 않았지만 가끔 한수에게서 어두운 표정을 보게 되는 것이 그 이유였다. 생각에 잠긴 그의 표정도 불안하게 했다.

다시 일을 하게 된 후로 달라진 걸 느끼게 하지 않으려고 그녀는 일찍 들어가서 한수의 저녁을 준비했다. 아직은 한수보다 늦게 들어온 날은 없었다.

"예? 아, 그럼 그렇게 하겠습니다."

설거지를 하는데 한수가 전화 통화 하는 소리가 들렸다. 다른 때와 달리 수진은 신경이 쓰였다. 한수의 표정과 목소리가 확실하게 달랐기 때문이다. 설거지를 다 마치고 후식을 먹는 시간에도 처음으로 한수는 웃지 않고 기계적으로 음식을 먹고 물러났다. 무슨 일일까?

"무슨 일 있어요?"

"아니."

전혀 아닌 것이 아닌데 말해 줄 생각이 없나 보다. 수진은 한수가 뭐라도 힌트를 주기를 기대하며 기다렸지만 끝까지 한수는 가라앉은 표정으로 입을 열지 않았다.

"수진아, 내일, 아니다."

"네? 말해 봐요. 무슨 일인데요?"

"내일, 집에 못 올지도 몰라."

"왜요?"

"일이, 있어서."

무슨 일이냐고 물어도 대답해 주지 않아서 더 이상 묻지 않았다. 잠을 자려고 함께 누웠지만 처음으로 한수가 멀게 느껴졌다. 오늘은 한수의 품에 파고들지 않았고 한수도 그녀를 품에 안아 재워 주지 않았다.

♣

　한수가 없는 집이라고 생각하니 들어가기 싫었다. 수진은 퇴근
하고 회사 근처 카페에 앉아 차를 한 잔 앞에 놓고 시간을 보냈
다.

　[언니. 저 은미.]

　은미가 문자를 보냈다. 반가운 마음에 전화를 했다.

　"잘 지내?"

　— 잘 지내죠. 저, 과장님하고 함께 지내시죠?

　"응. 새삼스럽게 그건 왜 물어?"

　— 언니한테 과장님 상태 다 말해 준다고 했으니까 말할게요.

　"무슨 소리야? 그 사람 회사 안 다니는데 은미 씨가 한수 씨의
상태를 어떻게 알고?"

　— 얼마 전부터 회사에 다시 다니세요.

　"……아, 그렇구나. 난 몰랐어."

　— 어머, 언니한테 말도 안 하고 회사에 다시 다니시는 거예요?

　"일하러 다닌다는 건 알았지만 그리로 다시 들어간 줄은 몰랐
어. 오늘 들어오면 바가지 긁어야겠네."

　— 이럼, 말하기 더 어려운데.

　"참, 뭔데? 뭘 말해 주려고? 그 사람 거기서 바람이라도 피
워?"

　— …….

　은미의 침묵에 가슴이 철렁했다. 손이 떨리기 시작했지만 목소

리로 전염되지 않게 하려고 두 손으로 휴대폰을 꼭 쥐었다.

"어후, 쇼킹한데? 누구하고 바람피우는 거야?"

— 예전에 그 여자분하고 만나시더라고요. 바람피우는 건 아니지만 회사로 찾아와서 만나니까 문제 있는 거라고 생각해요.

"그렇구나. 와, 열불 나서 못 참겠네. 말해 줘서 고마워. 완전 흥분했는데 좀 가라앉혀야겠어. 이만 끊어도 되지? 미안해."

— 이해해요. 잘 물어보세요.

"응. 끊을게."

주희? 주희를 다시 만난다고? 회사를 다시 나가고? 수진은 모든 일을 이해할 수 없었다. 은미가 거짓말을 할 리는 없었다. 마음 같아서는 은미가 파렴치한 구석이 있어서 일부러 거짓말하는 걸로 생각하고 싶지만 그럴 수가 없었다. 은미는 그런 사람이 아니니까. 어떻게 해야 하지? 뭘 어떻게 물어봐야 하지?

카페에서 나와 돌아가고 싶지 않지만 집으로 갔다. 불안함이 조금이라도 줄어들 뭔가가 필요했다. 생각대로 집으로 들어가자 아주 잠시 마음이 안정됐다. 한수와 함께 살고 있다는 증거를 눈으로 볼 수 있으니까. 그러나 곧 안정이 두려움이 됐다.

결혼을 하지 않았어. 남남인 거야. 언제든 헤어질 수 있는. 하긴 마음이 없으면 결혼이란 구속이 그리 좋은 장치는 아니니까. 차라리 지금처럼 동거뿐인 관계가 좋은 걸까?

아니야. 이러지 말자. 이런 이상한 생각하게 될 줄 몰랐어. 하필 요즘 같은 때 그런 소릴 들어서 더 힘들어.

한수가 돌아오지 않는 밤.

[잘 자. 문단속 잘하고. 보고 싶다.]

한수의 짧은 문자. 전화는 없이 그저 문자뿐이다. 통화를 할 수 없다는, 아니, 하고 싶지 않다는 거절처럼 느껴졌다. 물어보고 싶고 전하고 싶은 말이 많은데 수진은 정작 한마디도 할 수 없었다. 수진이 침묵을 강요당하는 기분으로 휴대폰을 바라보았다.

돌아오면 물어보면 돼. 내일 돌아오면 묻자.

기다림은 길었다.

♣

한수는 수진이 기다리고 있는 집으로 들어갔다. 하루 보지 못했지만 아주 오랫동안 떨어진 것처럼 수진이 그리웠다.

"수진아."

매일 벨을 누르고 집으로 들어갔지만 오늘은 반가움을 더 느끼고 싶어서 그냥 들어갔다. 한수의 손에는 호두파이가 들려 있었다. 그러나 그의 부름에 돌아오는 답이 없다. 작은 집이라 그가 들어온 소리를 못 듣고 지나칠 수는 없었다. 집엔 수진이 없었다.

공허하게 울리는 자신의 목소리를 들으며 한수가 식탁 의자에 앉았다. 호두파이를 내려다보며 멍하니 수진을 생각했다. 보고 싶은데. 집에 돌아왔을 때마다 반겨 주는 수진의 얼굴에 마음이 든든했던 날들이었다.

어디 갔을까? 수진이 이렇게 늦게 집에 들어온 적은 없었는데. 옷도 벗지 못하고 좁은 거실을 서성였다. 특별한 연락은 없었다.

전화를 할까? 아니야. 회사에서 일이 늦었거나 회식이라 좀 힘들 수도 있어. 그래. 별일 아니야. 더 기다렸다가 전화해 보면 돼.

한수는 더 기다리기 전에 수진이 오기를 바랐다. 일분일초의 시간을 견뎌 내기 힘들었다. 견딜 수 있을 만큼을 기다리고 전화를 했다.

"수진아, 어디야?"

— 집에 들어왔어요?

"집에 너 없으니까 싫어. 어디야? 언제 와? 왜 안 와?"

— 다시 회사로 돌아갔다면서요?

"뭐?"

— 다시 다닌다고 내가 뭐라고 할 것도 아닌데 왜 말해 주지 않았어요?

"수진아."

— 직접 마주하고 말하기 어려워서 한수 씨 전화 기다렸어요. 오래 기다렸어요. 저도 용기 내서 하고 싶은 말 다 할 테니까 한수 씨도 이번만은 솔직하게 말해 줬으면 좋겠어요.

"그래서 일부러 밖에 있는 거야? 추워. 들어와. 다 말해 줄게."

— 별로, 내키지 않아요. 사실은 한수 씨가 정직하게 느껴지지 않아요. 당신의 무뚝뚝한 표정 보고 입을 닫고 싶지도 않고. 지금 제 상태가 그리 좋지 않아서 더더욱 전화로 말했으면 좋겠어요.

"상태가 안 좋다니? 어디 아파? 왜 그래? 불안해서 미치겠어."

— 많이 생각했어요. 생각밖에 할 게 없어서 생각하고 또 생각하고.

"그게 무슨 소리야?"

— 함께 산 지 얼마 되지도 않았는데 벌써 한수 씨 의심하게 됐어요. 그게 슬프고 그런 상황을 만든 한수 씨가 미워요. 전에도 말했지만 바람을 피우려면 제발 모르게 해요. 동네방네 다 소문내고 하면 제 귀에 들어온단 말이에요. 모르면 몰라도 알고 아무렇지 않을 수가 없어요.

"그게 무슨 소리야? 누가 바람을 피워? 너 대체 누구한테 무슨 소리를 듣고 이래?"

— 그렇죠? 눈앞에 있었으면 저한테 아니라고, 절대 아니라고 그런 일 없다면서 잘못 들은 거라고 하겠죠? 누가 그런 쓸데없는 소리를 했냐고 다그치겠죠? 그런데 전 그거 싫어요. 한수 씨한테 휘둘려 억지로 인정하게 되는 상황 피하고 싶어서 전화한 거예요.

"네 말 이해가 안 가. 대체 왜 이러는지 모르겠어. 내가 널 두고 바람을 피웠다니 말이 돼?"

— 만나기만 하고 마음은 없었다고 말할 수도 있고, 그때 딱한 번 만나고 다신 안 만났다고 할 수도 있고. 그것도 아니면 만났지만 억지로 그랬다고 할 수도 있겠죠. 제대로 말해 주지 않으니까 혼자 소설 썼어요. 이것도 너무 싫어요.

"수진아, 들어와서 얘기하자. 들어와. 뭐가 의심스러운 건지, 대체 뭘 가지고 지금 이러는 건지 와서 말해."

— 혼자 살 때는 편했을 거예요. 얽매이고 옆에서 자꾸 물어보고 뭐든 설명해 달라고 하고. 나한테 일일이 설명하는 거 귀찮고 말해 주기 싫어서 입 닫는 거라면, 함께 사는 의미 없어요. 우리 헤어져요. 지금 헤어져요. 뭐가 어떻게 된 건지 궁금해하고 혼자

생각하고 상상하면서 마음 졸이며 사는 거 이제 그만할래요.

"우수진! 너 자꾸 이상한 소리 할래? 빨리 안 들어와? 나 미치는 거 보려고 이래?"

— 당신만 미치는 거 아니에요. 한수 씨만 속상해요? 표정으로 행동으로 들통 날 생각과 감정을 왜 숨겨요? 자꾸 보이니까 용기 내서 물었잖아요? 무슨 일이 있는 거냐고. 물어봤는데 대답하지 않았어요. 두드렸는데 열어 주지 않았어요.

"수진아. 뭔지 모르지만 미안해. 난 정말 네가 왜 이러는지 몰라. 들어오면 안 돼? 죽을 것 같다. 이러지 마. 뭘 숨기려고 한 적 없어. 아버지 회사로 돌아간 건 당신하고 아무 상관이 없어. 내 개인적인 일이야. 그래서 말하지 않았어. 내가 아버지한테 오해한 부분이 있어서 그거 풀어 보려고 다시 돌아간 거야."

— 그랬군요. 그래서 주희를 다시 만난 거군요. 아버지와 화해하기 위해 다시 시작하려고. 말리고 싶었는데. 다른 여자는 몰라도 주희는 제발 다시 생각해요. 당신을 위해서 간절히 말하는 거예요. 아버지한테 다른 여자로 다시 소개해 달라고 하세요. 주희 말고 다른 참한 여자라면 당장 결혼할 수 있다고.

"너, 미쳤어? 내가 왜 널 두고 다른 여자하고 결혼해? 주희는 갑자기 왜 나오는 건데? 아버지하고 화해하는 데 내 결혼이 왜 들어가?"

한수는 수진에게 소리치고 있었지만 자신에겐 욕을 했다. 주희가 회사에 찾아와 만났던 걸 수진이 알게 된 건지도 모른다. 자신의 기억엔 사라진 그 시간. 아무런 의미도 없고 우연히 일어난 그 일이 이렇게 수진과 위험한 대화를 하게 된 원인이 될 것이라곤 상상도 못 했다.

— 열차표 끊었는데 타야겠어요. 못생겨서 그런 건지 나 좋다는 남자 나타나자마자 생각도 없이 너무 경솔하게 함께 지냈나 봐요. 미안해요. 다 배운 것 없는 못생긴 제 잘못이니까 돌아가세요. 돌아가서 가족들과 화목하게 사세요.

"우수진! 가지 마. 제발 가지 마. 널 오 년이나 기다렸어. 겨우 널 품에 안았는데 이렇게 떠나가면 안 돼. 널 사랑해. 알잖아? 널 사랑해."

— …….

탁.

한수는 신호가 끊어진 휴대폰을 손에서 놓쳤다. 이렇게 오해가 쌓이도록 몰랐다는 게 신기했다. 수진을 걱정시키지 않으려고 몰래 해결하려고 했던 일이 오해가 되고 의심이 될 줄 몰랐다. 힘없이 바닥에 주저앉은 한수는 한참 동안 충격 속에서 나오지 못했다.

수진이 떠나? 떠난다고? 헤어져? 우리가?

전화를 끊은 수진은 대합실로 돌아와 한참 동안 멍하니 앉아 있었다. 뭔가 어긋나고 있는 것 같은 생각에 매 순간 푹 빠져서 사랑하지도 못했고 행복해하지도 못했다. 뭐가 어긋난 걸까? 생각하고 또 생각했는데 알 수가 없었다. 불안한 일이 느껴질 때마다 한수의 눈치를 살피는 자신의 모습이 마음에 걸렸다.

전화 대화를 시도한 이유가 그래서였다. 마주 보고 이야기하면 분명 한수의 눈치를 살피며 그가 화내거나 흥분하면 생각했던 말을 다 하지 못하고 묻어 버렸을 테니까. 영원히 묻혀 있으면 좋은데 그게 불쑥 튀어나오면 감당할 수 없었다. 반복되는 마음의 고통을 더 이상 견뎌 낼 자신이 없었다.

한수가 회사로 다시 돌아갔다는 말을 하지 않은 걸 좋게 해석할 수도 있었다. 주희를 만났다는 은미의 말도 긍정적인 해석은 얼마든지 가능했다. 그러나 그럴 수 없었다. 그래지지 않았다. 긍정적으로 좋게 해석하지 못하는 건 두려워서일까? 자신이 없어서, 의심과 두려움에 밀려 부정적이고 충격적인 결말로만 내리닫게 되는 걸까?

이제까지 한수의 태도만 문제 삼았었는데 그게 아니라는 걸 느꼈다. 사랑해. 한수가 사랑한다는 말을 했을 때 진심으로 느껴졌다. 그가 사랑한다는 말은 의심할 수 없었다. 그래. 한수 씨의 마음이 믿어지는데 어째서 두렵고 불안할까?

수진은 손에 쥐고 있던 열차표를 내려다보았다. 도망. 갑자기 열차표에서 도망이라는 글자가 보였다. 내면의 문제점에서 도망치는 걸지도 모른다. 한수의 마음이 믿어지면서도 진심으로 받지 못하는 자신의 문제.

과거 작은아버지의 심리적, 상황적 폭력에 저항하지 못하고 그대로 달아나 죽으려고까지 했던 그때가 생각났다. 묻고 따지고 개선하려고 시도하지 않았다. 주어지는 상황을 나름대로 해석하고 결론지은 후 혼자 비참함에 빠져 버렸다. 지금이 그때와 다르지 않은 것 같았다.

아니야. 과거로 돌아가선 안 돼. 겨우 찾은 삶을 이렇게 쉽게 정리하면 안 돼. 다시 빼앗겨선 안 돼. 멀리서 남의 일처럼 바라보며 입으로 탄식만 하고 있을 수 없어. 이젠 그런 삶은 버려야지.

수진은 열차표를 구기며 자리에서 일어나 대합실을 나왔다.

♣

바쁘게 빌딩 사무실을 내려오던 수진이 전화를 받았다.

"은미 씨. 오랜만."

— 바쁘시다더니 지금도 목소리가 숨이 차요.

"아, 일 보고 다시 돌아가는 중이야. 숨차게 살고 있어.

— 과장님 집에다 두고 대신 돈 버는 중이세요?

"아니. 그 사람도, 벌지."

— 그래요? 요즘 회사에서 통 볼 수가 없던데. 출장 가셨어요?

"음, 그래."

— 깨가 쏟아지게 사는 신혼에 장기 출장이라니 너무하네요. 뭐라고 하지 그러셨어요?

"회사 일이 그렇지 뭐. 다행히 내가 바빠서 시간은 금방 갈 것 같아."

— 결혼식 얼른 하세요. 그래야 대놓고 축하해 드리고 놀러 갈 수 있잖아요.

"알았어. 기다려. 아, 저기 만나려고 하던 사람 왔다. 다음에 또 통화하자. 고마워. 잘 지내."

— 네. 언니도 파이팅.

빠르게 걷던 걸음을 멈춘 수진은 텅 빈 공원에 와 있다는 걸 알았다. 한수가 회사에 안 나가는가 보다. 은미에겐 다 아는 척했지만 지금은 한수에 대해 아무것도 모른다. 그날 이후로 한수와 통화도 만남도 일절 없었기 때문이다.

수진은 정신을 가다듬고 원래 가고자 했던 곳으로 다시 움직였다. 짧은 점심시간을 이용해 나온 것이라 서둘러 돌아가야 했다.

"여보세요? 아, 네. 내일 만나 뵙죠. 알겠습니다."

전화를 끊고 한숨을 쉬었다. 물살에 뜬 보트에 올라탄 순간 그녀는 정신없이 흘러 내려가고 있었다. 이제는 되돌릴 수 없으니 앞에 있는 장애물을 최선을 다해 피해 갈 수밖에.

며칠 전부터 출퇴근할 때 주변을 살피던 일을 하지 않았다. 집을 나온 이후에도 다니던 회사를 빠짐없이 다니고 있지만 한수는 보지 못했다. 다니고 있는 회사를 한수가 모를 수도 있다는 생각도 했다. 취직이 되었다고 했을 때 어디냐고 물어봐서 대답하기는 했지만 그저 고개를 끄덕이는 것으로 끝을 낸 한수를 기억했다. 그때 조금 섭섭했다. 그의 인생에 자신의 인생은 분리되어 있는 느낌이 들었기 때문이다. 이젠 그런 섭섭함도 그리웠다. 그때 바로 투정이라도 부릴 걸 하는 후회가 남았다.

"요즘은 어딜 그렇게 다닙니까? 점심시간에 총알같이 나가 버려서 섭섭합니다. 뭐, 숨겨 둔 자식 뒷바라지라도 하는 줄 알겠습니다."

함께 일하는 동료가 농담 삼아 말을 했다.

"그러네요. 얼른 키워서 내보내야 할 텐데 말이죠."

수진은 평소처럼 가볍게 받아넘기고 자리에 앉았다. 아. 어지러워. 너무 바쁘게 다녔나 보다. 심호흡을 하며 천천히 몸 상태를 회복시켰다. 중간에 쓰러지면 안 돼. 이왕 시작한 일 끝까지 가서 확실하게 결론을 내야 해.

회사에 다니지 않는다는 한수가 걱정되었다. 하지만 이젠 그녀도 함부로 나서지 않을 참이다. 그도 어른이니까. 각자의 방식대로 의지대로 이 시간을 책임져야 한다. 이제는 집으로 들어갈 때마다 한수를 찾는 자신을 더 이상 비난하지 않았다. 여전히 사랑하고 있는 사람이라는 걸 인정했기 때문이다.

마음을 다잡고 일을 한 덕분에 시간은 잘 흘러갔다.

"숨겨 둔 자식 얼른 밥 챙겨 주러 가십시오."

"네. 감사합니다."

경쾌한 퇴근 인사를 한 수진이 회사를 나섰다.

수진은 저녁거리를 근처 슈퍼에서 마련해 집으로 들고 들어갔다. 인한이 준 마지막 선물이 여전히 보금자리가 되어 주고 있었다. 인한이, 한수가 돌아올지도 모른다는 희망이 그녀를 다른 곳으로 이사하지 못하게 했다.

"숨겨 둔 자식님, 얼른 식사하십시다."

수진은 저녁을 챙겨 책상에 놓고 중얼거렸다.

<u>11</u>
비밀

　주희는 아버지의 날카로운 신경 때문에 뭐라 말을 하지 못했다. 추 회장의 마음이 아직은 떠나지 않아 한수를 만나러 가는 일에 용기를 내 봤지만 억지로 몇 번 얼굴을 본 것이 전부였다. 최근에는 아예 그것조차도 할 수 없었다. 그와 연락은 되지 않고 추회장에게서는 어떤 위로의 말이나 힌트도 얻을 수 없었다. 불안해서 의논하고 싶은데 아버지는 한술 더 떠서 요즘 들어 바쁘고 심각해 보였다.

　"요즘 안 좋은 일 있으세요?"

　늦게 들어와 오만상을 다 쓰고 있는 아버지에게 주희가 겨우 말을 꺼내 보았다.

　"한수하고는 어떻게 되어 가고 있는 거냐?"

　"뭐, 아직 이렇다 할 특별한 진전은 없어요. 그래도 회장님이 약혼 발표를 약속하셨으니까 기대하고는 있어요."

아버지의 다그침에 일을 제대로 해내지 못한 말단 직원처럼 느껴졌다. 변명처럼 길게 늘어놨지만 지금 상황을 남김없이 들킬까봐 불안했다. 추 회장이 약속했던 약혼 발표는 벌써 몇 달이 지나도록 구체적인 진전이 없었다. 아버지가 도움을 주면 좋겠는데 솔직하게 모든 상황을 털어놓고 의논할 분위기가 아니었다.

"빨리 일이 진행되어야 해."

"왜요?"

"너 혹시, 수진이가 지금 어떻게 지내고 있는지 알아?"

"네? 그걸 제가 어떻게 알아요? 그날 이후로 회사에서 완전히 사라졌던데 잘된 거죠. 안 그래요?"

갑자기 수진에 대한 말은 왜 꺼내시는 걸까?

"그날 이후? 무슨 날?"

"아, 뭐……."

실수다. 수진을 모르는 척하라고 했던 아빠의 말을 어겼다고 자기 입으로 말한 셈이었다.

"너, 설마 그 애를 만났어? 만나서 뭐라고 한 거야?"

"만났어요. 아빠, 우수진이 뭘 할 수 있겠어요? 아무것도 할 수 없는 애한테 너무 전전긍긍하는 것 같아서 혼자 있을 때 말했어요. 한수 씨 근처에서 꺼지라고."

정말 그날 이후 수진은 사라졌다. 그렇다고 그날 이후로 한수를 자유롭게 만날 수 있었던 건 아니었다. 수진이 사라지고도 한참이 지나서야 회사에서 한수를 만날 수 있었다. 그래도 자신의 말을 듣고 원했던 대로 수진이 꺼져 줬기 때문에 많이 안심했다. 혹시 그날 한수가 뭔가를 들었더라도 별문제 없이 지나갔다는 증거니까.

"잘했다. 잘했어. 아주 불을 붙이다 못해서 기름을 들이부었구나."

"네? 그게 무슨 말씀이세요? 불은 뭐고 기름을 붓다니요?"

주희는 자리에서 일어나기까지 하며 화를 내는 아빠를 이해할 수 없었다.

"왜 갑자기 수진이가 그러나 했더니 다 너 때문이야. 너만 가만히 입 다물고 있었어도 개가 이렇게까지 날을 세워서 나타나진 않았을 거다. 수진이는 마음이 약해서 나한테 이렇게 할 수 없는 아이였어."

마지막에 버린 건 미안한 일이지만 회사를 완전히 넘겨받으려면 어쩔 수 없었다. 수진의 대리인으로 회사 경영을 할 수도 있었지만 나중에 잘 키운 회사를 빼앗기고 싶지 않았다. 빠르게 성인이 되어 가는 수진 때문에 초조했고 방법을 찾아야 했다. 행방불명이 되게 하는 일은 생각보다 쉬웠고 어리고 아무것도 모르는 수진은 그의 뜻대로 다시는 근처에 얼씬거리지 않았다.

"날을 세워요? 지가 뭐라고 감히 아빠한테 날을 세워요? 세우든지 말든지 상관없잖아요?"

"상관이 있게 됐어. 그것도 아주 심각하게."

"도대체 무슨 일인데 그래요? 지가 회사를 도로 찾기라도 하겠대요?"

"그래."

변호사에게서 연락이 왔을 때 놀라서 몇 번이나 다시 서류를 읽어 봤다. 상속 재산에 대한 이야기였다. 처음 한수와 함께 근무하고 있는 수진에 대해 알게 되었을 때 내키지는 않았지만 재산을 일정 부분, 아주 조금 떼어 줄 생각은 했다. 문제를 일으킬 아이는 아니니까 혹시 모를 일을 생각해서 적당히 누르면서 재산을 주면 확실하게 정리될 것 같았기 때문이다.

사실 그게 더 좋은 방법이었다. 언제 어느 때 튀어나올지 모르는 시한폭탄을 살피고 사느니 보란 듯이 절차를 거쳐 완벽하게 회사를 차지할 수 있는 기회였다. 그런데 수진은 적절한 때에 적당히 다가오지 않았다. 주희가 수진의 순한 마음을 흔들어 놓은 영향이 분명 있는 것이다.

"어머!"

"아직 옛날 사람들 다 갈아 치우지 못한 상태야. 조금만 더 참고 눌렀으면 이런 걱정은 할 필요도 없었어."

정말로 시기가 아쉬웠다. 조금만 더 있었으면 부당 해고라는 이름 없이, 합법적으로 창립 멤버들을 모두 갈아 치우고 자신의 사람들로만 회사를 채울 수 있었다. 아직 회사에 영향력을 행사하는 간부들이 수진에 대해 알았으니 일이 어렵게 되었다.

"사람들 입엔 오르내려도 결과는 바뀔 게 없잖아요?"

"이미 알 사람은 다 알게 됐어. 회사가 지금 술렁거리고 있어. 수진이를 따로 만나는 간부들이 있을 거다. 그걸 막아야 하는데……."

주희의 말처럼 결과가 바뀔 것이 없다면 얼마나 좋을까? 수진에게 몇 번이나 개인적으로 연락을 했지만 만나 주지 않았다. 구슬릴 수 없는 상태라는 걸 확인했다. 이젠 어쩐다?

"제가 연락해서 다시 만나 볼까요?"

"만나서 뭐라고 하려고? 다시 기름을 더 부을 셈이냐?"

"뭐라도 해야 한다면 하면 되죠. 이미 회사에 안 좋은 영향을 주고 있는 거라면 기름을 붓든 불을 붙이든 상관없는 거잖아요?"

"그건 그렇지. 너, 혹시라도 수진이를 만날 약속을 하게 되면 나한테 알려."

"왜요?"

"너 따라서 나도 만나려고. 일단 수진이하고 연락이 되면 말이다. 내가 함께 간다는 말은 절대 하면 안 된다. 이번에는 제발 내 말대로 해."

"알았어요."

크게 기대하지는 않지만 주희라면 수진이 만나 줄지도 모른다. 심한 말을 듣고 권리를 되찾으려고 마음을 먹은 거라면 주희에게 대갚음하려고 만날지도 모를 일이다. 수진을 만나기만 하면 뭐라도 할 수 있으니 기회를 얻고 싶었다. 더 힘들어지기 전에 빨리 수진의 마음을 바꿔 놔야 해.

저녁 준비를 하던 수진은 주희에게 전화가 와서 조금 의아했다. 처음엔 받지 않으려고 했다. 그러나 그들에게 부당하게 대우받았던 일을 당연하게 받아들이고 있지 않다는 걸 알려 주고 싶었다. 피하거나 숨어 지내는 일은 다시 하지 않을 테니까.

"꺼져 달라고 해서 꺼져 줬는데. 무슨 일이 또 남았어?"

— 한수 씨한테서 멀어진 건 고맙게 생각해. 그래서 이젠 크게 걸리는 거 없으니까 한번 보자고.

"난, 보고 싶지 않아."

— 내가 미안하니까 그래. 지금 어디서 뭘 하면서 지내는지는 몰라도 만나자. 내가 빈손으로 나가겠어?

"그래? 기대가 되네. 그 손에 뭘 들고 올지."

— 실망하지 않을 거야. 내 부탁을 잘 들어줬는데 보답을 해야지. 안 그래?

"그렇구나. 그렇다면 만나. 혼자 나오는 거지?"

— 물론이야.

약속 장소를 정하고 전화를 끊었다. 작게 떨리는 손이 아직 남은 감정적 폭풍을 보여 주었다. 처음이니까. 매번 당당하려고 애를 쓴다면 곧 담대해질 수 있을 것이다.

"여보세요, 우수진입니다. 네. 그쪽에서 만나자고 해서요. 일단 약속은 정했어요. 혼자 온다는데 믿기지는 않아요. 사람이 한 번에 바뀌지는 않으니까요. 네. 만날까요? 네. 알겠습니다. 약속 장소하고 시간을 문자로 보내 드릴게요. 네. 감사합니다. 네."

수진이 전화기를 책상에 놓고 자리에서 일어났다. 내일 일은 내일 걱정하기로 했지만 이번만은 지금부터 걱정이 되었다.

마음을 단단히 먹어야 해. 그러기로 했잖아? 틀어진 인생을 올바로 할 마지막 기회일지도 몰라.

진정되지 않는 마음 때문에 수진은 결국 집에서 나왔다. 집 근처의 식당들이 모두 저녁 시간을 맞아 북적거렸다. 딱히 뭘 먹으려고 나온 건 아니었다. 머리가 복잡하고 가슴이 두근거려서 이리저리 걷게 되었다.

아. 어지러워. 자주 그러네. 수진이 음식점 입간판에 손을 대고 잠시 멈추었다. 안에서 나오는 음식 냄새에 속까지 메슥거렸다. 그녀는 주머니에 넣고 있던 손으로 입을 막으며 고개를 숙였다. 얼른 자리를 피하고 싶은데 현기증이 있어서 잠시 참아야 했다.

"여기다 토하면 안 돼요!"

"아. 토하려는 거 아니에요. 걱정하지 마세요. 술 안 마셨어요."

"미안해요. 난 토하려는 건 줄 알고."

음식점 직원이 소리를 질러 얼결에 몸을 폈다. 늦은 밤도 아닌데 술주정꾼이 장사를 망치려는 줄 알고 소리를 지른 것이다. 수진은 충분히 오해할 만했다는 걸 인정하며 물러 나왔다. 현기증은 좀 남았지만 아주 움직이지 못할 정도는 아니었다.

"어디 아파?"

천천히 왔던 길을 되돌아가는데 뒤에서 그리운 목소리가 들렸다. 인한이다. 아니, 한수겠지. 그의 아버지에게 돌아갔으니 한수로 살고 있겠지.

"수진아."

돌아보지 않는 수진을 따라 목소리는 계속 뒤에서 들렸다.

"할 말 없습니다."

"어디 아파? 병원에 갈까?"

음식점 앞에서 입을 막고 있었던 걸 봤나 보다. 이럴 줄 알았으면 진작 아픈 척할 걸 그랬다. 길 가다가 쓰러지면 달려왔을까?

"안 아파요. 신경 쓰지 마세요."

"아프니까 병원에 갔던 거잖아? 어디가 안 좋아? 좀 알자. 걱정돼서 살 수가 없어. 너 안 돌아오는 건 어떻게든 견뎌 보겠는데 너 아픈 건 안 되겠어. 뭔지 모르지만 다 나으면 다시 갈게."

"안 돌아오는 건 왜 견뎌요?"

돌아서면 안 돼. 그러나 마음과 달리 수진의 몸은 한수를 향해 돌아섰다. 너무 보고 싶어서 도저히 참을 수가 없었다.

"뭐?"

"견딜 거면, 아."

돌아선 것까지는 좋은데 감정에 밀려 돌아선 덕분에 몸을 제대로 준비시키지 못했다. 남았던 미약한 현기증이 몸을 갑자기 돌리는 바람에 다시 커졌다. 따지려고 말을 하면서 눈을 감을 정도로 심했다. 이 타이밍엔 쓰러지면 안 되는데.

"괜찮아요."

비틀거리는 수진을 한수가 재빨리 잡아 주었다. 수진은 그가 잡은 팔에 힘을 주며 빠져나오려고 했지만 균형을 잃은 몸으로는 불가능했다.

"가만히 있어."

그리웠던 한수의 품이 느껴졌다.

"차가워요."

추운 날 밖에서 얼마나 오래 있었던 걸까? 수진은 한수의 몸에서 느껴지는 한기에 가슴이 아팠다. 춥다는 말에 한수가 얼른 자기 품에서 떼어 놓아 더 안기고 싶어도 안길 수 없었다. 그러나 그가 안아 준 덕분에 현기증이 어느 정도 진정되어 보고 싶던 그의 얼굴을 제대로 볼 수 있었다.

"병원에 가자."

"배고파서 그래요. 저녁 해서 먹으려다가 귀찮아서 사 먹으려고 나온 거예요."

인한도 아니고 한수도 아닌 얼굴이다. 덥수룩한 수염은 아니지만 며칠 깎지 않아 지저분하게 자라 있었다.

"병원엔 왜 갔던 거야?"

"따라다녔어요?"

"말해. 왜 갔어?"

"생리통 때문에요. 배 안 고파요?"

"……매일 고프지. 너 때문에."

"……아, 춥다."

수진은 천천히 한수에게서 돌아서 따뜻해 보이는 음식점 안으로 들어갔다. 한수가 따라오지 않으면 어쩌나 걱정했는데 다행히 그녀를 따라 음식점 안으로 들어왔다.

"정말 생리통이야?"

"사람들 더 많이 들으라고 확성기라도 대고 말하시지 그러세요?"

자리에 앉자마자 한수가 묻지 않고 주문해 버려서 난감했다. 그가 시킨 음식을 먹기 싫었기 때문이다. 억지로라도 먹어야 한다는 생각에 인상을 쓰며 대답했다. 그러나 그 덕분인지 한수의 질문은 이어지지 않았다.

"얼굴이 왜 그래?"

"묻는 사람이 더 힘들어 보이거든요? 인한이 되려다 만 것 같아요. 양다리는 한 분야에서만 하세요. 한수예요, 인한이예요?"

"나는, 나야. 인한일 때도 한수일 때도 너한테는 한결같았어."

"……."

한수와 마주하기 힘들어서 테이블 위의 작은 흠집들에 집중하고 있는데 먹기 싫은 음식이 나왔다. 냄새까지 나니까 생각했던 것보다 더 견디기 힘들었다.

"배고프다면서 왜 안 먹어?"

"먹기, 싫어요. 집에 갈래요."

"너 좋아하는 생선 조림이야. 말이 돼? 나하고 밥 한 끼도 못 먹겠어?"

"미안해요. 일어날게요."

수진은 한수의 오해에 마음이 아팠다. 그래도 일어날 수밖에 없었다. 주희와 만나야 할 긴장감 때문인지 아니면 그 후의 일에 대한 두려움 때문인지 아무튼 지금 신경이 상당히 날카로운 건 확실했다. 좋아하던 생선 조림이 이렇게 역겹게 느껴지는 건 처음이었다.

"앉아."

한수는 수진의 팔을 잡았다. 이대로 그냥 보낼 수 없었다. 어떻게 마주하게 된 기회인데 이런 식으로 그냥 날릴 수는 없었다. 보고 싶고 말하고 싶고 안고 싶었던 수진과 조금 더 함께하고 싶었다.

"피곤해요."

"앉아. 앉아서 먹고 가. 더 이상은 귀찮게 하지 않을 게."

힘없이 의자에 다시 내려앉은 수진이 이상하게 느껴졌다. 뭔가 이상해. 배고프다면서 음식점에 먼저 들어온 사람이 왜 갑자기 먹기 싫다고 일어난 걸까? 뭐가 잘못된 걸까?

"이거 말고 다른 거 먹으면 안 돼요?"

"왜?"

"너무, 많이 먹어서 질렸어요."

"어디서 그렇게 많이 먹었어? 장 볼 때 생선 코너 근처에도 안 가고 사 먹을 때도 생선 조림 안 먹었어."

"얼마나 쫓아다닌 거예요? 너무한 거 아니에요?"

"오랜만이라는 거 확신하니까 다른 핑계 대지 말고 먹어."

"못 먹겠어요. 굶겠다는 게 아니라 다른 거 먹겠다는데 왜 그래요? 아깝지만 그래도 다른 거 시켜 줘요."

"내가 물어보지도 않고 주문해서 그런 거야?"

"맞아요. 다음엔 좀 물어보고……. 윽!"

"수진아."

계속 올라오던 메스꺼움이 기어이 소리로 드러났다. 한수가 단순한 구역질로 이해하기를 바랄 수밖에. 밖으로 뛰어나갈 정도는 아니지만 불안한 마음에 앞에 있는 음식을 최대한 멀리 밀어 내고 떨어져 앉았다.

"속이 안 좋아서 그래요. 이젠 괜찮으니까 식사하세요."

찬물을 두 잔 연거푸 마시고 나니 조금 가라앉았다. 얼른 여유를 부리며 한수의 식사를 챙겼다.

"너……. 미안하다. 물어보고 시켰어야 했는데. 몰라서. 뭐 먹을래? 뭐가 좋아?"

"별로 생각은 없는데."

"내가 미안하니까 뭐라도 먹어. 여기가 싫으면 다른 곳에 가든가. 나갈까?"

"아니에요."

수진은 얼른 아주머니를 불러서 주문했다. 생선 조림은 치워달라는 부탁과 함께.

"그게, 먹고 싶어?"

"네."

"그렇군. 입맛이 그렇게나 달라지는 거구나."

"네?"

"미안해."

눈치챈 건 아니겠지? 수진은 혹시나 하는 마음에 한수를 열심히 살폈지만 눈치챈 것 같지는 않았다. 주문한 음식이 나오자 갑자기 배가 고팠다. 한수를 잠시 잊고 먹기 시작했다. 문득 정신을 차리고 그를 봤는데 밥 먹는 걸 신기하게 보고 있었다. 그럴 수 있지. 평소에 안 먹던 걸 먹으니까 이상하다고 생각하는 거겠지.

밥을 다 먹고 수진의 집으로 돌아오는 동안 그녀의 곁에는 한수가 함께했다. 빌딩 현관 앞에서 멈춘 한수는 긴 한숨을 쉬고는 어렵게 말을 꺼냈다.

"내일 데리러 올게."

"싫어요."

"수진아!"

"오늘은, 조금 전까지는 기억에 넣지 말아요. 오늘 점심때까지처럼 한수 씨는 한수 씨대로 저는 저대로 살아요. 그게 좋겠어요."

"미안해. 앞으로는 너한테 뭐든 말할게. 네가 하자는 대로 할게."

"그 말을 왜 오늘 해요?"

"뭐?"

"내가 여기에 사는 줄 다 알았으면서, 장 보는 것까지 따라다니면서 다 보고 있었으면서 왜 빨리 말하지 않았어요? 지금처럼 기회는 얼마든지 있었는데 계속 입 다물고 숨어 있다가 왜 하필 오늘이에요?"

"그건……."

"아직 정리된 거 아니에요. 한수 씨는 아직 정리되지 않았어요. 정리되지 않은 한수 씨에게 돌아갈 수 없어요."

"더 이상 회사에 나가지 않아."

"알아요. 그러나 슬슬 마음이 무거워지고 있겠죠. 처음엔 저 때문이라고 핑계 대고 옛날 인한일 때처럼 막무가내로 회사에 나가지 않았다가 요즘 슬슬 정신이 들어서 고민이 되겠죠. 나하고 같이 살 때 그랬던 것처럼 고민에 밀려 다시 회사를 나가게 될 거예요. 그리고 가족이 원하는 걸 거절하지 못해서 또 고민하다가 또 밀려서 다른 여자를 만나겠죠."

"아니야. 너 말고 다른 여잔 관심 없어."

"맞아요. 관심 없겠죠. 그래도 만나겠죠. 이유야 어떻든 저한테

는 한수 씨가 다른 여자를 만난다는 사실 자체가 중요해요. 가족
과 저 사이에서 갈등하는 한수 씨는 원하지 않아요. 그런 상황이
된 것도 싫고 그 상황의 악독한 주인공이 되는 건 더더욱 싫어요.
전 빼 주세요."

"……."

"들어갈게요."

여자는 약하지만 엄마는 강하다더니 그 말이 맞는 것 같다. 수진
은 한수를 두고 주저하지 않고 돌아설 수 있는 자신에게 놀랐다.

♣

주희는 최대한 공을 들여 치장을 하고 수진과의 약속 장소에
나왔다. 조용한 음악이 흐르는 넓고 고급스러운 레스토랑이었다.
아빠도 함께하는 자리이니만큼 개인적이고 비밀도 어느 정도 유
지할 수 있도록 파티션과 잎이 많은 화분으로 공간을 분리한 장
소를 예약했다. 자리에 앉아 숨을 돌린 후 바로 수진이 나타났다.
혹시라도 오지 않으면 어쩌나 하고 걱정했는데 시간에 맞춰 나타
나서 다행이었다.

"어서 와."

여주인처럼 수진을 맞이했다. 수진은 여전히 수수하고 촌스러
웠다. 재산을 되찾더라도 누리는 자리에 올라서자마자 놀라서 떨
어질 것이 분명했다.

"손이 빈 걸 보니까 가지고 온 게 물건은 아닌가 봐?"

자리에 앉으며 주희를 살피던 수진이 말했다.

"그때하고 확실히 다르네?"

딱딱하게 굳은 수진만 보다가 자연스럽게 표정이 오가는 수진을 보니 좀 달라 보였다. 자신이 있는 걸까?

"그때? 아, 나한테 주제 파악하고 꺼져 달라고 했던 그때? 별로 다르진 않아. 여전히 주제 파악을 다 못 했어. 열심히 하는 중인데 곧 제대로 된 주제 파악이 되겠지."

의자 등받이에 등을 기대며 말하는 수진의 태도는 주희를 긴장시켰다. 정말 그때와 다르다. 자신만만이란 단어는 자신을 위한 단어라고 생각했는데 지금은 수진이 그 주인처럼 느껴졌다. 암사자처럼 느긋하게 마주한 수진의 모습에 오히려 자신이 긴장으로 몸이 굳었다.

"우리 아빠 회사를 뭘 어떻게 하고 싶어 한다면서?"

"우리 아빠? 원래 우리 아빠 회사야. 난 우리 아빠 회사나 재산을 작은아버지한테 넘긴다고 허락한 적 없어. 그런 것에 관해 질문을 받은 적도 없어. 누구도 나한테 우리 아빠 회사나 재산에 대해 의견을 물어본 적이 없었어. 아빠가 돌아가셨을 때부터 성인이 된 지금까지 한 번도."

"어렸으니까. 알아서 우리 아빠가 잘하고 있는데 갑자기 나타나서 이러면 어떻게 해? 뭘 어쩌겠다는 거야? 혼자서."

"아무도 없이 혼자니까 더욱 뭘 어째야 한다는 걸 깨달았어. 혼자니까 더 열심히 살아야지. 도와주는 사람 하나도 없는데 스스로 열심히 노력해야 하는 건 당연한 거잖아?"

"내가, 아니 우리가 도와줄 테니 물러나. 혼자서 몸부림치는 거 보기 안타까워."

"도와주다니 뭘 어떻게?"

"그건……."

아빠가 오기로 했기 때문에 구체적인 협상의 내용을 가지고 있지 않았다. 주희는 수진의 뒤쪽에서 다가오고 있는 아빠를 보았다. 시간에 딱 맞게 아빠가 등장해 주니 있던 용기가 더 커졌다. 자신만만한 미소를 지으며 아빠를 응시하자 수진이 뒤를 돌아봤다.

"전화 통화 할 때는 혼자 온다고 분명 말했던 것 같은데?"

주희를 대할 때와 달리 돌아서 천서를 본 수진은 자리에 몸을 바로 하고 앉으며 긴장했다.

"사정이야 언제든 바뀔 수 있는 거 아니야?"

"일방적인 태도는 여전하니까 크게 기대하지는 않았어."

우천서는 주희의 옆자리에 앉았다. 수진은 그야말로 혼자서 두 사람을 상대하는 폼이 되었다.

"내 전화는 무시하더니 주희는 만나는 거냐?"

"통화할 일도 만날 일도 없으니까요."

"이 일이 네가 생각한 것처럼 간단하지가 않아. 겁도 없이 달려들어서 망치지 말고 그만해. 내가 그래도 작은아버지로서 충고하는 거야."

"아무것도 모르는 어린 저를 이리저리 버리면서 세상에서 지우실 때는 작은아버지가 아니라 탐욕스러운 사기꾼이었나 보죠?"

수진의 말에 기고만장해 있던 주희는 깜짝 놀랐다. 버렸어? 세상에서 지워? 그게 다 무슨 소리야? 주희는 옆에 앉은 아빠를 보았다. 그러나 그는 수진을 노려보느라 주희의 존재를 잊고 있었다.

"뭐라고? 사기꾼? 너 막나가는구나? 세상 풍파에 휘둘리더니 더러워졌구나."

"조카를 버리면서 회사를 차지하려는 작은아버지는 어디에 휘둘리셔서 그렇게 되신 건가요?"

"어차피 넌 줘도 누리지 못할 것이야. 망하려는 회사를 살려서 이만큼 키운 건 다 내 덕이야. 네가 껴서 괜히 이러지도 저러지도 못하게 되는 건 낭비였어. 열심히 살려 놓으니까 탐이 났던 거냐?"

"열심히 살려 놓으셨다는 말엔 동의할 수 없습니다. 회사 재정 상태가 엉망이라는 것 정도는 알고 시작한 일이에요."

"뭐라고?"

"주희가 추한수와 꼭 결혼해야 할 절대적 이유가 바로 재정 때문이잖아요? 제가 조사한 바로는 아빠가 돌아가시기 직전까지 회사 상태는 아주 좋았어요. 작은아버지가 가로채신 후에 이리저리 회사 자금을 불법으로 빼돌렸고 덕분에 구멍이 나기 시작한 거죠. 회사 돈으로 산 빌딩이 대체 몇 채나 되는지 궁금하네요."

"그걸 증명할 수도 없거니와 그렇게 두지도 않아. 내가 여기 나올 때는 너한테 재산을 나눠 주려고 했다. 그런데 네 건방진 태도를 보니까 그 마음이 사라졌어. 세상에 혼자인 네가 잘도 내 앞에서 까부는구나."

"어릴 때처럼 남들 몰래 버리실 수는 없어요."

"말 잘했다. 죽거나 버리거나 둘 중에 하나였어. 그건 알아 둬라. 내가 그나마 작은아버지로서 널 살려서 버려 준 게 얼마나 큰 배려였는지 알아야 해. 겨우 중학생인 너 하나 세상에서 감쪽같이 없애는 거 어렵지 않아. 그런데 난 위험을 감수하고 널 살렸어."

"주, 죽일 생각도 있었다는 건가요?"

"당연하지. 그 생각 아주 없어진 건 아니다. 여기서 중단해. 집 한 채 정도는 해 줄 수 있어. 그걸로 만족하고 사라져. 그게 너한테 좋아. 난 더 이상 배려할 생각이 없으니까."

우천서는 수진의 질린 얼굴을 보고 자리에서 일어섰다. 이렇게 눌러 주려고 기회를 노렸는데 오늘에야 그 기회가 온 것이다. 이젠 정말 근처에서 얼쩡거리지 않겠지. 다 커서 세상 무서운 건 더 잘 알 테니까.

"아, 아빠 말 들었지? 마음 고쳐먹고 조용히 꺼져."

우천서의 말에 수진만 놀란 건 아니다. 아빠를 다르게 알고 있던 주희도 놀랐다. 그러나 그대로 믿고 싶지 않았다. 단순히 협박용이겠지. 협박으로 세게 말하는 건 누구나 할 수 있어.

"너도 월급 받고 있다면서?"

우천서가 사라지자마자 수진은 다시 암사자의 여유를 찾았다.

"뭐? 아, 뭐. 아빠가 회사 사장인데 못 받을 이유 없잖아?"

"일도 안 하는 직원 아닌 직원에게 부장급 월급이 매달 나간다는 건 불법이지. 게다가 회사 법인 카드를 겁도 없이 마구 써 대는 것도 엄연히 법이 금하고 있는 일이야. 모르니?"

"모, 몰라."

분명 아빠의 말에 겁을 먹었었는데 아빠가 안 계신 지금은 아까보다 더 당당하다. 어떻게 된 거지? 아빠의 말에 기가 죽을 대로 죽어서 겁을 먹고 도망쳐야 하는 거 아니야? 주희는 수진이 자세를 바로 하고 자신을 똑바로 보고 있어 초조했다.

"오늘 아주 비싼 자동차 몰고 왔던데, 지금 입고 있는 옷도 몇 천만 원은 되는 거지? 그거 다 회사 돈으로 쓰는 것일 테고. 회사 직원들은 작은 상여금에 울고 웃으며 매일을 열심히 일해서 월급을 받아 가는데 그 직원들의 피와 땀으로 번 돈을 그렇게 내 것처럼 쓰는 거 미안하지 않아?"

"그게 태생이란 거야. 부잣집에서 태어났으니 부자로 사는 거지. 직원들은 아빠 회사에서 써 주니까 와서 일할 수 있는 거고 그래서 월급이라도 받아 가는 거 아니야? 아빠가 써 주지 않으면 자기들이 어디서 돈을 벌겠어? 주제를 알아야지. 다 주제에 맞게 사는 거야."

"맞아. 주제에 맞게 사는 거야. 그래서 곧 너도 주제에 맞게 살게 될 거야. 부자인 아버지를 둔 건 네가 아니라 바로 나였으니까."

"웃기지 마. 혼자인 넌 우리 아빠 못 이겨."

"그 말도 맞아. 혼자인 난 아무것도 못 해. 누구의 도움도 없이 이 큰일을 해결할 수는 없지."

불안하다. 수진의 말을 들으면 들을수록 주희는 불안했다. 혼자가 아닌가? 누가 있어? 그 인한이란 부랑자? 아니야. 그 남자가 뭘 도와줄 수 있다고. 혹시, 회사 중역들 중에 누군가가 수진을 돕는 걸까? 그럴 수는 있겠지. 그러나 그것도 아빠가 다 막아 낼 거야.

"회사 사람 누군가가 도와줄 거라 착각하지 마. 아빠가 월급 주는 사람들이야. 널 도와주다가 자기들이 더 크게 당할 수 있어. 나중에 뒤통수 맞지 말고 지금 정신 차려."

"한수 씨하고 결혼할 거야?"

"다, 당연히."

"사랑해?"

"뭐?"

"한수 씨 사랑해?"

"그게 무슨 웃기는 소리야? 누가 사랑으로 결혼을 해? 적당히 조건 맞고 서로에게 큰 흠 없으면 하는 거지."

"그렇구나. 회사 때문에 결혼하더라도 상관 않겠네?"

"한수 씨는 멋있으니까. 아빠 회사에도 도움 되고 나도 좋으면 최고 아니야?"

"한수 씨하고 결혼했는데 회사에 도움을 안 주면 어떻게 해?"

"그럴 수는 없어. 회사에 도움이 되게 만들 거니까."

"나한테 했던 것처럼 할 수도 있겠구나? 속이고 술수를 부려서 아무도 모르게 꿀꺽."

"우리 둘이 사이좋게 잘 살 수도 있다는 생각은 안 해?"

"해. 해 봤어. 그럴 수도 있지. 그래서 따지지 않기로 했어. 내 생각과 달리 둘이 잘 살 수도 있으니까."

"흥. 그래도 생각이란 건 하고 있구나?"

"어렵지만 하려고 노력해. 밥 먹을 생각 없는데 계속 있을 거야?"

"내가 왜? 갈 거야. 회사 카드로 산 비싼 자동차 몰고 여기보다 몇 배는 더 비싼 레스토랑에서 회사 카드로 마음껏 사 먹을 생각이야. 카드 보여 줄까? 여기. 처음 보지? 이런 거 아무나 못 가져. 마지막이 될지도 모르니 실컷 구경해."

주희는 지갑에서 카드를 꺼내 수진에게 보여 주었다. 수진은 카드를 들고 수표를 감정하듯 공중에 들어 올려 앞뒤로 천천히 뒤집었다. 주희는 잠깐 기막힌 눈으로 쏘아보다가 도로 카드를 빼앗아 지갑에 넣었다.

"잘 가."

"여기서 먹을 주제 아닌 것 같은데 너도 얼른 나와. 괜히 슬프게 폼 잡지 말고."

주희는 평소처럼 당당하고 멋지게 몸을 뻗으며 수진을 지나쳐 나갔다. 주희의 기척이 완전히 사라지고도 조금 더 수진은 자리에서 움직이지 않고 있었다.

"잘하셨습니다."

중년의 남자가 수진의 곁으로 다가와 말했다.

"법적 효력은 어떨지 모르지만 회사 중역들에게 보여 줄 만큼은 될 것 같죠?"

"물론입니다. 법적 효력도 있습니다. 감사받을 만큼의 증거니까 충분합니다."

김 변호사는 파티션 사이에 교묘하게 숨겨 둔 카메라를 꺼내서 정리했다. 화분 사이에 있던 마이크와 또 다른 카메라도 정리했다. 세 사람의 만남은 화질과 음질이 좋은 상태로 잘 녹화가 되었다.

힘든 하루를 보내고 집으로 돌아오는 수진의 몸은 움직이기 힘들 만큼 무거웠다. 한수와 함께 살면서 새로 어렵게 들어간 회사지만 우천서와의 싸움을 위해 준비하고 만나야 할 사람들이 많아서 사표를 내고 나와야 했다. 회사를 그만두었지만 일을 할 때보다 몸은 몇 배나 더 힘들었다.

  "여기서, 이게, 뭐하는 짓이에요?"

  빌딩 현관 앞에 한수가 있었다. 인한이 아니라 한수의 말끔하고 훤칠한 모습으로 그녀를 기다리고 있었다. 그러나 단순히 기다리기만 하지 않았다. 그는 들고 있던 꽃다발을 수진 앞에 내밀었다.

  "꽃다발 들고 있는 남자야 뻔하지 뭐. 사랑하는 여자 기다리고 있었어."

  "왜, 왜 이래요?"

  "꽃이나 얼른 받아. 사람들이 나보다 당신을 더 이상하게 봐. 잘생긴 남자가 꽃까지 주는데 저 여자는 뭘 믿고 거절하고 서 있나 하면서 말이야."

  "어머."

  "며칠 동안 오고 싶은 거 참고 꽃단장했어. 어때?"

  "한수 씨 같아요, 꽃다발만 빼고."

  "힘들어? 저녁 같이 먹고 싶은데 괜찮겠어?"

  "갑자기 나타날 때마다 뻔뻔한 거 보면 특별한 약이라도 먹고 오나 봐요. 보시다시피 남자하고 저녁을 먹을 만큼 활력이 남아 있지 않아요."

"어디 다녀왔어?"

"이젠 안 따라다니나 봐요?"

"저녁에만 잠깐."

"미안하지만 들어가서 쉬어야 해요. 저녁은 다음에 해요."

"그럼 저녁만 먹고 나올 테니 들어가자. 정말 밥만 먹고 나올 거야. 밥 차려 줄게."

"다음에……."

"정리하고 있는 중이야. 다 정리되면 부르러 올게. 올라가자. 뻔뻔한 약 기운 다 떨어지기 전에 너하고 밥 먹어야 해."

한수는 머뭇거리는 수진의 손을 잡고 앞장섰다. 수진의 피로감이 손을 통해 전해지는 것 같았다. 머뭇거리는 수진을 재촉하려고 처음엔 빨리 걸었지만 금방 속도를 줄여 수진을 배려했다.

"씻고 옷 갈아입어. 그동안 내가 준비할 테니까."

"됐어요. 아무것도 없어서……."

한수에게 휘둘려 집까지 함께 들어왔지만 잘한 일인 것 같지 않았다. 수진은 피곤한 몸과 마음 때문에 마음먹은 대로 다부지게 실천할 수 없었다. 한심한 일이지만 자신은 지금 한수를 제대로 챙겨 주지 못해 힘들어하고 있었다.

"뭐 먹고 싶어?"

"네?"

"뭐든 말해. 대령할 테니까."

"빈손으로 와서 지금 장난해요?"

"아니야. 믿고 한번 말해 봐."

"막국수. 피자."

수진은 아무거나 말하려고 하다가 정말 생각난 음식을 말했다. 그러나 곧 후회했다. 뜬금없는 메뉴였기 때문이다. 놀릴지도 몰라.

"알았어. 씻고 쉬고 있어, 금방 사 가지고 올 테니까."

"사 가지고 와요?"

부리나케 나가는 한수에게 다른 말은 들을 수 없었다. 수진은 어이없는 한숨을 쉬고는 옷을 벗고 간단하게 씻었다. 이미 나가 버린 사람을 오래 생각할 만큼 여유가 없었다. 집에 혼자 남겨지니 피로감이 더 크게 느껴졌다.

간단하게 씻고 간편한 옷을 걸친 후엔 한수가 음식을 사려고 잠깐 나갔다는 사실조차 잊어버렸다. 침대에 누워 잠깐 쉬었다가 일어나 저녁을 먹어야겠다고 생각한 것이 그녀의 마지막 생각이고 의식이었다.

한수는 수진이 말한 음식을 사려고 뛰어다녔다. 임신. 분명 그랬다. 수진이 갔던 병원은 여러 전문의들이 모여 환자를 받고 있는 빌딩이었기 때문에 입구로 들어가는 것만으로 어떤 과로 들어가는지 알 수 없었다. 그러나 이젠 확신했다. 수진은 자신의 아이를 임신한 것이 분명했다.

충격적이지만 기뻤고 행복했다. 수진이 자신의 아이를 가졌다는 사실에 안도했다. 세상 누구도 끊을 수 없는 연결 고리를 가지게 되었기 때문이다. 어영부영 시간을 보낼 수 없다는 결심에 다시 회사에 출근했다. 수진의 말처럼 인한일 때처럼 막무가내의 행동은 삼가기로 했다.

아버지에게 수진과 함께 살고 있다고 말씀드렸다. 곧 결혼도 할 거라는 것까지. 참 이상한 것은 기대했던 반응이 전혀 아니라는 것이다. 굳은 표정은 여전한데 충격을 받거나 노여워하시는 것이 아니라 가만히 듣고 있기만 하셨다.

아버지가 충격을 받아도 할 수 없다고 생각했는데 잘된 일이었다. 더 일찍 용기를 내서 부딪쳐 보지 못한 것이 후회가 되었다. 무엇보다 수진이 혼자서 힘든 시간을 보내야 했던 것이 가장 안타까웠다.

"붇지 않게 얼른 가서 드세요."

막국수를 포장해 주는 주인의 말에 안 그래도 급한 한수는 더 급해졌다. 피자가 생각보다 늦어져 국수가 붇는 건 아닌지 걱정도 되었다. 처음이라 실수가 많았다.

양손에 수진이 말한 음식을 하나씩 들고 집으로 돌아왔다. 문을 열 때마다 곡예를 하며 아슬아슬하게 움직였다. 그러나 모든 상황이 새롭고 즐거웠다. 수진이 임신했다는 사실을 생각할 때마다 가슴이 뛰었다.

현관문을 힘겹게 열고 안으로 들어서며 수진을 찾았다. 조용한 집 안. 수진이 떠났던 날 느꼈던 분위기에 깜짝 놀라 성큼 뛰어 안으로 들어갔다.

수진아.

침대에 웅크리고 누운 수진이 보였다. 잠이 든 것이다. 소리쳐 부르지 않고 뛰어 들어오길 잘했다. 음식을 책상 위에 놓고 다가

가 보았다. 거친 숨소리를 내며 깊이 잠든 수진이 안쓰러웠다. 바닥에 앉아 옆으로 누워 자고 있는 수진과 마주했다.

"예쁘네."

거칠어진 수진의 입술에 손을 대 보았다. 진짜로 떠날까 봐 얼마나 놀랐던지. 마음으로 늘 함께였던 수진이 몸도 함께하게 된 순간부터 둘이 떨어진다는 생각은 할 수 없었다. 세상이 무너져도 둘은 항상 같은 마음으로 함께할 거라고 믿었다. 그래서 수진이 헤어지자고 했을 때 정말 벼락을 맞는 기분이었다.

"매번 겁먹은 얼굴은 네가 했지만 진짜는 내가 더 겁났어. 알아? 처음 봤을 때도 네가 너무 예뻐서 덜컥했다고. 사귀자고 말할 때도, 함께 살자고 말할 때도 얼마나 가슴을 졸였는지 넌 모를 거다. 그거 알면 미안해서라도 나한테 헤어지자는 청천벽력 같은 말은 절대 안 했을 텐데, 그렇지?"

수진아, 화 풀어라. 그만 화내고 용서해. 이젠 예쁜 얼굴 매일 보게 해 줘야지.

"음."

뺨에 입술에 한수가 자꾸 키스를 하는 바람에 깊이 잠든 수진도 잠을 깰 수밖에 없었다.

"저녁 먹자."

"나중에……."

귀찮은 한수의 입술에서 멀어지려고 몸을 돌리려고 했지만 그럴 수 없었다. 수진이 정신이 드는 걸 알고는 아예 침대에 올라앉아 품에 안았다. 그 바람에 희미하게 살아나던 수진의 의식이 성큼 돌아왔다.

"저녁 먹고 자. 국수 다 불었겠네. 피자도 식었고."

"국수? 피자?"

눈을 뜨지 못하고 한수의 품에서 수진이 중얼거렸다. 배가 고
프긴 했는지 음식에 반응했다.

"그래. 아까 먹고 싶다고 했잖아. 조금 먹어 봐."

"먹으라면서 자꾸 키스는 왜 해요?"

"나도 먹어야 하니까. 난 아사 직전이야. 나 먼저 배려를 받아
야 마땅하지."

"치."

"못생긴 게 엄청 맛있네."

소나기처럼 입을 맞추어도 밀다 하지 않고 받아 주는 수진 때
문에 키스를 끊을 수가 없었다.

"피자 냄새 좋아요."

이젠 그만하라는 마음의 소리에 겨우 입술을 뺨으로 옮겼더니
수진이 배고픈 소리를 했다. 입맛도 다 변해 버려 먹는 게 힘들까
봐 걱정했는데 냄새가 좋다니 기뻤다.

"난 죽지 않을 만큼 됐으니 크게 인심 써 줄게. 먹자."

마지막으로 뺨에 한 번 더 입을 맞추고 수진을 일으켜 세워 주
었다. 수진은 피로를 어느 정도 물리친 얼굴로 책상 위에 놓인 음
식을 바라보았다.

"언제 사 온 거예요?"

"너 숨 쉴 때."

"이번에는 허풍 떠는 약 먹었어요?"

수진은 한수를 슬쩍 흘겨본 후 음식으로 다가갔다. 냄새를 맡자마자 식욕이 생겼다.

"맛있겠다."

피자 뚜껑을 열고 탄성을 지르는 수진의 곁으로 한수가 다가갔다.

"조금 식었어. 이것부터 먹을래? 국수 퉁퉁 불었는데."

막국수 포장을 열었지만 거절할 것 같아서 수진 앞으로 내밀지 않았다. 한수는 자리에 앉아 자기 앞으로 국수를 놓았다. 버릴 수 없으니 그가 먹어 치우려고 했다.

"먹고 싶어요."

"불었는데? 뭐, 먹고 싶으면 먹어."

아이를 챙겨 주듯이 수진을 앉혀 놓고 그릇을 꺼내서 국수를 덜어 주었다. 수진은 국수의 상태를 보며 주저하지도 않고 그가 덜어서 주자마자 바로 후루룩 집어 먹었다. 얼마나 맛있게 먹는지 남은 국수를 먹어야 하나 말아야 하나 고민이 될 정도였다.

"남긴 것까지 다 먹을래?"

"네."

신기하다. 한수는 수진이 남은 걸 눈 깜짝할 사이 먹어 치우는 걸 보며 놀랐다.

"배불러서 피자는 못 먹겠다."

"먹을 수 있어요."

수진은 그냥 하는 말이 아니라 진심이었나 보다. 피자를 한 조각 집어 들더니 속이 텅 빈 사람처럼 맛있게 먹기 시작했다.

"한수 씨는 안 먹어요?"

피자 두 조각을 말도 없이 먹은 후에야 한수를 볼 여유가 생겼나 보다.

"너 다 먹어."

"이걸 어떻게 다 먹어요? 한수 씨도 먹어요. 한 조각만 더 먹으면 배부를 것 같아요."

"피자는 한 조각 겨우 먹었었는데. 국수 한 그릇 뚝딱 해치우고 잘 못 먹던 피자까지 이렇게 맛있게 먹다니 신기해."

"아, 그, 그게, 뭐, 위도 커지고, 사람이 식성이 바뀔 수도 있는 거잖아요."

한수는 순수하게, 무심코 한 말이었는데 수진은 임신 사실을 들킨 건 줄 알고 깜짝 놀라 얼버무렸다. 한수는 수진의 변명하는 모습을 보고 그녀가 임신 사실을 감추고 싶어 한다는 걸 알았다. 알려 주지 않으려나? 왜?

"그렇지."

섭섭한 마음에 수진을 외면하고 피자를 내려다봤다. 먹기 싫다. 수진과 달리 그는 피자를 좋아했는데 갑자기 먹기 싫어졌다. 왠지 냄새도 싫게 느껴졌다.

"안 먹어요?"

"됐어."

"얼른 밥해 줄게요."

"됐어. 그냥 이거 먹으면 돼."

수진이 자리에서 일어서려는 걸 말리면서 한수가 얼른 피자 한 조각을 집어 들었다. 배는 고프니까 내키지 않아도 먹을 수 있을 거라 생각하며 한입 크게 먹었다.

"으."

"이상해요? 상했나?"

속에서 피자를 발로 차 내는 것 같았다. 한수는 올라오려는 구역질을 억지로 누르며 피자를 내려놓았다. 이런 식이면 입 안에 있는 것도 삼킬 수 없을 것 같았다.

"속이 안 좋은가 봐. 피자는 이상 없어."

입에 든 걸 어떻게든 씹어 삼키려고 노력했지만 끝내 실패하고 뱉어 냈다. 정말 속이 안 좋은가 보다.

"밥해 줄게요. 아니면 다른 거 배달시킬까요?"

"그러자. 배달시키자."

"뭐 먹을래요?"

수진이 배달 책자를 넘기며 물었다. 한수는 별로 먹고 싶지 않다고 생각하며 예의상 책자를 내려다봤다.

"양념치킨."

"양념치킨? 아, 그래요. 주문할게요."

양념 묻힌 치킨은 예의가 없다고 했었던 것 같은데. 수진은 예전에 인한이 그런 말을 했던 걸 기억하며 고개를 갸웃했다.

"이제 쉬어. 주문한 거 오려면 시간이 걸리니까."

"됐어요. 아까 잤더니 많이 좋아졌어요."

쉰다고 할 걸 그랬나? 수진은 괜찮다고 말한 후 바로 지금 한수와 어떤 상태에 있는 건지 생각났다. 한수와 함께 살지 않겠다고 집을 나온 지 한참 되었다는 걸 잠깐 잊고 있었다. 싸우는 중인데 이러면 이상하잖아.

둘은 애먼 피자 조각만 내려다보고 입을 다물었다.

"어떻게 하면 용서해 줄래?"

"……."

"반성 많이 하고 고쳐 나가고 있는데, 이제 돌아와 주면 안 돼?"

"지난번에 제가 한수 씨한테 아직 정리가 덜 됐다고 소리 질렀는데, 사실 저도 정리가 덜 됐어요. 정리하고 있는 중이에요. 다 되면……."

"같이하면 안 돼? 비밀, 그런 거 싫다면서? 나도 싫어. 같이 정리하자."

"한수 씨하고 함께 있으면 안 되는 정리예요."

"그게 뭔데?"

"……음. 지금 우리는 별거 중이니까 말하지 않을래요. 제가 다 정리했을 때 한수 씨가 반응해야 하는 거라서 말할 수 없어요. 한수 씨가 어떤 결말을 원하는지 명확하게 듣고 보고 싶어요."

"나더러 숨긴다고 화를 내면서 넌 더해. 헤어지자고 할 때도 그랬지만 지금도 난 네가 뭐라고 하는지 알아들을 수가 없어."

"함께 살 때, 제가 취직했다고 했을 때, 한수 씨 반응 그저 그랬어요. 어디에서 어떤 사람들과 일하게 되는지 궁금해하지 않았고 억지로 그냥 허락하는 얼굴이었어요. 그때 섭섭했어요."

"네가 일하는 거 싫어서. 하지 말라고 할 자격이 없는 것 같아서 속상하고 그랬어. 내가 능력이 있다면 네가 일하러 나가지 않았을지도 모른다는 자격지심 때문에 네 취직에 대해 자세히 물을 수 없었던 거야."

서로의 생각을 처음 알게 되는 순간이었다.

"은미 씨가 당신이 회사에서 주희를 만난다고 그러더라고요. 그때 두 가지 감정 때문에 힘들었어요. 하나는 주희를 만나는 당신이 미웠고 또 하나는 아무런 말도 힌트도 주지 않고 다시 회사에 나간 당신의 마음을 의심하게 돼서 힘들었어요."

"그건, 그 문제는 무조건 내가 사과해야 해. 미안해. 설명이 필요했다는 거 인정해. 사실 회사에서 나오는 날 아버지의 건강이 많이 안 좋다는 걸 알았어. 그동안 내가 아버지를 많이 오해하고 있었다는 것까지. 사실 아버지를 아버지라고 부른 적이 없을 만큼 많이 미워했거든."

그랬구나. 수진은 한수가 그의 아버지를 어떻게 생각하고 있었는지 구체적으로 알게 되었다. 많이 힘들었겠구나.

"내가 회사를 그만두고 너하고 산다는 사실을 아버지가 알면 충격이 클 거라고 형님들이 그러셨어. 그래서 계속 회사에 안 나가는 게 힘들었고 아버지가 병원에 입원했다는 말에 얼른 다시 회사에 나가게 된 거야. 나까지 걱정거리가 되면 안 될 것 같아서."

"회장님이 절 싫어하신다는 건 건너 들어서 알고 있었어요. 그래서 주희를 만나는 당신의 태도에 화가 난 거죠. 전 숨겨진 여자고 주희는 가족 모두가 원하는 여자니까 불안하고 속상했어요."

"그래서 쉽게 말을 꺼내기 힘들었어. 그 순간 또 내 자신이 무능해 보여서 싫었고."

"아직 전 내놓을 수 없는 여자죠?"

"수진아."

"거봐요. 여전히 사이에 끼어 있잖아요."

"말씀드렸어. 별말씀 없었어."

"결혼을 한 건 아니니까요. 저하고 함께 살았던 사실을 덮고 원하시는 며느릿감하고 결혼시키는 데 큰 문제가 없죠. 사실 이혼했어도 그게 뭐 대수겠어요?"

"혼자서 소설 너무 많이 쓴 거 아니야?"

"그럴지도 모르죠. 그래서 돌아갈 수 없어요. 모든 문제가 여전히 들락거리는 지금 상태에서 함께 사는 건 다시 서로에게 상처주는 일을 만들 위험이 높으니까요."

"난 다른 여자하고 결혼이든 뭐든 엮일 생각이 없어. 내가 확실하면 되는 거잖아?"

"당신의 그 확신이 흔들려요."

"그게 무슨 소리야?"

"회장님이 생사라도 오가게 되면 당신에게 선택의 기회는 없어요. 죄책감과 아버지에 대한 마음 때문에 저하고는 또 힘들게 될 거예요."

"아버진 인정하셨어. 아무 말씀 하지 않으신 건 인정하신다는 뜻이야."

"그럴지도 모르죠. 그래도 전 여전히 불안해요. 그래서 나름대로 노력하고 있어요. 당신의 마음을 의심 없이 냉큼 받아 낼 수 있도록 노력하는 중이에요."

"불안하게 만들지 마. 너만 불안한 거 아니야. 노력한다는 게 뭔지 모르겠지만 어렵거나 포기하려고 할 때 내가 곁에 있어야 잡아 주지. 그 노력한다는 걸 성공시켜서 널 내 곁으로 돌아오게 만들기 위해 나도 최선을 다해 도와줄 수 있잖아. 함께 있자. 너 없이 힘들어. 곁에 있어 줘."

"혼자 서야 하는 일이에요. 한수 씨도 혼자 하고 있잖아요. 저도 혼자 해내야 앞으로 계속 걸어갈 수 있어요."

"그래서 임신한 것까지 숨기는 거야?"

"……"

"나한테 말도 없이 혼자서 힘들게 지내면서 대체 뭘 어떻게 하겠다는 거야?"

"알았어요? 그래서 함께 살자고 말하는 거고, 그래서 용서해 달라고 하는 거예요?"

"수진아."

"갑자기 돌아오라고 해서 혹시나 했었어요. 역시 아이 때문이에요?"

"그게 아니잖아? 기뻐서 그래. 우리 아이 생겨서 너무 기뻤고 고마웠어. 그래서 정신을 더 바짝 차린 건 맞아. 그게 잘못된 건 아니잖아?"

"잘못된 거예요. 아이를 가진 난 결정의 대상이 아니니까. 어떤 상황에서도 선택되어야 마땅한 여자가 되는 거죠. 내가 아니라 아이로 인해서요. 제 자체로는 안 되는 일이 아이 때문에 저절로 갑자기 이루어지는 걸 마냥 기뻐해야 해요?"

"말도 안 되는 소리야."

"말이 돼요. 주희가 아이를 가졌다면 버릴 건가요?"

"갑자기 그 여자는 왜 튀어나와? 내가 그 여자하고 아이를 만들 일이 어디 있어?"

"주희가 아니라 어떤 여자라도 가능한 일이에요. 사랑하고 절실하지 않아도 아이가 있으면 선택이 제한되어 버리니까요. 지금 전 그 말을 하는 거예요. 저 하나로 절실한 존재가 되고 싶어서 숨긴 거예요. 나 아니면 안 되는 선택이란 확신을 갖고 싶어서요. 밀려서, 상황 때문에 결정되는 여자이고 싶지 않아요."

"아이가 없었을 때부터, 처음부터 나한테 넌 절실한 사랑의 대상이었어. 어떻게 그걸 모를 수가 있어? 아이는 그런 내 마음을 몇 배로 크게 해 주는 존재야. 이미 당신에 대한 사랑이 크고 확실하니까 아이가 더욱 큰 존재가 되는 거라고."

"아이가 있다는 걸 몰랐을 땐 회장님께 저에 대해 말하지 못했잖아요. 함께 사는 저한테도 다 드러났던 당신의 갈등이었어요. 절 안고도 고민하느라 제 존재를 잊어버렸던 당신이에요. 그런데 아이가 생겼다는 이유로 당신의 고민은 끝이 났어요."

"당연하잖아. 중요하니까. 다른 어떤 사람도 아이를, 우리 아이를 빼앗아 갈 수 없으니까. 아버지가 뭘 어떻게 하셔도 이 문제는 절대 건드릴 수 없는 부분이야."

"그런, 아."

너무 흥분했나 보다. 수진은 자리에서 일어나 몸을 돌리자 다시 현기증을 느꼈다. 이런 모습으로 배려받고 싶지 않은데.

"누워."

한수는 비틀거리는 수진을 안아 침대에 눕혀 주었다. 눈을 꼭 감고 그를 보지 않는 수진을 내려다보며 한숨을 쉬었다. 어떻게 해야 저 꼭 닫힌 문을 열 수 있을까?

마침 주문한 치킨이 왔다. 한수는 이불을 덮고 완전히 돌아누운 수진의 너머로 김이 모락모락 나는 치킨을 한참 바라보았다.

"갈게. 쉬어."

한수가 배달된 상태 그대로 다시 들고 수진의 집을 나왔다. 아이 때문에 어쩔 수 없이 선택한 게 아니라는데 왜 못 믿을까? 처음부터 한마음이었다는 걸 알고 함께 산 것이 아니었나? 아버지에 대한 고민을 수진에게 말하지 못한 건 잘못한 일이다. 아버지가 수진을 반대하고 있다는 걸 알리기 싫어서 감추려고 했던 건데 이미 알고 상처받고 있었다.

차를 타고 집으로 돌아오는 길에 전화가 왔다. 혹시나 하고 차를 세우고 전화를 받으니 작은형 한명이였다.

"접니다. 지금 운전 중인데 급한 일 아니면 나중에 제가 전화드리겠습니다."

— 급한 일인지 아닌지는 네가 정해. 아버지가 보자고 하셔. 아는지 모르겠지만 우천서의 회사가 발칵 뒤집어졌어. 아니 그 집안이 다 뒤집어졌다고 해야 하겠지.

"그게 무슨 소립니까?"

— 우수진이 권리를 되찾게 될 것 같다. 내 생각엔 거의 판결이 난 것 같아. 회사에 미련 없다더니 마음을 바꿨나 봐. 게다가 꽤 열심히 준비한 것 같다. 시간만 질질 끌다가 난장판이 되는 게 다반산데 이 경우는 아주 빠르고 확실하게 정리되고 있으니까.

"수진이가 회사를 되찾으려고 한다는 겁니까?"

— 그래. 거의 되찾았어. 우천서의 재산이 모두 몰수될 상황인 것 같더라. 요즘 돌아가는 상황이 어수선해서 아버지도 죽 지켜보고 계셨나 보더라. 우수진 때문이 아니라 네 짝으로 찍어 둔 주희 때문에 관심을 두셨던 거겠지. 아버지도 다 아신 것 같다. 만나자고 하시니 확실해.

"알겠습니다. 제가 연락드리겠습니다."

한수는 전화를 끊고도 한참을 그대로 있었다. 수진이 정리한다는 일이 이거였나? 지금 당장 수진에게 가서 물어보고 싶지만 참았다. 마음을 가라앉힐 시간을 가지기 위해서였다. 그는 아버지에게 전화해서 바로 만나기로 했다.

아버지를 만나러 가는 동안 수진이 회사를 되찾으려고 했던 이유를 생각했다. 재산에 관심이 있는 게 아니라는 건 확실했다. 그러면 뭘까? 주희를 쳐 내기 위해서? 아버지에게 인정받기 위해서? 뭐든 그로서는 생각지도 못한 일이었다.

"손에 든 건 뭐냐?"

한수가 아직도 따뜻한 치킨을 들고 아버지에게 갔다. 거실 소파에 앉아 있던 아버지의 불퉁한 질문에 대답 없이 치킨을 커피

테이블 위에 놓았다.

"저녁으로 먹으려고 샀던 겁니다."

"차려 줄 테니 먹어. 먹고 이야기하자."

"아닙니다. 먹을 테니 말씀하십시오. 더 식기 전에 먹어 치워야
합니다."

혀를 차며 잔뜩 속상해하는 아버지의 태도를 그는 신경 쓰지
않았다. 포장을 푸니 맛있는 냄새가 식욕을 돋우었다. 정말 잘 안
먹던 음식인데 신기하다. 다리 하나를 집어 입에 넣으니 온몸이
환영하듯 반겼다.

"그런 이상한 음식은 왜 먹는지 모르겠다. 그 아인 따뜻한 밥
안 해 주고 맨날 싸구려 음식이나 시켜 주는 거냐?"

"······수진이 집 나가서 여태 저 혼자 지내고 있습니다."

먼저 수진에 대해 말을 꺼내는 아버지를 보며 형의 말처럼 모
두 알게 되셨다는 걸 알 수 있었다. 그러나 아버지가 수진에 대해
마음을 열어 주신 거라는 확신은 없었다. 그래도 수진에 대한 자
신의 마음은 변함이 없으니 솔직하게 말씀드리기로 했다.

"뭐라고? 며칠 전에 함께 산다고 했잖아?"

"그전부터 함께 살기 시작했는데 제가 실수해서 수진이 나갔습
니다. 지금 다시 데려오려고 애를 쓰는데, 싫답니다."

"뭐야?"

"어영부영 대충 덮고 사는 건 수진이 마음에 안 드나 봅니다.
생긴 것과 달리 야무져서 확실하지 않으면 안 하려고 합니다."

양념이 테이블에 떨어졌다. 추 회장은 아들이 먹는 모습에 가

슴이 아파 인상을 썼다. 수진이 우천서의 조카이며 우천서가 가졌다고 생각했던 회사의 실질적 권리를 가진 아이였다는 걸 뒤늦게 알았다. 그들이 얼마나 치사한 방법으로 수진에게서 재산을 가로챘는지도 다 알게 되었다. 주희가 하는 말을 영상으로 보면서 자신의 어리석음도 더불어 잘 알게 되었다.

세월을 헛되이 보낸 것 같아 부끄럽고 또 미안해서 한참을 고민했다. 잘못된 것을 받아들이는 데 힘이 들었다. 그래도 아들의 미래를 위해 큰 잘못을 저지를 뻔했다는 건 확실히 인정해야 했다. 용서를 비는 마음으로 수진과 한수의 결혼을 서두르려고 불렀는데 생각지도 않은 말을 듣게 되었다.

"좀 천천히 먹어라. 그런 거 잘 먹지도 않았던 것 같은데 언제부터 좋아한 거야?"

추 회장은 한수의 까칠한 얼굴과 음식 같지 않은 음식을 먹는 모습에 정리했던 마음이 흔들렸다. 수진에 대해 다시 생각해야 하는 걸까? 한수가 수진과 함께 지내면서 행복하지 않다면 처음에 말렸던 결정을 고수하는 것도 현명한 판단은 아닐까 생각했다.

"원래 잘 안 먹고 안 좋아합니다."

"그럼 왜 먹어?"

"갑자기 입맛이 바뀌어서요. 수진이가 입덧하는 게 아니라 제가 하는 것 같습니다."

"뭐? 누가 입덧을 해? 그 아이가 입덧을 해? 손주 생긴 거냐?"

"예."

"그럼, 그런데 왜 수진이가 안 돌아와?"

"모르겠습니다. 몇 번이나 애원을 해도 함께 살지 않겠답니다."

"뭘 잘못했는데? 설마 바람이라도 피웠어?"

"주희가 회사에 몇 번이나 찾아와서 어쩔 수 없이 만났는데 그걸 알고 난리가 났습니다. 용서가 안 되는가 봅니다."

그럴 수 있지. 추 회장은 가슴을 쳤다. 뿌린 대로 거두는데 하필 자신이 잘못 뿌린 씨가 한수에게서 거둬지게 되다니. 이 일을 어쩐다? 모두 자신이 고집을 피워서 주희가 회사에서 한수를 만난 거다. 자신의 잘못으로 한수가 계속 괴로워한다는 게 미안하고 또 미안했다.

"주희 일은 다 내 잘못이니까."

"주희가 아니라도 수진이 마음에 없다고 하셨잖습니까?"

"그건 다른 남자하고 동거까지 한 여자로 잘못 알고 있었기 때문에 그랬던 거지."

"그 동거, 그때도 저였고 지금도 저하고 하고 있습니다."

"그래, 그래. 미안하게 됐다. 이건 정식으로 너한테 하는 말이야. 내가 그동안 어리석었어. 사실 그 아이가 회사를 찾는다고 뒤집어 놓지 않았다면 끝까지 주희하고 너 결혼시키려고 했을 거다."

아버지의 말에 한수는 손가락에 묻은 양념을 쪽쪽 빨아 먹은 후 물티슈로 손가락을 닦았다.

"아버지 고집을 어떻게 수진이 아는 건지 모르겠습니다."

"그건 무슨 소리냐?"

"수진인 회사에 미련 없었습니다. 몇 번이나 물어봤지만 그냥 살던 대로 살 거라고 했습니다. 그러다 저한테 화가 났고 집을 나갔습니다. 그리고 미련 없다던 회사를 찾기 시작한 겁니다. 왜 회사를 되찾으려고 했는지 특별한 이유를 몰랐는데 지금은 알 것도 같습니다."

"다 나 때문이라는 거냐?"

"지금 말씀하셨잖습니까, 회사를 뒤집지 않았다면 수진에 대한 마음 절대 변하지 않았을 거라고."

"그래. 부끄럽지만 인정할 건 해야지. 그 아이 내가 만나 보마."

"임신 초기라서 예민하고 힘든 상태입니다. 아버지를 만나는 일이 좋은 건지 어떤지 잘 모르겠습니다."

"그러니까 더욱 만나야지. 얼른 제자리로 돌아가서 몸조리를 해야 할 것 아니냐."

"지금 느낀 건데 고집스러운 게 저하고 아버지가 닮은 것이 아니라 아버지하고 수진이가 닮은 것 같습니다."

"내 손주를 가져서 그런 거겠지. 너한테 있던 고집까지 손주 녀석이 다 가져간 걸지도 몰라. 요즘 널 보면 고집이 안 보이니까."

그렇게나 딱딱하게 문을 닫고 살던 한수가 갑자기 문을 열고 다가와 깜짝 놀랐다. 아버지란 말을 듣게 된 것이 무엇보다 기뻤다. 한수의 변화 때문에 그동안 한수에게 했던 자신의 처사가 더 미안하고 민망했다. 바위 벽에 부딪혀 되돌아오는 공을 더 단단한 바위 벽으로 쳐 낸 나날들이었다.

어른으로서 큰마음으로 살펴 주었어야 했는데 시간이 없다는 초조함 때문에 일을 크게 그르칠 뻔했다. 결혼처럼 중요한 일일수록 여유를 가지고 살펴야 하는데 오히려 초조하고 급하게 결정했으니 이런 일이 생긴 것이다.

"요즘 몸은 어떠십니까?"

"좋아. 늘 좋았어. 늙은이가 이 정도면 건강한 거다. 네 형들이 혹시 뭐라고 해도 믿지 마라. 칠십이 넘은 나를 이십 대 건강에 비교하는 녀석들이니까."

설마. 추 회장은 덜컥했다. 혹시 한수가 그의 건강 상태를 알고 그것 때문에 마음을 돌린 거라면 그 전보다 더 견디기 힘들 것 같았다. 한수와 마주하던 얼굴을 옆으로 돌리며 인상을 쓸 수밖에 없었다.

"혹시 아버지 건강 때문에 제가 변했을까 봐 걱정되십니까?"

아버지의 건강 문제도 있었지만 더 큰 건 오해를 풀었기 때문이다. 엄마에게 많이 섭섭하셨다는데 그런 내색을 자신에겐 조금도 하지 않았던 것도 마음을 돌리는 데 큰 역할을 했다. 아버지의 모습에서 수진의 모습이 보였다.

"물론이지. 날 비참하게 느끼게 하니까. 나라는 사람으로 네가 날 받아 주는 게 아니라면 다 필요 없다. 괴롭고 힘들어도 난 안쓰러운 마음 따위 원하지 않아."

"자식인데 부모의 건강을 염려하는 건 당연한 거 아닙니까? 힘든 상대에게 덜 힘든 사람이 숙여 주는 건 누구나 가져야 할 태도라고 생각합니다. 그걸 동정과 혼동하지 않았으면 좋겠습니다."

"그래도 난 싫다. 내가 억지로 받아들여진다는 걸 견딜 수 없어. 차라리 거절당하는 것이 나아. 언제 어느 때든, 어떤 상황이든 변함없을 나에 대한 진실한 마음을 원해. 그게 아니라면 나한테 잘하려고 애쓰지 마라."

"후. 역시 똑같이 닮았습니다."

"뭐?"

"아닙니다."

한수는 아버지 집을 나서며 수진이 왜 그렇게 아이에 대해 숨기려고 했는지 이해할 수 있을 것 같았다. 물론 전부 오해지만 아버지를 보며 수진도 그런 마음을 충분히 가질 수 있다는 것에 동의했다. 그러나 이해했다고 수진이 마음을 열어 주는 건 아니었다. 내일부터 수진의 마음을 열기 위해 뭘 어떻게 해야 할지 떠오르지 않아 막막했다.

사랑은 이미 그대 안에

권리가 회복될수록 의무와 그 밖에 관련된 많은 일들이 수진에게 쏟아져 들어왔다. 아직 사회생활도 짧고 주변에 도와줄 사람도 거의 없어 그 많은 일들을 처리하는 데 애를 먹었다. 그래서 그녀는 오늘도 어김없이 파김치처럼 늘어진 몸을 겨우 이끌고 집으로 향했다.

"네, 누구세요?"

받지 않으려다가 일이 많은 요즘이라 혹시 몰라서 전화를 받았다.

— 한수 애비 되는 사람입니다.

"네? 회장님이시라고요?"

— 지금 만날 수 있겠어요?

"지금요? 저, 지금은 좀 힘든데 내일은 어떠세요?"

— 마음이야 당장 만나고 싶지만 하루 참아 보지 뭐.

추 회장이 당장 만나고 싶다는 말에 불안했다. 약속 장소와 시간을 정하고 전화를 끊을 때까지 잠시도 마음이 놓이지 않았다. 피로를 견디기 위해 택시를 이용하는 요즘이었다. 자고 싶은 걸 간신히 참아 내는 동안 집에 도착했다. 얼른 들어가서 눕고 싶다는 생각만 하며 집으로 들어갔다.

"엄마야!"

"놀랐어? 괜찮아?"

수진의 놀람에 한수는 더 놀랐다.

"왜, 왜 남의 집에 들어와 있어요?"

"저녁 해 주고 가려고. 눌러살려는 거 아니니까 걱정하지 마. 놀라서 어쩌지?"

"됐어요."

놀란 것이 진정되자 몸의 피로가 다시 느껴졌다. 한수와 싸울 힘도 말할 힘도 없었다. 수진은 욕실로 들어가 옷을 갈아입고 나와 침대로 곧장 들어갔다. 이젠 그에게 감출 것이 없으니 참지 않고 행동했다.

"많이 힘들었어?"

음식 냄새가 나는 것 같은데 뭔지 알 수가 없었다. 수진은 역겹지만 않으면 감사하다는 생각을 하며 눈을 감았다.

"이렇게 계속 힘들면 위험해. 내가 함께 다니면서 좀 도와줄게."

"괜찮아요."

"고집 피우다가 건강 상하면 너 아기한테 미안해서 못 견녀. 네가 피곤해하면 아기도 피곤한 거잖아, 한 몸이니까."

"……알았어요. 조심할게요."

한수의 말에 수진은 뒤집어썼던 이불을 걷고 일어나 앉았다. 도움이 필요하다는 건 알지만 내키지 않아 혼자 버텨 내려고 했다. 아기의 건강은 생각하지 못했다.

"회사 경영에 대한 전반적인 지식이 없어서 힘들어요. 그리고 회사를 사회에 환원하려고 하는데 그 절차나 좋은 제도적 장치 같은 걸 하나도 몰라요. 회사를 제대로 살려서 직원들을 보호해야 하는데 아는 게 없어서 그런 쪽에 대해 도움을 좀 받았으면 좋겠어요."

"회사에서 손 떼려고?"

"제 거 아니니까요. 아빠하고 살았던 집만 되찾으면 저는 만족해요."

"알아볼게. 밥 먹자."

"별로……. 아니, 먹을게요."

수진은 거절하려던 말을 삼키고 침대에서 일어나 의자에 앉았다. 한수에게 도와 달라고 하면 큰일이라도 나는 줄 알았는데 의외로 마음이 편안했다. 한수가 상 위에 바쁘게 음식을 차리는 걸 보며 기다렸다.

"내가 할 줄 아는 게 없어서 도움을 받았어. 조금씩 많이 준비했으니까 먹어 보고 입맛에 맞는 거 골라 먹어. 아무것도 없으면 먹고 싶은 거 말해. 사다 줄게."

젓갈류부터 반찬을 종류별로 다 사 온 것 같았다. 찌개도 두 개나 준비한 탓에 상이 모자라 밖으로 튀어나갈 지경이었다.

"반찬 가게 아줌마가 속으로 짜증 냈겠어요. 귀찮게 이 많은 걸 조금씩만 샀으니 말이에요."

"할 수 없지. 그래도 값은 다 치렀으니까. 먹어 봐. 싫은 거 있으면 날 줘."

"제가 싫다고 한수 씨를 주란 말이에요?"

"믿지 못하겠지만 나도 입덧해. 그런데 이상하게 네가 싫어하는 걸 난 좋아하는 것 같더라고."

"어머, 거짓말."

"나에 대한 신뢰가 땅에 떨어졌으니 뭔들 믿겠어?"

"땅까지 떨어진 정도는 아니에요."

"내가 느끼는 건 그래. 날 사랑하기는 해? 사랑해서 나한테 이러는 거라고 생각했는데 요즘은 그게 아닐 수도 있다는 생각이 들어서 두려워."

"한수 씨."

"당신은 아이 때문에 내가 당신을 선택할지도 모른다는 두려움이 있다면, 난 당신이 아이를 가져서 억지로 나한테 구속당하는 건 아닐까 하는 두려움이 있어."

"그런……."

"내가 당신 사랑 안 믿어 주면 힘들겠지?"

"놀리지 말아요. 지금 충분히 충격받았으니까."

"일단 먹자. 먹고 말해. 또 싸울지도 모르는데 먹어 두고 힘을 내야지."

수진은 잠깐 한수를 본 후 그의 말대로 밥을 먹었다. 내키지 않는 반찬은 한수에게 주니 정말 잘 먹었다. 그와 함께하는 식사 시간이 즐겁다는 생각이 들었다.

♣

수진은 추 회장과 만나는 일을 한수에게 말하지 않았다. 한수는 수진을 위해 변호사와 그 밖의 사람들을 만나고 있었다.

추 회장이 정한 장소는 수진이 의외라고 느낄 정도로 조용하고 따뜻한 곳이었다.

"어서 와라."

"안녕하세요."

창립 기념 파티에서 한 번 만난 것이 전부였지만 심리적으로 항상 부담을 느끼던 존재라서 그런지 추 회장이 낯설게 느껴지지 않았다.

"오느라 힘들지는 않았고?"

"네? 아, 괜찮습니다. 택시 타고 편안하게 왔습니다."

"음, 복잡하게 돌려 말할 것 없이 단도직입적으로 말하마. 미안하다."

"네?"

"한수를 다른 여자하고 결혼시키려고 했던 거 진심으로 사과한다."

"아니, 그건……. 그 말씀은 한수 씨에게 하셔야 할 것 같은데요."

"이미 했어. 한수도 한수지만 그 일로 가장 힘들었던 건 어쨌든 네가 아니냐?"

"주변 반대는 흔한 일입니다. 저뿐만이 아니라 많은 커플들이 부모님의 반대에 부딪히니까요. 그런 정도로 받아들였습니다. 주변 상황이야 어쨌든 가장 중요한 건 한수 씨와 저의 마음이니까요."

"우천서에 대항할 생각을 한 것이 나 때문만은 아니라는 거구나."

"네. 한수 씨 마음에 대한 저의 확신이 부족한 것 같아서 뭐든 해야 했습니다. 주희를 너무 믿으시는 회장님에게 간접적으로 말씀드리고 싶은 마음도 있었습니다. 한수 씨를 좋은 여자와 결혼시키고 싶은 마음 자체는 나쁜 것이 아니지만 잘못된 선택이었으니까요."

"맞다. 네 덕에 깨달았지. 고맙고 미안해."

"아닙니다. 제 일이 도움이 되어서 다행입니다."

"결혼은 언제 하는 것이 좋겠느냐?"

"네? 결혼이라뇨?"

"둘이 얼른 결혼해야지. 시간 끌다가 힘들게 될지도 몰라. 배불러서 서두르지 말고 지금 얼른 서두르자. 준비하는 데 시간은 별로 들지 않아. 제대로 된 가정에서 아이가 태어나야 하잖아?"

"아직, 아직은 한수 씨와 결혼할 생각 없습니다."

또 아기다. 수진은 아기 때문에 결혼으로 빌려가는 것 같아 속상했다. 우천서와 주희의 거짓을 알았다고는 해도 그녀 자신에 대해 추 회장은 아는 게 별로 없었다. 정식으로 만난 적도 없는데 만나자마자 결혼 이야기를 꺼내는 이유는 아기, 그 이상은 없었다. 아들과 결혼할 여자가 어떤 사람인지에 대한 관심이나 애정에 대해선 거의 생각하지 않았을 것이다.

　"뭐라고? 그게 무슨 소리냐?"

　"저희들이 알아서 하겠습니다."

　"안 된다. 한수가 너처럼 생각하는 엄마 때문에 나도 모르게 태어나서 어렵게 자랐다. 내가, 넉넉한 내가 아버지로 있는데도 한수 엄마는 나한테 알리지 않고 혼자 힘들게 키웠어. 내가 그걸 알고 얼마나 마음이 아팠는지 아니? 한수가 또 나처럼 자식에 대해 안타까운 마음으로 살게 하고 싶지 않다."

　"왜 한수 씨 어머니가 회장님께 임신한 사실을 숨기고 혼자서 힘들게 키웠는지 궁금하지는 않으세요?"

　"뭐라고? 그거야, 뭔가……."

　한 번도 생각해 본 적 없다. 왜 한수 엄마는 자신에게 한수의 존재를 알리지 않았을까? 넉넉한 형편이 아니라 고생을 많이 했을 텐데도 끝까지 알리지 않았다. 왜 그랬을까? 따로 아내가 있었던 것도 아니고, 한수를 부정하게 얻은 것도 아닌데 어째서 알리지 않았을까?

　"제가 감히 추측건대 아이 때문에 받아들여지는 것이 싫어서가 아닐까요? 한수 씨 어머니가 임신한 사실을 모르셨던 건 그분께

347

별로 관심이 없으셨다는 거잖아요. 함께, 혹은 자주 만나는 사이였다면 감추고 싶어도 끝까지 감출 수 없으니까요."

"내가, 싫어서 떠난 줄 알았다. 나이 차이도 많이 나고 나한테는 큰 아들이 둘이나 있었으니까 젊은 한수 엄마가 선택하기 싫을 수 있다고 생각했어. 보고 싶었지만 주변을 얼쩡거릴 수는 없었어. 난 한수 엄마한테 부족한 사람이었으니까."

"그런 마음 알려 주셨으면 달라질 수도 있었겠네요. 한수 씨 어머니는 절대로 회장님이 부족하다고 생각하지 않으셨을 거예요. 혼자서 계속 한수 씨 키우셨잖아요. 다른 사람하고 결혼하지 않으셨어요."

"흠. 난, 그런 걸 생각해 보질 않았어. 그냥 처음에 한수를 데리고 왔을 때 원망하기에 바빴어. 네 말을 듣고 보니 후회가 되는구나."

추 회장의 회한 어린 표정이 수진의 마음을 많이 가라앉혔다. 한수에게 주희와 결혼하라고 압박하던 완고한 노인이 아니라 인생의 무게를 오랫동안 견뎌 온 평범한 할아버지처럼 보였다.

"결혼이 두려워요. 사랑하는 사람으로 받아들여지는 것이 아니라 아이 엄마로 받아들여지는 건 아닐까 하는 생각 때문에요. 어쩌면 한수 씨 어머니도 그런 마음이지 않으셨을까요? 회장님 마음 모르시니까 아이 존재로 다시 만나게 되는 걸 원치 않으셨을 것 같아요."

"내 생각이 부족해서 한수 엄마를 한수와 함께 그렇게 잃었다고 해도 넌 아니지 않아? 한수는 널 사랑해. 내 고집에도 절대 꺾이지 않고 버틸 만큼 아주 많이 사랑해. 한수가 널 사랑한다는 걸 년 알고 있잖아?"

"네. 알고 있어요. 그렇지만 불안해요. 마음은 달라질 수도 있으니까요. 저한테 함께 살자고 할 때 처음부터 결혼하자고 하지 않았어요. 회장님이나 가족들에게 자신 있게 저를 소개할 수 없는 건 아닐까 하는 생각에 제 마음도 움츠러들었어요. 한수 씨도 저도 사랑에 대해 확신이 부족한 것 같아서 결정할 수가 없어요."

"사랑에 대한 확신이 부족한 게 아니라 내 건강을 걱정했던 거겠지."

"그것도 잘 모르겠어요. 회장님 건강 걱정했던 사람이 아이 소식 알자마자 바로 저에 대해 말씀드렸잖아요. 주희에 대해 회장님이 알지 못하셨다면 화가 나서 쓰러지셨을 수도 있는 건데."

"너에 대해 말하고 안 하고가 중요한 게 아니라 너하고 함께 산다는 게 중요한 거 아니냐? 나한테 허락도 없이 너하고 함께 사는 건 절대 뜻을 굽힐 생각이 없었다는 거야. 아이가 생기니까 시간을 두고 버티려던 계획을 바꾼 거겠지. 아이에게 안정된 가정을 주고 싶어서. 내 존재는 아이한테 밀린 거야. 당연히 그 사실이 조금도 억울하지 않아."

존재가 밀렸다는 사실이 억울하지 않다는 추 회장의 말에 수진은 가슴이 철렁했다. 아이한테 자신의 존재가 밀려나는 것 같아서 억울해하고 있었던 건지도 모르기 때문이다. 사랑에 확신이 없는 걸 아이 탓으로, 한수 탓으로 돌리고 있었던 것 같다.

둘 사이에 생긴 소중한 생명인데 그 아이의 존재로 줄다리기를 하다니. 수진은 아이에게 미안하고 자신이 부끄러워 눈물이 났다.

"한수가 너하고 나하고 닮았다고 하더라. 나도 한수가 내 건강 때문에 나한테 숙이고 들어오는 걸 원하지 않았다. 다른 이유 없이 한수가 나를, 아버지로, 한 사람으로 인정해 주길 바라고 기다렸기 때문이지. 그런데 한수는 이런 내 말에 힘들어했어. 생각해 보니 너나 나나 한수의 마음을 너무 몰라주는 건 아닌지 모르겠구나."

추 회장의 솔직한 말에 수진의 마음이 열렸다. 눈물을 닦아 내고 마음 안에 있던 생각을 솔직하게 말했다.

"죄송합니다. 모두 제가 자신이 없어서인 것 같아요. 한수 씨 마음을 의심하는 건 제 마음이 의심스러워서예요. 한수 씨는 한결같은데 제가 두려워요. 한수 씨 사랑을 마음껏 기뻐하며 받아 줄 수 없는 제 자신을 고치고 싶어서 밀어 두었던 과거를 정리한 거였는데, 달라졌는지 아닌지 저도 잘 모르겠어요."

"혼자서 우천서에게 대항할 생각을 가진 것 자체가 사랑이야. 그 용기, 사랑에서 온 게 분명해. 네 말처럼 한수를 더 많이 사랑하고 싶어서 그런 용기를 낸 거니까. 그걸로 충분하지 않겠니?"

추 회장은 수진과 말하는 동안 벌써 애정이 쌓이는 걸 느꼈다. 손주 때문이라고 오해할까 봐 함부로 말은 안 하겠지만 순수하고 꾸밈이 없는 수진이 마음에 들었다. 그동안 왜 주희 같은 여자를 좋은 여자라고 생각했는지 모르겠다. 사치스럽고 무분별한 자만심으로 사람을 아낄 줄 모르는 여자였는데 그걸 제대로 분별하지 못한 것이 부끄러웠다.

"너하고 이렇게 마음 터놓고 말하지 않았으면 난 또 주희 때처럼 똑같은 실수를 할 뻔했어. 내 생각이 옳다고 여기고 한수와 어서 결혼하라고 널 다그쳤을 거다. 정말 어쩔 수 없는 늙은이야."

"아닙니다."

"결혼에 대해선 차차 생각하고 일단 한수를 좀 돌봐다오. 네마음이 불안하다면 한수의 마음을 믿고 곁에 있어 줘. 한수가 입덧하는 건 알아?"

"아. 네."

"이렇게 살다가는 네가 확신을 한 순간 한수가 쓰러질지도 몰라. 그건 너나 나나 절대로 원하는 일이 아니야. 한수가 너한테 잘못한 게 있다면 다 나 때문이니까 용서해다오. 아기나 결혼에 대해선 잠시 미뤄 두고 한수 걱정부터 하자."

"네. 죄송합니다."

"그럼 오늘 해야 할 말은 다 했으니 이젠 맛있는 거나 먹자."

"네?"

"배고프지 않아? 여기가 괜찮다고 해서 나도 한번 먹어 보려고. 맛있게 먹어 줄지 아닐지 걱정하는 마음으로 약속 장소를 정한 게 얼마 만인지 모르겠다. 사실 음식 맛 생각하면서 먹어 본지도 꽤 돼."

수진은 추 회장의 말에 저절로 웃음이 나왔다. 어색하게 고백하는 폼이 한수를 생각나게 했기 때문이다.

"뭐, 이건 그냥 하는 말인데, 솔직히 한수가 숙여 주니까 없던 여유가 생기는 것 같아. 안심했다고나 할까? 초조하게 한수의 마음을 기다리던 때는 내일 죽는 게 아깝지 않았는데 한수가 '아버지' 하고 불러 준 후부터는 건강하게 좀 더 살고 싶어지더구나."

"이젠 더 건강하게 오래 사셔야죠."

"그래. 맞다. 한수 말고 손주도 봐야 하니까. 그러고 보니 나한테도 한수를 제치고 아기가 올라선 거로군. 나도 이제 우리 손주가 일 순위야. 공평한 거지."

함께 소리 내서 웃었다.

"맛있는 거 먹어라. 여기가 싫으면 다른 곳으로 옮겨도 좋고."

추 회장의 다정한 말에 한수가 생각났다. 무뚝뚝한 말투 너머 다정하고 속 깊은 배려가 있는 한수가 보고 싶었다. 그에게 너무 오랫동안 화내고 힘들게 한 것이 미안했다. 울컥하고 솟아오르려는 눈물을 삼키고 애써 웃었다.

"먹어 보지 않았던 건 실패할 수도 있어서 어떻게 시켜야 할지 모르겠어요."

"괜찮아. 실패하면 내가 먹으면 되지. 두 개 시켜서 둘 다 좋으면 너 다 먹고 아니면 내가 먹으면 돼. 시키기 전에 사람 불러서 자세히 물어보면 더 좋겠지?"

"네."

세 사람이 머리를 맞대고 신중하게 골랐지만 한 개는 실패였다. 추 회장은 기꺼이 손주가 거절한 음식을 맛있게 먹어 주었다.

한수는 일이 늦어져 수진을 보러 늦게 왔다. 최대한 소리 나지 않게 문을 열고 들어왔는데 작은 등을 켜고 누워 있던 수진이 부

스스 일어났다.

"자는데 깨운 거 아니야?"

"아니에요. 일이 많죠? 제 대신 일하느라 늦었는데 자다 일어나는 것 정도는 해야죠."

정말 자다가 일어난 건지 수진의 눈이 부어 있었다. 침대에 일어나 앉은 수진 옆에 앉았다.

"얼굴이라도 봐야 마음이 편해서. 이제 봤으니 됐어."

수진의 뺨을 쓰다듬고 잠깐 안아 본 후 일어서려고 했다.

"가려고요?"

"가야지. 잡아 줄래?"

"뭐, 침대가 너무 좁아서……."

수진은 한수의 조심스러운 말에 잠시 머뭇거리더니 주변을 둘러보며 대답했다.

"……좁은 건 문제 없어. 너, 자다 깨서 횡설수설하는 거 아니지?"

"내일 짐 좀 옮겨 줘요, 가출이 너무 길어서 짐이 많아요."

수진은 부끄러운지 아니면 졸려서 그런 건지 자리에 다시 누우며 이불을 뒤집어썼다.

"알았어."

한수는 웃으며 옷을 벗었다. 방금까지는 자리에 누우면 바로 잠들 것처럼 피곤했는데 피로가 어디로 갔는지 느껴지지 않았다. 수진이 혹시 마음을 고쳐먹을까 봐 한수가 신속 정확하게 옷을 벗고 수진의 옆으로 파고들어가 누웠다. 정말 오랜만에 수진을 품에 꼭 안았다.

"가출을 한 달이 넘게 하다니 너무 길었어."

그는 품에 안긴 수진을 느끼며 길게 한숨을 쉬었다. 이제야 화를 풀었나 보다. 그 고집 안 꺾이면 어쩌나 하고 얼마나 걱정을 했는지 모른다. 이렇게 갑자기, 예고도 없이 화를 풀어 주니 그저 고마웠다.

"찾으러 안 왔으면서. 나가면 부르러 와야죠."

수진이 품 안으로 파고들며 투덜거렸다. 수진에게 다음엔 절대 안 그러겠다는 다짐이라도 받아야 하는데 그런 의욕은 안 생기고 품에 파고든 수진이 예뻐서 입을 맞추었다.

"저기, 한수 씨 회사도 나가야 하는데 나 때문에 일 빼먹어서 혼나는 거 아니에요?"

정신없이 키스하다 말고 수진이 한수의 입을 손으로 막고 말했다.

"미리 말씀드렸지. 그런 쓸데없는 생각 때문에 감히 내 입술을 막다니."

"미안하고 고마워서 그렇죠."

"미안하고 고마우면 내 입술을 막는 것보다 훨씬 더 좋은 방법이 있어."

"그, 그렇게 좋은 방법 같지 않아요."

한수에게서 몸을 돌리려고 했는데 허락하지 않았다.

"들어 보지도 않고 어떻게 알아?"

"그냥, 그냥 아, 몰라요."

나날이 건강이 상하고 있다고 믿었던 한수에게서 여전한 열정과 힘이 느껴졌다. 회장님한테 속은 걸까? 한수를 부탁하신다고 했는데 한수에게 오히려 자신이 부탁해야 할 것 같다.

"왜 돌아오기로 했는지 물어봐도 돼?"

금방이라도 달려들 것 같던 한수는 수진의 뺨에 가만히 입을 맞춘 후에 다정하게 안고서 나직이 물었다.

"한수 씨가 힘들지도 모른다는 걸 알게 되어서요. 내 불안과 마음의 확신에 대한 문제 때문에 너무 한수 씨를 몰아붙이는 건 아닐까 하는 생각도 들었어요. 처음엔 분명 화가 났고 도저히 이렇게는 살 수 없다는 생각에 나갔는데 시간이 지나면서 더 어려워졌어요."

"내가 잘못했다. 반성 많이 했어. 그런데 다음에 또 화가 나면 제발 어디 가지 말고 내 앞에서 화내. 막지 않고 다 들어 줄게. 나를 때리든 꼬집든 마음대로 해도 좋으니까 다른 데 가지 마. 진짜 힘들었어."

"한수 씨 앞에선 화내거나 따질 자신 없었어요. 한수 씨가 힘들어하는 표정만 지어도 금방 말이 막히는 걸요."

"거짓말. 저번에 날 버려두고 잘도 돌아서 가 버렸으면서. 아주 냉정하게."

"그때 저도, 저한테 놀랐어요. 한수 씨가 늦게 찾아와서 그래요. 몸이 멀어지면 마음도 멀어진다잖아요."

"놀라고 무섭고 당황해서 뭘 어떻게 해야 할지 몰랐어. 네가 떠났다는 사실에 놀란 마음을 가라앉히는 데만도 한참이나 걸렸으니까. 내가 오빠지만 사랑하는 여자하고 싸운 경험은 네가 처음이야. 혼자 고민 한참 했어."

"인한일 때는 어려운 일도 척척 해결해 주고, 고민되거나 잘 모르는 일은 결정해 주고, 힘들 땐 배려해 줘서 뭐든 한수 씨가 저보단 다 잘할 거라고, 더 많이 알 거라고 믿었어요. 그래서 기대한 것도 많았나 봐요."

"나는 여전한데 네가 커서 그래. 이젠 자기 할 일은 자기가 척척 잘하니까 내가 해 줄 게 없어졌어. 게다가 내가 결정해 준 걸 옛날처럼 따르지 않고 반항했잖아."

"언제요?"

"회사 가지 말라고 했는데 무시했고, 떠나지 말라고 그렇게 애원해도 들은 척도 안 했잖아?"

"미안해요."

"사랑해. 다른 건 다 안 믿고 의심해도 너 사랑하는 마음은 믿어. 믿어도 돼. 그리고 너도 나 사랑하니까 그것도 믿어. 날 사랑하는 네 마음 스스로 확인하는데 한참 걸렸어. 이미 고민하고 어렵게 인정한 마음을 왜 또 검사하려고 해? 더 자랐으면 자랐지 작아지거나 변하지 않았어."

"모르겠어요. 한수 씨가 주희 만났다고 했을 때 너무 화가 났어요. 미웠고 보고 싶지 않았어요. 그 불같은 감정에 놀랐어요. 한수 씨를 사랑한다고 믿었는데 이렇게 미워할 수도 있을까 하면서."

"사랑 때문에 생긴 질투라서 그래. 나도 네가 좋아하는 남자 있다고 했을 때 그 좋아한다는 놈과 너를 얼마나 미워했는데."

"그래도 앞으로는 그런 마음 가지기 싫어요. 너무 힘들었어요."

"나하고 마주 보고 오해를 풀면 그런 마음 안 생겨."

"숨기고 그러지 말아요. 오해하니까."

"알았어. 수진이가 더 이상 어리지 않다는 걸 알았으니까 배려해 준답시고 숨기는 짓은 하지 않을 게."

"저도 한수 씨 믿고 궁금한 거 있으면 바로 물어볼게요. 혼자 상상하고 결정하는 거 정말 할 게 못 돼요."

"이젠 우리 아기 마음껏 예뻐해도 돼?"

"네? 아, 아기."

"아기가 선택에 영향을 준다는 둥 하면서 아기 좋아할 틈을 안 줬잖아. 너무 좋은데 좋아하는 티 내면 화낼 것 같아서 꾹 참았어."

"미안해요. 아, 자, 잠깐만요. 예뻐한다면서 이게 무슨."

"지금은 배 속에 있으니까 이렇게 예뻐하고 나중에 태어나면 안아 줄 거야."

"간지러워요. 그리고 옷은 왜, 그, 그냥 가만히, 어머, 한수 씨!"

침대가 좁아서 도망갈 곳도 없고 몸을 제대로 펼 곳도 없었다. 수진은 한수의 품 안에 꼼짝없이 갇혀서 아기를 예뻐하는 건지 아니면 다른 의도가 있는 건지 애매한 손길을 피하려고 애를 써 보았지만 소용없었다.

♣

수진과 한수는 처음 도망치듯 회사에서 나와 함께 살기 시작했던 것처럼 절실하고 불안한 마음이 없는 동거를 다시 시작했다. 수진은 아버지 회사를 정상적으로 되돌리느라 바쁘고 정신없는 날들을 보냈다. 한수가 항상 함께해 주며 인한이였을 때처럼 그녀가 필요한 것을 묵묵히 챙겨 주고 어려울 때 힘이 되어 주었다.

"먼저 집에 들어가. 만나고 가야 할 사람들이 있어."

"네."

한수의 배려로 수진은 조금 일찍 아버지 회사에서 나왔다. 피곤해서 묵직해진 배를 살짝 쓰다듬으며 택시 정류장으로 향했다. 아주 조금이지만 이젠 배가 나오고 있다는 걸 확실히 알 수 있었다.

"우수진!"

"어!"

차가운 바람에 고개를 숙이는데 뒤에서 날카로운 목소리가 수진을 잡았다. 돌아보니 주희가 매서운 눈으로 바라보며 다가왔다.

"얘기 좀 해."

"무슨 이야기? 이거, 놔. 나하고 할 말이 뭐가 있어?"

거침없이 다가와 수진을 팔을 잡은 주희는 차가 여러 대 주차되어 있는 길가 쪽으로 잡아끌었다. 주희는 예전과 그리 많이 달라지지 않았지만 거친 피부와 살짝 충혈된 눈이 꽤 힘든 일을 겪고 있다는 걸 알 수 있었다. 수진은 팔에 힘을 주어 주희의 손을 떨치고 제대로 서서 마주했다.

"우리 아빠 구속되는 거 막아 줘."

"그건 내가 어쩔 수 있는 문제가 아니야."

우천서는 회사 공금을 횡령해서 얻은 모든 재산이 몰수되었고 횡령죄로 구속이 확정된 상태였다. 수진에 대한 여러 가지 죄도 얹어질 수 있었지만 횡령죄만으로도 꽤 무거운 형벌이 확실시돼서 조금 조정할 수는 없는지 변호사와 의논 중이었다. 개인적인 보복은 최대한 자제하려는 중이었다.

"네가 시작했잖아. 네가 시작했으니 책임을 져!"

"내가 시작한 게 아니라 네 아버지가 시작하신 거야. 난 아무것도 한 적 없어. 네 아버지가 시작하신 일 멈추게 한 게 내가 한 전부야."

"구속되는 거 막아."

"회사에서 고발한 거야. 내가 함부로 취소할 수 없어. 설사 내가 할 수 있는 일이라고 해도 그럴 생각 없어."

"죽을 걸 살려 났더니 이런 식으로 갚아?"

"죽을 걸 살려 났다니? 우주희, 너 똑바로 생각하고 살아. 네 아버지가 죽을 뻔한 날 살린 게 아니라 절대로 하지 말아야 할 짓을 마땅히 하지 않은 거야. 넌 살인자가 너한테 죽이지 않은 은혜를 갚으라고 돈을 내놓으라고 할 때 감사하게 내놓을 참이야?"

"몰라, 그런 거. 아무튼 죽어서 없어질 뻔한 널 살려서 넌 지금 잘 살고 있잖아? 우리 재산 다 뺏어 간 것으로도 모자라?"

"회사 재산이야. 회사에서 일하고 있는, 회사에 투자한 많은 사람들의 재산이야. 빼앗은 게 아니라 그 사람들이 되찾아 가는 거야."

"우리 아빠 구해 줘, 넌 할 수 있잖아? 길거리에 쫓겨나 비참하게 사는 꼴을 꼭 봐야 해?"

"회사를 차지한 후부터 얻은 부당한 재산만 되찾아 가고 있어. 그 전에 네 아버지가 가지고 있었던 재산엔 손 하나 안 댔어. 길거리에 쫓겨나지 않아. 지금 거기로 이사해서 살고 있잖아?"

"……내 옷, 차 다 뺏겼어. 거지 같은 처지가 됐는데 아빠까지 안 계시면 난 어쩌라고?"

"이런 말 하기 싫었는데, 난 고등학생 때 거리로 쫓겨났어. 넌, 대학도 다 나오고 거처할 집도 있어. 게다가 팔아서 쓸 재산도 있어. 뭐가 문제야?"

"내가 너야? 넌 거지같이 사는 게 아무렇지 않겠지만 난 아니야. 난 늘 최고로 살았단 말이야."

"최고로 살아 봤으니 이젠 평범하게 살아 보면 되겠네."

더 이상 주희와 말하고 싶지 않아 수진은 몸을 돌렸다. 깨달을 사람이었다면 그전에 깨달았을 것이란 생각이 들었다. 힘들겠지만 자초한 일이고 죗값을 치르는 것은 마땅했다.

"야!"

"아야! 춥다. 나한테 이럴 시간에 앞으로 어떻게 살지 고민해."

돌아서 가려는 수진의 팔을 잡아 거칠게 돌려 넘어질 뻔했다. 휘청거리던 몸을 겨우 가눈 수진은 좀 전보다 더 단호하게 주희에게 말했다.

"너 때문이야, 네가 망쳤어!"

"앗! 우주희! 이거, 이거 놔!"

수진의 머리채를 잡은 주희는 길거리의 차들 중 하나의 문을 열었다. 수진을 억지로 밀어 넣으려고 해서 수진이 저항했다. 머리채를 잡혀 눈을 제대로 뜰 수 없어 저항은 효과를 제대로 내지 못했지만 주희의 차에 들어가는 건 막을 수 있었다.

"나한테서 다 **빼앗아** 간 널 가만두지 않겠어. 처음 사라졌어야 할 운명을 내가, 내가 다시 찾아 줄 거야."

"으앗!"

겨우 차에 들어가지 않고 막았지만 끝이 아니었다. 머리채를 다시 두 손으로 잡은 주희는 수진의 다리를 구둣발로 차서 꼬꾸라지게 했다. 수진은 머리를 열린 자동차 문에 부딪히며 차 안으로 넘어졌다.

"용서 안 해. 내가, 내가 다시 바로잡아 놓겠어."

"그, 그만해. 아!"

몸을 일으키려고 하는 수진에게 다시 발길질을 한 주희는 수진의 다리가 문에 부딪히든 말든 세게 문을 닫았다. 주변에서 흥미롭게 두 사람을 지켜보던 사람들은 자동차가 소리를 내며 자리를 뜨는 걸 보고 바로 가던 길을 갔다.

한수는 수진이 집에 도착할 시간을 넉넉히 지나 전화를 했다. 그러나 수진의 응답이 없었다. 잠들었나? 너무 피곤해서 집에 도착하자마자 바로 잠들었을 수 있었다. 저녁 거르면 안 되는데. 한수는 저녁을 챙겨 먹이기 위해서라도 수진을 깨워야겠다고 생각했다. 가져가야 할 서류를 챙겨서 회사를 나서며 다시 전화를 했다.

"여자들끼리 싸우는 거 오랜만에 봤어."

"한쪽은 낯이 익은데 누군지 모르겠어. 우리 회사 직원일까?

신고할 걸 그랬나?"

"삼각관계 아닐까? 함부로 나섰다가 망신당할 수도 있잖아?"

로비에 잠깐 서서 전화를 하던 한수는 두어 명이 몰려서 잡담하는 소리를 들었다. 들으려고 해서 들은 건 아닌데 통화가 되지 않는 수진을 생각하다 들린 소리에 귀가 솔깃했다.

"여자들끼리 싸우다니요?"

혹시 몰라서 지나가는 사람처럼 물었다. 근처에서 다툼이 있었다는 것 자체가 신경 쓰였다.

"아까, 택시 정류장 근처에서 한 여자가 머리채를 잡혀서 질질 끌려가더군요. 날씬하고 예쁜 여자가 발길질을 장난 아니게 하더라고요."

"아까라면 언제쯤입니까?"

"한 시간 전? 그쯤."

한수는 다시 수진에게 전화했다. 받지 않는다. 다시 전화를 하며 뛰어나가 택시를 잡았다. 집에 도착할 때까지 한수는 수진에게 전화를 계속해서 걸었다.

주희는 수진의 휴대폰이 차 안에서 계속해서 울리는 걸 들었다. 어떻게 지치지도 않고 삼십 분이 넘도록 계속해서 울리는 건지 놀라웠다.

"세상에 아무도 없는 고아에게 누가 저렇게 열렬히 전화를 하는 건지 모르겠네."

험하고 외진 곳까지 차를 몰고 와 수진을 차 밖으로 끌어낸 주희는 신경에 거슬리는 전화벨 소리를 무시하려고 애썼다. 차 안에서 울리는 작은 소리였지만 둘만 있는 한적한 곳에서 유일하게 분명한 소리를 내고 있었다.

"주희야, 돌아가자. 너나 나나 할 수 있는 거 아무것도 없어."

"왜 없어? 너 하나 정리하는 건 지금 내가 할 수 있는 일이야."

"겨우 돈 좀 없어졌다고 앞으로 창창한 앞날을 포기하겠다는 거야?"

"창창한 앞날에 대한 기대 없어. 누가 날 봐 주겠어? 돈도 없고, 전과자 아빠를 가진 나 같은 여자와 누가 결혼을 하겠냐고?"

"돈 없고 아빠의 배경이 없으면 아무것도 아닌 인생이 이상한 거잖아? 너 자신의 가치도 있는데 왜 그건 따져 볼 생각을 하질 않아?"

"됐어. 내 가치는 내가 잘 알아. 난 돈과 아빠의 배경이 필요한 여자야. 몰랐는데 이번에 아주 잘 알게 됐어. 돈과 아빠를 빼앗기고 보니 내게 남는 게 없어. 비참함만 남았다고, 알아?"

"처음엔 화나고 두렵고 엉망이야. 맞아. 힘들어. 그렇지만 지나면 괜찮아. 극복할 수 있어."

"달랠 생각 하지 마. 내가 너 따위 말에 넘어갈 만큼은 아니야. 돈과 명예를 빼앗아 보니 나 같은 거 우습게 보이나 보지?"

"먼저 빼앗아 본 너니까 나보다 잘 알겠지, 안 그래?"

찰싹!

주희는 앙상한 나무에 불안하게 기대 서 있던 수진의 뺨을 사정없이 쳤다.

"아!"

"겨우 **뺨** 한 대 맞고 쓰러지는 척하는 거 너무 뻔하지 않아? 아까 발길질도 담담히 견뎌 내더니 겨우 **뺨** 한 대에 주저앉는 게 가당키나 하냐고? 일어나, 일어나서……."

"주희야, 나 배 아파. 이제 그만 보내 줘. 화난 거 다 알겠으니까 이젠 보내 줘. 그만해, 응?"

차가운 바람에 몸이 금방이라도 얼어 버릴 것처럼 떨렸다. 수진은 아픈 배에 두려움을 느끼며 주희에게 애원했다. 여기까지 끌려오면서 변변한 반항을 하지 않은 건 배에서 느껴지는 통증이 마음에 쓰였기 때문이다. 최대한 조심하고 충격을 덜 주려고 노력하느라 힘없는 인형처럼 주희가 이끄는 대로 따라온 것이다.

"웃기지 마. 이 정도로 내 분노가 풀릴 것 같아? 웃기지 마."

처음엔 정말 수진과 동반 자살이라도 하려고 했다. 수진을 차에 태워 끌고 오는 동안 극단적인 생각으로 계속 치달았다. 이왕 수진을 납치하고 폭행까지 했는데 막장까지 가야 할 것 같은 이상한 충동에 사로잡혔다. 그런데 차가운 바람 때문에 이성을 찾은 걸까?

두 사람만 있는 이곳에 온 후부터 분노와 함께 달리던 극단적인 생각들이 점점 사라지고 대신 두려움이 커지고 있었다. 수진을 끌고 온 일을 조금씩 후회하고 있었다. 그러나 이렇게 그냥 수진을 놓아주고 싶지 않았다. 자신이 받은 아픔만큼 커다란 뭔가를 치르게 해 주고 싶은 생각이 들었다.

수진이 눈물을 글썽이며 애원하는 모습에 묘한 쾌감이 들었다. 무릎을 꿇었어. 수진이 자신 앞에 무릎을 꿇은 것 같았다. 배가 아파? 웃겨. 어린아이도 아닌데 어쩜 저런 뻔한 꾀병을 부리는 거야?

"진짜 이상해. 병원에, 병원에 빨리 가야 할 것 같아. 주희야 잘못했으니까 차 태워 줘. 지금 병원에……. 윽!"

"쇼하네. 이런 뻔뻔한 연극은 어디서 배웠니? 한 대 더 맞아야 정신이 들겠어?"

"안 돼, 안 돼!"

기어이 주희의 뾰족한 구둣발이 주저앉은 수진의 몸을 쳤다. 수진은 최대한 배에 충격이 가지 않게 몸을 말았지만 주희의 발길질에 몸이 울렸다.

"여기가 어딘지 나도 몰라. 이 정도에서 끝내는 걸 다행으로 알아."

주희에게 남았던 분노와 절제하지 못할 폭력성이 갑자기 사라졌다. 수진이 몸을 말고 차갑게 젖은 땅에 쓰러져서 일어나지 않았다. 진짜처럼 들리는 신음 소리가 주희의 귀에 똑똑히 들렸다.

"전화기 정도는, 어, 너, 너 진짜 아파? 뭐, 뭐야? 너, 왜 이래?"

쓰러져 누운 수진의 치마가 칙칙하게 젖어 드는가 싶더니 곧 땅바닥으로 검붉은 액체가 흘러나왔다. 해가 져서 어둑해진 상태에서도 그게 피라는 걸 알 수 있었다. 차 안에서 수진의 전화기를 꺼내 들고 있던 주희는 놀라서 땅바닥에 전화기를 떨어뜨렸다.

수진이 지금 살아 있는지 죽었는지 알 수가 없었다. 신음 소리도 제대로 들리지 않았다. 주, 죽은 걸까? 아니야. 안 돼. 죽을 만큼 뭘 했다고? 아무 짓도 안 했어. 몰라, 아니야.

처음 느끼는 두려움에 주희는 차를 타고 뒤도 돌아보지 않고 그 자리를 떠났다. 남겨진 수진은 정말 죽은 것처럼 움직이지 않았다.

차가운 바람이 수진의 젖은 치맛자락을 몇 번 흔들고 지나갔다.

"내, 내가 안 죽였어. 안 죽였다고, 난 아무 짓도 안 했어. 진짜야!"

차를 타고 도망쳤던 주희가 경찰의 손에 잡혀 쓰러진 수진을 향해 오고 있었다.

외진 곳이라 길이 하나뿐이었는데 휴대폰 위치를 추적해서 찾아온 경찰과 딱 마주친 것이다. 한수는 수진의 형체를 조금 보자마자 달려왔다.

"구급차를 불러!"

함께 온 경찰이 수진이 피를 흘리며 쓰러져 있는 걸 보고 다급하게 명했다. 한수는 너무 놀라고 믿어지지 않아 아무 소리도 못 내고 수진을 조심스럽게 안았다.

"하혈을 하는 것 같은데 혹시, 임신 중이었습니까? 이보세요, 정신 차리세요. 아직 숨이 붙어 있으니까 정신 차려요."

경찰은 한수가 그의 간단한 질문에도 답을 하지 못하자 한수의 어깨를 두드렸다. 겨우 경찰을 돌아본 한수에게 다시 같은 질문을 했다.

"임신. 맞습니다."

겨우 대답한 한수의 말에 경찰은 속으로 혀를 찼다. 유산이 분명했다. 한수를 달래서 수진을 안고 올라오고 있는 구급차를 조금이라도 더 빨리 탈 수 있게 움직였다.

♣

부드럽고 따뜻한 감촉이 손에 느껴졌다. 누군가 손을 잡고 조물락거리고 있는 것 같다. 누구지? 수진은 떠지지 않는 눈 때문에 점점 선명해지는 감각으로 지금 상태를 생각해 내려고 했다.

"안 돼!"

감각이 전부 되돌아오는 것과 동시에 기억도 한꺼번에 돌아왔다. 주희에게 배가 아프다고 애원했던 그 순간부터 아이가 자신을 떠나고 있다는 걸 깨달았던 순간까지 모두. 지켜 주지 못했어. 지키지 못했어.

"수진아, 괜찮아. 괜찮으니까 진정해."

"한수 씨."

눈을 뜨자마자 마주한 한수. 그의 얼굴을 보자 아프고 서러웠다. 미안하고 속상했다. 수진은 별다른 말도 하지 못하고 그를 보며 눈물만 흘렸다.

"수진아, 아기는, 나중에 만나자고……. 어차피 나중에, 아주 나중에는 다 만나게 되니까. 먼저, 갔어."

"……."

"자꾸 울면 못생겨져. 그만 울어."

한수의 손이 부지런히 수진의 얼굴을 오갔다. 수진이 흘리는

367

눈물을 닦아 주느라 잠시도 멈추지 않았다.

"미안해요."

"고마워. 너 무사해서 난 너무 고마워."

"회장님이, 아기, 좋아하셨는데."

"아버지가 네 걱정 많이 하셔."

"집엔 언제 갈 수 있대요?"

"특별한 이상은 없어서 조금 쉬었다가 돌아가도 된다는데 난 별로 내키지 않아."

"집에 가고 싶어요."

수진은 병실의 하얀색과 환자용 침대가 무서웠다. 그러나 한수는 피를 쏟는 수진을 봤기 때문에 병원에서 나가기 싫었다. 그렇게 많은 피를 흘린 수진이 온전하다는 걸 믿을 수가 없었다. 그래도 수진의 마음이 더 중요했기에 가도 된다는 의사의 말을 믿고 퇴원을 했다.

♣

며칠 동안 수진은 많이 잤다. 이렇게 자도 될까 불안할 정도로 많이 잤다. 가끔 자다 일어나 한수 몰래 울었다. 존재감을 느끼던 아기를 잃어버렸다는 걸 인정하는 게 힘들었다. 몇 번이나 배를 만져 봤지만 뱃살도 없이 판판한 배가 야속했다.

"왜 일어났어?"

"이젠 잠 안 와요. 슬슬 몸을 움직일 때가 됐나 봐요."

수진은 제법 상쾌한 표정을 지으며 한수를 보았다. 별말도 없이 잠만 자는 그녀를 위해 묵묵히 곁에 있어 준 한수는 조금 피곤해 보였다.

"할 일 없어. 내가 다 했어."

"그건 모르는 거죠. 찾아보면 빼먹고 안 한 일 분명 있어요."

특별히 뭘 하려던 건 아니었다. 그저 몸을 움직여야겠다는 생각에 일어났다. 일어나 한수를 보니 이유가 생겼다. 한수를 위해서라도 평소의 삶을 얼른 되찾을 필요가 있었다.

"없을걸? 너 일어날 때까지 심심해서 찾아보고 또 찾아보면서 일했어. 장담하지만 하나도 없을 거다."

"설마."

수진은 심심해서 찾아보고 또 찾아봤다는 한수의 말에 그제야 그의 아픔이 보였다. 아기를 너무 좋아했던 한수다. 상실감을 자신만큼이나 느끼고 있을 텐데 변변한 위로를 해 주지 못했다. 항상 받기만 하는 자신이 또 보였다. 인한일 때도 그가 주는 걸 받기만 하고 돌려주지 못했다. 한수가 된 그에게서도 여전히 받기만 하고 있었다.

정말 우수진은 못생겼어. 언제나 되어야 예뻐진 마음으로 한수 씨를 위해 줄 수 있을까?

"난 자신 있으니까 찾아보고 싶으면 찾아봐. 없으면 내일까지 우리 수진이는 아무 일 안 하기. 어때?"

"좋아요."

온몸에 힘이 들어가지 않아 애를 먹었지만 그것도 시간이 지나가면서 나아졌다. 집 안 구석구석을 뒤지며 한수가 **빼놓고** 하지 않은 일이 없는지 살폈다. 작은 집인데 막상 뒤지려고 하니 뒤질 곳이 꽤 있었다. 수진 뒤를 따라다니던 한수조차도 생각지도 않았던 구석이 있었다.

"이 봉투는 뭐예요?"

"아, 그건 아니야. 아무것도. 이리 내."

수진이 신발장 구석에서 커다란 봉투를 발견해 집어 들자 한수가 얼굴을 굳히며 **빼앗으려고** 했다.

"싫어요. 이거 빨랫감이죠? 옷이 들어 있는 것 같은데요?"

"아니야. 내 놔."

우스운 상황이어야 하는데 한수의 표정은 조금도 즐겁지 않았다. 정색을 하며 낯을 굳히는 한수가 이상했다. 봉투 속의 물건이 뭔지 알고 싶었다.

"깜빡 잊고 빨래 안 한 거죠?"

"아니야. 내가 잘못했어. 네가 이겼어. 그러니까 그건 그냥 버리자."

"이게 뭔데 그래요?"

"아무것도, 수진아, 열지 마!"

"어?"

한수가 힘으로 봉투를 **빼앗으려고** 해서 수진은 급한 마음에 봉투를 뒤집어 바닥에 쏟아 냈다.

"그냥 버렸어야 하는데, 내가 깜빡하고……."

"이거, 피……. 한수 씨 옷인데."

피로 얼룩진 정장과 와이셔츠, 그리고 속옷까지. 함부로 구겨져 있던 옷이 흉물스럽게 바닥을 뒹굴었다. 한수는 바닥에 주저앉아 수진의 시야를 가리며 얼른 봉투 안으로 옷들을 구겨 넣었다. 당황해서 힘 조절을 못한 탓에 봉투가 찢어졌다. 작게 욕을 하며 찢어진 봉투를 옷과 함께 둘둘 말았다.

"왜 그걸……."

수진은 한수의 옆에 앉아 봉투와 옷을 함께 말고 있는 그의 팔을 잡았다. 어떻게든 피 묻은 옷을 봉투 안으로 감추려고 했던 한수는 수진의 손길에 모든 움직임을 멈추고 한숨을 쉬었다. 수진을 보지 않고 고개를 돌린 한수. 우는 걸까? 그저 고개만 돌리고 있는데 그가 우는 것 같았다.

"한수 씨."

"네가 깨어나서 입을 옷도 필요하고 나도 옷을 갈아입어야 해서 집에 잠깐 들러서 갈아입었는데, 이 봉투 안에 넣어 둔 후, 다시 꺼내 볼 수가 없었어. 이걸 보면, 피를 흘리고 쓰러져 있는 네가 생각나서, 널 잃었다고 생각했던 그 끔찍했던 순간이 생각나서……."

수진은 한수를 안았다. 항상 의지가 되고 뭐든 거칠 것 없을 거라 믿었던 그가 너무나 연약해 보여서 안아 주지 않을 수 없었다.

그동안 뭘 보고 있었던 걸까? 한수의 마음을 힘들게 하면서 얻으려고 했던 게 뭘까? 화나고 속상했던 마음과 아이 엄마가 되어야 한다는 두려움을 솔직하게 한수와 함께 나누었어야 했다. 인한일 때부터 사랑했는데 뭘 두려워한 건지 모르겠다.

"한수 씨, 결혼, 해 줄래요?"

"뭐?"

"결혼해요, 우리."

한수는 수진을 밀어 내고 마주 보았다.

"갑자기 왜?"

"둘째 생기기 전에 얼른 결혼해야 문제가 없을 것 같아서요. 둘째 생기고 결혼하자고 하면 또 삐쳐서 도망갈지도 모르잖아요. 그러기 전에 얼른 해요. 그럼 도망갈 이유 없으니까."

"지금 나한테 프러포즈 하는 거야?"

"네."

"······싫어."

"네?"

"동정은 싫어. 내가 힘들어 보여서 그런 말 하는 거잖아? 둘째, 그런 이유 없이 나 한 사람만 생각해서 결정해야 하는 거 아니야? 거절하겠어."

한수는 자리에서 벌떡 일어났다. 바닥으로 후드득 떨어진 옷과 봉투를 흘끗 보더니 몸을 돌려 작은 방으로 사라졌다. 문 닫는 소리에 거절당해 멍했던 수진이 정신을 차렸다.

"한수 씨, 그런 거 아니에요. 그냥 당신이 힘들어 보여서 그런 말 한 게 아니라 당신을 사랑해서 그런 거예요. 오해하지 말아요."

닫힌 문 앞에서 말하는 수진의 표정에 난감함은 없었다. 여린 미소가 수진의 입가에 보이기까지 했다. 한수가 그동안 어떤 마음이었는지 잘 알게 되는 순간이었다. 웃을 수 있는 건 그런 한수의 마음이 사랑이었다는 걸 볼 수 있어서였다.

"아니. 믿을 수 없어. 당신의 진심이 믿어질 때까지 집이라도 나가야 할지 어떨지 생각 중이야."

한수의 대답에 수진의 미소가 웃음이 되었다. 문이 닫혀 있어 한수는 수진의 웃음을 알지 못했다.

"어떻게 하면 믿어 줄래요? 어떻게 하면 당신이 믿을 수 있을 까요?"

"생각 중이야."

"저처럼 집 안 나가고 생각할 거죠? 제 옆에서 함께 있으면서 생각해요. 당신 없이 지낼 수 없어요. 미칠지도 몰라요. 전 추운 데 밖에서 기다리는 거 못 해요. 일상을 지켜보면서 걱정해 주고 생각해 주지도 못해요. 보고 싶어서 매일 집 앞에서 바라보다 돌 아가는 짓도 못 해요."

"그런 걸 기대하지는 않아."

"화나면 때리고 꼬집어도 돼요. 옆에만 있어 줘요."

"할 수 없군. 당신이 정말로 그걸 원한다면 있어 주는 게 예의 겠지?"

문이 열렸다. 수진도 한수도 똑같은 얼굴을 하고 서로 마주 봤 다. 활짝 웃고 선 두 사람. 한수가 수진의 뺨을 만졌다.

"앞으로는 내 말만 듣는 걸로. 알았어?"

"네."

"지금은 확신 있어 없어?"

"있어요. 사랑해요. 한수 씨 옆에서 오래오래 함께하고 싶어 요."

"네가 그렇게 간절히 원한다면 오래오래 곁에 있어 줄 수 있어. 알고 있겠지만 나도 너, 사랑하니까."

수진이 발돋움을 해서 한수에게 키스했다.

"결혼, 해 줄 거죠?"

"더 튕겨 보려고 했는데 안 되겠어. 못생긴 게 너무 사랑스러워서."

한수는 수진을 안아 올려 키스를 퍼부었다.

사랑으로 시작했지만 사랑으로 계속 이어지려면 계속 아껴 주고 노력해야 한다는 걸 알았다. 이미 자리한 사랑으로 어려움을 견뎌 내며 더 큰 사랑으로 만드는 게 함께하는 삶이란 걸 배웠다.

사랑을 눈으로 볼 수 없어 두려웠다. 그러나 이미 서로의 마음 안에 든든하게 자리 잡고 있어서 볼 수 없었다는 걸 알았다. 보이지 않는다고 존재하지 않는 게 아니었다. 그 어떤 것보다 확실하게 존재감을 가진 사랑은 살아가면서, 두 눈이 아니라 삶으로, 지금처럼 조금씩 확실하게 느낄 수 있게 될 것이다.

이마에 땀이 맺히도록 정신없이 달려온 한수는 병원 입구에서 서성이는 아버지를 보았다.

"아버지, 왜 여기 나와 계십니까?"

"긴장이 돼서 도저히 못 있겠어서. 어서 들어가 봐라. 아니다. 나도 같이 가야지. 들어간 지 벌써 다섯 시간이 지났는데 아직도 소식이 없어."

"첫째는 시간이 걸리는 경우가 많다고 합니다."

말은 그렇게 했지만 수진이 애를 쓰고 있는 분만실로 향하는 한수의 마음도 많이 초조했다.

"이놈은 둘째잖아. 금방 나와야 하는 거 아니냐?"

아버지의 말에 괜히 한수의 불안이 더 커졌다. 둘째는 둘째니까. 출장을 가지 말았어야 했어. 국내라서 괜찮다면서 수진이 떠미는 바람에 갔다가 일이 이렇게 됐다. 예정일을 일주일이나 앞서서 진통이 시작된 것이다.

아홉 달이 넘어선 후부턴 언제 나와도 큰 이상 없는 거니까 걱정하지 말라고는 했지만 한번 유산의 아픔을 경험한 후라서 혹시라도 아이에게 이상이 있는 건지 불안했다.

둘째가 생기고부터 지금까지 말은 안 했지만 많이 걱정했다. 첫째를 유산한 경우 습관성 유산이 되기 쉽다는 말에 어찌나 불안하던지. 수진을 위해 내색하지 않으려고 애를 쓰느라 변변히 챙겨 주지도 못했다.

분만실 앞에서 왜 아버지가 있지 못하고 나온 건지 가서 보니 알 것 같았다. 다른 산모의 보호자들이 그들보다 더 초조해하는 모습으로 서성이고 있었다. 안으로 들어가 함께 아이를 낳는 경우도 많다는데 수진은 절대 안 된다며 반대했다. 못생겼는데 더 못생겨져서 안 된다면서.

"아직도 소식이 없네. 요즘 젊은 사람들은 함께 들어가서 아이 낳는 걸 본다는데 왜 너흰 안 그래?"

"수진이가 싫어해서요. 아마 저 때문일 겁니다."

"네가 왜?"

"첫아이 유산하는 거 봐서요. 제가 많이 충격받았기 때문에 비슷한 모습이니까 혹시 놀랄지도 모르잖아요. 말은 다르게 하는데 아무래도 그런 것 같습니다."

"그 애가 어려도 속이 깊다."

"예."

"날 매일 불러서 괴롭히는 것도 그래서 좋은데 오늘만은 힘드네. 다 낳고 불러 주면 어때서."

"아버지가 있어야 안심이 된다는데 어쩝니까?"

추 회장은 아들에게 수진이 괴롭힌다고 말은 했지만 마음은 반대였다. 매일 불러 줘서 얼마나 고마운지 모른다. 둘째가 생긴 후부터 맛있는 것을 사 달라고 불러 대고, 배가 불러 오자 어딜 갈 때마다 불안하니까 옆에 있어 달라고 불러 냈다. 건강이 어쩌고 하면서 튕겨도 봤지만 수진은 그래도 할 수 없다고 매일 이유를 달고 그를 불러 냈다.

수진이 한수는 자신의 아버지 회사를 안정시킬 때까지 일을 해야 해서 아주 바쁘다는 명분을 달았다. 사회에 환원하기 전 상태가 안 좋은 회사를 일단 회생시켜야 하는 일을 주주들이 만장일치로 한수에게 맡겼다. 경력도 짧고 능력도 부족하지만 큰 회사를 경영하는 가족들이 잘 도와줄 것을 기대한 것도 있었다.

어쨌든 한수는 많이 바빴고, 수진은 그런 한수의 빈자리에 대신 추 회장을 끼워 넣었다.

"우수진 보호자님."

"아이고! 여깁니다."

한수가 대답을 하기도 전에 아버지가 먼저 손을 들고 간호사에게 뛰어갔다. 한수는 바짝 긴장했던 마음이 그런 아버지의 모습에 잠깐 풀어졌다.

"예쁜 공주입니다."

한수가 다가가서 보니 돌돌 말려 나온 빨간 아기가 꼬물거리고 있었다.

"딸입니까? 아이고, 우리 수진이는 어째 이렇게 예쁜 짓만 하는 거냐? 우리 집안에 냄새나는 남자들만 득실거리는 걸 알고 딸을 낳아 주었구나."

"수진이는, 산모는 건강합니까?"

"네. 건강하십니다. 잠시 기다리세요."

수진이 건강하다는 소리에 한수는 그제야 편안하게 숨을 쉴 수 있었다.

♣

한수는 이번에도 처음을 아버지에게 빼앗겼다. 조금 늦은 퇴근을 하고 돌아오니 아버지가 거실에서 승리의 미소를 지으며 자신을 맞았다. 반갑게 품에 안기던 수진이마저 주방에서 뭔 일을 하느라 목소리로만 반겼다.

"희수 걷는 거 너 못 봤지? 고거 진짜 야무지다. 넘어져도 한소리 안 하고 다시 일어나서 걷는데 아주 감동적이야."

"아버지는 언제 가십니까?"

"수진이가 너 오면 가라고 해서 이제 갈 참이다. 난 수진이와 희수를 지키는 사람이야. 적어도 나 다음으로 지킬 사람이 와야 갈 수 있는 거 아니겠어? 희수가 잠들어서 안됐구나. 걷는 것도 못 보고."

"지금 약 올리시는 겁니까?"

"잘 아는구나. 난 이만 가 보마. 수진아, 니 간다."

주방에서 덜거덕거리며 일하던 수진이 급하게 손을 닦으며 뛰어나왔다.

"조심해서 가세요. 아버님, 오늘 수고 많으셨어요."

"그래. 한수가 희수 못 깨우게 해라. 밤에 잘 못 자면 낮에 투정이 심해."

"안 깨웁니다."

한수의 작은 버럭에 수진이 눈치를 줬다.

"그거야 모르는 일이지. 흠."

"안녕히 주무세요, 아버님."

"오냐. 내일 또 오마."

"네."

아버지가 의기양양하게 집으로 돌아가시는 걸 본 한수는 현관문을 닫고 돌아서자마자 수진을 노려봤다.

"나야, 아버지야?"

"뭐가요?"

"당신한테 필요한 사람이 나야 아버지야?"

"그야……."

"말 못 해? 난 필요 없다는 거야? 이럴 수가 있는 거야?"

주방까지 졸졸 따라 들어간 한수는 식탁에 기대어 섰다.

"오랜만에 보네요. 씻고 저녁 드세요. 밥 안 먹고 왔잖아요?"

식탁에 기대어 선 한수를 가만히 보던 수진은 빙그레 웃으며 다정하게 그를 밀었다.

"안 먹어. 쓸모없는 사람이 무슨 밥을 먹겠어?"

"쓸모 있는데."

"어디에?"

"음, 여기저기. 밥 다 먹으면 어디에 쓸모 있는지 다 말해 줄게요."

한수는 못 이기는 척 수진에게 밀려 방으로 들어와 옷을 벗었다. 수진의 웃는 얼굴에 벌써 기분은 다 풀렸다. 간단히 씻고 수진이 차려 준 밥을 먹으러 주방으로 갔다.

"아버지가 집에 계시면 힘들지 않아? 식사도 잘 챙겨 드려야 하고 할 일이 많잖아?"

"그 반대예요. 아버님이 희수 잘 봐 주셔서 집안일 편안하게 하는걸요. 목욕시킬 때도 도와주시고. 아버님 안 계시면 안 돼요. 친정엄마가 해 주시는 일 다 아버님이 해 주세요. 가끔 밥도 사 주시고 얼마나 좋은데요."

"내가 해 줄 일이 진짜 없네."

"있는데."

"어디?"

"밥 다 먹으면 말해 준다고 했잖아요. 어서 먹어요. 당신 좋아하는 거 했어요. 이것도 아버님이 사 주신 거예요. 아들이 좋아한다니까 손수 사 가지고 오셨어요."

"그래?"

넉살 좋은 수진 덕분에 한수는 맛있고 기분 좋게 저녁 식사를 마칠 수 있었다.

"다 먹었으니까 이제 말해 봐. 내가 어디에 쓸모가 있어?"

수진이 상을 다 치우고 차를 준비해서 식탁에 앉자마자 한수는 궁금했던 걸 물었다.

"음. 키스할 때."

"뭐?"

"멀리서 다가오는 모습을 보면 가슴이 두근거려서 좋고, 가끔 어딘가에 기대어 서 있는 모습을 볼 수 있어서 또 좋고. 잠잘 때 한수 씨 품에 안기면 하루의 피로가 다 가셔서 좋아요. 당신 없으면 안 돼요."

"왜 밥을 다 먹으라고 한 건지 알겠네. 일어나."

"왜요? 차 다 안 마셨어요."

"쓸모 있는 남자가 되려는데 방해하지 마. 내가 오랜만에 안고 갈까?"

"안 돼요."

"왜? 그 쓸모는 사라졌어?"

"아니요. 살쪄서 무겁단 말이에요."

"그럼 업고 갈까?"

"치."

한수는 수진의 손을 잡아끌어 품에 안았다.

"고마워. 아버지 건강 많이 좋아지셔서 형님들이 놀라셔. 다 네 덕이야."

"아니에요. 전 그냥 저 편하자고 하는 거예요."

"희수 아버지한테 맡기고 잠깐 여행 갔다가 올까? 아주 잠깐

짬을 낼 수 있을 것 같은데."

"어머, 아버님 힘드세요. 그런 생각은 당신이 아니라 며느리인 내가 해야 하는 거 아니에요?"

"나하고 아버진 며느리와 시어머니 사이야. 아들을 두고 경쟁하는 게 아니라 며느리인 당신을 두고 경쟁하는 관계야. 그러니까 내가 이런 생각하는 건 아주 자연스러워. 이틀만 돌봐 달라고 하고 갔다 오자. 네가 내 여잔지 아닌지 확인해야겠어."

"치, 당연히 당신 여자죠."

"아니야. 여기선 희수도 아버지도 다 널 탐내서 안 돼. 딱 나만 독점할 시간이 필요하다고."

"한번 말씀드려 볼까요? 집안일 하는 아주머니도 구하고."

"꼭. 안 그럼 나 집 나가는 수가 있어."

"알았어요."

한수는 무겁다고 안으면 안 된다는 수진의 말을 무시하고 번쩍 안아 올렸다.

"아."

"조금 무거워졌네. 그래도 안을 만해. 희수 깨면 안 되니까 소리 내지 마."

"그, 어마. 한수 씨."

"쉿."

수진은 방으로 가기도 전에 속옷 안으로 밀고 들어온 한수의 손을 소리 없이 밀어 내느라 애를 썼다. 한수한테 괜한 말을 한 건 아닌지. 요즘 일이 많아서 희수와 지내는 시간이 적어 섭섭해하는 한수에게 나름대로 위로를 하려고 한 건데 여행 계획까지 가 버렸으니 어째 일이 많이 커진 것 같다.

"한수 씨, 여행 가서, 웃."

"여행은 여행이고 지금은 지금이지. 쉿!"

— fin

진정한 재능은 하고 싶다는 열정이란 말이 있습니다. 사랑도 마찬가지 아닐까요? 진정한 사랑이란 사랑하고 싶다는 마음이 생길 때 이미 시작되는 것이라는 생각이 들었습니다. 사랑하고 싶다는 그 마음으로 몇 번이 되든 어려움을 넘기며, 더 성숙하고 더 뜨거운 사랑을 이루는 것입니다.

그 사람을 진심으로 사랑하고 싶으세요? 그럼 이미 사랑은 그대 안에 생겨 있다고 믿습니다.

2016년 4월
유수경 드림.